DuMont's Kriminal-Bibliothek

Phoebe Atwood Taylor wurde 1909 in Boston geboren und lebte in Massachusetts, wo sie 1976 starb. Neben über 20 Romanen um den kauzigen ›Kabeljau-Sherlock‹ Asey Mayo, die auf Cape Cod spielen, schrieb sie eine weitere Reihe von Kriminalromanen, in denen Leonidas Witherall in seiner skurrilen Art verzwickte Kriminalfälle löst.

Von Phoebe Atwood Taylor sind in der DuMont's Kriminal-Bibliothek erschienen: »Ein Jegliches hat seine Zeit« (Band 1010), »Wie ein Stich durchs Herz« (Band 1021) und »Wer gern in Freuden lebt ...« (Band 1032).

Herausgegeben von Volker Neuhaus

Phoebe Atwood Taylor

Kraft seines Wortes

DuMont Buchverlag Köln

Umschlagmotiv von Pellegrino Ritter
Aus dem Amerikanischen von Petra Trinkaus

Die Originalausgabe erschien unter dem Titel »The Cape Cod Mystery« bei Foul Play Press, Woodstock, Vermont

Druck und Verarbeitung:
Clausen & Bosse GmbH, Leck
Printed in Germany
ISBN 3-7701-5390-1

Inhalt

Erstes Kapitel
Das Wochenende beginnt

Hitzewelle im Osten«, las Betsey laut. »Mehr Hitzeopfer als je zuvor. Thermometer klettert weiter! Tja, aus und vorbei mit unseren friedlichen Ferien. Bis heute abend haben wir hier einen meterhohen Stapel Telegramme von Freunden, die in der Stadt schmoren und sich nach Abkühlung sehnen.«

Ich seufzte leise. »Ich weiß«, sagte ich matt. Dank meiner langjährigen und reichhaltigen Erfahrung als Mieterin eines Sommerhauses auf Cape Cod saß ich nur still da und wartete auf den unvermeidlichen Ansturm.

»Du stöhnst, als ob es ein Erdbeben gäbe oder eine Sturmflut, und nicht nur ein paar Besucher, Snoodles«, bemerkte Betsey.

Nun ist mein Name nicht Snoodles, sondern Prudence Whitsby, und seit mindestens fünfzehn Jahren versuche ich meine Nichte von diesem absurden Namen abzubringen, auf den sie mich als Kind getauft hat. Ich finde ihn alles andere als passend für eine ehrbare unverheiratete Dame von fünfzig Jahren wie mich. Aber Betsey weigert sich.

»Niemand weiß besser als ich, was für eine Plage Gäste bei Hitzewellen sein können«, erklärte ich ihr. »Sie sind einfach nicht damit zufrieden, auf der Veranda zu sitzen und die kühle Meeresbrise zu genießen. Ständig müssen sie etwas unternehmen, Tag und Nacht, und wenn dann endlich ihr Sonnenbrand behandelt und ihr Muskelkater mit Liniment eingerieben ist, fühle ich mich, als hätte ich selber Erholung nötig. Und«, fügte ich hinzu, »ich wüßte nicht, wie wir mehr als zwei unterbringen können.«

»Ich auch nicht. Und wenn wir nicht ein anständig verheiratetes Paar einladen, muß einer das zweite Bett in meinem Zimmer nehmen. Das einzige, was wir bei diesem Haus übersehen haben, ist, daß wir kaum Besuch unterbringen können.«

Viele Sommer lang hatten wir begehrliche Blicke auf das Haus geworfen, das wir jetzt bewohnten. Wir müßten immer noch die

Bentleys beneiden, die es seit undenklichen Zeiten gemietet hatten, wenn sie es sich nicht in den Kopf gesetzt hätten, unter der Führung von Mr. Cook Europa zu besichtigen. Unser Quartier gefiel uns in erster Linie deshalb, weil es weder undicht war noch knarrte, zwei Vorteile, deren überragende Wichtigkeit jeder Sommerurlauber sofort einsehen wird. Die Schiffszimmerleute, die das Haus in ihrer Freizeit gebaut hatten, waren der Ansicht gewesen, Noah selbst hätte sich keinen dichteren und besseren Ersatz für die Arche wünschen können.

Wir waren hingerissen von dem wirklich geräumigen Wohnzimmer mit dem riesigen Kamin, für dessen einwandfreien Zug der Makler garantierte. Der Ausblick war unbestreitbar der beste im Ort, denn das Haus thronte auf einem sandigen, mit Lorbeerbüschen bedeckten Hügel, von dem aus wir den größten Teil der Cape Cod Bay überblicken konnten. Die Bentleys hatten geprahlt, an klaren Tagen könne man Plymouth Rock und die Silhouette von Boston sehen; aber nachdem wir vergebliche Stunden mit dem Fernglas verbracht hatten, kamen wir zu dem Schluß, diese Behauptung sei wohl auf ihren übertriebenen Enthusiasmus zurückzuführen.

Das Badezimmer war schrecklich luxuriös. Es hatte elektrisches Licht und eine elektrische Pumpe. Zwar konnte mal bei Sturm das Licht ausgehen, manchmal sogar ohne jedes Anzeichen von schlechtem Wetter, aber es war entschieden das kleinere Übel, ab und zu mit schwächlich flackernden Kerzen herumzuwandern, als ständig mit Petroleumlampen zu hantieren.

Es gab eine winzige Kammer für Olga, unsere Köchin, eine Garage, die für Betseys Wagen mehr als ausreichte, und für den Kater Ginger so viel Platz zum Herumstreunen, wie er wollte. Wir hatten keine unmittelbaren Nachbarn, eine Tatsache, die uns entzückte, denn uns waren schon viele Sommerferien von schreienden Kindern verdorben worden, die im Morgengrauen vor unseren Fenstern tobten. Ungefähr fünfzig Meter entfernt stand das Spielhaus der Bentley-Kinder, das jetzt aber umgebaut war zu einer primitiven einräumigen Hütte, und wir wußten, daß sie zu klein war, um irgendwelche heulenden Kinder zu beherbergen. Man konnte sie nur vom Küchenfenster aus sehen, wie uns der Makler demonstrierte, als wir ihretwegen Einwände erhoben, und wir glaubten ihm, daß sie wegen ihrer geringen Größe und ihres Mangels an Komfort nur schwer vermietbar sein würde.

Es gab nur zwei Nachteile. Der eine war, daß wir kein Telefon hatten, so daß wir jeden Tag etliche Gänge in den Ort machen mußten. Der andere war der von Betsey angesprochene Platzmangel. Wenn wir auf einen gewissen Grad an Bequemlichkeit nicht verzichten wollten, konnten wir nicht mehr als zwei zusätzliche Gäste aufnehmen.

Der Haufen von neun Telegrammen, die postwendend bei uns eintrafen, stellte uns vor ein Problem.

»Alles die alten Lückenbüßer«, sagte Betsey, als sie sie durchsah. »Die Poors und Jock Ellis mit seiner unsäglichen Verlobten. Hör mal, Snoodles, hier ist ein Telegramm von John Kurth. Und ein anderes von Maida Waring. Wir haben nichts mehr von den beiden gehört, seit sie geschieden sind, oder?«

»Nein. Ich dachte, er wäre in Sumatra oder so und sie in Paris.«

»Das mag sein«, sagte Betsey, »aber die beiden Telegramme kommen aus Boston, wenn sich die Post keinen Jux erlaubt hat.«

»Ich würde sie gerne mal wiedersehen, aber ich habe gehört, sie sollen wie Hund und Katze sein, seit sie sich getrennt haben. Das Ganze war ein Jammer. Sie gehörten zu den amüsantesten Leuten, die wir kennen.«

»Also, dann scheiden sie aus, wenn wir sie nicht später einzeln einladen. Wie wollen wir uns entscheiden?«

»Die übliche Methode wird so gut sein wie jede andere.«

Betsey nahm eine Handvoll Streichhölzer und schnitt sie in verschieden lange Stücke. Dann steckte sie eins in jedes Telegramm, so daß nur der Kopf heraussah, und hielt sie mir aufgefächert hin wie ein Bridgeblatt.

»Das jeweils längere gewinnt. Zieh immer paarweise.« Ich zog. Betsey deckte die Gewinner auf.

»Das ist eine großartige Kombination. Keine Geringeren als John und Maida. Gut, werfen wir eine Münze.«

Wir warfen eine Münze, aber wieder kamen dieselben zusammen.

»Ich muß schon sagen«, rief Betsey mißmutig, »das ist eine Verschwörung. Das Schicksal ist gegen uns. Das bedeutet, daß wir die beiden immer wieder ziehen werden bis zum Jüngsten Tag. Aber wir können sie auf keinen Fall einladen, wenn sie so eingeschworene Feinde sind.«

Sie warf den ganzen Packen in den Kamin.

»Aber Betsey!« Ich war verblüfft.

»Ist mir egal. Ich bin es leid, wie sich uns alle Obdachlosen, Verirrten und Heimatlosen aufdrängen. Laß uns eine Reform einführen. Laß uns zwei Leute einladen, die wir wirklich hier haben wollen, zwei Leute, die keinen Wutanfall kriegen, wenn sie sich sehen. Sollen doch alle Ex-Männer und Ex-Frauen zum Kuckuck gehen.«

Ich fragte mich im Stillen, warum wir genau das nicht schon längst getan hatten.

»Zum Beispiel«, fuhr Betsey fort, »wie wär's mit Dot Cram? Wenn das Thermometer so klettert, wie es in der Zeitung steht, muß ihre Bude an der East Side von Manhattan ganz schön unerträglich sein. Aber schreit sie nach Hitzeerleichterung, so wie viele Politiker nach Steuererleichterung schreien? Tut sie nicht. Also werde ich sie einladen. Du weißt selbst, daß sie zu meinen eher normalen Freundinnen gehört, und ich habe sie höchstens ein halbes Dutzend mal gesehen, seit wir aus dem College sind. Was meinst du?«

»Wenn sie weg kann, halte ich das für eine gute Idee.«

»Natürlich kann sie weg. Mit ihr bist du doch einverstanden, oder?«

Ich nickte. »Ich mag Dot, und sie hat überdurchschnittlich gute Manieren für die heutige Zeit. Ob sie immer noch so überschwengliche Adjektive benutzt?«

»Du meinst«, machte Betsey sie nach, »meine Liebe, ist das nicht einfach unbeschreiblich hinreißend köstlich? Diese Art von zögerndem Nachdruck, als ob sie nur höchst ungern das nächste Wort herausließe? Ich glaube schon, daß sie das noch macht, aber es kann sich durchaus auch gelegt haben. Ich weiß allerdings, daß sie immer noch eine Vorliebe für baumelnde Ohrringe hat, und ihre Frisur sieht auch noch so aus wie früher.«

»Sie hat mich immer an eine Chrysantheme erinnert.«

Betsey lachte. »Genau so sieht sie aus. Auf dem College hat Dot immer behauptet, keiner würde sie richtig mögen, bis sie herausgefunden hätten, daß ihre Haare naturblond waren und mit Wasserstoffsuperoxyd nichts zu tun hatten. Wen ladest du denn ein?«

»Lädst«, verbesserte ich sie, »und sage nicht ›keiner‹ und dann ›sie‹. Es ist mir ein Rätsel, wie du eine gewisse Bildung erlangt hast, ohne nebenbei wenigstens ein bißchen Sprachbeherrschung zu lernen.«

»Wen also, Fräulein Lehrerin, lädst du denn gerne ein?«

»Ich hatte an Emma Manton gedacht. Sie haßt die Hitze, und ich glaube nicht, daß sie seit Henry Edwards Tod aus Boston herausgekommen ist.«

»Ich kann gut verstehen, daß ihr die Hitze keinen Spaß macht. Wieviel wiegt sie?«

»Etwas mehr als 210 Pfund«, antwortete ich. »Die genauen Stellen hinter dem Komma sind mir entfallen.«

»Komisch, aber ich kann sie mir überhaupt nicht als die Frau oder besser: Witwe eines Geistlichen vorstellen. Nicht einmal eines so exzentrischen Geistlichen wie Henry Edward. Sie hätte eher die Frau von so einem robusten Engländer aus einem Dickens-Roman sein können. Sie hat eine viel zu ausgeprägte Vorliebe für Tweedsachen und Strickkostüme.«

»Sie wird wahrscheinlich frische Katzenminze für Ginger aus ihrem Garten mitbringen«, sagte ich nachdenklich.

»Du alte Intrigantin! Und sie wird Streitpatience mit dir spielen. Außerdem hat sie Dot schon öfter im Sommer hier getroffen, und sie kommen wunderbar miteinander aus. Und keine von beiden wird dauernd herumrennen und alles in Unordnung bringen wollen. Versuch dir bloß mal eine rennende Emma vorzustellen.« Sie kicherte. »Ich fahre in den Ort und schicke ihnen zwei ultimative Telegramme.«

Die Schlagzeilen über die Hitzewelle waren in der Mittwochszeitung erschienen, und unsere Gäste kamen am Freitag mit dem frühen Morgenzug an. Sie wurden sofort von Betsey zum Strand geschleppt.

Von meinem Liegestuhl auf der Veranda aus konnte ich die Mädchen draußen auf dem Badefloß gerade noch erkennen. Trotz der großen Anzahl der Badegäste an diesem normalen Werktag waren Emmas üppige Beine in den schwarzen Strümpfen deutlich zu sehen, wie sie unter den breiten grünen Streifen meines Lieblingssonnenschirms hervorragten. Ich nahm mein Buch zur Hand, den *Lippenstift-Mörder,* und freute mich darauf, mir mit dem kühnen Detektiv Wyncheon Woodruff bis zum Lunch ein paar schöne Stunden zu machen. Doch als ich gerade ernsthaft erwog, ob eine Strähne roter Haare ein wichtiges Indiz sein könnte, unterbrach mich die Stimme von Bill Porter.

»Geht's um Mord und Totschlag, Snoodles, oder um Wein, Weib und Gesang? Dem Titel nach könnte es ja beides sein.«

Bill Porter benutzt meinen frivolen Spitznamen schon so lange wie Betsey, und auch er ist wie meine Nichte keinerlei Überredungskünsten zugänglich.

»Du weißt sehr gut«, wies ich ihn zurecht, »daß ich Kriminalromane nur aus dem einen, sehr einfachen Grund lese, daß sie meinen Verstand schulen. Diese modernen Romane voller schmutziger Erinnerungen und biologischer Details können mich wirklich nicht begeistern.«

»Quatsch«, sagte Bill ganz unelegant. »Als ob du nicht früher meine ganze Schundsammlung einkassiert und mich gezwungen hättest, Trollope oder irgend etwas ähnlich Weitschweifiges zu lesen. Gesagt hast du zwar immer, du hättest es wegen meiner Weiterbildung getan, aber ich hatte ständig den Verdacht, du wolltest sie selber lesen. Jetzt bin ich mir sicher. Denk doch bloß«, stöhnte er wie unter großen Schmerzen, »denk doch bloß, da liest du dieses ordinäre, niveaulose Buch, und dabei wartet ein Meisterwerk von Dale Sanborn in Griffweite auf dich.« Er nahm sich eine Apfeltasche von dem Teller, den Olga auf die Veranda gestellt hatte.

»Ölig«, ergänzte er mit vollem Mund. »Sehr ölig.«

»Olga sagt, sie seien heute besonders gut.«

»Meine liebe und teure Snoodles, ich nehme keineswegs Bezug auf dieses wohlschmeckende Gebäck, und das weißt du auch. Ich meine diesen Herrn Sanborn, der ganz entschieden etwas Öliges hat. Wie ist der nur hier gelandet?«

»Das habe ich mich auch gefragt. Er hat mir erzählt, er glaube, das sei der richtige Ort, um sich auszuruhen, bevor er mit dem nächsten Buch anfängt. Wie heißt noch dieses purpurrot gebundene Ding auf dem Tisch? *Nächstenliebe*. Tja, das ist sein jüngstes Werk, in die Buchhandlungen kommt es erst im nächsten Monat. Es wurde uns gestern abend förmlich überreicht. Aber aus welchem Grund er auch gekommen ist, Bill, er hat sich entschlossen hierzubleiben.«

»Ach was! Wo?«

»Er hat bis zum Ende der Saison die kleine Hütte gemietet. Heute morgen ist er mit Sack und Pack eingezogen. Ich hätte ja gedacht, das Ding wäre zu primitiv für einen so empfindsamen Geist, aber er hat sie ›bezaubernd‹ genannt.«

Bill verzog das Gesicht. »Das mag ja ein schönes Zwei-Dollar-Wort sein, aber ich kenne verflixt wenige Männer, die diesen Stall ›bezaubernd‹ nennen würden. Ein vollkommen verrückter Typ.«

»Verrückt?«

»Na ja«, Bill hockte sich auf einen Fußschemel, »seltsam. Er ließ durchblicken, daß er in Harvard war, aber als ich ihn nach seinem Jahrgang fragte, hat er sich gewunden wie ein Aal. Mit meiner besten Yankee-Fragetaktik hat es mich gute fünf Minuten gekostet, herauszufinden, daß er zum 20er Jahrgang gehört. Nur so zum Spaß habe ich dann zu Hause in einem alten Jahrbuch nachgeschlagen, aber seinen Namen konnte ich nicht finden. Vielleicht war er inkognito da, wie der Prinz in Heidelberg. Vielleicht ist er überhaupt ein heimlicher Prinz. Die Eigenschaften hat er ja. Sieht etwas fremdländisch und herablassend aus. Sag mal, glaubst du, er verliebt sich in unsere Betsey?«

Ich schüttelte den Kopf. »Das weiß ich wirklich nicht. Zahlreiche junge Männer haben sich schon mal in Betsey verliebt, und auch er zeigt einige der Symptome. Natürlich hat er sich erst fürs Hierbleiben entschieden, nachdem er sie kennengelernt hatte.«

Bill lachte leise. »Ich hoffe sehr, er hat es nicht auf Betsey abgesehen. Insgeheim hatte ich immer das Gefühl, daß ich das Mädchen gern selber heiraten würde. Würde es dir furchtbar unangenehm sein, den Erben der Porter-Millionen zum angeheirateten Neffen zu haben?«

»Im Gegenteil, ich glaube, es würde mir gefallen.«

Um die Wahrheit zu sagen, hatte ich immer vorgehabt, Bill mit Betsey zu verheiraten. Nicht wegen des Vermögens der Porters, denn Betsey hat genug eigenes Geld, sondern eher trotz seines Reichtums. Wie Bill einmal bemerkte, konnte er ja nichts dafür, daß sein Vater die Kutschenfabrik der Familie zu einer florierenden Automobilfirma gemacht hatte.

»Aber wird Betsey zustimmen? Was glaubst du? Zur Zeit hält sie mich eher für einen Nichtstuer der übelsten Sorte. Sie hat sogar die phantastische Vorstellung, ich sollte arbeiten gehen. Warum«, er nahm sich noch eine Apfeltasche, »warum sollte ich arbeiten gehen?«

Das war eine rhetorische Frage. Es gab keinen vernünftigen Grund, warum Bill Porter arbeiten sollte. Sein älterer Bruder Jimmy hatte die Geschäfte der Familie weitergeführt, als Porter senior starb, und Bill hat immer zugegeben, daß er als Geschäftsmann eine Niete ist.

»Wenn ich«, fuhr er fort, »eine Stelle beim Porterverein annehmen würde, ließe mich Jimmy die Portokasse verwalten oder irgendwelche Akten ablegen. Und es gibt eine Menge bedürftiger Menschen auf dieser Welt, die Portokassen und Ablagen weitaus besser beherrschen, als ich in einer Million Jahren lernen könnte. Und da ich jetzt im Gemeinderat und im Schulausschuß bin, habe ich hier im Ort genug zu tun. Meine Steuern lassen das Stadtsäkkel anschwellen und sorgen für bessere Straßen und so. In New York würde das Geld nicht mal ausreichen, ein altes Kopfsteinpflaster zu reparieren.«

»Wenn sie will, daß du arbeitest«, tröstete ich ihn, »dann doch nur, weil sie sich über deine Zukunft Gedanken macht, und das bedeutet, daß sie sich zumindest für dich interessiert.«

»Kann schon sein. So habe ich es noch gar nicht betrachtet. Ich bin so lange ihr ›Billy der Spielkamerad‹ gewesen, daß ich große Zweifel habe, ob sie jemals an mich als ›Billy den liebenden Gatten‹ denkt. Außerdem wollen Mädchen niemanden heiraten, den sie so gut kennen wie Betsey mich. Sie weiß, wie ich unrasiert aussehe und wie ich meine Eier mag und alles.«

Er drehte sich um und schaute mißmutig über die Bucht. Die strahlende Junisonne blitzte auf den kleinen Wellen, während der Wasserpegel im Hafenbecken stieg. Eine kreischende Möwe tupfte einen weißen Fleck in das Blau, das so typisch ist für den Himmel über Cape Cod. Die goldene Kuppel des Hauses, das der Großvater Porter gebaut hatte, glitzerte vom linken Arm der Bucht herüber. Drüben auf der rechten Seite sprang eine Gruppe einheimischer Jungen von der zerfallenen Kaimauer, die einmal der ganze Stolz des Ortes gewesen war, ins Wasser. Der Muschelpfad, der von unserem Haus am Tennisplatz vorbei den Hügel hinunterlief, glänzte wie ein weißes Satinband. Mir fiel ein, daß Betseys unpraktische Unterwäsche neue Träger brauchte. Hinter der Straße lag der Sandstrand, auf dem Einheimische und Sommerfrischler als bunte Farbkleckse zu sehen waren.

»Da ist ja Sanborn«, sagte Bill plötzlich. »Spricht mit Betsey und eurem Besuch. Ich habe Dot und Mrs. Manton heute morgen am Bahnhof getroffen. Dot sah müde aus.«

»Sie sagt, New York sei schlichtweg ein dampfender, brodelnder Hexenkessel«, sagte ich.

Bill lachte. »Weißt du, je länger ich deine Freundin Emma betrachte, desto mehr erinnert sie mich an diesen riesigen melancholischen bronzenen Buddha irgendwo in Japan. Er ist fünfzehn Meter hoch und ungefähr doppelt so breit.«

»Du sagst, sie wäre wie ein Buddha, und Betsey sagt, sie wäre wie die Frau von jemandem bei Dickens.«

»Sie ist eine Kombination von beidem. Hast du jemals eines von Sanborns Büchern gelesen, Snoodles?«

»Nicht so richtig. Ich habe mal eins angefangen. Es hieß wohl *Das große Sittengemälde des Ehelebens in Amerika.* Es handelte von einem Mann – nein, von einem Mädchen, das einen Mann liebte, der mit einem Mädchen verheiratet war – ich glaube, so stimmt es –, das einen Mann liebte, der das erstgenannte Mädchen liebte. Es hat mich so durcheinandergebracht, daß ich auf Seite vierzig aufgegeben habe. Ein bißchen unanständig war es auch. Ich bin nicht davon überzeugt, daß seine Romanfiguren irgendwelche Ähnlichkeit mit lebenden Menschen haben, obwohl er andeutete, seine Geschichten seien dem wirklichen Leben abgelauscht.«

»Die meisten Autoren«, bemerkte Bill, »nennen ihre Werke gern Produkte ihrer üppigen Phantasie. Es kam mir immer so vor, als wäre das ein Gesetz der Autorengewerkschaft oder so, jede Ähnlichkeit mit dem wirklichen Leben von sich zu weisen.«

»Das dachte ich auch. Aber er brüstet sich damit, daß seine Geschichten wahr sind. Das neue habe ich noch nicht angerührt. Ich hatte bisher keine Zeit dazu, und ich bezweifle sehr, ob ich es überhaupt lesen werde. Der *Lippenstift-Mörder* ist bestimmt wesentlich unterhaltsamer.«

»Laß diese Ketzerei aber lieber nicht deine Nichte hören. Sie glaubt, daß er Dreiser und all diese Jungs in die Tasche stecken kann.« Er grinste.

Wenn er nicht gerade grinst, könnte niemand Bill Porter vorwerfen, er sähe gut aus. Seine Nase ist ein ziemlicher Adlerschnabel, und seine Ohren stehen weiter ab, als es der männlichen Schönheit zuträglich ist. Er hat das typische Portergesicht, das meinen Vater immer an einen gediegenen Zweireiher erinnerte. Auf der Stirn zeigt sich eine lange Narbe, wo ein übereifriger Eishockeygegner einmal seinen Schlittschuh absetzte. Aber wenn Bill grinst, vergißt man diese Einzelheiten und sieht nur noch, daß er graue, aufrichtige Augen und ein festes Kinn hat.

Seine Erscheinung in Latzhosen und einem verwaschenen blauen Hemd war nicht gerade, was man von einem gutgekleideten Mann erwartete. Dale Sanborn, überlegte ich, würde sich in Bills Kleidung nicht einmal beim Hühnerfüttern sehen lassen. Sanborn war immer so perfekt angezogen.

Bill erhob sich von seinem Hocker, als Betsey mit Dot und Emma im Schlepptau die Veranda heraufkam.

»Das Wasser war einfach unbeschreiblich herrlich, Miss Prudence.«

Dot nickte zur Bekräftigung so heftig, daß ihre Ohrringe klingelten. »Nicht wahr, Mrs. Manton? War es nicht absolut göttlich? Und warum habt ihr nicht erzählt, daß Dale Sanborn hier ist? Ich dachte, er wäre auf Long Island, oder irgendeiner anderen Insel.«

»Ich wußte nicht, daß du ihn kennst«, sagte ich sanft. Fast jede Bemerkung erscheint sanft, wenn man Dots Wortschwall hinter sich hat.

»Doch, ich kenne ihn, und ob ich ihn kenne. Und ich finde es total großartig, ihn hier zu treffen.«

»Wenn du irgend etwas für mich zu lesen hast«, unterbrach Emma sie, »würde ich es gern mit nach oben nehmen und bis zum Essen etwas schmökern.«

Sie sah sich an, was auf dem Tisch lag.

»Such dir etwas aus«, sagte ich.

»Hast du denn nichts anderes als Morde?« beschwerte sie sich. »Hast du keine ruhige, entspannende Geschichte, wo der Held und die Heldin sich am Ende glücklich in die Arme sinken?«

»Betsey liest die Modernen, und ich bin auf Mord spezialisiert«, erklärte ich. »Aber hier ist das Neueste von Dale Sanborn. Ich weiß nicht, worum es geht, aber sicher nicht um etwas so Gewöhnliches wie Mord. Es ist sogar signiert.«

»Ich nehme es.« Sie blieb in der Tür stehen. »Ist der Lunch um ein Uhr?«

»Um zwei, und er heißt heute Dinner, weil Olga am Nachmittag und Abend frei hat statt am Donnerstag. Das ist unpraktisch, aber es gibt ein improvisiertes Abendessen. Du kannst dich also ungefähr zwei Stunden mit Mr. Sanborn zurückziehen.«

»Ist das sein Allerneuestes?« wollte Dot wissen. »Wie ganz und gar wunderbar!«

»Überaus hinreißend«, neckte Bill sie. »Du weißt schon, einfach wirklich zu fabelhaft. Wollt ihr Mädchen die Post holen? Wenn ja, kann ich euch mit Lucinda zum Postamt mitnehmen.

Um meine wahren Qualitäten zu beweisen, werde ich euch sogar zum Kaufmann bringen, damit ihr die Familieneinkäufe für Snoodles machen könnt.«

»Oh!« quiekte Dot. »Hast du Lucinda immer noch? Und du fährst sogar noch damit?«

»Immer noch«, antwortete Betsey für ihn. »Und er fährt sogar noch mit dem Ding, obwohl es eines schönen Tages in seine Einzelteile zerfallen wird. Jimmy hat ihm im Frühjahr einen Sechzehn-Zylinder-Roadster geschickt. Er hat eine Spezialkarosserie, silberne Beschläge und eine todschicke Kühlerfigur, eine Fanfare und Gott weiß, was noch alles. Irgendwo ist sogar ein Radio versteckt. Aber benutzt er ihn? Nichts dergleichen!«

»Aber warum denn, Bill, du bist ja total wahnsinnig!«

»Ich habe eine Todesangst vor dem Ding«, gestand er. »Und der ganze Ort würde mich für einen Angeber halten. Lucinda versteht mich wie einen Bruder.«

»Das sollte sie wohl«, erwiderte Betsey, »du fährst dieses Wrack bestimmt schon zehn Jahre.«

»Elf«, sagte Bill friedlich. »Wenn du sie schon schmähen willst, gib dem Mädchen auch, was ihm zusteht.«

»Also elf. Und du erwartest von uns, daß wir mit dir in diesen gräßlichen Klamotten fahren?«

In Lucindas geräumiger Werkzeugkiste fand Dot eine Regenjacke, und gemeinsam steckten sie Bill hinein.

Er setzte seine Schiffermütze schräg auf den Kopf, wickelte sich in die Regenjacke und nahm Haltung an.

»›Ich tat meine Pflicht, und die Pflicht ward zur Freude‹«, deklamierte er. »Brav sein, Snoodles, bis die Leichte Brigade zurückkommt – falls sie zurückkommt.«

Sie quetschten sich auf Lucindas lädierte Vorderbank und fuhren Richtung Ort.

Als ich sie den Hügel hinunterfahren sah, fragte ich mich, ob es wohl eine Sitzbank gibt, auf der sich nicht mindestens vier moderne junge Leute zusammenquetschen könnten. Ich bezweifelte es. Ich nahm meinen Krimi und wandte mich wieder der Spur der roten Haarsträhne zu.

Zweites Kapitel
Ein ruhiger Abend daheim

Es war fast drei Uhr, als wir vom Eßtisch aufstanden. Vor Olgas Kochkünsten hat sogar einmal die rigoroseste Verfechterin der Diätküche, die ich kenne, kapituliert, eine sonst ganz vernünftige Frau, die aber einen Kult daraus macht, ausschließlich seltsame synthetische Kost zu sich zu nehmen.

Olga, die besonders solchen Besuch schätzt, der ihr Essen lobt, hatte sich wirklich selbst übertroffen. Wir waren beinahe übertrieben gesättigt von ihrer speziellen Muschelsuppe und den selbstgemachten heißen Brötchen. Emma seufzte leicht, als sie sich in dem größten unserer Korbsessel niederließ.

»Erinnerst du dich, Prudence, an diesen kleinen Spruch, den wir als Kinder aufsagen mußten? ›Es schmeckte mir von Herzen gut, mehr wäre blanker Übermut.‹ Das drückt genau aus, was ich fühle. Weißt du, wenn ich dran denke, mit was für einem reinen, echten Vergnügen ich mein Leben lang alles gegessen habe, was ich wollte und noch dazu, soviel ich wollte, dann bedaure ich nicht einen einzigen Zoll meiner ausladenden Taille. Wo ist mein Strickzeug?«

»Du hast es auf dem Tisch gelassen.« Betsey brachte es ihr.

In aller Ruhe zog sie eine Wolldecke heraus und begann, daran zu stricken.

»Ist das nicht eine etwas warme Beschäftigung für diese Jahreszeit?« fragte ich.

»Mag sein, aber mir ist immer warm, also macht es keinen großen Unterschied. Außerdem habe ich heute morgen im Zug Tausende von Maschen fallen lassen.«

»Sie hat wirklich auf der ganzen Fahrt hierher daran gearbeitet«, verriet Dot, »sogar auf der Strecke, wo wir das heiße Abteil hatten. Ich weiß nicht, wie sie das aushält, ich weiß es ehrlich nicht.« Sie griff nach ihren Zigaretten und stöhnte ein bißchen. »Wißt ihr, ich fühle mich wie die Ziege im Märchen, ich bin so satt, ich mag kein Blatt. Nur bin ich so voll, daß ich am Schluß nicht mal mehr meckern kann wie in der Geschichte. Wirklich, wenn ihr all die Ein-Dollar-Dinner gegessen hättet, die ich in den letzten Monaten zu mir genommen habe, würdet ihr verstehen, wie vollkommen himmlisch wirklich selbstgekochtes Essen schmecken kann.«

»Erinnerst du dich an das Essen im College?« fragte Betsey mit Schaudern.

»Kalbsschnitzel mit Auberginen, und vielleicht eine kleine Beilage von total sandigem Spinat? Meine liebe Bets, nach den Tausenden von Kalbsschnitzeln, die ich in diesem Institut verputzt habe, befürchte ich wirklich, ich kann keiner Kuh mehr ins Gesicht sehen, ohne rot zu werden, wie ein kleines Mädchen.«

Dale Sanborn, der die Stufen heraufgeschlendert kam, hörte ihre Bemerkung. »Ja, wer das könnte«, sagte er, »rot werden wie ein Mädchen!«

Dot schnitt ihm eine Grimasse. »Witzbold.«

Er machte vor Emma und mir eine Verbeugung. »Ich möchte Sie um einen Gefallen bitten. Besitzt dieser perfekt organisierte Haushalt eventuell einen Hammer? Meine armselige Hütte leider nicht, und ich habe einige Kleidungsstücke, die dringend an Nägeln aufgehängt werden müssen.«

»Fatzke«, sagte Betsey freundlich. »Beau Brummel. Dandy. Was gibt es noch für Worte?«

»Stutzer«, half Dot weiter. »Außerdem Gockel, Stenz, Lackaffe – «

»Aber, aber!« Sanborn ließ sich vorsichtig auf dem Sofa nieder. »Das paßt nicht zu Ihnen. Wenn Wellfleet keinen Schneider beherbergt, warum dann einem Mann vorwerfen, daß er sich bemüht, präsentabel zu bleiben?«

»Wir doch nicht!« Betsey lief nach dem gewünschten Werkzeug.

»Dot sagt, sie hat Sie schon in New York kennengelernt ...« Ich bemühte mich um etwas höfliche Konversation.

»Das hat sie«, sagte Sanborn gleichgültig.

Ich bemerkte einen verwirrten Ausdruck in Dots Augen.

Emma stand auf. »Ich habe immer noch das Bedürfnis, mich auszuruhen. Ich mußte heute morgen um fünf Uhr aufstehen, um rechtzeitig für diesen furchtbaren Zug am Bahnhof zu sein. Ich glaube nicht, daß ich jemals wieder den Ruß loswerde, der sich auf mir festgefressen hat. Und meine Haut fühlt sich an, als ob immer noch der rote Plüsch daran klebt.«

Als sie ging, kam Betsey zurück und schwang einen Hammer. »Voilà, oder heißt es voici? Wie auch immer, nehmen Sie Ihr niederes Werkzeug. Unser Name steht auf dem Griff, also können Sie nicht damit türmen.«

Sanborn nahm ihn und machte eine tiefe Verbeugung, wobei er mit einem imaginären Hut den Boden fegte. Er hat tatsächlich etwas Öliges, dachte ich bei mir. Ich versuchte herauszubekommen, warum. Vielleicht war es diese Adrettheit eines Sängerknaben, die zu gut geschnittenen Flanellhosen und das blaue Jackett, oder möglicherweise seine äußerst gepflegten Hände. Mein Vater hatte mich immer vor Männern mit manikürten Händen gewarnt. So ein Mann, sagte er, ist nie ein Gentleman von Geburt, sondern ein Parvenü. Ich kam zu dem Schluß, daß es Sanborns gestriegelte schwarze, wie Lackleder aussehende Haare waren, die Bill zu seiner Bemerkung veranlaßt hatten.

»Ich verlasse Sie nun und werde mit dem Hammer hämmern«, verkündete Sanborn.

Als er die Stufen hinunterging, rief Betsey ihm nach: »Was ich Sie noch fragen wollte, haben Sie schon Ihre erste Mahlzeit bei Mrs. Howe genossen?«

»Noch nicht, leider. Den Lunch, zu dem sie Dinner sagt, habe ich um mehrere Stunden verpaßt. Ich mußte im Hotel einen Bissen essen. Aber heute abend werde ich bei ihr das Dinner einnehmen, daß sie freilich Supper nennt. Ich habe allerdings noch nicht den Serviettenring erworben, wie sie es verlangte, als ich für die erste Woche im voraus bezahlte. Glauben Sie, ich muß die ganze Woche ein und dieselbe Serviette benutzen?«

»Das müssen Sie ganz bestimmt«, erklärte ich ihm. »Sie bekommen eine frische beim Sonntagsdinner.«

Er rümpfte die Nase. »Gräßlicher Gedanke. Ich muß mir gleich mit dem Ring ein paar Papierservietten zulegen. Sehe ich Sie heute abend im Kino?«

»Sehr wahrscheinlich«, antwortete Betsey. »Sie finden uns vorne links, falls Sie später kommen. Ich bin zu kurzsichtig, um Filme anders als aus allergrößter Nähe zu erkennen.«

»So lebt denn wohl!« Er schwenkte seinen Hammer und ging.

»Kennst du ihn schon lange?« fragte Betsey Dot.

»Mm-mmh.« Sie war kurz angebunden.

»Amüsant, findest du nicht?«

»Ja. Meine Liebe, habe ich dir schon erzählt, daß ich Charlotte Waite getroffen habe? Sie hat doch tatsächlich einen Medizinalassistenten aus dem Bellevue geheiratet, und jetzt erzählt sie nur noch von hochgradig Imbezilen, schwachsinnigen Kindern und lauter solchen Sachen.«

»Laß hören«, bat Betsey stürmisch. »Erzähl mir alle Neuigkeiten.«

Die beiden plauderten in jener freimütig bissigen Art, die so typisch ist für ihre Generation. Ihr Klatsch hatte durchaus seine humorvolle Seite, aber ich war eher froh darüber, daß ich nicht eine ihrer abwesenden Freundinnen war. Dot hatte zahllose Geschichten über ihre Kommilitonen parat, die sie lang und breit erzählte, wobei sie sie, wie ich annahm, mit einigen Details aus ihrer lebhaften Phantasie hier und da auffrischte.

Ich griff zur Zeitung und las befriedigt den Temperaturvergleich zwischen den verschiedenen Städten im Osten. Irgendwie verschafft es mir ein leichtes Gefühl von Überlegenheit und Zufriedenheit, wenn ich lese, daß Boston und New York und die Städte dazwischen einschmelzen, während ich mich in einer angenehmen Meeresbrise aale.

Um halb fünf ging ich hinaus in die Küche.

»Du holst dir doch hoffentlich nicht schon wieder was zu essen«, sagte Betsey.

»Der Mensch muß essen«, erklärte ich ihr, »obwohl ich schon oft überlegt habe, wie viel einfacher und praktischer es wäre, wenn das nicht so wäre. Ich sehe nach, ob Olga uns die Grundlage für ein Abendessen dagelassen hat.«

Ich fand geschnittenes Brot für Sandwiches, das mit einem feuchten Tuch zugedeckt war. Es gab ein wenig Obst für einen Salat und einen Krug Eistee im elektrischen Kühlschrank. Dieser Kühlschrank war ein weiterer Pluspunkt für das Haus gewesen. Bis zu diesem Sommer hatten wir wie die übrigen Sommerfrischler unser Eis vom Bahnhof hertransportiert, wenn wieder einmal eine Ladung ankam. Nun standen wir daneben und schauten uns ein bißchen schadenfroh das Schauspiel an, wenn die anderen in ihren Autos mit Eisblöcken nach Hause rasten, die inzwischen unaufhaltsam von den Trittbrettern heruntertropften. In der Kuchendose entdeckte ich schließlich einen ganzen Honigkuchen.

Olga war ein Schatz. Manchmal erinnerte sie mich an einen harten Block Kiefernholz, aber sie war wirklich ein Schatz. Sie hatte an alles gedacht. An alles, korrigierte ich mich, außer an Zitronen, und diesen lebensnotwendigen Artikel hatten wahrscheinlich auch die Mädchen bei ihrem morgendlichen Einkaufsausflug vergessen.

Ich rief Betsey. »Wenn du willst, daß euer Abendessen ein Erfolg wird, mußt du schnell in den Ort flitzen und ein paar Zitronen kaufen.«

»Haben wir die vergessen, Snoodles?« Sie war zerknirscht. »Tut mir leid, aber das ist alles Bill schuld, dieser Idiot. Er hat sich im Geschäft seine eigenen Sachen rausgesucht, und dann hat er ein Theater veranstaltet und uns gehetzt, weil wir niemanden gefunden hatten, der uns bediente. Wie spät ist es?«

»Zwanzig vor fünf. Du hast noch jede Menge Zeit, bis die Läden zumachen. Ich weiß, es ist lästig, aber ich hätte lieber ein Omelett ohne Eier als Eistee ohne Zitronen.«

»Stimmt. Ich hole den Wagen. Frag doch Dot, ob sie mitkommen will.«

Dot hatte keine Lust, die Veranda zu verlassen. »Es ist einfach das erste Mal seit Ewigkeiten, daß ich es gleichzeitig kühl und gemütlich habe. Außerdem habe ich Ihren Krimi angefangen, und der ist viel zu spannend, um ihn wegzulegen. Wirklich, Miss Prudence, Sie haben die vollkommen herrlichsten Bücher.«

Betsey fuhr in ihrem winzigen Wagen vor. Sie besitzt eines dieser Zwergautos, über die es so viele Witze gibt. Wenn es auch für uns beide durchaus genügte, war es doch etwas unbequem, wenn wir Gäste hatten. Betsey hatte zweimal den Weg vom Bahnhof machen müssen, um Emma und Dot und deren Gepäck zu transportieren. Emma gestand anschließend, sie habe während der Fahrt Todesängste gelitten.

»Ich kam mir vor wie jemand aus *Alice im Wunderland*«, beschrieb sie es, »nur wußte ich nicht, ob ich aus der Flasche getrunken hatte, die einen größer macht, oder ob der Wagen das Mittel zum Schrumpfen genommen hatte.«

»Kommst du mit?« rief Betsey.

»Nein, ich bleibe hier.«

Wir sahen dem kleinen Ding nach, wie es den Hügel hinabholperte. Als Betsey in die Straße am Strand einbog, hätte sie beinahe Bill Porter in seiner Lucinda gerammt. Wir konnten ihre Stimmen hören, als sie sich zankten.

»Was Bill wohl will«, überlegte ich laut.

»Er kommt wahrscheinlich zum Abendessen«, lachte Dot. »Er hat etwas in der Art heute morgen schon angedroht.«

Aber Bill hielt nicht bei unserem Häuschen an. Er winkte, als er vorbeifuhr, und als ich wieder in die Küche ging, sah ich zu meiner Überraschung seinen Wagen draußen vor der Hütte parken.

Obwohl ich wiederholt dagegen protestiert habe, kann Olga es nicht lassen, das Silber zu verstecken. Vor vielen Jahren wurden an ihrem freien Tag mal ein Kasten Ginger Ale und drei goldene Löffel aus unserer Küche gestohlen, und sie fühlte sich persönlich dafür verantwortlich. Ich glaube, sie hat danach nie wieder ganz dasselbe für diesen Ort empfunden. In Boston würde ihr nicht im Traum einfallen, unsere Messer und Gabeln zu verstecken; das ist übrigens auch gar nicht nötig, denn der Polizist unseres Viertels ist ein Landsmann von ihr und verbringt einen großen Teil seiner Freizeit in unserer Küche. Aber seit diesem Diebstahl hat sie hier auf dem Cape immer unser Silber versteckt.

Heute hatte sie sich selbst übertroffen. Es war keine leichte Aufgabe, die Salatbestecke, Löffel und Buttermesser aufzuspüren. Schließlich fand ich sie im Wäscheschrank, zuunterst im Brotkasten und in der Backröhre des Ölofens.

Als ich wieder aus dem Fenster sah, war Bills Wagen nicht mehr da. Es sah Bill gar nicht ähnlich, bei uns vorbeizufahren, ohne nach etwas Eßbarem zu fragen. Asey Mayo, sein Mädchen für alles, ist ein ausgezeichneter Koch, aber irgendwie hat sich bei Bill der enorme Appetit eines Heranwachsenden nie verloren. Ich fragte mich unwillkürlich, ob mit Olgas Apfeltaschen vom Vormittag etwas nicht in Ordnung gewesen war und Bill aus Höflichkeit nichts gesagt hatte.

Dot kam in die Küche und bot ihre Hilfe an.

Ich sagte, sie könne Sandwiches machen. »Aber bevor du irgend etwas anderes tust, solltest du erst mal eine Gurke aufschneiden und dir mit den Scheiben das Gesicht einreiben. Wenn nicht, hast du morgen einen wunderschönen Sonnenbrand.«

»Ist es so schlimm?« Sie zog eine Puderdose aus ihrer Tasche und betrachtete sich in dem Spiegelchen. »Oje, ich bin ja fast purpur, was? Das muß die furchtbare Hitze sein, oder das Böse in mir kommt ans Licht, oder es war der rote Plüsch in diesem widerlichen Zug. Aber Sonnenbrand ist es nicht. Ich bekomme keinen Sonnenbrand. Nie.«

Sie setzte sich und rührte Mayonnaise unter den feingehackten Schinken. »Bei all diesem Erzählen mit Betsey habe ich völlig vergessen, Sie etwas zu fragen, Miss Prudence. Sie müssen mich für sehr unhöflich halten. Wo ist eigentlich dieser rotblonde Kater, der immer so furchtbar würdevoll aussieht?«

»Ginger? Ach, der ist hier irgendwo unterwegs. Er hat das Jagen auf der Wiese im Moment aufgegeben und spielt meistens bei den Kiefern hinter der Hütte. Das ist eine große Erleichterung. Jetzt legt er uns nur noch eigenartige Käfer auf die Flurschwelle und keine langschwänzigen Feldmäuse mehr.«

»Er war ein unheimliches Viech«, sagte Dot voller Bewunderung. »Was aß er noch am liebsten? War es nicht so was Bizarres wie Liebesknochen?«

»Nicht Liebesknochen. Süße Krapfen, Vanilleeis und Ölsardinen. Vor allem die Sardinen hat er wohl durch ständige Gewöhnung schätzengelernt, weil Betsey nun mal bekanntlich eine Schwäche dafür hat.«

»Bitte«, sagte Dot mit einem Schaudern in der Stimme, »erzählen Sie mir das nicht. Ich weiß es. Habe ich nicht vier Jahre lang mit ansehen müssen, wie sie dieses ölige Zeug in sich reinstopft? Bill Porter ist doch auch so ein Sardinensüchtiger, nicht wahr?«

Ich nickte.

»Der Junge hat heute morgen im Laden ein Dutzend Büchsen eingekauft, so ganz nebenbei, wie unsereins ein Brot oder einen Hefekuchen.«

»Die beiden«, bemerkte ich, »haben wesentlich beigetragen zum wirtschaftlichen Wohlergehen von Norwegen und Schweden, oder wo Ölsardinen eben herkommen.«

»Wesentlich beigetragen? Miss Prudence, ich gehe jede Wette ein, daß sie verflixt nah daran sind, ein Dutzend Fischerdörfer zu unterhalten.«

»Und warum nicht?« Betsey kam herein und ließ eine Papiertüte auf den Tisch fallen. »Warum nicht? Wir unterstützen die Menschheit, genau das. Und die Menschheit ist immer irgendwie am Boden zerstört und braucht Unterstützung.«

»Sei nicht albern«, sagte ich. »Gib lieber Emma Bescheid, daß sie jetzt zu Abend essen kann, wenn ihr der Sinn danach steht.«

»Nicht nötig. Da kommt sie schon.«

Wir hörten ihre schweren Schritte auf der Treppe.

»Abendessen? Prudence, ich schäme mich, sagen zu müssen, daß ich schon wieder Hunger habe. Vielleicht liegt es an der Luft. Oder sage ich das immer?«

»Nein«, versicherte Betsey ihr, »und du kannst den Salat mit hineinnehmen.«

»Ich habe ganz vergessen, dich zu fragen, Emma, wie gefällt dir Dale Sanborns Buch?«

Sie antwortete, wie man das in Neuengland gern tut, mit einer Gegenfrage: »Und dir?«

»Ich habe es nicht gelesen. Niemand von uns hat es gelesen. Er hat es erst gestern abend herübergebracht.«

»Ich erzähle es euch lieber erst«, sagte sie orakelhaft, »wenn ich eure Meinung gehört habe.«

Nachdem das Abendessen beendet war und Olga zuliebe die Teller zusammengestellt worden waren, schlug Betsey Kino vor.

»Hmmm«, sagte Emma. »Glaubst du etwa, du könntest uns vier, mich eingeschlossen, in diesem – diesem Ding unterbringen, das du ein Auto nennst?«

»Oh, nein«, erwiderte Betsey. »Ich fahre zweimal. Oder Bill kann euch mitnehmen, wenn er vorbeikommt. Oder Dale. Nur glaube ich, er ist zu Tisch. Ich habe seinen Wagen nicht am Haus gesehen.«

»Danke, aber ich bleibe lieber zu Hause. Ihr wollt wohl nicht zufällig ein bißchen Bridge spielen?«

»Mit zwei Haien wie dir und Snoodles? Nichts zu machen. Wir würden unser ganzes Geld verlieren und müßten betteln gehen. Wir hätten Schulden für die nächsten paar Jahre und müßten im Armenhaus wohnen.«

»Na gut«, meinte ich ergeben. »Geht ihr in euren Film, und wir bleiben hier und spielen Streitpatience. Aber bringt uns eine Tüte Popcorn mit.«

Ich hatte schon immer den Eindruck, daß die Leute nur deshalb in das örtliche Lichtspieltheater gehen, um mengenweise Popcorn in sich hineinzustopfen. Ich kann sonst nichts Anziehendes finden an diesem überfüllten Sälchen, wo man auf harten Stühlen sitzen muß und sich Filme ansieht, deren Jugendblüte schon längst verwelkt ist. Aber die jungen Leute pilgern mit einem geradezu religiösen Eifer jeden Abend dorthin, lümmeln sich auf den unbequemen Sitzen, essen geräuschvoll Popcorn und wetten sogar, wie oft der Projektor den Geist aufgibt und das verschnörkelte, handgemalte Schild »Einen Moment bitte« erscheint.

Emma und ich ließen uns am Kartentisch nieder, und volle zwei Stunden lang spielten wir, als ob das Schicksal ganzer Nationen auf dem Spiel stünde.

Um zehn Uhr schob Emma die Karten von sich. »Das reicht. Ich habe keine Lust, noch mehr Geld an dich zu verlieren. Noch zwei Spiele wie das letzte, und ich müßte den Rest des Jahres von Eintopf und Reispudding leben.«

»Na schön«, neckte ich sie, »wenn du Angst hast – «

»Ich habe keine Angst. Ich bin müde. Wird es nicht langsam Zeit, daß die Mädchen zurückkommen?«

»Jede Minute.«

»Bist du jemals auf die Idee gekommen, Prudence, daß da mal etwas zwischen Dot und diesem Sanborn war?«

»Eigentlich nicht. Wieso?«

»Ich weiß nicht. Vielleicht wegen der Art, wie sie ihn heute morgen am Badehäuschen begrüßt hat. Sie schien ziemlich glücklich zu sein, ihn zu sehen, aber er war nicht sehr entgegenkommend. Was hältst du von ihm?«

»Ich habe noch nicht besonders darüber nachgedacht. Bill sagt, er sei reichlich ölig und auf dem besten Wege, sich in Betsey zu verlieben. Wenn ich mich entscheiden müßte, würde ich sagen, ich mag ihn nicht. Gefühlsmäßige Antipathie, nehme ich an. Was meinst du?«

Sie zuckte die Schultern. »Ich habe ihn heute morgen fünf Sekunden lang gesehen, und heute nachmittag noch mal fünf. Sein Buch ist Mist – «

»Den Verdacht hatte ich auch schon«, gab ich zu.

Beladen mit Tüten voll Popcorn, aus denen es auf den Boden rieselte, kamen Betsey und Dot herein.

»Es war eine fürchterliche Vorstellung«, informierte uns Betsey, während sie das Popcorn verteilte. »Der Film ist viermal gerissen, der Klavierspieler ist eingeschlafen, Bill war nicht da und dieser elende Dale auch nicht. Sein Wagen steht in der Garage, aber in der Hütte ist kein Licht. Ihr habt doch gehört, wie er gesagt hat, er wollte uns im Kino treffen.«

Sanborn benutzte unsere Garage, da die Hütte keine hatte.

»Habt ihr die Küchentür zugemacht?« fragte ich plötzlich. »Ich hoffe sehr, daß ihr nicht den Kater hinausgelassen habt.«

Betsey sah Dot fragend an.

»O je, ich weiß, ich bin als letzte hereingekommen, aber ich bin nicht sicher, ob ich die Tür zugemacht habe. Glaubt ihr, das Biest ist nach draußen abgehauen?«

»Ganz bestimmt.« Ich stand auf und klopfte versuchsweise an einen Aschenbecher. Ginger kam nicht.

»Dann ist er weg«, sagte Betsey müde. Sie erklärte Dot: »Das ist das Signal für ihn, daß es Essen gibt. Gegen Porzellan klopfen heißt: ›Dein Fisch ist da – fressen kommen!‹ Gut, ich nehme die Taschenlampe und gehe mal nachsehen.«

»Halb so schlimm«, meinte ich. »Ich gehe selbst. Du würdest ihn nur zu Tode erschrecken, und dann kommt er heute nacht gar nicht mehr. Außerdem gibt es hier Skunks. Olga hat einen gesehen.«

Ich fand Ginger, wie er auf der hinteren Treppe herumtobte. Nachts hinausgelassen zu werden war eine neue Erfahrung für ihn, und er genoß jede Sekunde. Er sah, wie ich auf ihn zukam, und hörte mein überredendes »Komm, Ginger, komm, Ginny, Ginny«.

Mit einem Zucken seines Schwanzes, was so viel bedeutete wie eine lange Nase, drehte er sich um und rannte auf die Kiefern zu. An der Hütte bog er ab, und im Schein meiner Taschenlampe sah ich ihn darin verschwinden.

Ich machte schmeichelnde Geräusche und schnalzte aufmunternd mit der Zunge. Er wollte nicht kommen. Ergeben folgte ich ihm den sandigen Weg entlang.

Ich klopfte an die Tür der Hütte und rief: »Mr. Sanborn!« Aber Dale antwortete nicht. Ich hielt die Taschenlampe vor mich und betrat leicht zögernd die Hütte.

Ginger war halb unter dem Tisch und leckte eifrig etwas vom Boden auf. Ich griff ihn schnell und klemmte ihn mir unter den Arm. Er hatte das Olivenöl aus einer leeren Sardinenbüchse gefressen.

Ich ließ den Strahl meiner Taschenlampe durch die Hütte wandern und wollte Sanborn, den ich im Bett vorzufinden erwartete, die Sache erklären. Aber das Bett war leer und unberührt. Der Lichtkegel stieß auf etwas, das aussah wie ein Bündel zusammengerollter Decken, das parallel zum Tisch mitten im Raum lag.

Mit Ginger unter dem Arm bückte ich mich neugierig, um mir etwas Weißes anzusehen, das darunter hervorragte. Es war ein Schuh, ein makelloser weißer Wildlederschuh.

Ich hielt die Luft an, kniete nieder und schlug die Decke zurück. Genau so gekleidet, wie wir ihn am Nachmittag gesehen hatten, lag Dale Sanborn, leblos ausgestreckt, mit dem Gesicht nach unten, am Boden. Ich berührte ihn. Dann rannte ich halb stolpernd mit dem protestierenden Ginger unter dem Arm den Pfad entlang zum Haus zurück.

Dale Sanborn war tot. Menschen sterben aber nicht und ziehen sich dann selbst eine Decke über.

Dale Sanborn war ermordet worden.

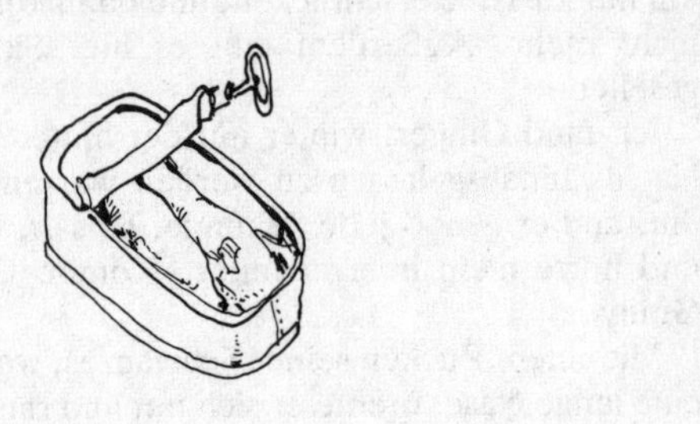

Drittes Kapitel
Mr. Sullivan übernimmt

Hast du ihn?« fragte Betsey, als ich ins Wohnzimmer kam. »Aber du bist ja weiß wie die Wand und drückst die Katze tot! Was ist denn bloß los, Snoodles? Du siehst aus, als hättest du eine Leiche gesehen.«

Ich ließ Ginger hinunterspringen und fiel in einen Stuhl. »Das habe ich auch«, japste ich. »Betsey, Dale Sanborn ist tot.«

»Was!« Ihre Stimme überschlug sich.

»Tot?« wiederholte Emma.

Dot öffnete den Mund, um etwas zu sagen, aber bevor sie ein Wort herausbringen konnte, erschauderte sie leicht und sank wie leblos zu Boden.

Emma hatte die Situation im Griff. »Betsey, heb ihren Kopf nicht hoch. Laß ihn liegen. Bring mir etwas Ammoniak und ein Glas Wasser und ein Tuch.«

Gelassen hielt sie Dot ein ammoniakgetränktes Tuch unter die Nase.

»Gieß etwas von dem Zeug in das Glas und gib es deiner Tante. Sie sieht aus, als ob sie es brauchen könnte. Nein, mehr nicht. Da, trink das, Prudence.«

Wir gehorchten ihr wie kleine Kinder. Ich verzog das Gesicht, aber ich trank das unangenehme Gebräu, und ich muß zugeben, daß ich mich danach besser fühlte, wenn ich auch immer noch etwas zitterte.

Einen Augenblick später hatte sich Dot erholt. Emma führte sie zu einem Sofa am Feuer.

»Bleib da sitzen. Also, Prudence, was ist denn nun eigentlich los?«

Stockend erzählte ich ihr von meinem Versuch, Ginger einzufangen, und von meiner Entdeckung in der Hütte.

Sie nickte nachdenklich. Ihre Art von resignierter Gelassenheit ist einer der Gründe, warum ich sie mag, aber in diesem Augenblick wirkte sie ganz entschieden aufreizend, und das sagte ich ihr auch.

»Du bist genau wie dieser Buddha, von dem Bill erzählt hat«, fügte ich gereizt hinzu.

»Tut mir leid, Prudence, aber das Leben mit Henry Edward hat meine natürlichen Überraschungsreaktionen gedämpft. Er hat einfach aus Prinzip immer das Unübliche getan, und ich nehme an, ich bin deshalb an Überraschungen gewöhnt. Natürlich bin ich schockiert. Ich habe mich gerade gefragt, was wir jetzt tun sollen.«

»Ich würde es dir ja sagen, aber ich weiß es nicht.« Und das war die Wahrheit.

Betsey kicherte nervös. »Es – es steht leider nicht in Benimmbüchern, wie man sich in einem Mordfall zu verhalten hat.«

»Komm her«, sagte Emma scharf. Sie packte Betsey an den Schultern und schüttelte sie, bis ihr die Zähne klapperten. »Dies, junge Frau, ist nicht der Zeitpunkt, sich irgendwelchen Hysterien hinzugeben. Habt ihr Cognac im Haus? Na, dann geh und trink ein Gläschen und bring Dot auch eines mit.«

Sie setzte sich und fuhr fort: »Und jetzt, um Himmels willen, würdet ihr euch alle bitte zusammenreißen und darüber nachdenken, was wir tun sollen? Gibt es eigentlich einen Polizisten im Ort? Ich meine, ich hätte einen an der Kreuzung am Bahnhof gesehen.«

»Meinst du den, der mit der zusammengerollten Zeitung den Verkehr dirigiert hat? Das ist nur ein Einheimischer, den sie da hingestellt haben, um Zusammenstöße zu verhindern. Es gibt bestimmt einen Sheriff, aber ich weiß nicht, wer das ist.«

»Er arbeitet beim Kaufmann«, sagte Betsey. »Sein Name ist Sullivan.«

»Und ihr habt kein Telefon? Ja dann, Betsey, trink den Cognac aus und hol deinen Wagen. Du mußt in den Ort fahren und ihn und den Arzt holen.«

»Gut.« Betsey zog ihre Lederjacke an. »Ich schäme mich wirklich, daß ich so eine Szene gemacht habe. Ich kenne mich mit solchen Sachen nicht aus, aber sollte nicht jemand hinübergehen und dableiben, bis der Arzt und der Sheriff kommen? Es kommt mir nicht richtig vor, daß Dale – daß die Leiche da so ganz alleine liegt.«

»Wir kümmern uns darum. Fahr jetzt los.«

»Wie spät ist es?«
»Kurz nach halb elf. Beeil dich.«
»Ja. Aber ich glaube, der Mann von der Staatspolizei, der seine Runde über den Strand macht, müßte um diese Zeit in der Gegend sein. Soll ich ihn mitbringen, wenn ich ihn sehe?«
»Bring jeden mit, der irgendwie zuständig ist. Und jetzt ab mit dir!«
Als sie fort war, wandte sich Emma an mich.
»Ich denke, an ihrem Vorschlag ist was dran. Jemand sollte da drüben sein. Ich nehme die Taschenlampe und setze mich nach draußen, bis sie kommen.«
»Du gehst nicht allein nach drüben«, sagte ich bestimmt. »Wenn du gehst, gehe ich mit.«
»Na gut. Dot, kannst du alleine hierbleiben?«
Dot sah uns mit verweinten Augen an.
»Es geht schon wieder.«
»Hoffentlich.« Ich stellte Olgas Glocke neben ihre Hand. »Läute damit, wenn du glaubst, du brauchst uns. Bleib besser liegen, wo du bist, und versuche nicht herumzulaufen.«
»Danke. Wie Bets tut es mir auch leid, daß ich mich so dumm benommen habe.« Sie versuchte zu lächeln.
»Also los«, kommandierte Emma. Sie nahm einen kleinen Stuhl und einen Schemel. »Du hältst die Taschenlampe.«
Wir stellten den Stuhl und den Schemel ein paar Meter vor der Hütte in den Sand. Es gab keinen Mond, aber der Himmel war fast völlig mit Sternen bedeckt. Unwillkürlich suchte ich den Großen Bären, dann schämte ich mich ein bißchen, daß ich sterngucken mußte, während Sanborn hinter uns tot in der Hütte lag.
»Was glaubst du, wer es war?« fragte Emma.
»Ich habe nicht die leiseste Ahnung. Hör mal, es gab doch überhaupt niemanden in der Stadt, der ihn kannte – «
»Außer?«
»Na ja, außer Betsey und Bill und mir, und dir und Dot natürlich, und dem Häusermakler und Mrs. Howe, bei der er essen sollte, und ein paar Ladenbesitzern, denke ich. Und dem Mann von der Tankstelle und den Leuten im Hotel.«
»Praktisch niemand«, kommentierte Emma sarkastisch. »Ich würde sagen, Sanborn kannte eine ganze Menge Leute. Und wenn ich kleine Städte, und diesen Ort hier im besonderen, nur

ein bißchen kenne, würde ich sagen, daß ihn noch viel mehr Leute kannten. Wo hat Betsey ihn getroffen?«

»Auf dem Tennisplatz. Die kleine Stockton sollte mit ihr spielen, ist dann aber nicht gekommen. Sanborn hat sich selber vorgestellt und gefragt, ob sie mit ihm spielen wolle.«

»Verstehe. Es sieht ganz so aus, Prudence, als hättest du in der nächsten Zeit keine Kriminalromane mehr nötig. Ich glaube, du hast hier ein gutes, handfestes Problem direkt vor der Nase, das wird dich noch genug beschäftigen.«

»Und welche Chance habe ich, irgend etwas zu tun?«

»Man weiß nie, was passieren kann. Ich wette um alles, was du mir heute abend bei den Streitpatiencen abgenommen hast – ich verdoppele es, wenn ich verliere, und wir sind quitt, wenn ich gewinne –, daß du mit drinsteckst, bevor der morgige Tag vorbei ist.«

»Angenommen. Aber du willst doch hoffentlich nicht andeuten, Emma Manton, daß ich diesen Mann umgebracht habe?«

»Nein, ich meine nur, daß du deinem Vater zu ähnlich bist, um nicht deine Nase in diese Sache hineinzustecken. Er war ein zu guter Strafverteidiger, als daß du nicht bestimmte Instinkte, oder wie man das nennen soll, von ihm geerbt hättest.«

»Ich komme nicht dahinter, ob du mich gerade beleidigst.«

»Tue ich nicht. Schau mal!« Sie zeigte auf die Autoscheinwerfer, die sich rasch die Strandstraße entlangbewegten. »Da sind sie.«

Betsey parkte als erste vor der Hütte. Sie richtete ihre Scheinwerfer auf die Tür.

»Auf dem Weg nach Hause habe ich Olga getroffen und mitgenommen. Ich habe ihr alles über die ganze Sache erzählt.«

»Vielleicht geht sie besser und kümmert sich um Dot«, schlug ich vor. »Ich lasse sie da nicht gern allein.«

Olga nickte und verschwand in Richtung unseres Hauses.

»Außerdem habe ich Hunter von der Staatspolizei gefunden«, fuhr Betsey fort, als eine Gestalt von einem Motorrad abstieg, »und da kommt auch schon der Arzt.«

Offenbar hatte sie ihn erwischt, als er sich gerade zur Ruhe begeben wollte, denn unter seinem Morgenmantel konnte ich eine farbenfroh gestreifte Pyjamahose erkennen.

Die Einheimischen hatten etwas gegen den schlaksigen Arzt. Sie gaben zu, daß er in seinem Beruf gut war, aber sie mißtrauten seinem unbefangenen Umgang mit den Sommergästen. Sein

Hobby, das Sammeln von Currier- and Ives-Drucken, viktorianischen Nippsachen und fast allem, was alt und voller Wurmlöcher war, steigerte noch ihr Mißtrauen. Sein Vater, der ›alte Doc‹, hatte so etwas nie getan.

Den »jungen« Doktor Reynolds – er wurde »jung« genannt, obwohl sein Vater seit Jahren tot und er selbst schon über vierzig war – konnte man ebenso häufig auf dem Golfplatz oder am Bridge-Tisch im Country Club finden wie in seiner Praxis. Nichts mochte er lieber, als sich selbst reden hören; er kannte die Lebensgeschichte von jedermann im Umkreis von zwanzig Meilen, und ein unverbesserlicheres Klatschmaul als ihn hat es nie gegeben.

Es war typisch, daß er sich für seinen Aufzug entschuldigte, bevor er etwas über Sanborn sagte.

»Wollte gerade ins Bett. Eine unangenehme Geschichte, sehr unerfreulich für Sie alle. Wenn er wirklich ermordet wurde, wird es endlosen Ärger geben. Hunter bleibt hier, also können Sie ruhig ins Haus gehen. Ich komme rüber, wenn ich fertig bin.«

Es dauerte ungefähr fünfzehn Minuten, bis er das Wohnzimmer betrat.

»Wenn es Ihnen nichts ausmacht, werde ich hier warten, bis Slough auftaucht. Hunter bleibt drüben bis zum Morgen, oder bis wir einen Leichenbestatter gefunden haben.«

»Wer ist Slough?«

»Slough Sullivan, Miss Whitsby. Er ist der Sheriff.« Der Arzt lachte und steckte sich eine Zigarette an. »Er hatte den Job bekommen, als Ben Poots letztes Jahr starb. Ben war Sheriff gewesen, so lange ich mich erinnern kann, aber schließlich hat ihn doch die Grippe erledigt. Der Ort hat Sullivan gewählt, weil er bei der Polizei in Boston gewesen ist, und man hatte den Eindruck, man sollte sich über die modernen Trends in der Kriminologie auf dem laufenden halten. Die Arbeit beim Kaufmann ist seine einträglichere Beschäftigung. Ich habe ihn von zu Hause aus angerufen, und er sagte, er käme, sobald er seine Uniform anhat. Das klingt jetzt wie sein Wagen.«

»He, Slough«, rief er von der Veranda, »kommen Sie hierher, bevor Sie nach drüben gehen.«

Ich sah den Mann, der hereinkam, neugierig an. Ich hatte ihn ungezählte Male im Laden gesehen, aber ich glaube nicht, daß ich ihn bis zu diesem Moment auch nur einmal eingehender betrachtet hatte. Er trug die dunkelblaue Uniform, die meines Wissens die Bostoner Polizei vor mindestens zwanzig Jahren getragen hatte. Sie war komplett, vom hohen Helm bis zur weitschößigen Jacke. Sogar ein langer Schlagstock baumelte an seinem breiten Ledergürtel.

Es war nicht zu übersehen, daß Mr. Sullivan mindestens fünfunddreißig Pfund zugelegt hatte, seit er seine offizielle Tracht zuletzt getragen hatte. Er sah schläfrig aus, unbehaglich, albern und sehr schwerfällig. Er nickte uns zu und wandte sich an den Arzt.

»Wissen Sie was, Doc, das ist wie in alten Zeiten. Genau so. Captain Kinney damals von der Wache im zweiten Revier hat immer gesagt, es gibt doch nichts auf der Welt, was man mit einem Mord vergleichen kann. Sagte immer, es wäre genau wie im Krieg. Gibt den Leuten was zum Reden und Nachdenken, und hier hat es seit hundert Jahren keinen Mord mehr gegeben. Die Leiche ist in der Hütte?«

»Ja.«

»Sie haben sie doch nicht allein da gelassen, oder?«

»Hunter von der Staatspolizei ist drüben.«

»Ach der!« Sullivan schneuzte sich. »Na, dann mal los, Doc. Wer hat sie entdeckt?«

Ich sagte, das sei ich gewesen.

»Ja, Miss Whitsby, kommen Sie mit uns? Eine von den anderen Damen kann Sie begleiten.«

Betsey stieß mich an.

»Können nicht beide mitkommen?« fragte ich.

»Ja, glaube schon. Ja.«

In Sullivans Wagen saß ein Junge, den ich als seinen Sohn erkannte.

»Also, Mike, du kannst die Damen rüberfahren. Hinten ist noch jede Menge Platz neben deiner Kamera. Mike«, erklärte Sullivan stolz, »will Polizeiphotograph werden.«

Wir wurden zur Hütte hinübergeschaukelt.

Der Sheriff und der Arzt kamen den Pfad entlang. Hunter begrüßte ersteren freundlich.

»Prima Job für dich, Slough.«

Betsey schauderte es bei seinem jovialen Ton, aber Sullivan nickte nur abwesend. Mike schleppte seinen Apparat nach drinnen, und wir folgten ihm in den winzigen Raum.

Die Leiche lag, wie ich sie gefunden hatte, unter einer Decke. Zwei Petroleumlampen gaben genügend Licht, so daß ich mich genauer umsehen konnte, als ich es bei meinem ersten Besuch getan hatte.

Die Sardinenbüchse lag noch so unter dem Tisch, wie Ginger sie entdeckt hatte. In einer Nische mit Vorhang in der entferntesten Ecke des Raums sah ich Anzüge und einen Mantel hängen. Eine große, halb ausgepackte Tasche stand auf einem Stuhl; daneben stand einer dieser dehnbaren Koffer, der aber so flach war, daß er leer sein mußte.

Der Arzt hatte seine Instrumente auf das unberührte Bett gelegt. Auf dem Tisch neben den Lampen lagen verschiedene kleine Gegenstände, ein Rasiermesser, eine Uhr und ein offenes Zigarettenetui aus Platin, gefüllt mit den langen braunen kubanischen Zigaretten, die Sanborn bevorzugt hatte. Ein Tennisschläger im Spanner war der einzige Gegenstand auf der Kommode.

»Alles so, wie Sie es gesehen haben?« fragte Sullivan mich.

»Soweit ich das sagen kann. Ich hatte mich nur sehr kurz umgesehen.«

Sullivan beugte sich über die Leiche und zog die Decke zurück. »Das ist Sanborn?«

Emma erstarrte neben mir, und ich hörte, wie Betsey nach Luft rang. Zum ersten Mal, glaube ich, wurde mir klar, was tatsächlich passiert war. Die Petroleumlampen warfen einen seltsam flackernden Schein auf den leblosen Körper, und einmal, als der Wind heftig hereinblies und die Lampen beinahe ausgingen, hatte ich das komische Gefühl, der Körper hätte sich bewegt. Ich wußte, daß es nur eine optische Täuschung war, aber selbst der Arzt sah einen Moment lang erschrocken aus.

»Ja, das ist Dale Sanborn«, antwortete ich endlich.

»Also, Mike«, wandte sich Sullivan an seinen Sohn, »du machst ein Photo davon mit der Decke und eins ohne, und dann machen wir uns an die Arbeit.«

Der junge Sullivan stellte ein wackliges Stativ auf, und unter großen Schwierigkeiten gelang es ihm endlich, seine antiquierte Kamera zu seiner Zufriedenheit in Position zu bringen. Er schüttete eine großzügig bemessene Portion Pulver auf einen T-förmigen Halter und hielt ein Streichholz daran. Sofort wurden wir geblendet und von den Rauchwolken beinahe erstickt.

»O Mann!« informierte Mike uns reuevoll, als die Sicht klarer wurde. »Jetzt habe ich doch tatsächlich vergessen, die Platte rauszunehmen. Jetzt muß ich die Aufnahme nochmal machen.« Er machte noch eine und dann noch eine.

»Mir ist das Pulver ausgegangen«, sagte er betrübt.

Emma räusperte sich erleichtert. »Ich hoffe sehr, daß mein Gesicht von diesen üppigen Explosionen nicht so rußig ist wie deins«, flüsterte sie.

Ich versicherte ihr, das sei es doch.

»Keine von denen wird was«, raunte mir der Arzt zu. »Er hat immer die Platten vergessen und war wegen des Pulvers zu aufgeregt, um es zu merken. Als Polizeiphotograph wird er eine echte Katastrophe.«

Aber weder Sullivan noch sein Sohn schienen sich bewußt zu sein, daß irgend etwas nicht in Ordnung war.

»Also«, sagte ersterer, »jetzt haben wir die Leiche identifiziert und haben ein Photo gemacht als Beleg für später. Sie sind doch ein vereidigter Sachverständiger, Doc?«

»Bin ich.«

»Also, Doc, was war bei ihm die Todesursache?«

Der Arzt gürtete seinen Morgenmantel fester und stellte sich in den Mittelpunkt – das heißt, so weit man den Mittelpunkt einnehmen kann in einem Raum von ungefähr sechs mal sieben Fuß, in dem sich bereits sechs Personen, diverse Möbelstücke und ein ermordeter Mann befinden.

»Also«, begann der Arzt pompös, »also, falls die Autopsie nicht Indizien für die Präsenz einer natürlichen organischen Störung erbringt, und nach meiner Untersuchung ist das im höchsten Grade unwahrscheinlich, und falls dabei nicht das Vorhandensein von Gift festgestellt wird, was schon möglich ist, obwohl ich es sehr bezweifle, wurde dieser Mann getötet durch einen Schlag auf die Schädelbasis mit einem stumpfen Gegenstand. Und«, fügte er hinzu, »wer auch immer das getan hat, hat seine Sache gründlich gemacht.«

»Stumpfer Gegenstand?« Sullivan schien verwirrt zu sein. »Dann gab's also keine Waffe?«

»Der stumpfe Gegenstand war die Waffe«, sagte der Arzt in dem Tonfall, in dem ein Lehrer in der zweiten Klasse erklärt, das B nach A kommt.

»Wie?«

»Tja, Sullivan, das nächstliegende und praktischste Werkzeug für einen Mord, sei er nun vorsätzlich oder heimtückisch, ist eine stumpfe Waffe. Das liegt vor allem daran, daß es ein großes natürliches Vorkommen an stumpfen Gegenständen gibt« – er warf dem Sheriff einen Seitenblick zu, um zu sehen, ob sein Sarkasmus irgendwelche Wirkung zeigte; er zeigte keine, also fuhr er fort – »im Unterschied zur relativen Seltenheit orientalischer Dolche und nicht nachweisbarer südamerikanischer Gifte. Zumindest sind sie selten zwischen Sagamore Bridge und Race Point. Und im Fall eines – man könnte sagen improvisierten – Mordes wird so gut wie immer ein stumpfer Gegenstand benutzt. So erfahren Sie auch sein mögen im Pistolenschießen oder Florettfechten, Ihr Können wird Ihnen kaum etwas nützen, wenn Sie vor der Notwendigkeit stehen, einen Mord zu begehen, bei dem Ihre Auswahl an Waffen beschränkt ist auf, sagen wir mal, eine Cloisonné-Vase aus der Ming-Dynastie oder das Bein eines Louis-quinze-Sekretärs.«

Sullivan hörte mit gespannter Aufmerksamkeit zu, aber ich war sicher, daß er wenig von der Vorlesung des Arztes begriffen hatte. Ich muß leider zugeben, daß ich nur mit großer Mühe ein Kichern unterdrücken konnte. Irgendwie hatte eine nervöse Reaktion eingesetzt. Ich wußte, daß auch Emma und Betsey lachen mußten. Der Arzt musterte uns mißtrauisch.

»In diesem Falle«, fuhr er fort, »hat sich der Mörder den Umständen so gut angepaßt, daß der Mord mit allem möglichen begangen worden sein kann, von einem Streitkolben aus dem fünfzehnten Jahrhundert bis hin zu einem zusammengerollten Exemplar der Saturday Evening Post, jedoch – «

»Sie meinen«, unterbrach Sullivan, »Sie wissen nicht, womit er ihn erschlagen hat?«

»Sie haben den Nagel auf den Kopf getroffen. Ich weiß nicht, mit was für einem Gegenstand er oder sie, oder wer immer den Mord begangen hat, Mr. Sanborn erschlagen hat. Sehen Sie, es ist nichts Einzigartiges oder Besonderes an dieser Art, jemand zu töten. Der scharfe Schlag auf die Schädelbasis ist so einfach und so tödlich, daß man ihn in fast allen Kampfarten zwischen unbewaffneten Menschen findet. Sie kennen den Schlag aus dem modernen Boxsport als ›Nackenschlag‹. Er kommt vor in Kampfmethoden, die so weit auseinanderliegen wie die rauhe Keilerei irischer Bauern im elften Jahrhundert und Jiu-Jitsu in Japan.«

»Dann«, sagte Sullivan aufgeregt, »könnte es ein Japs gewesen sein?«

»Oder ein Franzose oder Holländer oder Preuße«, erwiderte der Arzt. »Oder ein Zulu. So ein Schlag, Slough, trifft den Plexus cervicalis, und wenn eine ausreichende Kraft dahintersteckt, wird die Medulla paralysiert, und der Tod tritt sofort ein.«

Er ließ die Fachausdrücke auf uns wirken und erklärte sie dann herablassend.

»Mit einfachen Worten gesagt, ein Plexus ist ein Zentrum oder Netz von Nerven, und der Plexus cervicalis versorgt die Medulla oder den unteren Teil des Gehirns genau so, wie eine Hauptleitung eine Telefonzentrale versorgt, die alle außerhalb liegenden Stationen verbindet. Wenn also die Hauptleitung zerstört ist, wird die Zentrale nutzlos, so daß keine Nachrichten von diesen außerhalb liegenden Stationen ausgesendet oder empfangen werden können. Im Gehirn kontrollieren die Stationen, die vom Plexus cervicalis gesteuert werden, ihrerseits die lebensnotwendigen Funktionen des Körpers, zum Beispiel die Atmungsorgane und so weiter. Wenn also die Hauptleitung, der Plexus cervicalis, zerstört oder paralysiert ist, dann hören die lebensnotwendigen Funktionen auf, und notwendigerweise hört dann das Leben ebenso auf. Können Sie mir folgen?«

»Glaube schon. Jemand hat ihm eins über die Rübe gegeben, und er war sofort tot.«

»Ausgezeichnet, Sullivan.« Der Arzt lächelte wie ein Hauptdarsteller beim zehnten Vorhang.

»Aber fast jeder könnte es gewesen sein, mit allem möglichen?«

»Korrekt. In der Tat könnte ihn zum Beispiel ein Mann oder eine Frau mit der Handkante erledigt haben. Es gibt keinen Beweis für das Gegenteil.«

»Sie glauben nicht, daß er mit diesen Sardinen vergiftet wurde?«

»Möglich ist es, aber ich glaube es nicht. Wenn Sie genauer hinsehen, werden Sie einen Bluterguß exakt an der Stelle finden, die ich Ihnen zu erklären versucht habe.«

»Hmpf«, grunzte Sullivan. »Und um welche Zeit, glauben Sie, ist er umgebracht worden?«

»Das kann ich Ihnen natürlich nicht genau sagen. All dieses Gerede, daß ein Arzt einen Leichnam untersucht und sagt: ›Der

Verstorbene ist exakt so und so viel Stunden, so und so viel Minuten und so und so viel Sekunden tot‹, ist nur ein Haufen dummes Zeug. Als ich ihn untersuchte, habe ich geschätzt, daß er gestorben ist, na ja, sagen wir, zwischen kurz nach halb fünf und ungefähr zehn nach fünf. Das ist das beste, was ich als Experte für Sie tun kann, Slough, und ich glaube nicht, daß Ihnen irgend jemand sehr viel mehr darüber sagen kann.«

Als abschließende Geste schob der Doktor seine Hände in die Rocktaschen.

»Gibt es denn keinen einzigen Gegenstand hier«, fragte Sullivan flehend, »der die Mordwaffe sein könnte?«

»Es gibt verdammt wenige Gegenstände, die es nicht gewesen sein können. Und ich bezweifle, daß Sie die Waffe mit einem Mikroskop oder Photos oder den üblichen Hilfsmitteln, die man in einem normalen Fall benutzt, genau bestimmen könnten. Die Waffe hätte der Tennisschläger da drüben sein können oder ein Stuhlbein. Ich kann's nicht sagen.«

Sullivan nahm seinen Helm ab. Sein kahler Kopf glänzte im Lampenlicht. »In all den Jahren bei der Polizei«, sagte er klagend, »habe ich nie einen Mord gesehen, über den man nicht schon wegen der Waffe eine Menge sagen konnte. Und hier kann man nicht mal was über die Waffe sagen, behaupten Sie.«

»Vielleicht finden Sie es heraus«, versuchte Betsey ihn aufzumuntern.

»Das müssen Sie ganz einfach«, meinte der Arzt energisch. »Dazu haben wir Sie zum Sheriff gewählt. Wir haben damals wohl kaum mit irgendwelchen Morden gerechnet, aber wir hatten das Gefühl, Sie hätten genug Erfahrung mit solchen Sachen, um der Lage gewachsen zu sein, wenn es darauf ankäme, Waffe hin, Waffe her.«

Sullivan sah ihn kampflustig an. »Ich krieg schon raus, wer es war, Doc. Machen Sie sich da mal keine Sorgen. Als ich damals unter Captain Kinney vom zweiten Revier arbeitete, habe ich die Türen von elf Zellen für elf Mörder aufgemacht – «

»Ich dachte, er war Polizist und nicht Gefängniswärter«, flüsterte Emma.

Sullivan warf ihr einen wütenden Blick zu. »Jawohl, Sir, und ich glaube, ich schaffe das hier. Und jetzt, Miss Whitsby, schauen Sie sich noch mal um, ob alles da ist, was da sein sollte, oder ob etwas da ist, was nicht da sein sollte.«

Ich blickte mich gehorsam um. »Wirklich«, sagte ich, »ich kann nichts Falsches entdecken. Aber ich bin sicher, es würde mir auch nicht auffallen, wenn etwas nicht in Ordnung wäre.«

Sullivan machte ein langes Gesicht.

Mir fiel etwas ein. »Moment mal. Ich weiß, was fehlt. Wir haben Mr. Sanborn heute nachmittag einen Hammer geliehen. Der scheint hier aber nirgendwo zu sein.«

»Einen Hammer? Was für einen Hammer, Miss Whitsby?«

»Einfach einen Hammer, mit dem man Nägel einschlägt«, antwortete ich. »Ein ganz gewöhnlicher Hammer. Wir haben ihn im Juni hier im Eisenwarengeschäft gekauft.«

Mike, Sullivan und der Arzt durchstöberten die Hütte, aber der Hammer war nicht zu finden.

»Vielleicht ist er irgendwo draußen«, schlug ich vor.

Hunter nahm seine starke Taschenlampe und suchte draußen im Sand zwischen dem Strandgras und den Lorbeerbüschen herum.

Aber niemand fand auch nur die Spur eines Hammers.

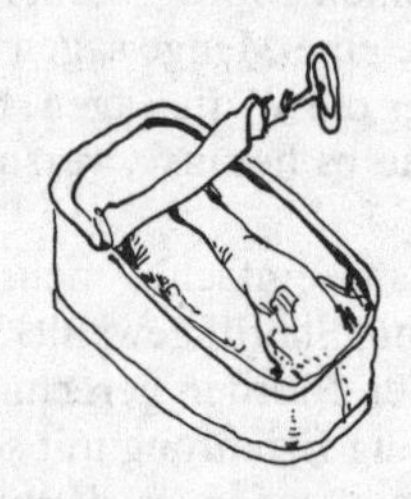

Viertes Kapitel
Bill und die Sardinen

Sullivan sah den Arzt erfreut an. »Könnte es ein Hammer gewesen sein?«

Reynolds blickte müde. »Könnte sein.«

Der Sheriff strahlte. »Na, das ist doch schon was.«

»Aber ich glaube nicht, Slough. Er hätte die Schädeldecke zertrümmert, es sei denn, derjenige, der es getan hat, hätte mit dem Hammerstiel zugeschlagen.«

Der Sheriff warf seinen Helm auf den Boden und knurrte angewidert. »... zum Verrücktwerden!« war sein einzig verständlicher Kommentar.

»Was ist mit der Sardinenbüchse?« fragte ich. »Glauben Sie, daß sie irgendwas mit dem Mord zu tun hat?«

Sullivan hob sie beiläufig auf und untersuchte sie. Ein Leuchten ging über sein Gesicht. Er sah aus wie eine Katze, die einen Kanarienvogel verschluckt hat und das insgesamt sehr nett findet. Ich erwartete eine verblüffende Enthüllung, aber statt dessen fragte er nur abrupt, ob wir jemanden in der Nähe der Hütte gesehen hätten zwischen halb fünf und viertel nach fünf.

»Aber – «, begann Betsey.

»Was ist denn, Miss Betsey?«

»Nichts, wirklich nichts. Ich habe nur nachgedacht.«

Ich wußte, worüber, denn ich hatte selbst genau das gleiche gedacht.

»Haben Sie um die Zeit jemanden in der Nähe der Hütte gesehen?«

Sie sah mich bittend an. Ich nickte ihr zu, sie solle weitersprechen, denn es würde ja doch herauskommen.

»Es ist nichts, wirklich, nur war Bill Porter heute nachmittag um die Zeit da.«

»Ach was, tatsächlich? Hat ihn sonst noch jemand gesehen?«

»Wir alle«, sagte ich.

»Sonst noch jemanden gesehen?«

»Nicht daß ich wüßte«, antwortete ich, »falls nicht Olga jemanden gesehen hat. Und das wäre dann wohl lange vor der Tatzeit gewesen.« Ich erklärte, daß man die Hütte nur vom Küchenfenster aus sehen kann.

»Hat jemand von Ihnen mit Bill gesprochen?«

»Ja, ich«, sagte Betsey. »Ich habe ihn unten am Hügel getroffen, als ich auf dem Weg in die Stadt war.«

»Hat er da etwas über Sanborn gesagt?«

»Eh, ja. Schon.«

»Was hat er gesagt?« Als sie zögerte: »Sie wissen, Sie müssen es mir sagen.«

»Er hat nicht sehr viel gesagt. Nur, daß er ›diesem Sanborn einen Höflichkeitsbesuch abstatten‹ wollte. Er schien über irgendwas ein bißchen ungehalten. Natürlich, es mag etwas bedrohlich klingen, wenn ich es jetzt so erzähle, aber er hat ganz bestimmt nichts damit zu tun.«

»Ist er danach zu Ihnen ins Haus gekommen?«

»Nein«, erwiderte ich.

»Seltsam, oder? Schaut er sonst nicht immer herein, wenn er hier in der Gegend ist?«

Ich gab zu, daß er das normalerweise tat.

»Also, Miss Whitsby, wie lange ist er bei Sanborn drüben geblieben, als er diesen Besuch abstattete?«

»Das kann ich nicht sagen. Ich habe ihn nicht wegfahren sehen.«

»Vielleicht weiß es Dot«, meinte Betsey. »Miss Cram, die bei uns zu Besuch ist«, erläuterte sie Sullivan. »Sie war um die Zeit auf der Veranda.«

»Wir schicken Mike rüber, um sie zu fragen.«

»Bitte nicht«, warf ich ein. »Diese Sache hat sie sehr mitgenommen, und wahrscheinlich ist sie mittlerweile im Bett. Ich kann Ihnen sagen, daß er vor fünf Uhr weggefahren ist, weil ich um diese Zeit bemerkte, daß sein Wagen nicht mehr da war.«

»Hat jemand von Ihnen Bill heute abend gesehen?«

»Nein. Er war nicht im Kino, sagtest du das nicht, Betsey?«

Sie nickte.

»Und niemand hat ihn seitdem gesehen?« Seine Fragen begannen mir zu mißfallen. »Hören Sie, Mr. Sullivan«, sagte ich, »Sie erwarten doch nicht von uns, daß wir über Bill Porters Kommen und Gehen Bescheid wissen?«

»Im Namen der Vernunft, Slough«, ergänzte der Arzt, »warum geben Sie sich überhaupt solche Mühe, alles über Bill herauszufinden? Sie sind doch bestimmt nicht so ein Erztrottel, daß Sie versuchen, ihm die Sache in die Schuhe zu schieben?«

»Ich glaube«, sagte Sullivan gedehnt, »ich habe das Recht, diese Sache in die Schuhe zu schieben, wem ich will. Warum sollte ich nicht Bill verdächtigen?«

»Mein lieber Mann, Sie sind verrückt. Warum sollte Bill Porter Sanborn um die Ecke bringen wollen?«

»Da wüßte ich zwei gute Gründe. Nummer eins«, er hob seinen Zeigefinger, »Nummer eins: Ist Sanborn nicht hinter seinem Mädchen her?«

»Das ist gelogen«, rief Betsey wütend. »Ich bin nicht Bill Porters Mädchen, wie Sie das nennen. Und Dale Sanborn war nicht hinter mir her.«

»Tatsache? Na, Miss Betsey Whitsby, Sie hätten es jedenfalls nicht leicht, ein Gericht vom Gegenteil zu überzeugen. Und Nummer zwei«, er hob auch den Mittelfinger, »Nummer zwei: Ein glaubwürdiger Zeuge hat meinem Sohn erzählt, daß Bill heute nachmittag gedroht hat, Sanborn umzubringen, wenn er ihn das nächste Mal sieht.«

Zu sagen, daß wir erstaunt waren, wäre eine glatte Lüge gewesen. Wir waren völlig überwältigt, einfach sprachlos. Mir fiel der Unterkiefer herunter, und auch allen anderen außer Sullivan und Mike stand der Mund weit offen, daß wir ausgesehen haben müssen wie eine Schar hungriger Rotkehlchen im Nest.

»Was?« Ich fand meine Stimme wieder. »Ich glaube kein Wort davon.«

»Es ist wahr«, sagte Mike aufgeregt. »Lonzo Bangs hat es mir erzählt. Sanborn hat Bills Hund überfahren und einfach mitten auf der Straße liegengelassen. Er hat nicht mal angehalten, um zu sehen, ob er schlimm verletzt war. Und Sie wissen ja, wie Bill an diesem Hund gehangen hat.«

Ich wußte, daß Bill seinen Brutus, besser bekannt als Boots, genauso liebte wie ich meinen Kater. Boots war kein gewöhnlicher Hund. Er hatte über tausend Dollar gekostet und besaß so viele Auszeichnungen wie ein Wunderhund im Kino.

»Außerdem«, sagte Sullivan, »ist Bill so jähzornig wie alle Porters. Denke, das wissen Sie. Es ist wahrscheinlich einfach mit ihm durchgegangen. Sie können wirklich nicht behaupten, die Porters wären ausgerechnet für ihren Sanftmut bekannt. Sie haben doch gehört, wie er mal in der Ratssitzung eine Bank genommen und sie diesem Portugiesen Pete Barradio an den Kopf geschmissen hat, weil er die Steuern erhöhen lassen wollte, damit die Gemeinde die Straße teert, die raus zu seiner Tanzdiele auf der Landzunge geht. Und es gab noch eine Menge andere Sachen, wo Bill hochgegangen ist und Leute verprügelt hat. Und dann kennt er sich auch noch aus mit diesem Japsensport, wo der Doktor sagt, daß Sanborn vielleicht so erschlagen wurde. Ich hab selbst mal gesehen, wie er einen, der oben lag, mit so einer Art Zehengriff austrickste. Natürlich ist er nie lange wütend, und hinterher tut es ihm immer schrecklich leid, aber Sie können nicht leugnen, daß er trotzdem fürchterlich jähzornig ist.«

Niemand von uns versuchte, es abzustreiten. Der Jähzorn der Porters war legendär.

»Ja«, fuhr Sullivan fort, »er hat zwei gute Gründe. Und ich sage Ihnen noch was.«

Er steckte die Daumen in seinen breiten Ledergürtel und warf sich in Pose, ganz im Stil des Arztes. Ich staunte über die Wirkung, die eine Gruppe von Leuten auf den durchschnittlichen Menschen hat. Ich habe noch niemanden gesehen, dem nicht sofort der Kamm schwillt, wenn er die Gelegenheit hat, vor mehr als vier Leuten zu reden, die keinen Grund finden können, ihn daran zu hindern.

»Ich sage Ihnen mal, was ich von Captain Kinney gelernt habe«, sprach Sullivan weiter. »Ein Mord ist so ziemlich wie der andere, und ein Mörder ist so ziemlich wie der andere. Lügendetektoren und das ganze neumodische Zeug, das sie heute benutzen, sind ja alle auf ihre Art nicht schlecht, aber die Morde, die wirklich passieren, sind nicht so kompliziert wie die Morde, von denen man hört. In den Büchern gibt es immer eine Menge Sachen, die auf einen Mann hinweisen, der den Mord begangen haben soll, und dann war die ganze Zeit jemand anders der Mörder. Na, ich habe jedenfalls noch keinen überführten Mörder getroffen, der nicht irgendwelche Spuren zurückgelassen hätte. Das ist ja gerade der Grund, warum sie immer erwischt werden. Es gab Dinge, die auf sie hingewiesen haben, und die Dinge haben nicht gelogen.«

Ich fragte mich, ob Sullivan wirklich so ein Trottel war, wie ich gedacht hatte. Er war nicht so redegewandt wie der Arzt, aber er war viel ernsthafter und kein bißchen weniger logisch.

»Jetzt sehen Sie mal diese Sardinenbüchse.« Er hielt sie hoch. »Sie sehen diesen Fetzen Verpackung, der noch am Boden klebt? Er ist vielleicht zu ölig, als daß Sie noch irgendwas daran erkennen könnten, aber mir sagt er ziemlich viel, wenn ich ihn nur schon angucke. Diese Büchse hat Sanborn nicht selbst gekauft. Das ist in diesem Fall das Ding, das der Mörder zurückgelassen hat.« Eindrucksvoll senkte er die Stimme. »Heute morgen hat ein Mann im Laden ein Dutzend Sardinenbüchsen gekauft und mitgenommen. Diese Büchse hier ist eine aus dem Dutzend, die Bill Porter, von dem ich nämlich die ganze Zeit spreche, selbst gekauft hat.«

»Was?« rief ich. »Woher wollen Sie das wissen?«

»Erst mal, Miss Whitsby, sind das Sardinen von Hadley's, und die werden nur von einer einzigen Firma in den Vereinigten Staaten importiert, und das ist S. S. Pierce in Boston. Wir sind die einzigen auf Cape Cod, die sie führen, und wir führen sie nur wegen Bill Porter. Sie kosten fünfundsiebzig Cent pro Dose.« Einen Augenblick lang war sein Ton der eines Lebensmittelverkäufers. »Fünfundsiebzig Cent die Zweihundert-Gramm-Dose.«

»Aber sehen Sie mal«, sagte ich entschieden, »wir kaufen diese Sardinen auch. Wir bekommen unsere direkt aus Boston, und, da bin ich vollkommen sicher, mindestens ein Dutzend anderer Sommergäste auch.«

»Sie können mir viel erzählen, Miss Whitsby, über eine ganze Menge Sachen, das gebe ich zu. Aber Sie können mir nicht viel über Sardinen erzählen. Vor allem nicht über diese Sardinen hier. Sie haben das Pierce-Firmenzeichen auf dem Boden. Sehen Sie? Und die Nummer daneben, 48, ist unsere Nummer. Das heißt, wir sind autorisierte Vertreter. Und das Einwickelpapier, wenn Sie mal genau hinsehen, ist grün und weiß. Nicht rot und weiß, wie es vorher war. Das ist mir aufgefallen, als ich die Ladung, die gestern ankam, kontrollierte.«

»Schön«, sagte Emma. »Angenommen, Sie haben Bill diese Sardinen verkauft. Angenommen, Bill hat tatsächlich gedroht,

Sanborn umzubringen. Angenommen, er ist hierher gekommen. Sie können nicht beweisen, daß er der Mörder war, oder?«

»Bill kann tausend Geschichten erzählen, 'ne Million Geschichten kann er erzählen, wenn er will, lauter Geschichten, daß er es nicht war«, antwortete Sullivan. »Aber Tatsachen bleiben Tatsachen. Heute nachmittag um halb drei hat Sanborn Bills Hund überfahren. Asey Mayo mußte ihn erschießen. Bill hat es kurz nach vier erfahren, denn es war nicht viel später als halb fünf, als Mike mir von dieser Drohung erzählte. Er sagte, er wollte Sanborn besuchen. Sie haben gesehen, wie er kam. Sanborn wird nachher tot gefunden, und der Doktor sagt, er ist irgendwann in der Zeit umgebracht worden, wo Bill hier war. Wir entdecken, daß er seine Sardinenbüchse hier vergessen hat. Na, da ist doch alles klar, oder?«

»Ja«, fing der Arzt an, »aber – «

»Aber gar nichts, 'tschuldigen Sie, Doc. Das ist genau, was Captain Kinney immer eine klare Aufstellung von zusammenhängenden Fakten genannt hat, oder? Bill kann ja ruhig lügen, aber er wird eine ganze Menge Lügen brauchen und ein paar gewiefte Anwälte, um die Leute davon zu überzeugen, daß er es nicht war.«

»Glauben Sie, daß er es war?« fragte Betsey hitzig.

»Soll mir recht sein, wenn Sie lieber davon ausgehen, Sanborn wäre aus heiterem Himmel vom Blitz erschlagen worden, der zufällig genau seine Schädelbasis getroffen hat. Sie können auch glauben, es waren Todesstrahlen, was auch immer das ist, oder es könnte überhaupt alles mögliche gewesen sein. Aber Captain Kinney damals vom zweiten Revier sagte immer, persönlich wäre es ihm genug, eine Sache so zu begreifen, wie der Rest der Menschheit, wenn die Fakten vor ihm liegen, und die verrückten Ideen könnte man denen überlassen, die nicht ihre Pflicht zu tun haben. Ich verstehe nicht so viel von diesen komischen stumpfen Gegenständen, von denen der Doktor redet, aber ich erkenne eine Sardinendose, wenn ich eine sehe, und ich kann zwei und zwei so gut zusammenzählen wie jeder andere.«

»Was ist mit dem Hammer?« fragte ich.

»Na, ich denke, wenn man ein bißchen sucht, wird er schon irgendwo in der Umgebung von Mister Bill Porter auftauchen. Meiner Meinung nach hat er das mit diesem Japsentrick gemacht. Aber wenn wir den Hammer finden, wissen wir mehr. Der

Doktor glaubt nicht, daß das die Waffe war, aber ich sehe keinen Grund, warum man den Stiel von einem Hammer nicht genauso einfach benutzen kann wie den Kopf. Natürlich faßt man einen Hammer normalerweise nicht am Kopf an, aber wenn Bill Porter in Wut war, und das war er wahrscheinlich, kann er es auch mal so gemacht haben. Ja, glaube schon, der Hammer hat was mit diesem Mord zu tun. Wenn nicht, warum ist er dann nicht da? Warum? Warum sollte man ihn wegschaffen, wenn er nichts mit dem Mord zu tun hat?«

»Warum«, fragte ich ziemlich scharf, »eine Sardinendose hierlassen und den Hammer mitnehmen?«

Ausführlich erläuterte uns Sullivan, warum. »Als ich in Boston bei der Polizei war, gab es mal einen Kerl, der ließ auf einer Leiche lauter Sachen liegen, die auf ihn als Mörder hinwiesen. Wir nahmen ihn fest. Er hatte einen cleveren Anwalt, der ist vor Gericht aufgestanden und hat gesagt, der Mann wäre das Opfer einer Verschwörung, der, den wir festgenommen hatten, meine ich. Dieser Anwalt behauptete, kein Mensch, der seine fünf Sinne beisammen hat, würde eine Leiche mit so vielen Spuren zurücklassen und daß es jemand gewesen wäre, der den Mann, den wir festgenommen hatten, in Schwierigkeiten bringen wollte. Zum Schluß mußten wir ihm alle irgendwie recht geben.

Aber als wir dann noch eine Leiche fanden mit lauter Spuren, die wieder zu demselben Mann führten, fiel uns was auf. Er hatte beide Morde begangen und die Sachen mit Absicht da liegen lassen, damit er sagen konnte, das wäre das Werk eines Feindes gewesen. Ich hab die Geschichte selbst mal Bill Porter erzählt.«

»Warum«, fragte der Arzt ruhig, »holen Sie nicht Bill her und stellen ihm ein paar Fragen? Zweifellos kann er die Sache aufklären.«

Sullivan zuckte mit den Schultern. »Hunter, Sie fahren zum Porter-Haus, finden ihn und bringen ihn hierher.«

Hunter grinste. »Klar. Das ist das große Haus mit der Goldkuppel, nicht?«

Wir hörten, wie er mit seinem Motorrad davonknatterte.

»Könnte es nicht ein Landstreicher gewesen sein, oder jemand, der hier vorbeigekommen ist und ihn berauben wollte?« fragte ich.

»Das halte ich für ausgeschlossen«, antwortete der Arzt. »Dort liegt ein Zigarettenetui, und seine Uhr ist noch da, und hier«, er nahm eine Brieftasche aus seinem Arztkoffer, »ist eine Börse mit ungefähr zweihundert Dollar, die ich in seiner Jacke gefunden habe. Das sieht wirklich nicht nach Raub aus.«

»Wird es eine gerichtliche Untersuchung geben?« fragte ich.

»Aber ja. Eine gerichtliche Untersuchung.« Der Arzt überlegte. »Also, ich glaube, es besteht nicht die geringste Chance, daß dies ein Unfall war. Es war offensichtlich Mord. Die gerichtliche Untersuchung wäre mehr oder weniger Formsache, und wir haben dreißig Tage Zeit dafür. Wir können ein paar Tage warten. Im Moment ist es nicht nötig, irgendwas zu überstürzen.«

Der Sheriff stimmte ihm zu. »Das ist wahr, Doc. Ich möchte mich nach diesem Hammer umsehen. Aber ich werde Bill Porter wegen Mordverdacht festnehmen, und ich nehme ihn in die Kreisstadt mit und lasse ihn unter Anklage stellen.«

»Darf er das tun?« fragte ich den Arzt. »Darf dieser Mann Bill festnehmen?«

»Ich fürchte, er darf es nicht nur, er wird es auch tun.«

Es folgten einige Momente unbehaglichen Schweigens, während wir alle über Bills Schicksal grübelten. Wir wandten uns zur Tür, als draußen Hunters Motorrad knatterte.

Zufrieden wälzte Hunter seinen Kaugummi, als er hereinkam.

»Wo ist Bill?« wollte Sullivan wissen.

»Ihr Vogel ist ausgeflogen«, sagte Hunter. »Es ist überhaupt niemand im Haus. Ich habe an die Tür geklopft, dann bin ich einfach reingegangen. Es war keine Menschenseele im Haus.«

»Niemand, nicht mal Asey Mayo?«

»Nein, Sir. Es ist niemand da. Und es sah so aus, als ob sie es mächtig eilig gehabt hätten. Eine Menge Sachen lagen in der Gegend verstreut.«

Sullivan grinste. »Das können Sie jetzt auch noch auf diese Liste von Tatsachen setzen, die ich Ihnen gegeben habe; wenn ein Mann, der einen anderen Mann mit Mord bedroht, verschwindet, und wenn der Mann, den er bedroht hat, tot gefunden wird, dann müssen Sie nicht sehr weit nach dem Mörder suchen. Mike, du nimmst den Wagen und rufst die Polizei an, sie sollen seinen Wagen anhalten. Beschreib den neuen und gib ihnen die Nummer von der alten Klapperkiste, die er immer fährt. Ich glaube nicht, daß er die genommen hat, aber vielleicht doch. Dann ruf die Leuchttürme an und den Leuchtturmwärter am Hafen und sag ihnen, sie sollen Ausschau halten nach seinem neuen Rennboot.

Und ruf auch Vetter Mike in Boston an. Er weiß schon, wie man den Hafen da überwachen kann. Wir kriegen den Kerl schon, auch wenn er ein oder zwei Millionen dafür ausgibt, daß er wegkommt. Hast du dir alles gemerkt?«

Mike nickte.

»Dann los; ich bleibe hier und suche noch ein bißchen nach dem Hammer, bis du zurückkommst.«

Der Junge rannte los. »Ich wette«, kommentierte der Arzt halblaut, »daß er vergißt, Geld in den Telefonapparat zu stekken.« Laut sagte er: »Ich glaube, ich kann jetzt wohl seine paar persönlichen Habseligkeiten mitnehmen und nach Hause fahren.«

»Und die Leiche?« fragte Sullivan.

»Die kann ich ja schlecht mitnehmen, und Simpkins, der Bestatter, ist nach Boston gefahren mit der Leiche von dieser Downey, die in der Brandung ertrunken ist. Er ist aber morgen früh zurück. Wir lassen den Leichnam heute nacht hier, und Sie oder Hunter werden wohl hier bleiben müssen, bis Simpkins sich morgen darum kümmern kann. Das ist doch in Ordnung, oder?«

»Muß wohl«, sagte Sullivan mürrisch.

»Und halten Sie mich auf dem laufenden.« Der Doktor wandte sich an uns. »Ich kann den Damen leider nicht anbieten, sie zum Haus hinüberzufahren; mein Wagen hat auch nicht mehr Fassungsvermögen als Ihrer.« Er kicherte über seinen eigenen kleinen Witz und ging.

Betsey brachte ihren Wagen in die Garage, und Emma und ich gingen langsam zurück zum Haus.

»War Dales Wagen in der Garage?« fragte ich sie, als wir sie einholten, »ich meine, als ihr ins Kino fuhrt?«

»Muß er wohl. Ich dachte, Dale wäre zum Essen gegangen. Ich hatte den Kleinen neben dem Haus stehenlassen, ohne überhaupt einen Blick in die Garage zu werfen. Snoodles, ist das alles nicht völlig grauenhaft?«

»Und ob es das ist«, bestätigte ich leidenschaftlich.

Im Haus war nur Olga noch auf. Dot sei zu Bett gegangen, teilte sie uns mit.

»Weißt du«, bemerkte Betsey, »ich verstehe einfach nicht, wieso dieses Mädchen dermaßen zusammengebrochen ist. Sie war die besonnenste von allen, als damals der Schlafsaal gebrannt hat. Und als sie letztes Jahr auf der Yacht der Pearsons war und sie vor

Hatteras beinahe gesunken wären, muß sie die einzige gewesen sein, die nicht den Kopf verloren hat. Es ist schon komisch, daß ein Mädchen, das sozusagen durch Feuer und Sturm gegangen ist, sich so benimmt.«

Ich erzählte ihr von Emmas Vermutung, daß zwischen ihr und Sanborn irgendeine Beziehung bestanden haben könnte.

»Außerdem war sie ja nicht gerade sehr mitteilsam, als du sie heute nachmittag fragtest, wie lange sie ihn schon kennt.«

»Ja, mir ist auch aufgefallen, daß sie ungewöhnlich zurückhaltend war. Aber für den alten Bill sieht es schlecht aus, was?«

Emma unterdrückte ein Gähnen. »Morgen wird es auch nicht schlechter aussehen. Oder ist es schon heute? O je, sogar schon eine ganze Weile. Prudence, normalerweise ist dein Haushalt sehr friedlich, und ich genieße das. Ich erhole mich, wenn ich bei dir bin. Aber seit ich Boston heute morgen verlassen habe, habe ich mehr geschwitzt, als wenn ich zu Hause geblieben wäre und draußen in der Sonne an meiner Wolldecke gestrickt hätte. Ich bin völlig erschöpft, daß ihr es nur wißt. Ich gehe jetzt sofort ins Bett, und ihr beiden solltet das wohl auch tun.«

Schwerfällig stapfte sie die Treppe hinauf, Betsey und ich folgten ihr.

Ich hoffte, im Bett vielleicht einen dieser Geistesblitze zu empfangen, die bei Möchtegern-Detektiven so häufig vorkommen. Aber als ich mich ausgezogen und wenigstens teilweise die Spuren von Mike Sullivans Blitzlichtpulver von meinem verschmierten Gesicht abgewaschen hatte, fiel ich ins Bett und war praktisch im selben Augenblick eingeschlafen.

Ich erinnere mich aber an den Traum, den ich in dieser Nacht hatte. Eine gelbe Katze, die Dot unglaublich ähnlich sah, rannte hinter einer Sardine her, die auf ihren Flossen trippelte wie eine Maus. Andere Katzen tauchten auf und schlossen sich der Jagd an. Eine hatte die Sardine fast erwischt, aber der albern aussehende Fisch sprang gerade noch rechtzeitig in ein purpurrotes Buch hinein.

Ich wachte eine Sekunde lang auf und entdeckte Ginger, der am Fußende des Bettes vergnügt mit seiner Maus aus Katzenminze spielte.

Fünftes Kapitel
Auftritt Asey Mayo

Olga hatte Schwierigkeiten, mich um sieben Uhr morgens aufzuwecken.

»Mister Bills Asey will Sie sehen.«

Ich zog mich hastig an und ging nach unten, wo Asey Mayo kerzengerade in einem Korbstuhl auf der Veranda saß. Asey gehörte zu der Sorte von Menschen, die jeder auf Cape Cod zu finden erwartet und doch nie entdeckt. Nach meiner Schätzung war er etwa sechzig Jahre alt; denn ich bin fünfzig, und ich weiß, daß er schon »im Wahlalter« war, wie sie hier im Ort sagen, als ich noch ein Kind war und meine Verwandten besuchte. Niemand, der ihn zum ersten Mal sah, konnte sagen, ob er fünfunddreißig oder siebzig war. Sein langes, schmales Gesicht war vom Aufenthalt im Freien so gebräunt, daß man die Linien und Falten nicht sah. Sein breiter Mund hatte einen humorvollen Zug, und seine tiefliegenden blauen Augen zwinkerten verwirrend.

Asey Mayo ging meistens mit hochgezogenen Schultern und vorgeschobenem Kopf. Wenn er sich bewegte, flatterten seine abgetragenen Cordhosen und sein Flanellhemd, als bemühten sie sich, mit dem Rest seiner hageren Gestalt Schritt zu halten. Ein alter, breitkrempiger Texashut, der schräg auf seinem Kopf saß, ließ ihn seltsam verwegen aussehen. Fast ständig kaute er Tabak, und diese Angewohnheit, zusammen mit seiner Eigenart, nie mehr Silben eines Wortes auszusprechen, als unbedingt nötig, machte es Leuten, die ihn nicht kannten, ganz unmöglich, ihn zu verstehen.

Wenn er sich auch als Mechaniker bezeichnete, so hatte er sich doch in fast jedem Beruf versucht. Als Steward, Koch oder gewöhnlicher Seemann hatte er auf jeder Sorte Schiff die Sieben Meere befahren. Seine erste Fahrt hatte er auf einem der letzten alten Klipper gemacht, und bevor er sich hier im Ort niederließ, war er Maat auf einem Trampdampfer gewesen. Unter Bills

Großvater hatte er Kutschen gebaut; unter Bills Vater hatte er alles über Automobile gelernt. Ich bezweifle, daß er je mehr als einen flüchtigen Blick in das Innere einer Schule geworfen hat, aber sein Wissen über die Welt und ihre Bewohner war dem des Normalbürgers weit überlegen.

Im Ort betrachtete man ihn mit kritischen Augen, weil er keiner Konfession angehörte und praktisch nie zur Kirche ging, außer Weihnachten, wenn er aus voller Kehle Kirchenlieder sang. Er war weder Freimaurer noch Mitglied einer anderen Bruderschaft.

Aber die Leute im Ort wußten, wenn ein normaler Automechaniker einen Wagen reif für den Schrott hielt, konnte Asey Mayo ihn trotzdem zu neuem Leben erwecken. Kurz nachdem wir auf das Cape gekommen waren, war Betseys kleiner Wagen stehengeblieben. Der hiesige Mechaniker hatte sich am Kopf gekratzt und gesagt, er wolle verdammt sein, wenn er irgend etwas daran tun könne. Ein eigens aus Boston geholter Fachmann gab zu, daß das Problem selbst für ihn zu tiefgründig war. Auf Bills Vorschlag hin hatte Asey sich den Wagen mal angesehen. Lässig fummelte er hier an einem Draht, dort an einer Mutter, hantierte mit einem Schraubenschlüssel und klopfte mit einem Schraubenzieher herum.

»Na dann«, sagte er zu Betsey, »lassen Sie ihn mal an.«

Betsey zog den Starter. Der Wagen schnurrte zufrieden.

»Was war denn kaputt, Asey?« fragte Bill.

»K'putt?« sagte Asey. »War gar nichts kaputt, bloß der Dingsrings an dem Dödel kam nich' richtig an die Sache.«

Seine Sprechweise könnte kein Phonetikstudent beschreiben. Sie erinnerte an keinen anderen Dialekt auf der Welt. Mir fiel jedenfalls auf, daß er kaum je ein End-t aussprach. Sein ›r‹ war das ›ah‹ von Neuengland, und sein ›a‹ war so flach, daß, wie Betsey sagte, nicht einmal ein Brecheisen darunter paßte.

Er begrüßte mich, als ob es zu seinen liebsten Gewohnheiten gehörte, jeden Morgen seines Lebens um sieben auf meiner Veranda zu erscheinen.

»Hallo. Hab' Sie geweckt, nich'?«

»Guten Morgen, Asey.« Ich bemerkte, daß der humorvolle Zug um seinen Mund verschwunden war. »Haben Sie von der ganzen Sache gehört? Hat Bill es wirklich getan? Wo ist er überhaupt?«

»Ja. Nein. Am Pranger«, sagte er gelassen.

»Am was?«

»Am Pranger, und was'n Glück, daß sie ihn nich' in den Stock gespannt haben.«

»Aber warum?«

»Gibt kein Gefängnis.«

»Vielleicht«, schlug ich vor, »fangen Sie besser ganz von vorne an und erzählen mir alles.«

Er holte tief Luft. »Tja, Sanborn hat Boots überfahr'n. Mit Absicht. Mußte ihn erschießen. Bill is' nach Hause gekommen und hat's erfahren und is' wütend geworden. Nehm's ihm nich' krumm. War ja selbst wütend. Dann sagte er, er bringt Sanborn um, und bevor ich ihn bremsen konnte, war er weg. Er is' nach hier gekommen und hat Sanborn gefragt, was zum Teufel – ich meine – «

»Ist schon gut. Was hat Sanborn gesagt?«

»Er hätte kein' Hund überfahr'n, aber wenn Bill sagt, er hätte doch, würd' er ihn ersetzen. Und er hat 'n Zehn-Dollar-Schein rausgenommen und Bill gegeben. Natürlich is' Bill noch wütender geworden und is' gegangen. Und wie er wieder zu Hause is', nehm' ich das Fernglas und seh' jemand an den Hummerkörben rummachen, die ich gerade reingesetzt hatte. Also nehmen wir das Rennboot von Bill und nichts wie hin. Bill war am Nachmittag damit gefahren, und wie 'n richtiger Idiot hatte er es nich' wieder vollgetankt, und bis wir endlich Benzin besorgt hatten von so 'nem alten Kutter, der von den Muschelbänken reinkam, hatten wir die Flut verpaßt und mußten die ganze Nacht draußen vorm Hafen bleiben in diesem Mahagoniapparat. Hätten wir 'n Ruderboot genommen, wie ich das wollte, dann wär' jetzt alles in Ordnung. Jedenfalls kommen wir so vor 'ner Stunde zurück, da wartet Slough Sullivan, feingemacht in seiner Uniform, um uns zu begrüßen. Er ist dann zu uns rüber und hat Bill festgenommen wegen dem Mord an Sanborn. Da haben wir erst davon erfahren. Und dann is' er hingegangen und hat Bill an den Pranger gestellt.«

»Welchen Pranger? Und warum?« Betsey, die nie vor halb elf wach wurde, stand schläfrig, aber vollständig angezogen in der Tür.

»Ja, Bill hat gesagt, er war's nicht, und Slough hat was gefaselt, daß Bill gedroht hätte, Sanborn umzubringen, und irgendwas über 'ne Sardinenbüchse; und dann hat er alles so hingedreht, daß Bill der Mörder is'. Bill hat gesagt, na gut, wenn Slough ihn festnehmen will, kann er das gerne machen, aber was er dann mit ihm machen will, wenn er ihn festgenommen hätte. Slough sagt, er bringt ihn in die Kreisstadt und läßt ihn unter Anklage stellen. Und Bill sagt, kann er nich', weil doch Samstag is'. Und Slough sagt, dann steck' ich Sie ins Gefängnis.«

Asey grinste. »Wir ham hier kein Gefängnis seit zwanzig, dreißig Jahren, und das hat Bill ihm gesagt. Und er sagt, das Beste, was Sullivan machen kann, is' sich von Bill versprechen lassen, daß er nich' versucht, abzuhauen.«

Er unterbrach sich und schnupperte. »Wenn das Kaffee is', was ich da rieche, würd' ich wohl gern einen haben. Sei doch so lieb und hol' mir mal 'ne Tasse, Betsey. Ich warte auch, bis du wieder zurück bist.«

Betsey brachte ein Tablett nach draußen, und wir drei saßen da und tranken Kaffee, so selbstverständlich, als wären wir Gäste auf einer Gartenparty. Emma und Dot hatten wahrscheinlich allen Grund zu lachen, als sie herauskamen und uns sahen, obwohl ich im Augenblick nichts Komisches daran finden konnte, zu so früher Stunde mit einem Arbeiter Kaffee zu trinken. Wir machten sie kurz mit dem Kern von Aseys Schilderungen vertraut.

»Na ja«, fuhr Asey fort, »Sullivan hat das nun gar nich' eingesehen. ›Sie nehmen diesen schönen neuen Wagen‹, sagt er, ›und machen sich aus dem Staub, sobald ich Sie allein laß, oder Sie hau'n in Ihrem Rennboot ab.‹«

»›Na‹, sagt Bill, ›wie wär's mit Handschellen oder 'ner Kette mit 'ner Eisenkugel? Oder vielleicht‹, sagt er so richtig sarkastisch, ›vielleicht können Sie ja den Pranger nehmen, der für die Dreihundert-Jahr-Party im Ort aufgebaut worden is'?‹«

Wir kicherten.

»Aber Sullivan findet das überhaupt nicht komisch. Er findet das 'ne prima Idee, also geht er hin und macht das.«

»Sie meinen, er hat Bill Porter an den Pranger gestellt, wo ihn alle sehen und mit Sachen bewerfen können?«

»Jawoll«, sagte Asey und nahm sich noch ein Brötchen. »Ihr Mädchen macht richtig gute Brötchen, Miss Prue, und von Brötchen versteh' ich was. Das hat Sullivan gemacht, ganz genau. Aber ich glaub' nich', daß da was geworfen wird. Bin sogar sicher. Hab' nämlich Joe Bump zum Aufpassen dagelassen.«

»Was kann denn der Dorftrottel nützen?« wollte Betsey wissen.

»Tja, hab' ihm die lange Peitsche gegeben, die Jimmy aus Kalifornien mitgebracht hat. Joe Bump weiß, wie man damit aus fünfzehn Meter Entfernung 'n Blatt Papier in Stücke schneidet. Und ich hab 'n Schild aufgehängt, wo draufsteht, daß der erste Lump, der irgendeinen Mist anfängt, diese Peitsche zu spüren kriegt. Und dann hab' ich Joe Bump fünf Dollar gegeben und ihm gesagt, was er machen soll. Schon für weniger als fünf Dollar würd' Joe den König von England in Streifen schneiden.«

Wider Willen mußten wir lachen.

»Was ist mit Bill?« fragte ich. »Wie geht es ihm?«

»Bill hat so richtig munter ausgeseh'n. Bloß, er fühlt sich gar nich' so. Als ich ging, war er grad' dabei, sich sein Leben bis Montag morgen einzurichten. Dann will Sullivan ihn vor Gericht bringen, aber ich denk' schon, er wird Bill früher da rauslassen, als er glaubt. Bill sagt, er will 'n Regenschirm gegen die Sonne, und ich hab' am Imbißstand Geld dagelassen, damit er was zu essen kriegt.« Asey kicherte. »Hat sich 'n paar Gedanken gemacht über die sanitären Einrichtungen, als ich ging, aber ich denk', in der Not wird sich schon ein Ausweg finden.«

»Aber hat er es nicht furchtbar unbequem?« fragte ich. »Der Junge, der beim Historienspiel für das Tableau ›Strafen‹ daran gestanden hat, hatte noch tagelang einen steifen Hals.«

»Bill is' größer. Und ich hab' ihm 'n paar Bretter unter die Füße geschoben. Nein, leiden tut er eigentlich nich'.«

»Aber was sollen wir jetzt tun?«

»Also, Miss Prue, Bill hat gesagt, ich soll zu Ihnen geh'n und Ihnen alles erzählen, und er hat gesagt, Sie und ich soll'n bis Montag morgen rausfinden, wer es war. Seh'n Sie, wenn Sullivan den verrückten Jungen unter Anklage stellen läßt – und ich weiß nich', was ihn davon abhalten sollte, außer wir unternehmen was –, dann gibt's 'ne Riesenmenge Schwierigkeiten, ihn da wieder rauszukriegen. Natürlich glauben wir alle nich', daß er's war, aber die meisten anderen werden wohl nach 'm Augenschein urteilen. Das tun die Leute meistens. Wir müssen einfach den Kerl erwischen, der es war, bevor Bill noch mehr passiert.«

»Haben Sie Jimmy Bescheid gegeben?«

»Jawoll. Hab' ihm ein Telegramm geschickt.«

»Asey müßte das mit den Sardinen wissen«, meinte Emma. »Ob es die waren, die Bill gekauft hat, oder nicht.«

»Ich fürchte, es waren die. Sind jetzt nur noch elf Büchsen in der Speisekammer, und zwölf steh'n auf der Rechnung. Was bei Slough Sullivan auch sonst nicht ganz in Ordnung is', aber er gibt einem immer die volle Menge, bei Sardinen und bei allem andern auch. Mehl, Butter und so. Jeder muß doch auch 'ne gute Eigenschaft haben, und das is' eben die von Slough. Er is' ehrlich, auch wenn er 'n bißchen doof is'. Bill hat Slough gesagt, wenn er einen abmurksen geht, ißt er meistens keine Sardinen am Tatort, vorher nich' und nachher auch nich', und er schleppt die Dinger schon gar nich' mit sich rum und läßt dann die Büchse liegen.«

»Was hat Sullivan dazu gesagt?«

»Hat 'ne Geschichte erzählt von so 'nem Kerl aus Boston, der Sachen liegengelassen hat, damit die Leute denken, jemand anders hätt' ihm 'nen Mord in die Schuhe geschoben. Hat gesagt, das hätt' Bill wohl auch gemacht. Sagte, es wär' ihm egal, wann und ob und wie oder wo Bill sie gegessen oder nich' gegessen hat. Hat ihn bloß interessiert, daß die Dose da war.«

»Dann frage ich mich, wie sie überhaupt unter den Tisch gekommen ist, wenn Bill sie nicht mitgebracht hat«, bemerkte Betsey.

»Bill schwört, er hat sie nich' mitgebracht. Ich denke, wahrscheinlich waren's die Geister, aber höchstwahrscheinlich zweibeinige. Das ist eine von den Sachen, die Miss Prue und ich rausfinden müssen.«

»Aber«, wollte ich wissen, »darf Sullivan denn so etwas tun?«

»Sie meinen, kann er Bill an den Pranger stellen? Er hat's getan. Niemand kann ihm vorwerfen, er würd' keine Ergebnisse produzieren. Er hat ihn eingeschlossen am Hals und den Händen.«

»Könnten wir nicht ein paar Detektive kommen lassen?«

»Klar könnten wir. Ich hab' Bill gefragt, ob das nich' besser wär', aber er sagt, nein, sie würden erst hier ankommen, wenn ihnen danach wär', und dann würden sie 'n paar Wochen brauchen, um die Lage zu peilen und sich den ganzen Tratsch anzuhören, und bis sie irgendwas rausgefunden hätten, säße Bill längst hinter Gittern.«

»Erwartet er etwa von uns, daß wir herausfinden, wer es war? Ist der Junge verrückt?«

»Nein. Er hat zwar 'n bißchen merkwürdige Vorstellungen, aber ich würd' nich' so weit gehen, ihn verrückt zu nennen. Ich denke, Sie und ich, wir können den Tatsachen genau so leicht auf die Spur kommen wie irgend jemand anders. Sullivan hat den, den er für den Mörder hält, in 'ner Stunde oder so gefunden. Wir haben fast zwei volle Tage, um den richtigen Verbrecher zu finden. Und ich denk' schon, wir haben genau so viel Grips wie er. Da fällt mir was ein. An eine Sache hab' ich schon gedacht. Bis heut' abend wird die Sache in allen Zeitungen hier stehen. Das Ganze ist zu spät passiert, um in die Morgenausgaben zu kommen, aber heut' abend wird der ganze Ort davon wissen. Also hab' ich was mitgebracht.«

Er ging nach draußen, wo er Bills neuen Wagen geparkt hatte. Vom Notsitz nahm er sechs schwere Seilrollen, eine Axt und ein Bündel Stangen, die verdächtig danach aussahen, als hätten sie ihr Leben als Bohnenstangen begonnen.

»Wofür ist das gut?« fragte Emma. »Eine Massenhinrichtung?«

»Nein. Das spanne ich ums Haus hier, weil, wenn nich', haben Sie Ihre Veranda bald voll mit schlafenden Touristen. Hier werden 'ne Menge Leute rüberkommen, bevor der Tag vorbei is', und die werden zum Glotzen nich' bloß unten auf der Strandstraße bleiben, wo sie hingehören. Sie kommen am besten alle mit und helfen mir.«

Wir kamen uns idiotisch vor, aber wir halfen ihm, eine Absperrung ums Haus zu spannen. Während der Arbeit fragte ich Asey, warum er den neuen Roadster benutzte.

»Lucinda is'n guter Wagen, aber sie is' launisch. Ich hab' das Gefühl, wir werden ganz schön viel fahren müssen, Sie und ich, bevor wir mit dieser Sache fertig sind, und Sie soll'n doch auch stilvoll und bequem fahren.«

»Ich bin froh, daß Sie glauben, wir würden mit diesem Problem fertig«, bemerkte ich. »Sie scheinen sich Ihrer Sache sehr sicher.«

»Na ja, 'n bißchen Zuversicht kann nich' schaden. Nich' jeder kann nach Korinth kommen, aber man kann die Wegweiser lesen, wie der Kollege mal sagte.«

»Warum hat Bill Sie und mich dazu ausersehen, dieser Sache auf den Grund zu gehen?«

»Er meinte, Sie und ich sind die einzigen Leute, die es bestimmt nich' getan haben.«

Ich dachte darüber nach und lobte Aseys Voraussicht in bezug auf die Seile.

»Tja, 'n Gramm Vorbeugen is' besser als 'n Pfund Heilen. Außerdem, muß ja nich' sein, daß 'n paar Frauen belästigt werden von so alten Kerlen, die komische Bemerkungen machen, und Frauen in Khakihosen, die sie anstarren, und 'nem Haufen Kinder, die Papier rumschmeißen.«

»Aber es war doch klug von Ihnen, daran zu denken«, sagte ich dankbar.

»Hmpf. Nichts als gesunder Menschenverstand. Gesunder Menschenverstand, Miss Prue, das is' meine Maxime.«

Zum ersten Mal fiel mir auf, daß er mich bei dem Namen nannte, den meine Familie vor langer Zeit benutzt hatte. Es war gut fünfundzwanzig Jahre her, daß zuletzt jemand Prudence zu Prue abgekürzt hatte. Ich unterbrach meinen Ausflug in die Vergangenheit.

»Was machen wir zuerst, Asey?«

»Tja, schätze, daß wir noch mehr über diesen Sanborn rausfinden sollten. Danach kümmern wir uns um diese Sardinenbüchse. Und dann«, er senkte seine Stimme und deutete mit dem Kopf auf die drei anderen, »dann schau'n wir uns mal in der näheren Umgebung um. Gucken Sie nich' so erstaunt. Auch feine Leute morden manchmal. Nur müssen wir erst mehr über Sanborn erfahren. Das machen wir heut vormittag, denk' ich, und vielleicht finden wir dabei was, womit wir weitermachen können.«

»Woher wissen Sie denn, daß wir etwas über Sanborn herausfinden?«

»Klar wie Kloßbrühe. Bill hat diesem Knaben Harlow in Cambridge telegrafiert, gestern morgen, bevor überhaupt was passiert war. Er war sozusagen aus Prinzip neugierig, was über ihn rauszufinden. Tja, wir haben 'ne Menge zu tun heute. Bis Montag früh müssen wir nämlich Bescheid wissen.«

Ich warf ihm einen raschen Blick zu. Er meinte es vollkommen ernst. Es lag sogar eine gewisse Endgültigkeit in der Art, wie er es sagte, als ob er nicht den geringsten Zweifel daran hätte, daß wir es schaffen würden. Ich begann zu verstehen, warum sich Bill so sehr auf diesen großen grobknochigen Mann verließ. War es Shaw oder Wells, der von den Neuengländern gesagt hatte, sie seien »rauhe Gentlemen«? Tatsächlich besaß Asey mehr von einem Gentleman, als ich zuerst in ihm vermutet hätte.

»Glauben Sie?«

»Klar, Miss Prue. Ich hab' die Porters schon früher in der Klemme erlebt. Die scheinen sich immer wieder rauszuwursteln.«

»Ich vermute, Sie meinen, Sie holen sie immer wieder heraus«, bemerkte ich.

Asey grinste. »Aber meistens hab' ich 'ne Hilfe. So, jetzt fangen Sie und ich mal an.«

»Anfangen, womit?« fragte Betsey und kam herüber. »Können wir mitkommen?«

»Nein. Nich' nötig, daß ihr euch heute in der Gegend rumtreibt. Zeigt euch im Ort, und jeder Irre wird euch sofort anstarren und irgendwas zu erzählen haben. Da solltet ihr besser hierbleiben.«

Also ließ ich mich auf dem Vordersitz des blitzenden tiefergelegten Roadsters nieder, und Mr. Mayo und ich fuhren los. Emma sah uns mit einem Augenzwinkern zu. Ich wußte, daß sie an die Wette dachte, die wir in der Nacht abgeschlossen hatten.

»Erst besuchen wir Bill. Dann zum Postamt, danach zum Telegrafenamt, und dann interviewen wir Mrs. Howe«, überlegte Asey laut. »Sanborn war gestern wahrscheinlich da. Sagen Sie, haben Betseys Freundin Dot oder Ihre Freundin Mrs. Manton Sanborn gekannt?«

»Dot ja, aber Emma nicht.«

»Wußte sie, daß er hier war?«

»Sie sagt, nein.«

»Hm. Haben Sie sie gebeten, oder haben sie sich selbst eingeladen?«

»Ich habe sie eingeladen«, sagte ich indigniert. »Warum?«

»Eh, ich dachte nur, dieses heiße Wetter hier könnte 'ne gute Gelegenheit für jemand sein, sich dahin einzuladen, wo Sanborn war, falls er vorhatte, ihn umzubringen.«

Daran hatte ich nicht gedacht. »Aber«, wandte ich ein, »niemand wußte, daß Sanborn hier sein würde. Er kam am Dienstag vom Chatham Bars Inn und wollte nur die Nacht hier verbringen, jedenfalls hat er das Betsey am Mittwoch erzählt, als sie ihn kennenlernte. Dann gefiel ihm der Ort plötzlich so gut, daß er beschloß hierzubleiben. Das heiße Wetter hat erst am Dienstag oder Mittwoch angefangen. Und außerdem, woher sollte das jemand wissen?«

»Dieser neue Besitzer vom Gasthaus hat feine Manieren.« Asey biß ein Stück Kautabak ab. »Setzt die Namen von allen

Leuten, die bei ihm übernachten, in die Zeitung. Wenn Sanborn Dienstag angekommen is', dann stand das Mittwoch in der Zeitung, und das Gerede von der Hitzewelle hat auch in der Mittwochszeitung angefangen. Hat nich' zufällig jemand angefragt, ob er Sie übers Wochenende besuchen könnte?«

»Wir hatten neun Telegramme«, berichtete ich ihm.

»Ganz schön viel, was?«

»Ja, aber nicht ungewöhnlich. Letztes Jahr haben wir mal sechzehn bekommen.«

»Von wem waren die?«

»Ich kann mich nicht an alle erinnern. Betsey vielleicht.«

»Eins dabeigewesen, daß Ihnen irgendwie komisch vorkam?«

»Aber nein.«

»Keins von jemand dabei, den Sie nich' so gut kennen, oder von dem Sie nich' erwartet hatten, was zu hören?«

»Ich werde langsam alt und vertrottelt, Asey. Ja, es gab zwei, die uns besonders aufgefallen sind.« Ich berichtete ihm von unserer Methode, Lose zu ziehen, und wie wir anscheinend nicht imstande waren, eine andere Kombination zu finden als John Kurth und Maida Waring. Ich erzählte von ihrer Scheidung und der anschließenden Entfremdung.

»Vielleicht 'n bißchen weit hergeholt, aber kümmern wir uns später drum. Bei solchen Sachen weiß man nie, wie wichtig Zufälle sind.«

Er lenkte den Wagen auf das Stück Staatsstraße, das Wellfleet als Hauptstraße dient. Zu beiden Seiten reihten sich die typischen Kleinstadtgeschäfte: zwei Eisdielen, der Lebensmittelladen, dem Sullivan vorstand, ein Zeitungskiosk, eine Bowlingbahn und die unvermeidlichen Tankstellen. Gegenüber vom Postamt, dem Mittelpunkt des Ortes, lag ein freier Platz. Hier hatte die Gemeinde das veranstaltet, was Asey ihre Dreihundert-Jahr-Party genannt hatte. Hier standen immer noch der Pranger, die Stöcke und die Fußfesseln.

Die Straße war außergewöhnlich belebt, und Asey lieferte eine Demonstration seiner Fahrkunst, die jedem New Yorker Taxifahrer Ehre gemacht hätte. Er hielt vor dem Postamt und rangierte den Wagen in eine Parklücke, die ich selbst für Betseys Fahrzeug zu klein gefunden hätte.

Ich sah zu dem freien Platz hinüber, wo, umringt von mindestens hundert Gaffern, Bill Porter stand. Sein Kopf und seine

Hände ragten aus einer Holzkonstruktion heraus. Ich war verblüfft über die ungewöhnliche Stille. Man hörte ein dünnes Raunen von Stimmen, aber es war ein wirklich sehr dünnes Raunen. Neben Bill auf einem Klappstuhl saß Joe Bump. Mit beiden Händen hielt er den langen Griff einer riesigen Peitsche umklammert, deren Schnur säuberlich zu seinen Füßen zusammengerollt lag.

Asey faßte einen kleinen Jungen am Arm. »Irgendwas passiert, Kleiner?«

Das Kind grinste.

»Pete Barradio wollte eine faule Tomate schmeißen, aber Joe hat zugeschlagen, bevor er sie überhaupt loslassen konnte, und er hat ihm das Gesicht aufgeschlitzt wie mit einem Rasiermesser. Ich glaube nicht, daß ihn noch mal jemand ärgern wird. Sie trauen sich nicht.«

Aseys blaue Augen zwinkerten einen Moment lang. »Mal sehen, was Bill zu sagen hat.«

Wir bahnten uns einen Weg durch die Menschenmenge.

Bill winkte uns mit einer Faust. »Morgen, Snoodles. Hallo, Alter.«

»Geht's dir gut, Bill?«

»So gut, wie man unter diesen Umständen erwarten kann, Snoodles.«

»Wenn ich du wär', würd' ich nich' so frech sein«, riet ihm Asey. »War Slough noch mal hier?«

»Mm-mmh. Er ist wohl überzeugt, daß ich leide wie ein Christ auf dem Kohlengrill. Ich habe ein gequältes Gesicht aufgesetzt und gesagt, ich würde ein brutales Verhör vorziehen. Er war entzückt und zog ab in der Überzeugung, ich würde bald gestehen. Er glaubt bestimmt, daß ich demnächst vor Reue vergehe.«

»Was zu essen bekommen?«

»Ja. Joe hier hat mich mit einem Hot Dog und einem Glas Milch gefüttert. Gleich bekomme ich ein Western-Sandwich als leichtes Mittagessen. Ein Mann in meiner Position hat Hunger. Großen Hunger. Habt ihr schon etwas herausgefunden?«

Asey schüttelte den Kopf. »Nein.«

»Na, dann macht mal, daß ihr anfangt, falls ihr diesen ehrenwerten jungen Mann ohne Fesseln wiedersehen wollt und ohne einen steifen Hals für den Rest seines Lebens. Es liegt nun an euch.«

»Mach dir mal keine Sorgen«, sagte Asey entschieden. »Wir bringen das schon in Ordnung. Kommen Sie, Miss Prue.«

»He«, rief Bill uns nach. »Was glaubt ihr, wem sein Gesicht ich gerade vor einer Minute hier gesehen habe? Er hat nicht rübergeguckt, aber ich habe hinter ihm hergerufen. Ich glaube aber nicht, daß er mich gehört hat.«

»Wessen Gesicht«, ich betonte das Pronomen etwas, »hast du gesehen?«

»Na gut, Snoodles, wessen Gesicht. Na, es war dieser große Dunkelhaarige, der mal Maida Warings Mann war. Der mit Jimmy zur Schule gegangen ist. Wie hieß er noch?«

»Meinst du Kurth?«

»Ja, Johnny Kurth.«

Sechstes Kapitel
Komplikationen

»Was halten Sie davon, daß Kurth hier ist?« fragte ich, als wir zum Postamt hinübergingen.

»Sieht komisch aus, nich'? Hat Ihnen nich' erzählt, daß er auf jeden Fall kommt, oder?«

»Nein. Und es kommt mir seltsam vor, daß er erst fragt, ob er kommen könnte, und uns dann nicht mal Bescheid sagt, wenn er hier ist. Finden Sie nicht?«

»Scheint so. Na, wir müssen noch warten, bis wir uns darum kümmern können. Ich will mich jetz' nich' verzetteln.« Er stellte die Zahlenkombination von Bills Postfach ein und nahm einen Brief heraus. »Hm. ›Durch Eilboten‹ bedeutet gar nichts in diesem Ort. Der hätt' uns schon gestern abend ins Haus gebracht werden müssen.«

»Ist er von Paul Harlow?«

»Jawoll, steht jedenfalls außen drauf. Schätze, wir nehmen den Wagen und lesen ihn am Bahnhof. Da sind nich' so viele Leute, und wir können auch sehen, ob Nachricht von Jimmy da is'.«

Neugierige Blicke trafen uns, als wir in den Wagen stiegen, der selbst schon ein Objekt der Aufmerksamkeit war. Ich hörte Geflüster. »Schaut mal. Da geht Miss Whitsby. Und Asey Mayo.«

Ich dachte grimmig, daß an diesem Tag noch über mehr geredet werden würde als bloß die Sache mit Sanborn und Bill Porters Verhaftung. Wir hielten vor dem Telegrafenamt im Bahnhof, und Asey gab mir den Brief.

»Hier, lesen Sie ihn vor.«

»Lieber Käpt'n«, – Bill war auf dem College allgemein als der ›Käpt'n‹ bekannt gewesen.

»Nach Erhalt Deines langen, umständlichen Telegramms«, las ich, *»und auf Deine Anweisung hin habe ich mehrere ermüdende Stunden damit verbracht, den Dreck am Stecken Deines Freundes*

Sanborn zusammenzukratzen. Konnte nichts über einen Vogel dieses Namens in irgendeinem Jahrgang zwischen dem 18er und dem guten alten 22er finden. Als ich gerade aufgeben wollte, traf ich den alten Kampfer von den Volkswirtschaftlern. Ich hielt ihn an und fragte ihn, ob er mal von einem Dale Sanborn gehört hätte, der um die Zeit hier gewesen sein soll.

Der Opa klapperte mit den Augen und sagte: ›Wer?‹

Ich brüllte ihn an. Du weißt ja, er ist zu all seinen sonstigen Macken auch noch schwerhörig. ›Wer soll das sein?‹, fragte er und hielt mir sein Hörrohr hin. ›Nein, ich kenne keinen David Sanborn. Vielleicht meinen Sie David Schonbrun; er war ein brillanter Junge. Einer der fähigsten und intelligentesten Studenten, die wir je hatten.‹

Ich spitzte die Ohren, und der alte Herr schwatzte weiter. Er sagte, ich würde ihn wahrscheinlich noch unter dem Namen ›Roter Iwan‹ kennen, und das tat ich allerdings. Ich glaube, Du nicht, Du hast ja mit solchen Sachen nichts zu tun gehabt. Das ›rot‹ kam von seiner Neigung zum Sozialismus oder Anarchismus, und der ›Iwan‹ stammt aus diesem Lied auf der Rückseite von der ›Frankie and Johnny‹-Platte. Also, der Rote Iwan stand immer auf einer Seifenkiste und hielt Vorträge über die geknechteten Massen und ließ sich festnehmen an Orten wie Lowell und Lawrence, wo er sich für Streiks und so was einsetzte. Sie behaupteten immer, er wäre von Moskau gesteuert, aber das war höchstwahrscheinlich nur Gerede.

›Armer Junge‹, sagte Kampfer, ›er kam bei Ausschreitungen nach einem Streik um, kurz nachdem er das College verlassen hatte. Und dabei hatte er gerade erst eine Gefängnisstrafe hinter sich.‹

Und dann bin ich einer Eingebung gefolgt. Diese Namen klangen ziemlich ähnlich, daher habe ich also den alten Mann zu einem Bier eingeladen. Er hat das Zeug so schnell weggeschluckt, wie der Kellner es bringen konnte, und ich habe ihn bei jedem Schluck weiter ausgequetscht. Nun hörte sich dieser Schonbrun so ziemlich wie Dein Sanborn an, nur daß Deiner flotte Klamotten trägt und keinen Schnurrbart hat wie dieser hier. Kampfer sagte, er käme aus New York City, wäre da geboren und auch zur Schule gegangen. Ich brachte ihn dazu, mich zu seiner Bude mitzunehmen und mir ein Photo von dem besagten Kerl zu geben. Ich mußte ihm hoch und heilig versprechen, es wohlbehalten zurückzugeben, also sieh zu, daß Du es nicht verlierst oder Deine Pfeife damit anzündest. Dieser Schonbrun scheint ein Spezi von dem alten Mann gewesen zu sein.

Natürlich muß der Kerl nicht der sein, den Du suchst, aber andererseits kann sich Kampfer auch irren, wenn er glaubt, er sei umgekommen. Wie man es auch sieht, ich nenne das gute Schnüffelarbeit und sende Dir als Anlage eine Spesenrechnung über achtzehn Bier zu je einem Vierteldollar. Das ist keinesfalls Wucher, denn kleine Biere sind teuer heutzutage. Worum geht es denn überhaupt bei der ganzen Sache?«

»Der Rest«, sagte ich abschließend, »handelt nur davon, ob Bill im Herbst zu den Sportveranstaltungen kommt.«

Asey griff in den Briefumschlag und holte einen Schnappschuß heraus. Er sah ihn sich genau an und reichte ihn mir dann.

»Na, was halten Sie davon?«

Ich betrachtete das vergilbte Bild eines ernsten jungen Mannes in ausgebeulter Kleidung, der nach Art eines Straßenredners eine Faust erhoben hielt. Sein Haar war dicht und struppig, und seine Oberlippe zierte ein wahrhaft kriegerischer Schnurrbart.

»Sieht mir nicht sehr wie Sanborn aus«, kommentierte ich.

»Vielleicht nich', is' er aber.«

»Ich wüßte wirklich gern, wie Sie darauf kommen.«

»Na ja, Sie haben ihn nie anders gesehen als in schicken Klamotten und ohne Schnurrbart, und ich ja auch nich'. Wir kennen ihn nur mit glatt zurückgekämmten Haaren. Aber er is' es.«

»Sehr einleuchtend.«

»Hm? Na ja, seine Augen, seine Nase und sein Gesichtsausdruck sind die gleichen. Schau'n Sie, hier hält er offensichtlich 'ne Rede. Seh'n Sie, wie er die Hand hebt, um den Leuten irgendwas einzuhämmern? Seh'n Sie diesen fanatischen Blick? Und wie er seinen Kopf hält? So hat er gestern geguckt, als er sich umdrehte, nachdem er Boots überfahren hatte. Richtig fanatisch.«

»Das mag sein. Aber selbst wenn, dieser Mann kam bei Ausschreitungen nach einem Streik ums Leben.«

»Vielleicht ja, vielleicht auch nich'. Restaurants nennen gebratene Flunder auch Seezungenfilet, aber es is' trotzdem Flunder. Es gibt mehr als einen Menschen auf dieser Welt, der unter 'nem andern Namen lebt. Vielleicht war er zu tief in diese Sachen reingeraten und dachte, es wäre 'n guter Zeitpunkt, David Schonbrun sterben zu lassen. Die Namen sind nich' so verschieden, ganz wie Harlow sagt. Aber das kriegen wir raus.«

»Wie?«

»Ein Mann in Boston hat zusammen mit mir auf der *Amanda S.* gekocht. Er arbeitet in dem Raum vom *Clarion,* wo sie die alten Zeitungen und so aufbewahren. Wir telegrafieren ihm, ob er für uns was darüber raussuchen kann und ob's sicher is', daß Schonbrun umgekommen is'. Vielleicht schick' ich noch 'n Telegramm an jemand anders, der arbeitet irgendwo im Rathaus in New York. Er kann die Familie von diesem David Schonbrun ausfindig machen, und ob es überhaupt so'n Kerl gegeben hat. Wenn wir schon dabei sind, können wir das auch gleich richtig machen.«

Er stieg aus dem Wagen. »Gucken Sie nich' so erstaunt, Miss Prue. Ich hab' mir zu meiner Zeit 'ne Menge Freunde gemacht, die sich freuen, wenn sie mir 'n Gefallen tun können. Und dann telegrafiere ich jemandem, für den ich mal im Westen gearbeitet habe, der is' Gewerkschaftsvorstand oder so was, und frag' ihn, ob dieser Schonbrun vielleicht 'n Agitator war. Klingt mir ganz danach. Vielleicht nützt das alles nichts, aber es kann nich' schaden, so viele Eisen im Feuer zu haben wie möglich.«

Als er das Telegrafenamt betrat, kicherte er. »Allein die Telegramme werden Bill 'ne schöne Stange Geld kosten, nehm' ich an. Wenn sie dringend genug klingen, kriegen wir vielleicht heute noch Antwort.«

In dem Moment fragte ich mich, wozu Bill sich überhaupt die Mühe gemacht hatte, mich seinem Detektivstab einzugliedern. Asey Mayo hatte so viel weiter gedacht als ich, daß ich etwas erschöpft war von dem Versuch, mit ihm Schritt zu halten. Seine beiläufige Erwähnung von überall im Land verstreuten Freunden überraschte mich. Hier im Ort war Asey mit niemandem außer Bill Porter enger befreundet. Er war ein freundlicher Mensch, aber seine Freundlichkeit war unpersönlich und unbeteiligt. Und doch existierte zweifellos dieses Heer von Bekannten, die er so nebenbei hervorholte.

Als Asey zurückkam, sah er bekümmert aus.

»Haben Sie Nachricht von Jimmy?«

»Ja. Kann nich' kommen. Sagt, die Firma Porter steht kurz davor, sich mit 'nem andern Konzern zusammenzuschließen, und er könnte nich' mal weg, wenn Bill umgebracht würde. Er sagt, ich soll mich an die Arbeit machen und so viel Geld ausgeben, wie ich will, um diese Sache in Ordnung zu bringen. Sagt, ich soll diesem Mann in New York telegrafieren, von dem er mir den Namen gegeben hat, und fragen, ob Sanborn da Feinde hatte. Hab' ich gemacht. Na, ich glaube, wir müssen allein weitermachen. Fahren wir mal zum Hotel und sehen, ob es da 'ne Spur von Kurth gibt.«

Aber im Hotelregister fanden wir keinen John Kurth.

Ich beschrieb ihn, so gut ich konnte, und der Portier überlegte. »Nein, es war niemand hier, der so aussah. Ist er aus New York gekommen?«

»Das kann sein«, sagte ich vorsichtig.

»Ja, dann fahren Sie doch mal rüber zu dem kleinen Campingplatz neben Bangs' Haus, wo die Ferienhäuser stehen, die er tageweise vermietet. Hier war gestern ein Mann, der so aussah wie der, den Sie suchen. Er wollte ein Zimmer haben, aber wir waren ausgebucht und hatten keins mehr. Ich sagte ihm, das *Nobscusset* oder das *Belmont* oben am Cape wären das Richtige für ihn, aber er wollte hier im Ort bleiben.«

»Was für 'n Wagen fuhr er?« fragte Asey.

»Kann ich nicht genau sagen. Es war ein großer achtsitziger Reisewagen, schwarz glänzend, und sah neu aus. Ich glaube, er hatte ein New Yorker Nummernschild. Und rote Speichenräder.«

»Wir fragen mal nach. Hören Sie, wenn er noch mal kommt, brauchen Sie ihm nich' zu sagen, daß wir ihn suchen.« Asey legte einen neuen Fünf-Dollar-Schein auf den Tisch.

Der Portier wurde freundlicher. »Natürlich nicht, Mr. Mayo. Bestimmt nicht. Wenn er kommt, soll ich Ihnen Bescheid sagen, nehme ich an? Ja? Danke, Mr. Mayo.«

»Alle gleich«, murmelte Asey, als wir gingen. »Alle gleich. Jetzt fahren wir bei Lonzo Bangs vorbei.«

Wir fanden Mr. Bangs, wie er seinen Hühnerstall ausmistete. Die Arbeit schien seine ganze Aufmerksamkeit in Anspruch zu nehmen und keine Unterbrechung zu dulden. Ich fragte mich, ob Asey versuchen würde, ihn mit Geld zu bestechen; ich wußte, wir würden unsere Informationen nicht umsonst bekommen. Ich kannte aber auch die Wirkung, die ein Trinkgeld auf den durchschnittlichen unabhängigen Bewohner von Cape Cod hat. Doch Asey hatte seine eigene Taktik.

»Morgen, Lonzo.«

»Mm«, sagte Mr. Bangs.

»Kennst doch dieses Ruderboot von Bill, dieses Dory, das er letztes Jahr oben in Wareham hat bauen lassen?«

»Mm.« Mr. Bangs staubte ein Gipsei ab.

»Wolltest es vor ein, zwei Monaten kaufen, nich'?«

»Hmm.«

»Aber hast es doch nich'.«

»N-hm.« Mr. Bangs schüttelte den Kopf.

»Zu teuer? Bill wollte fünfzehn Dollar, wenn ich mich recht entsinne.«

Mr. Bangs gab einen zustimmenden Laut von sich.

»Sollte mich nich' wundern, wenn du es für zwölf haben könntest.«

»Zehn«, sagte Mr. Bangs und wurde plötzlich lebhaft.

»Elf?«

»Zehn«, beharrte Mr. Bangs.

»Wegelagerei is' das, was du da machst. Aber du kannst es für zehn haben. Frei Schiff an unserm Kai.«

Mr. Bangs sah beleidigt aus. »Nicht gebracht?«

»Natürlich nich'«, sagte Asey. »Du machst 'n Schnäppchen. Würden es nicht verkaufen, wenn wir nich'n neues kriegten.«

»Mit Riemen und Dollen?«

»Ja, wenn du bar bezahlst.«

Mr. Bangs legte abrupt seinen Besen weg und verschwand im Haus. Er kam mit einer Rolle von Ein-Dollar-Scheinen zurück, die von einem Gummiband zusammengehalten wurden; er reichte sie Asey, der mit ernster Miene zweimal die Scheine durchzählte.

»Stimmt's?«

»Stimmt genau, Lonzo.«

»Ich hole das Boot morgen. Also, und was wolltest du sonst von mir, Asey?«

»Du kennst Miss Whitsby?«

»Glaube schon.« Er nickte in meine Richtung.

»Na, sie sucht 'n Mann, 'n Freund von ihrem Vetter, Mr. Handy, und ihr Vetter hat ihr erzählt, der war dieses Wochenende in Wellfleet. Wir haben im Hotel gefragt, aber der Kerl an der Rezeption hat gesagt, vielleicht is' er hier in einem von deinen Ferienhäusern.«

»Wußte gar nicht, daß Sie mit den Handys verwandt sind«, sagte Mr. Bangs interessiert.

»Entfernt verwandt«, verbesserte ich hastig. »Vetter fünften Grades.«

Mr. Bangs dachte nach. »Wie war der Name?«

»Das«, bekannte Asey aufrichtig, »is' genau, wo der Schuh drückt. Ihr Vetter hat ihr den Namen in 'nem Brief geschrieben, und er schreibt so undeutlich, daß sie es nich' lesen konnte. Sie glaubt, es soll Kurth heißen.«

»Niemand hier, der so heißt.«

»Er is' groß und dunkelhaarig«, fuhr Asey fort, »und er fährt'n riesigen schwarzen Cadillac-Reisewagen mit roten Speichenrädern.«

»Packard«, sagte Mr. Bangs.

»Er ist also hier?« fragte ich, ohne meine Genugtuung zu zeigen.

»War hier. Ist vor einer Weile nach Provincetown gefahren, um jemanden zu besuchen, und wollte nicht mehr herkommen, hat er gesagt. Aber sein Name war nicht der, den Sie genannt haben. Er hieß Brown. William K. Brown aus New York City. Wissen Sie«, fügte Lonzo gesprächig hinzu, »wenn ich gewußt hätte, daß er ein Freund von einem Handy ist oder von einem Verwandten von Ihnen, hätte ich ihm ein besseres Haus gegeben. Das, was er hatte, hat kein besonders gutes Bett.«

»Ich bin sicher«, sagte ich, »daß es ihm gefallen hat.«

»Sag mal«, erkundigte sich Asey, als wir aufbrachen, »du hast dir nich' zufällig seine Autonummer gemerkt, oder?«

»Nein, ich nicht. Aber vielleicht meine Frau. Sie paßt gut auf, meine Maria.«

Er wandte sich wieder dem Ausmisten des Hühnerstalls zu, und mit einem müden kleinen Seufzer klopfte Asey an die Küchentür des Haupthauses.

»Wenn das der Obstmann ist«, warnte eine schrille Stimme, »ich will nichts. Bei A & P gibt es auch gutes Gemüse, und man muß nicht solche Phantasiepreise bezahlen. Ach, Asey Mayo, Sie sind das? Und Miss Whitsby? Na, dann kommen Sie doch gleich rein.« Wir betraten die heiße Küche.

»Ich backe gerade, aber ich kann Ihnen gar nichts anbieten. Ich schäme mich richtig, daß ich nicht besser vorbereitet bin.« Sie hielt erwartungsvoll inne.

Asey wiederholte die Geschichte von meinem imaginären Vetter und seinem ebenso imaginären Freund. Ob sie sich an die Nummer von Mr. Browns Wagen erinnere?

»Das war eine wirklich komische Nummer: 11-C-11. Ich habe ihn gefragt, ob das C für New York City steht, und er hat gesagt, er weiß nicht, wofür der Buchstabe steht, aber er glaubt schon.«

»Sehr gut, daß Sie sich erinnern. Übrigens, Miss Whitsby, wollten Sie nich'n paar Eintrittskarten für das Gartenfest der Abstinenz-Liga haben? Sie verkaufen die doch, nich' wahr, Mrs. Bangs?«

Sie strahlte. »Das will ich meinen, und was hatte ich für Ärger damit, wo diese Sommergäste vom Gull Pond zuerst die Hälfte genommen und sie dann alle sechs zurückgegeben haben, weil sie an dem Tag doch lieber woanders hin wollten.«

»Ich nehme die sechs«, sagte ich und griff nach meiner Börse.

Mrs. Bangs nahm die drei Dollar unter heftigen Dankesbezeugungen entgegen, und wir machten, daß wir fortkamen.

»Puh«, sagte Asey während der Fahrt. »Wissen Sie, manchmal wundere ich mich selbst 'n bißchen über diese Leute von Cape Cod. Hier sind Ihre drei Dollar, Miss Prue. Bill Porter zahlt alle anfallenden Spesen.«

Mir fiel auf, daß es drei von den Dollarnoten waren, mit denen Mr. Bangs das Boot bezahlt hatte.

»Jetzt gehen wir zum Telegrafenamt«, sagte Asey, »und legen etwas Speck aus für die Mäuse, wie der Kollege immer sagte.«

Er nahm die Kabine, die am weitesten von der Vermittlung entfernt war, und warf eine Münze ein.

»Wirklich prima Erfindungen, Telefon und Telegraf. – Jawoll. Geben Sie mir bitte die Zentrale der Staatspolizei. – Ja.«

»Was wollen Sie machen?« fragte ich.

Er kniff ein Auge zu.

»Zentrale der Staatspolizei?« fragte er in Jimmy Porters präziser, knapper Sprechweise. »Ich möchte ein Auto als gestohlen melden ... Ja. Ein gestohlenes Auto. Ein achtsitziger Packard-Reisewagen, New Yorker Nummernschild 11-C-11 ... Farbe? Schwarz mit roten Speichenrädern ... Nein, der Mann wird einen Führerschein und Wagenpapiere vorzeigen auf den Namen John Kurth, aber die sind gefälscht ... Wer ich bin? Hier spricht Mr. Mayo, und ich rufe an für Miss Dorothy Cram aus New York City ... Ja, der Wagen gehört Miss Cram. Also, wenn jemand von Ihren Leuten den Wagen sieht, möchte er ihn bitte zu Miss Prudence Whitsbys Ferienhaus in Wellfleet bringen... O ja! Es ist eine Belohnung ausgesetzt.«

Er hängte ein und grinste mich an.

»Asey, Sie schamloser Lügner! Was passiert, wenn die Staatspolizei merkt, daß Sie sie hereingelegt haben? Das gibt ein fürchterliches Theater!«

»Das macht die Belohnung wieder wett. So spar'n wir uns die Mühe, diesen Mr. Kurth zu finden. Haben keine Zeit, seinetwegen auf dem ganzen Cape rumzukurven. Wir haben was Beßres zu tun. Hat keinen Sinn, daß der Prophet zum Berg geht, wenn man den Berg zum Reisen bringen kann. Und die Staatspolizei sammelt gern Leute auf. Gut gegen Langeweile.«

»Wie haben Sie bloß gelernt, Jimmy so gut nachzumachen? Dieser Harvard-Oxford-Akzent ist Ihnen ja perfekt gelungen!«

»Ich hab' ihn so oft damit veräppelt, daß ich ihn plötzlich selber ganz gut konnte. Man kriegt damit Ergebnisse, die würde man anders nich' kriegen. Wissen Sie, ich mochte Jimmy lieber, als er noch wie 'n normaler Mensch geredet hat.«

Wir stiegen in den Wagen. »Ich komme mir vor wie Doktor Watson«, bemerkte ich.

»Dieser dumpfe Typ, den Sherlock Holmes immer mit sich rumgeschleppt hat? Pah! Den hab' ich mal im Kino gesehen. Sind kein Doktor Watson, Miss Prue. Vier Augen sehen immer mehr als zwei, und ich hab' keine Brille an. Nein, kein Grund, sich so vorzukommen, bloß weil ich 'n paar Sachen gemacht habe, von denen Sie nich' so viel wissen müssen. Kann sein, daß ich demnächst selber mal so'n Watson spiele. Hören Sie, wenn wir bei Mrs. Howe sind, reden Sie dann mit ihr? Kann mich nich' besonders gut leiden, wo ich doch kein Methodist bin.«

»Ich doch auch nicht, Asey.«

»Nein«, sagte er lakonisch. »Das nich', aber Sie sind Sie.«

Mrs. Howe kam uns zum Gartentor ihres winzigen, weißen Hauses entgegen, das aussah wie von einer Osterpostkarte. Hier hatte sie ihren Speiseraum, wo sie die Sommergäste versorgte, die zu faul waren, selber zu kochen.

»Was bin ich froh, Sie beide zu sehen! Bestimmt können Sie mir eine Menge Neues über diese Sanbornsache erzählen. Ist das aber ein hübscher Wagen! Gehört der Bill Porter? Das dachte ich mir schon. Ist das nicht ein Jammer mit dem armen Mr. Sanborn?

So ein netter junger Mann, wie man ihn sich nur wünschen kann, obwohl er ganz schön launisch war, wenn Sie mich fragen.«

»Launisch?« fragte ich. Man brauchte bei Mrs. Howe selten mehr als ein Wort, um dafür hundert zurückzubekommen.

»Nun ja, vielleicht sollte ich nicht gerade launisch sagen, jetzt, wo der arme Mann tot ist, aber ich werde Ihnen erzählen, was ich genau damit meine. Er kam gestern her, um sich nach den Essenszeiten zu erkundigen, aber er war schon zu spät dran fürs Dinner. Das schien ihm nicht viel zu machen, denn er sagte, er könnte genausogut im Hotel essen. Ich sagte, er sollte einen Serviettenring mitbringen, und er hat sich darüber ein bißchen lustig gemacht, aber ganz reizend! Ich habe ihm erklärt, daß nicht alle Essensgäste so ehrlich wären und daß schon so viele Serviettenringe verschwunden wären, daß ich jetzt die Leute bitten muß, entweder ihre eigenen mitzubringen oder Papierservietten zu benutzen, obwohl ich dieses billige Zeug nicht ausstehen kann.«

»Da haben Sie vollkommen recht«, bestätigte ich ihr. »Aber was war denn so launisch an ihm?«

»Ja, gerade als er fahren wollte, fragte er, was er denn zum Dinner verpaßt hätte? Da habe ich ihm erzählt, was es gab. Wir hatten eine schöne Muschelsuppe mit Crackers darin und mein Senfgemüse, das ich selbst einlege – das haben wir immer freitags. Dann gab es Flundern, in Öl gebacken, Sie wissen schon, in Ei gewälzt und richtig schön braun gebraten, und grüne Erbsen aus meinem eigenen Garten und heiße Brötchen. Das heißt, Backpulverbrötchen, keine Hefebrötchen. Da hat er gelacht und gesagt, es täte ihm richtig leid, daß er das alles verpaßt hätte.«

»Da stimme ich ihm voll zu«, sagte ich. »Das ist ja ein Essen, das man nur ungern verpassen möchte.«

Sie lächelte geziert, und Asey warf mir einen bewundernden Blick zu.

»Und dann«, fuhr sie fort, »sagte ich ihm, hatten wir noch einen richtig schönen Sardinensalat. Und was glauben Sie, was dieser Mann da tat?«

»Was?« fragte ich. Ich fühlte mich langsam wie der stumme Partner in einer Vaudeville-Nummer, der immer nur ›wer‹ und ›wo‹ und ›warum‹ und ›was‹ sagen darf, damit der andere seine Witze loswerden kann.

»Na, er hat sich geschüttelt, als ob er einen Schlaganfall bekäme, wirklich. Genauso wie es Mr. Howe erwischt hat, damals. Und dann hat er mich angestarrt mit dem häßlichsten Ausdruck, den ich jemals gesehen habe, und seine Augen waren wirklich fanatisch.«

Ich sah Asey an. Er hatte denselben Ausdruck verwendet.

»Er hat mich nur so angestarrt. Dann hat er einen Schrei ausgestoßen und gesagt: ›Sardinen! Setzen Sie mir bloß keine Sardinen vor, ich möchte nicht mal welche sehen!‹

Und als ich ihn dann fragen wollte, ob er eine Magentablette wollte oder so etwas, brauste er mit seinem Wagen los, genau vor diesem Tor hier, als ob ich gesagt hätte, es gab einen Giftsalat. Na, würden Sie das nicht launisch nennen, auch wenn der Mann tot ist?« schloß sie triumphierend.

»Ganz bestimmt würde ich das launisch nennen.« Ich zwang einen Ton von Empörung in meine Stimme. »Ein erwachsener Mann, der sich so aufführt wegen ein paar Sardinen.«

»Ich weiß«, sagte Mrs. Howe. »Ich weiß. In dem Augenblick dachte ich mir: ›Also, Mr. Sanborn, Sie sind vielleicht ein Bücherschreiber, und das mag ein bißchen eine Entschuldigung dafür sein, daß Sie nicht so sind wie andere Leute, aber ich finde, daß es auch für einen Schriftsteller keinen Grund und schon gar keine Entschuldigung gibt, sich so aufzuführen wegen ein paar Sardinen.‹« Unvermittelt änderte sich ihr Ton. »Glauben Sie, Bill Porter hat ihn umgebracht?«

»Nein! Wann is' Sanborn hier weggefahren?« fragte Asey knapp.

»Er ist kurz nach zwei von hier weggefahren. Wir nehmen das Dinner um Punkt zwölf ein, und ich weiß, daß die Tische schon abgeräumt waren und das Geschirr abgewaschen, als er kam. Ja, es muß etwa um Viertel nach zwei gewesen sein.«

Ich erinnerte mich, daß Sanborn Boots um halb drei überfahren hatte; danach war er wahrscheinlich zum Lunch ins Hotel gegangen und von dort direkt zu uns gekommen, um nach dem Hammer zu fragen. Es paßte alles zusammen. Ich fragte mich, ob es womöglich einen Zusammenhang gab zwischen seinem Wutanfall und den Sardinen und dem Mord. Aber Sanborn war eigentlich ganz fröhlich gewesen, als wir ihn zum letzten Mal gesehen hatten. Wenn er zuvor einen Wutanfall gehabt hatte, so hatte er sich schnell davon erholt.

Asey nickte gedankenvoll. »Also, Mrs. Howe, das war sehr nett von Ihnen, daß Sie uns von Mr. Sanborn erzählt haben. Aber würden Sie das bitte niemand sonst erzählen? Ich meine, das mit den Sardinen und so?«

»Natürlich nicht, wenn Sie glauben, daß es nicht recht wäre. Aber da ist noch ein anderes Problem: Was soll ich mit dem Geld machen, das er mir für die erste Woche schon gegeben hat? Soll ich es beiseite legen und seinen Erben geben, wenn sie herkommen – was meinen Sie?«

Ich unterdrückte ein Lachen. »Nein, behalten Sie es nur, Mrs. Howe. Er hat es Ihnen gezahlt, und es gehört Ihnen.«

Sie lächelte. »Also, wirklich, das erleichtert mich sehr. Es war das erste, was mir einfiel, als Nobles' Milchjunge es mir heute morgen erzählte, und es ist mir die ganze Zeit nicht aus dem Kopf gegangen. Ich sehe zu, daß niemand erfährt, wie er sich wegen dieser Sardinen aufgeführt hat.«

Wir dankten ihr, und Asey startete den Wagen gerade noch rechtzeitig, um einer Flut neuer Fragen zu entgehen.

Er sah mich fragend an. »Wird immer merkwürdiger, was? Sanborn benimmt sich wie'n Irrer, wenn er das Wort Sardinen hört, und will die Dinger nich' mal seh'n. Dann rast er vor lauter Wut in solchem Tempo los, daß er den armen Boots überfährt. Und trotzdem liegt 'ne Sardinendose neben ihm, als Sie seine Leiche finden. War sowieso schon merkwürdig, daß dieses Ding da lag, dann wurde es noch komischer, als rauskam, daß es Bills Sardinen waren, oder wenigstens die Dose davon. Aber wo das jetzt rauskommt, bleibt mir glatt die Spucke weg.«

»Aber was hat das alles zu bedeuten, Asey? Ich wünschte, wir wüßten es.«

»Wenn Wünsche Pferde wär'n, könnten die Bettler reiten. Ich wünsche auch, daß ich es wüßte, Miss Prudence Watson. Ich wünsche, ich könnte sagen, es wär' alles ›ganz einfach‹, aber leider kann ich das nich'.«

Er beugte sich vor und drückte einen Knopf an dem verzierten Armaturenbrett. Das arrogante Signal der Fanfare schmetterte über die Wiesen.

»Leider kann ich das nich'«, wiederholte er. »Aber Sie und ich werden es bis Montag morgen rauskriegen.«

Siebtes Kapitel
Dot kommt in Schwierigkeiten

Würden Sie denen im Haus bitte nichts davon erzählen, was wir rausgekriegt haben?« fragte Asey, als wir die Straße am Strand entlangbrausten.

»Warum um Himmels willen denn nicht?«

»Ach, nur so aus Prinzip. Es gibt ja eigentlich sowieso nichts zu erzählen, und es is' irgendwie einfacher, Leute zum Reden zu bringen, wenn sie nich' wissen, was man eigentlich rauskriegen will.«

»Aber Sie glauben doch wohl nicht, daß es jemand von uns war, oder?«

»Keine Ahnung. Könnte sein. Sie müssen doch zugeben, daß niemand 'n bessern Standort dafür hatte.«

Er sprang aus dem Wagen, ließ die Seilbarriere herab, fuhr den Wagen hindurch und stellte sie wieder auf.

Betsey sprang aufs Trittbrett, bevor wir am Haus vorfuhren.

»Erzählt uns alles. Was habt ihr herausgefunden?«

»Nich' viel. Wir war'n bei Bill. Dem geht's gut. Und wir haben 'n paar Telegramme losgeschickt.«

»Alte Auster! Los, erzählt schon.«

»Reize ihn nicht«, log ich wacker. »Asey hat dir alles erzählt, was es zu erzählen gibt. Bill ist ganz fröhlich, und er scheint sich recht gut zu halten.«

Wir setzten uns auf die Veranda.

»Und jetzt«, sagte Asey, »würd' ich Sie gern 'n paar Sachen fragen, wenn es Ihnen nichts ausmacht. Wo waren Sie, Miss Prue, in der Zeit, als es nach der Meinung vom Doktor passiert is'?«

Ich erzählte die Geschichte von Olga und dem Silber.

»Dann war'n Sie die ganze Zeit in der Küche?«

»Ja.«

Aseys Augen zwinkerten. »Ich frag' Sie das nicht, weil ich Sie irgendwie im Verdacht hab', sondern nur so zur allgemeinen

Information. Sie sind ’n Detektiv, genau wie ich, und darum werden Ihnen die weitren Fragen erlassen. Und jetzt«, er wandte sich an Betsey, »wo warst du von halb fünf bis Viertel nach fünf?«

»Im Ort, Zitronen kaufen.«

»Und du warst die ganze Zeit unterwegs? Dummes Zeug, Betsey. Du brauchst doch unmöglich mehr als fünfzehn Minuten, selbst nich’ mit dieser Streichholzschachtel von Auto, um in den Ort zu fahren und ’n paar Zitronen zu kaufen. Was hast du die ganze Zeit gemacht?«

»Na ja, tatsächlich bin ich nicht vor zwanzig vor fünf losgefahren, das weiß ich, weil ich Snoodles nach der Zeit gefragt habe. Davor war ich noch zehn Minuten lang hier draußen bei Dot.«

»Das bringt uns nich’ weiter. Dann bleiben immer noch ungefähr zwanzig Minuten ungeklärt!«

»Also, ich habe ungefähr fünf Minuten gebraucht, um Zitronen auszusuchen, die saftig genug waren für Snoodles Ansprüche. Die restlichen zehn oder fünfzehn Minuten habe ich damit verbracht, mit Mike Sullivan über das Baseballteam zu reden.«

»Kannst du dich erinnern, was er gesagt hat?«

»Glasklar. Er hat gesagt, der neue Werfer wäre gut, aber ›er kriegt keine Unterstützung‹. Und wenn Sie das wirklich nachprüfen wollen, können Sie zur Hütte rübergehen und ihn fragen. Jetzt, wo Simpkins die Leiche abgeholt hat, ist er dort und paßt auf, daß niemand die Hütte plündert.«

»Woher weiß ich, daß du ihn nich’ präpariert hast?«

Betsey grinste. »Slough Sullivans Sohn präparieren, der sich schon für einen zweiten Philo Vance hält, nur weil er Sullivans Sohn ist? Das sollten Sie aber besser wissen, Asey. Gehen Sie und fragen Sie ihn.«

Asey ging hinüber und kam nach ein paar Minuten zurück.

»Er sagt, er kann beschwör’n, daß er mindestens zehn oder zwölf Minuten mit dir gesprochen hat. Okay, Betsey. So viel zur Frage der Zeit. Hat dich jemand geseh’n, als du losfuhrst?«

»Ja, alle haben gesehen, daß ich unten am Hügel Bill getroffen habe.«

»Und sie wußten auch, wo du vorher warst. Was war mit dem Rückweg? Könntest du dich da nich’ zur Hütte rübergeschlichen haben?«

»Könnte sie nicht«, teilte Dot ihm mit. »Ich habe ihren Wagen gehört, und sofort danach ist sie reingekommen. Deshalb habe ich von den Sardinen geredet. Ich ziehe sie immer damit auf. Erinnern Sie sich, Miss Prudence?«

Ich nickte. Dot schien immer noch unter dem Schock der vorigen Nacht zu leiden. Sie betonte die Worte nicht in ihrer üblichen affektierten Art, und ihren ganzen Vorrat an Adjektiven hatte sie offenbar vergessen. Sie war alles in allem ungewöhnlich still, und ihr Gesicht war noch recht blaß.

»Na, ich denke, das schließt dich aus, Betsey. Hattest du 'n besondern Grund, ihn umzubringen?«

»Seien Sie kein Trottel. Ich kannte ihn doch erst seit Mittwoch.«

»Kein Grund, mir den Kopf abzureißen, Betsey. Man muß einen nich'n Leben lang kennen, um 'n Grund zu finden, ihn umzubringen. Aber ich denke, wir können dich freisprechen. Und Sie, Mrs. Manton, wo war'n Sie?«

»Ich bin am frühen Nachmittag nach oben gegangen, ein paar Sekunden, nachdem Mr. Sanborn gekommen war. Ich bin in meinem Zimmer geblieben, bis ich Betsey aus der Stadt zurückkommen hörte.«

»Was haben Sie die ganze Zeit gemacht?«

»Ich habe auf dem Bett gelegen und mich ausgeruht. Einen Teil der Zeit las ich. Die restliche Zeit habe ich gedöst.«

»Sind Sie die ganze Zeit weder runtergekommen noch rausgegangen?«

»Glauben Sie nicht, die anderen hätten mich dann gehört?« Sie lächelte gequält. »Die Leute hören mich meistens lange, bevor sie mich sehen.«

Wir mußten alle lachen. Ich dachte daran, wie sie seit ihrer Ankunft wohl schon ein dutzendmal diese Treppe heruntergestampft war.

»Und Sie wußten nichts von Sanborn, bevor Sie hierher kamen?«

»Natürlich hatte ich von ihm gehört und wußte, daß er Bücher schreibt. Aber ich hatte noch nie eins gelesen, bis Prudence mir gestern eins gab. Darin las ich dann oben in meinem Zimmer.«

»Gut, Mrs. Manton, ich glaub', wir können auch Sie aus dem Zeugenstand entlassen. Und Sie, Dot, Sie war'n auf der Veranda?«

»Ja.«

»Die ganze Zeit?«
»Die meiste.« Die sonst so redselige Dot war ungewöhnlich einsilbig.
»Haben Sie sie zwischendurch verlassen oder sind Sie nach drinnen gegangen?«
»Beides.«
»Vielleicht erzählen Sie's uns«, schlug Asey vor.
»Also, ich bin reingegangen, um mir eine Zigarette zu holen, und dann bin ich ganz gemütlich runter zu den Tennisplätzen spaziert.«
»Seien Sie doch 'n bißchen genauer, ja? Warum sind Sie zu den Tennisplätzen runtergegangen?« Aseys Ton war schärfer als zuvor.
»Um mir ein Schiff anzusehen.«
»Schätze, Sie hätten das Schiff besser hier vom Hügel aus sehen können.«
»Na ja«, Dot zögerte. »Es war hinter der Kaimauer verschwunden.«
»Wann sind Sie ins Haus gegangen?«
»Eine Minute oder so, nachdem Miss Prudence hineingegangen war. Ich hatte das Schiff entdeckt und wollte das Fernglas holen. Als ich drinnen war, habe ich mir eine Zigarette angesteckt und nach dem Glas gesucht.«
»Wie lange war'n Sie drinnen?«
»Ungefähr fünf Minuten.«
»Also, Bill muß ungefähr zu dem Zeitpunkt weggefahren sein, weil er dem Sheriff gesagt hat, er war nich' länger als sechs, sieben Minuten in der Hütte. Haben Sie nich' geseh'n, wie er weggefahren is'?«
»Nein. Er muß losgefahren sein, als ich noch drinnen im Haus war.«
»Also, Sie haben das Fernglas genommen und sind zu den Tennisplätzen runtergegangen, um sich 'n Schiff anzusehen? Und Sie haben Bills Wagen nich' mal auf der Straße am Strand gesehen?«
»Genau. Ich ging den Weg runter. Den Wagen habe ich nicht bemerkt. Ich war zu sehr damit beschäftigt, mir das Schiff anzusehen.«
»Was war das denn für 'n Schiff?« fragte Asey schnell.
»Was – ach, es war nur ein Fischkutter.«

»Schoner? Schmacke? Wie viele Masten hatte es? Wie hieß es? Das hätten Sie doch sehen müssen, sogar wenn Sie nur 'n kleines Opernglas gehabt hätten.«

»Ich weiß nicht, welche Art von Schiff es war«, antwortete Dot mürrisch. »Ich kenne mich mit solchen Sachen nicht aus. Vielleicht hat es einen Mast gehabt, vielleicht ein Dutzend. Und den Namen weiß ich ganz bestimmt nicht.«

»Dot«, sagte Asey leise, »das erste Mal, als Sie hier waren, hab' ich Ihnen selber alles über die Takelage beigebracht. Ich hatte Sie so weit, daß Sie den Unterschied zwischen 'ner Brigg und 'ner Brigantine oder 'ner Bark und 'ner Schonerbark kannten. Und Ihre Augen sind so gut wie die von jedem andern hier.«

Dot sagte nichts.

»War jemand auf dem Tennisplatz, als Sie unten war'n, Dot?«

»Ja, ein paar Leute spielten gerade.«

»Können Sie sich erinnern, wer das war oder wie viele?«

»Nein. Ich weiß nicht, wer es war oder wie viele.«

Asey dachte nach. »Hm. Sie kannten Sanborn schon, bevor Sie hierher kamen, nich'?« Sie nickte.

»Wie lange kannten Sie ihn schon?«

Dot schlug so heftig mit der Faust auf den Tisch, daß eine Vase mit Blumen auf den Boden fiel. »Miss Prudence, dieser Mann hat absolut kein Recht, mir irgendwelche Fragen zu stellen, und ich lasse mir seine Schnüffelei einfach nicht länger gefallen. Nur weil ich die einzige bin, die zufällig über diese vierzig Minuten nicht auf die Sekunde genau Rechenschaft ablegen kann, lasse ich nicht zu, daß Sie oder sonst jemand mich verdächtigen, diesen Mord begangen zu haben.« Sie ignorierte unsere überraschten Gesichter. »Und ich wüßte keinen einzigen Grund, warum ich Ihnen etwas über Dale Sanborn erzählen sollte. Er ist tot. Ich habe ihn nicht umgebracht. Und das ist alles, was Sie wissen müssen.«

Heftig riß sie ein Streichholz an und zündete sich eine Zigarette an. Niemand sagte etwas. Ich sah ihre Hand zittern, als sie das Streichholz ausblies.

»Na schön.« Asey war ruhig und sachlich. »Kann ich dann mal mit Ihrer Köchin sprechen, Miss Prue? Wenn Dot alles für sich behalten will, was sie weiß, seh' ich überhaupt keinen Grund, mich unbeliebt zu machen. Wenn's ihr so egal ist, daß Bill Porter verhaftet worden is' für 'n Verbrechen, das er nie im Leben begangen hat, und der wirkliche Mörder sitzt da und dreht

Däumchen, dann soll's mir recht sein. Nettes, freundschaftliches Benehmen, Dot. Aber Sie sind nich' der erste Mensch in der Weltgeschichte, der einem in den Rücken fällt. Das hat's früher schon gegeben. War schon in biblischen Zeiten sehr beliebt, und seitdem hat sich nichts geändert.«

Während seiner Standpauke war Dots Gesicht zwar blasser geworden, aber sie machte keine Anstalten, etwas zu sagen. Ich glaube nicht, daß sich jemals fünf Leute unbehaglicher gefühlt haben.

Schließlich erklärte Betsey nervös: »Ich hole Olga.«

»Nein«, sagte Dot müde. »Laß nur. Asey hat sein Ziel erreicht.« Sie drückte ihre Zigarette aus und zündete eine neue an. »Ich habe Dale Sanborn sehr gut gekannt. Tatsache ist, wir waren verlobt, aber wir wollten es nicht vor dem Herbst bekanntgeben.«

Wir hatten alle das Gefühl gehabt, daß Dot und Dale sich besser kannten, als ihr Verhalten vermuten ließ, aber diese Eröffnung hatten wir wohl kaum erwartet.

»Wir hatten ein bißchen Krach gehabt«, fuhr Dot fort. »Ich war mit anderen Männern ausgegangen, und das paßte ihm nicht. Ich hatte zwei oder drei Wochen nichts von ihm gehört, als ich herkam. Jemand hatte mir gesagt, er wäre auf Long Island. Deshalb habe ich die Gelegenheit ergriffen, euch zu besuchen. Ich wollte ihm zeigen, daß ich verreisen und ihn verlassen konnte und daß ich mich überhaupt nicht darum kümmerte, was er tat.«

»Sie wußten nich', daß er hier war?« fragte Asey.

»Nein. Aber als ich entdeckte, daß er hier war und euch alle offenbar so gut kannte, war ich natürlich nicht so dumm, euch etwas von uns zu erzählen. Schon gar nicht nach seinem Benehmen, als Sie gestern nachmittag erwähnten, Sie hätten gehört, daß ich ihn kenne.«

Ich erinnerte mich an seine Antwort auf meine Bemerkung, sein schlaffes ›Das hat sie‹, mit der auffälligen Betonung auf dem ›hat‹.

»Also dachte ich«, fuhr Dot fort, »ich verhalte mich einfach still und sage gar nichts. Ich dachte, es kommt schon alles wieder in Ordnung. Ist es vorher auch immer.«

»Hatten Sie früher schon öfter Streit mit ihm?« wollte Asey wissen.

»Ach ja. Sehr oft. Es war nicht gerade einfach, mit Dale auszukommen. Es waren nie ernsthafte Zerwürfnisse. Nur Mißverständnisse. Es kam immer wieder von selbst in Ordnung.«

Sie schneuzte sich heftig. Anscheinend sagte sie uns über ihr Verhältnis zu Sanborn die Wahrheit, obwohl ihre Antworten auf Aseys Fragen so voller Löcher waren wie der sprichwörtliche Schweizer Käse. Ich erinnerte mich, wie rot ihr Gesicht gewesen war, als sie in die Küche kam. Natürlich hätte sie erhitzt sein können von ihrem Ausflug. Andererseits aber hätte sie auch zur Hütte und wieder zurück gerannt sein können. Ich war mir ganz und gar nicht sicher, was Dot betraf.

»Mag, ich meine, mochte Sanborn Sardinen?« fragte Asey abrupt. »Haben Sie mal geseh'n, wie er welche gegessen hat?«

Sie sah ihn verwundert an. »Nein. Das heißt, ich glaube nicht. Ich bin mir sogar sicher. Ich habe einmal in einem Restaurant ein Hors d'œuvre bestellt –« Sie unterbrach sich und sah Asey fragend an.

»Ja, ich weiß, was das is'. Reden Sie ruhig weiter.«

»Und ich fragte den Kellner, was sie im einzelnen hätten, weil ich so gerne Lachspaste auf Kaviarbrot esse. Der Kellner sagte, sie hätten Anchovispaste, und er fing an, etwas von Sardinen zu sagen, da hat Dale ihn unterbrochen und gesagt, ich bekäme einen Fruchtbecher. Ich wollte keinen Fruchtbecher und sagte ihm das. Aber Dale hat den Kellner weggewinkt und gemeint, wenn er mich zum Dinner ausführte, müßte ich essen, was er bestellt. Er hat nicht immer so geredet, aber an dem Abend hat er sich so benommen, als wäre ihm irgendwas furchtbar gegen den Strich gegangen, also habe ich nicht weiter darauf bestanden.«

»Hat Ihnen nich' gesagt, warum er nich' wollte, daß Sie Sardinen essen?«

»Nein.«

»Vielleicht«, schlug Emma vor und legte zum ersten Mal an diesem Tag ihr Strickzeug weg, »vielleicht mochte er keine Sardinen. Meint ihr, daß nicht jeder wenigstens ein Gericht hat, das er ganz besonders verabscheut? Was ich damit sagen will, es ist doch nichts besonders Mysteriöses an dieser Geschichte, oder? Ich weiß, daß mir ganz schlecht wird, wenn ich Backpflaumen sehe. Ich kann nicht mal mit ansehen, wenn andere Leute sie essen. Ich mußte als Kind jeden Morgen einen Teller gedämpfte Backpflaumen essen, bis ich mit zehn Jahren endlich dagegen rebelliert habe. Bei dir ist es doch dasselbe mit gebackenen Bohnen, nicht, Prudence?«

»Nicht gebackene Bohnen. Lima-Bohnen.« Ich verzog das Gesicht.

»Und Betsey?«

»Zwiebeln in jeder Form. Bah!«

»Dot?«

»Cashew-Nüsse. Einfach ekelhaft.«

»Ich verstehe, worauf Sie rauswollen, Mrs. Manton. Ich für mein' Teil mach mir zum Beispiel nichts aus Kaviar.«

Wir sahen Asey an, aber er zog es vor, unser Erstaunen für freundschaftliches Interesse zu nehmen.

»War mal in Rußland, und da gibt mir so 'n Kerl 'n dicken Kanten von diesem schwarzen Brot, ganz voll mit dem Zeug. Ich denke, es is' irgend so 'ne Marmelade, vielleicht Brombeere.« Ein Ausdruck des Abscheus erschien auf seinem Gesicht. »Roch aber mehr nach unserm alten Kai als alles andre, woran ich seitdem gerochen hab'. Und der Geschmack! Mann, an den Geschmack erinner' ich mich immer noch. Bill kauft sich das Zeug und ißt es, aber dann muß ich rausgehen und warten, bis die Luft wieder rein is'. Aber, Dot, wissen Sie denn eigentlich nichts von seiner Familie?«

»Überhaupt gar nichts, Asey.«

»Sie wollten 'n Mann heiraten, von dem Sie absolut nichts wußten, nich' mal, wo er herkam?«

»Er ist in New York geboren, und seine Verwandten sind alle tot, hat er mir erzählt.«

»Diese Mädchen von heute!« kommentierte Asey abschätzig. »Mann, als ich 'n Junge war, wenn da 'ne Frau 'n Mann heiratete, wußte sie alles über ihn. Wußte über seine Familie Bescheid, wer sie war'n und wie lange sie schon Geld hatten, wenn sie welches hatten, und woher sie's hatten, sogar was der Mädchenname von seiner Urgroßmutter war. Ich hab' ja nichts gegen Sie, Dot, und Sie wissen, es tut mir ehrlich leid, daß 'nem Mann, den Sie mochten, was passiert is'. Aber trotzdem.« Er schüttelte den Kopf.

»Er hat so gut wie nichts von seiner Familie erzählt, aber mein Eindruck war, sie seien alle gestorben, als er noch jung war, und hätten ihn in sehr schlechten Verhältnissen zurückgelassen. Mir kam es immer so vor – nicht, daß er je so etwas gesagt hätte –, daß er seine heutige Position mehr oder weniger aus eigener Kraft erreicht hatte.«

»Verstehe.« Asey dachte nach. »Dann sind Sie also ins Wohnzimmer gegangen, anschließend runter zum Tennisplatz und danach zurück und in die Küche? War das alles?«

»Ja.« Dot biß sich auf die Unterlippe, daß es mir fast vom Zusehen schon weh tat.

»Und Sie wußten nichts von der ganzen Sache, bis Sie von Miss Prue davon hörten?«

»Nein. Ich bin in Ohnmacht gefallen, als sie es mir sagte. Das war reichlich albern von mir, und so was ist mir auch noch nie passiert. Aber es war der Schock.«

Ich dachte bei mir, es könnte der Schock gewesen sein, aber auch gute Schauspielerei. Von uns allen hatte Dot am ehesten einen Grund, Sanborn umzubringen, eher als Betsey oder Emma. Er war ihr Verlobter; sie hatten einen Streit gehabt, den sie als ganz harmlos bezeichnete, der ihn aber immerhin dazu gebracht hatte, sie vorübergehend zu verlassen. Sie hatte ihn wiedergetroffen, als er offensichtlich Anstalten machte, den Rest des Sommers in unmittelbarer Nähe eines anderen, unbestreitbar attraktiven Mädchens zu verbringen; sie konnte oder wollte für mindestens fünfzehn Minuten des Zeitraums, in dem Sanborn getötet wurde, kein Alibi beibringen. Ich betrachtete meine Tabelle, auf der ich festgehalten hatte, wie und wo wir alle den Freitagnachmittag verbracht hatten.

»Also, Dot, großes Ehrenwort, ich will Sie nich' weiter Sachen fragen, als ob Sie im Zeugenstand wär'n, aber fällt Ihnen denn gar nichts zu Sanborn ein, was uns weiterbringen könnte? Zum Beispiel, wofür er sich interessierte, oder so was?«

Dot dachte einen Moment nach. »Er war versessen auf Musik und auf ein paar von diesen modernen Malern wie Tursky und Weiner und solche Leute, die so gräßliche Porträts von russischen Bauern machen und all dieses Zeug.« Sie zeigte auf das Magazin einer alten Sonntagszeitung. »Da war eins von Lenin drin, das ihm sehr gefallen hat. Und er mochte dieses Theaterstück, ich weiß den Titel nicht mehr, über Gefängnisse und Todesstrafe und alles. Und er wurde immer absolut wütend über diese Italiener, über die sich in Boston alle so aufgeregt haben.«

In Aseys Augen war ein Glitzern, das deutlicher als Worte sagte: »Das klingt mehr nach Schonbrun als nach Sanborn.«

Laut sagte er: »Ach ja? Hat er sich mal für Volkswirtschaft interessiert?«

»Komisch, daß Sie mich das fragen. Ja. Er hat darüber geredet, als ob er eine Menge von solchen Sachen wüßte, auch wenn ich das nicht so beurteilen kann. Jemand in New York hat ihn mal auf einer Party über einen Streik in einer Kohlengrube im Süden reden hören, und er wollte, daß Dale einen Artikel darüber schreibt oder vor einem Forum spricht. Aber Dale wollte nicht. Er hat sich glatt geweigert. Er sagte, er wäre kein Experte auf dem Gebiet, und es wäre nur ein Hobby von ihm.«

»Hat er mal 'n Schnurrbart getragen, Dot?«

»Nicht, seit ich ihn kenne. Ich habe ihm mal gesagt, ich wünschte mir, daß Männer auch heutzutage noch einen Sinn hätten für Bärte und Schnurrbärte und dergleichen, und ich fragte ihn, warum er keinen hätte. Da hat er nur gelacht und gesagt, er hätte einen Schnurrbart getragen, als er auf dem College war, aber er hätte damit ausgesehen wie ein ›Proletarier aller Länder ...‹«

»Was für eine bescheuerte Frage«, bemerkte Betsey. »Wirklich, Asey, Sie sollten sich nach seinen Feinden oder Gegnern erkundigen, aber nicht nach diesen kosmetischen Problemen.«

Asey grinste. »Von da, wo du sitzt, kannst du nich' beurteilen, wie das Bild wird. Für euch hört sich das alles wohl ziemlich verrückt an, aber so verrückt, wie ihr glaubt, is' es nich'. Is' nämlich doch irgendwie wichtig. Aber vielleicht können Sie sich an jemand erinnern, der ihn nich' so sehr mochte, Dot.«

»Ach, ich wüßte niemand Spezielles. Es gab mal jemanden, der so einen albernen Prozeß gegen ihn anfangen wollte, aber das war nur wegen seiner Bücher, hat er mir erzählt. Ich kann mir nicht vorstellen, daß das irgendwie Licht in diese Sache bringt. Ich weiß nicht mal, wer das war, aber ich weiß, daß ein Freund von ihm, der Anwalt ist, die Sache bereinigt hat. Ich glaube, er hatte überhaupt keine Feinde.«

Olga erschien in der Tür. »Lunch, Miss Whitsby.«

Eifrig erhob sich Asey von seinem Stuhl. »Wenn er keine Feinde hatte, dann war er 'n Glückspilz. Wir vertagen uns 'n bißchen, Dot. Jetzt heißt es: ›Die Pfoten aufs Tischtuch, den Kopf übern Teller, und danket dem Herrn, denn so schlingt sich's schneller‹, wie der Kollege immer sagte.«

Achtes Kapitel
Sullivan findet den Hammer

Nach dem Lunch setzte Asey seine Befragung fort. »Fällt Ihnen nich' noch irgendwas zu Sanborn ein, was Ihnen sozusagen besonders im Kopf geblieben is'?«

Dot schüttelte den Kopf. »Leider nicht, auch wenn das vielleicht absurd klingt. Ungefähr das einzige, was ich denken kann, ist, daß ich ihn für immer verloren habe.« Sie lachte zynisch. »Mittlerweile sollte ich eigentlich ans Verlieren gewöhnt sein. Ich habe meine ganze Familie noch früher verloren als Betsey, mein Vormund hat mein ganzes Geld an der Börse verspielt, und ich habe sogar eine Woche vor der Abschlußprüfung meine Diplomarbeit verloren. Weißt du noch, Betsey? Ich habe jede Wette verloren, die ich jemals eingegangen bin. Wenn ich Kopf gesagt habe, kam Zahl. Wenn ich auf Rot gesetzt habe, kam Schwarz.« Dot unterbrach sich. »Hört mal, das erinnert mich an etwas.«

»An was?«

»Ach, daran, wie ich wieder einmal verloren hatte; ich hatte mit Ellie Batten eine Münze geworfen, wer den Nachtdienst im Obdachlosenheim übernehmen sollte, als die Leiterin mal krank war.«

Wir warteten gespannt.

»Das war vor ungefähr anderthalb Jahren, im Februar. Ich habe wie üblich verloren und bin die Nacht über dortgeblieben. So um zwei Uhr morgens holte mich der Wachmann aus dem Bett. Der Polizist von der Nachtschicht hatte auf seiner Runde eine alte Frau gefunden und hereingebracht; sie war draußen vor dem Eingang zusammengebrochen. Sie wollten wissen, ob ich etwas tun könnte, bis der Krankenwagen kam.

Sie war schon ziemlich hinüber, als ich sie sah. Unterkühlung und Erkältung und ganz normale Unterernährung. Ich tat, was ich konnte, aber viel hat es nicht geholfen. Man konnte sehen, daß sie mal absolut hinreißend gewesen sein muß, obwohl ihre

Kleider eher Lumpen waren. Ich schaute in ihrer Handtasche nach, um vielleicht herauszukriegen, wer sie war. Ich fand eine Adresse irgendwo auf der First Avenue und einen Zeitungsausschnitt. Ich sah ihn mir an, und auf der einen Seite war ein Bild von Dale. Komisch, daß Sie mich nach einem Schnurrbart gefragt haben, weil ich mich erinnern kann, daß da einer auf seine Oberlippe gemalt war. Übertrieben, wißt ihr, so wie ein Kind malen würde. Auf der Rückseite war eine Ankündigung von einem Ausverkauf irgendwo, und ich dachte damals, daß sie das Ding wohl deswegen ausgeschnitten hatte, und daß das Bild und der Schnurrbart sozusagen ein Zufall waren.«

»Haben Sie Sanborn mal davon erzählt?«

»Nein, nie. Ein Mädchen im Asyl bekam in der Nacht Delirium tremens, dadurch habe ich die Sache dann ganz vergessen. Ich glaube nicht, daß ich seitdem noch mal daran gedacht habe. Wahrscheinlich hat es sowieso nicht viel zu bedeuten. Eine Menge Leute dieser Schicht schleppen Bilder mit sich herum, von Lindbergh, dem Prinzen von Wales, dem Präsidenten und so. Komisch, daß mir das eingefallen ist, und wahrscheinlich nützt es uns gar nichts.«

»Das weiß man nie«, sagte Asey. »Sagen Sie, haben Sie jemals den Namen von dieser Frau erfahr'n?«

»Nein. Nachts bin ich dort ja nur selten gewesen. Das war eine Ausnahme. Ich glaube nicht, daß ich dort seitdem mehr als zweimal Nachtdienst hatte. Den Polizisten habe ich nie wieder gesehen, und der Wachmann hat kurz danach gekündigt. Es gab keine Möglichkeit, ihren Namen herauszufinden, selbst wenn ich auf die Idee gekommen wäre, danach zu fragen.«

»Verstehe.« Er sah sie scharf an. »Dot, haben Sie Sanborn umgebracht?«

Die Zigarette glitt ihr aus der Hand, aber ihre Stimme war völlig ruhig, als sie ihm gerade in die Augen sah und antwortete: »Nein.«

Asey nickte, als glaubte er ihr, was wesentlich mehr war, als ich von mir behaupten konnte.

»Also dann, kann ich jetzt mal mit Ihrer Köchin sprechen?«

Betsey holte Olga, die sich die Hände an einem Geschirrtuch abwischte, als sie herauskam. Ich habe Olga noch nicht beschrieben, weil es da sehr wenig zu beschreiben gibt. Sie arbeitet seit dreißig Jahren für meine Familie, und ich weiß, daß ich ohne sie nicht auskommen könnte. Sie ist weder groß noch klein, weder dunkelhaarig noch blond, weder häßlich noch schön. Sie geht mit ihren Worten so vorsichtig um wie mit dem Silber. Als Betsey und Bill noch Kinder waren, hatten sie ein Spiel, das sie ›Olga zum Sprechen bringen‹ nannten. Es reizte sie wohl vor allem wegen ihres völligen Mißerfolgs. Bill meinte damals, daß sie sich bestimmt für jedes unnötige Wort selber eine Geldstrafe auferlegte. Olga war extrem geizig.

»Haben Sie gestern irgend jemand in der Nähe der Hütte von Mr. Sanborn geseh'n?«

»Nein.« Ihr Tonfall bekundete, daß es nicht zu ihrer Arbeit gehörte, aus dem Fenster zu gucken.

»Wann sind Sie von hier weggegangen?«

»Halb vier.«

»Wohin sind Sie gegangen?«

»Ins Dorf. Inga treffen. Einkaufen.«

»Inga is' Mrs. Stocktons Mädchen?«

»Ja.«

»Wann sind Sie nach Haus gekommen?«

»Wir sind ins Kino, dann zurück. Miss Betsey nimmt mich mit unterwegs, als sie den Doktor holt. Nach dem Film haben wir Eis gegessen.«

»Haben Sie jemand geseh'n, einen Fremden, als Sie in die Stadt gingen? Sie nehmen die Abkürzung über den Hügel, nich'?« Er zeigte in die Gegend links vom Weg.

»Genau. Ja, einen Mann.«

»Was für 'n Mann?«

»Penner.«

»Was meinen Sie mit Penner? Landstreicher?«

»Ja.«

»Mit ihm gesprochen?«

»Nein. Er mit mir.«

Asey seufzte. »Zähne ziehen is' leichter, als aus Ihnen 'ne Antwort rauszuholen. Also, was hat er gesagt?«

»Fragt mich, wo Mr. Sanborn wohnt.«

Asey strahlte sie an. »So kommen wir weiter. Haben Sie's ihm gesagt?«

»Mochte nicht, wie er aussieht, so dreckig. Dachte, er wollte was stehlen. Hat ›Schwester‹ zu mir gesagt. Also sage ich – «

Gebannt hingen wir an ihren Lippen.

»Ich sage: ›Nix verstehen.‹«

»Grundgütiger«, sagte Asey schwach, nachdem wir es geschafft hatten, einen mittleren Lachanfall zu unterdrücken. »Und was dann?«

»Gehe ich in die Stadt.«

»Und er auch?«

»Er geht nach hier.«

»Wie sah er aus?«

»Eher groß, dunkel. Dunkle Augen. Dunkle Haut. Sprach frech. War ein Penner, dreckig und so. Sah aus, als wäre er weit gelaufen.«

John Kurth war groß und dunkel.

»Haben Sie ihn vorher schon mal gesehen?« fragte ich.

Sie runzelte die Stirn. »Fragte ich mich auch, gestern. Ich denke, er sieht aus wie jemand, den ich kenne, aber ich weiß nicht wer. Er sieht aus wie jemand, den ich kenne, nicht wie einer, an den ich mich erinnere.«

»Versuchen Sie's nochmal, Olga, wir verstehen nicht, was Sie meinen.«

»Glaube nicht, ich habe diesen Mann schon gesehen, aber jemand, der aussieht wie er, den habe ich gesehen.«

»Hm. Verstehe. Er hat Sie nich' an jemand erinnert, den Sie mal bei Miss Prue zu Besuch gesehen haben?«

»Nein.« Sie schüttelte entschieden den Kopf.

»Sie sind sich anscheinend ganz sicher«, bemerkte Asey.

»Wenn er Miss Whitsby besucht, hätte er mir Geld gegeben, wenn er geht, und ich hätte ihn erkannt, wenn ich ihn wiedersehe.«

»Klingt einleuchtend«, sagte Asey. »Sie haben ihn nich' noch mal gesehen? Und er is' in diese Richtung weitergegangen?«

»Ja.«

»Wann haben Sie ihn getroffen?«

»Vielleicht eine Viertelstunde, nachdem ich von hier weg bin.«

»Das war etwa um Viertel vor vier, und wenn er zur Hütte gegangen is', war er da wahrscheinlich um vier oder etwas später. Und das bringt ihn mit dieser ganzen Geschichte in Verbindung.«

»Aber«, fragte Betsey, »hätten wir ihn nicht gesehen, wenn er hergekommen wäre?«

»Warum? Vielleicht is' er, wie Olga, die Abkürzung über die Felder gegangen. Vielleicht is' er auch um den Hügel rumgegangen und durch die Kiefern von hinten zur Hütte gekommen.«

»Darauf bin ich noch gar nicht gekommen. Dann hätten also jede Menge Leute um die Zeit zur Hütte kommen können, und keiner hätte es bemerkt?«

»Das stimmt, Betsey. Hätten sie. Also, Olga, danke, daß Sie diese Fragen beantwortet haben. Denken Sie aber noch mal schwer drüber nach, ob Ihnen nich' einfällt, wem dieser Landstreicher ähnlich gesehen hat.«

Olga nickte und kehrte zu ihrem Abwasch zurück.

»Also, Miss Prue, ich hab' gesehen, wie Sie 'n paar Zeiten notiert haben. Seh'n wir uns mal Ihren Fahrplan an, ob das für uns irgendwas klarer macht.«

Ich reichte ihm meinen Zettel. Er las ihn mit eigenen Kommentaren vor.

14.00 Dot, Emma und ich beim Lunch.
15.00 Wir stehen vom Tisch auf.
15.15 Dale leiht sich den Hammer.
15.16 Emma geht nach oben.
15.20–15.22 Dale geht und wird nicht mehr gesehen, bis ich seine Leiche in der Hütte finde.
15.30 Olga geht in die Stadt.
15.45 Sie trifft den Landstreicher.
16.00 Der Tramp könnte in der Hütte gewesen sein.
16.30 Ich gehe in die Küche.
16.40 Betsey fährt in den Ort, Zitronen holen.
16.41 Bill kommt in Lucinda den Hügel herauf und geht in die Hütte.
16.40–17.15 ist die Zeit, in der nach Aussage des Arztes Sanborn umgebracht wurde.
16.43 ist Dot nach eigener Angabe ins Haus gegangen, um eine Zigarette und das Fernglas zu holen.
16.48 ist Dot wieder herausgekommen, zum Tennisplatz gegangen und anschließend zum Haus zurück.

»Bill war nich' mehr als sechs oder sieben Minuten in der Hütte«, fügte Asey hinzu, »also schreiben wir, daß er um 16.47 oder so gegangen is'.«

Er las weiter:

17.00 Ich bemerke, daß Bills Wagen nicht mehr da ist.
17.05 Dot kommt in die Küche.
17.10 Betsey kommt zurück. Verspätung erklärt.
17.12 Emma kommt herunter. Wir hören sie herunterkommen.

Meine Notiz, daß Emma in den 10 oder 12 Minuten, wo Dot draußen war, nicht hinüber zur Hütte und zurück hatte laufen können, ohne daß wir sie gehört hätten und sie sich furchtbar hätte anstrengen müssen, ließ Asey aus. Auch meine Bemerkung, daß Dot auf dem College in der Leichtathletikmannschaft war und daß sie sehr rot im Gesicht und atemlos war, als sie in die Küche kam, las er nicht vor.

17.12–19.00 Wir essen zu Abend.
19.10 Dot und Betsey fahren ins Kino. Betsey schaut nicht in die Garage, wo sie Sanborns Wagen entdeckt hätte, sondern sie nimmt selbstverständlich an, daß er zum Dinner gefahren ist.
19.00–22.00 Emma und ich spielen Karten, während sie weg sind.
22.10 Die Mädchen kommen nach Hause.
22.20 Ich finde die Leiche in der Hütte.

»Das scheint alles abzudecken«, sagte Asey. »Wir wissen, daß er um Viertel nach zwei bei Mrs. Howe weg is' und daß er Boots um halb drei überfahren hat. Danach is' er wahrscheinlich zum Lunch gefahren und dann wieder nach Hause. Diese Lunches im Hotel sind nich' üppig, und er hätte das leicht schaffen können in der Zeit. Von der Zeit an, als Sie ihn mit dem Hammer weggehen sahen, bis zu der Zeit, wo er umgebracht wurde, wie der Doktor meint, war Bill da, wie wir wissen, und vielleicht dieser Landstreicher von Olga und möglicherweise noch ein halbes Dutzend andre Leute.«

Er steckte den Zettel sorgsam in die Tasche seines Flanellhemdes.

»Ich würde 'n Keks dafür geben, zu wissen, womit er umgebracht worden is'«, sagte er. »Natürlich könnte es der Stiel von dem Hammer gewesen sein, wo Slough sich so drüber aufregt, weil, wie er sagt, ja jemand 'n Grund gehabt haben muß, ihn mitzunehmen. Man nimmt ja nich' einfach 'n Hammer mit. Und ich glaub' auch nich', daß ihn sich einer ausgeliehen hat, weil hier in der Nähe niemand is', der sich was ausleihen könnte und der würde sowieso zu Ihnen kommen. Scheint doch, als ob Sloughs Schlagstock genausogut als Mordwaffe in Frage kommt.«

»Also«, meinte ich, »ich würde ein Pfund von Huntley and Palmer's besten Keksen dafür geben, um zu erfahren, wie diese Sardinendose dahin gekommen ist, wer sie mitgenommen hat und wer sie dagelassen hat und wo sie der, der sie dagelassen hat, gefunden hat.«

Asey grinste. »Und ich würd' mindestens genau so gern wissen, warum Sanborn so zugedeckt war. Das hat Slough Bill auch gefragt, warum er ihn so schön zugedeckt hat, nachdem er ihn umgebracht hat.«

»Die Mörder, von denen ich gelesen habe«, bemerkte ich, »waren im allgemeinen nicht so rücksichtsvoll.«

»Mir kommt es so vor«, sagte Emma, »als ob diese Sardinenbüchse das Eigenartigste ist. Wenn Sanborn nicht wollte, daß Dot Sardinen bestellte, ist es dann wahrscheinlich, daß er zuläßt, daß jemand anders so was in seiner Hütte ißt? Das kann doch wohl nicht sein. Ist es nicht möglich, daß Sanborn gar nicht da war, als die Sardinen verzehrt wurden?«

»Kann sein«, sagte Asey.

»Unten am Strand sprach er davon, er hätte an der Hütte eine indianische Pfeilspitze gefunden, und er meinte, er wolle am Nachmittag auf Pfeilsuche gehen. Vielleicht hat er das gemacht, und irgend jemand, möglicherweise der Mann, den Olga gesehen hat, hat ihm eins über den Kopf gegeben und ihn dann in die Hütte geschleppt.«

»Aber aus welchem Motiv?« wandte ich ein. »Ich meine, warum hat er ihn nicht da gelassen, wo er ihn umgebracht hat? Und warum sollte ein Landstreicher ihn umbringen? Der Arzt hat gesagt, es gäbe kein Anzeichen dafür, daß etwas gestohlen wurde. Und dieser Mann kam vor Bill hierher, aber da war Sanborn noch am Leben. Und denk mal an die Mühe, einen Mann von Sanborns Größe vom Wald zur Hütte zu tragen. Er war nicht dick, aber es wäre doch ein ziemliches Gewicht gewesen. Und die Leiche lag doch allem Anschein nach so, wie er niedergeschlagen worden ist.«

»Gut, aber du weißt nicht genau, wann dieser Fremde hierher gekommen ist, wenn er überhaupt gekommen ist. Ich habe ja nur von einer Möglichkeit gesprochen.«

»Wer wohl der Landstreicher war?« fragte Betsey.

Asey grinste und stand auf. »Wir könnten hier sitzen bleiben und uns wundern bis zum Jüngsten Tag oder bis zum Tag danach, und wir würden wahrscheinlich nirgendwo damit hinkommen. Miss Prue, ich glaub', Sie und ich, wir sollten mal 'n bißchen rumlaufen und Fragen stellen. Mittlerweile müßten schon 'n paar Antworten auf unsre Telegramme da sein.«

»Können wir nicht mitkommen?« fragte Betsey.

»Nein. Du und Dot könnt euch damit amüsier'n, rauszukriegen, ob die Tennisspieler Dot gesehen haben in der Zeit, wo sie angeblich am Tennisplatz war. Es gibt da 'ne Liste von den Leuten, die spielen, und es kann nich' so schwer sein, das rauszukriegen. Aber erzählt mir nachher bloß keine Märchen; 'n Märchen riech' ich so schnell wie gebratenen Fisch. Und wenn ihr mir irgendwelche Lügen erzählt, steck' ich euch beide neben Bill in die Halseisen.«

»Was ist mit mir?« fragte Emma.

»Ja, Mrs. Manton, Sie nehmen wir wohl auch nich' mit, und ich hoffe, Sie kommen sich jetzt nich' vernachlässigt vor. Um die Wahrheit zu sagen, ich will, daß noch jemand hier is' außer diesem Holzklotz draußen in der Küche. Sie is' ja vielleicht 'ne verdammt gute Köchin, aber 'ne besondere Redebegabung hat sie nich'. Ich möchte, daß Sie hier draußen auf der Veranda sitzen und auf 'n paar Besucher warten, die vielleicht kommen.«

»Wer denn?« wollte Betsey wissen.

»Niemand Bestimmtes. Aber falls 'n Polizist und noch jemand kommen sollten, beschäftigen Sie sie, bis wir wieder da sind. Beantworten Sie ihnen keine Fragen, auch nich' über andre Leute. Tun Sie so, als ob Sie taub wär'n, oder kleben Sie sie mit Fliegenpapier fest, wenn Sie wollen, aber halten Sie sie hier, bis wir wiederkommen.«

»Machen wir«, sagte Betsey.

»Nein, nicht ihr! Ihr macht euch auf die Suche nach Dots Alibi, und ich brauch' euch nich' zu sagen, daß sie eins nötig hat.«

»Ich werde unsere Gäste aufhalten wie Horatius die Etrusker«, sagte Emma vergnügt, »und wenn ich dafür einen Anfall vortäuschen müßte.«

»Na, jedenfalls brauchen Sie nich' durch 'n Tiber zu schwimmen. Fertig, Miss Prue? – Menschenskind, sehen Sie sich das mal an.«

Er zeigte auf unsere Seilabsperrung. Fünfzehn bis zwanzig Leute starrten uns neugierig an.

»Damit hab' ich gerechnet«, sagte Asey, »aber ich dachte nich', daß sie in ganzen Rudeln kommen würden. Betsey, du und Dot nehmt besser deinen Wagen. Ihr wollt doch nich' da durchgehen. Wenn sie irgendwas wollen, sprecht nicht mit ihnen, sonst steht's gleich in der Zeitung. Beantwortet keine Fragen, aber erzählt auch keine Lügen. Macht, daß ihr abhaut!«

Sie hauten ab. Asey und ich folgten ihnen etwas gemütlicher.

Die Gaffer waren kein bißchen feinfühlend, als Asey anhielt, um das Seil herunterzulassen. Hemmungslos und ungerührt machten sie ihre Bemerkungen über unsere Erscheinung und fragten sich nur zu vernehmlich, ob dieser Herr da der Ehemann der Dame oder nur ihr Chauffeur wäre. Asey ließ sich nicht anmerken, ob er diese Bemerkungen verstand, und auch ich tat mein Bestes, ebenso gleichgültig zu sein wie er. Aber ich wußte, daß meine Ohren glühten.

Ich fragte ihn, was er von Dot hielt, und er schüttelte den Kopf. »Ich glaub' nich', daß sie es war, Miss Prue, aber irgendwas is' da komisch. Da is'n Haken dran. Ich glaube, sie erzählt uns nich' alles, was sie weiß, längst nich' alles. Aber wenn wir sie einfach im Glauben lassen, alles wär' in Ordnung, verplappert sie sich vielleicht und erzählt uns die ganze Geschichte von selbst. Vom Zugucken kocht Wasser auch nich' schneller, wie der Kollege immer sagte. Und Fische beißen nich' davon an, daß man ihnen schöne Lieder vorsingt. Aber das mit Dot kriegen wir schon noch raus.«

»Glauben Sie, daß Kurth der Tramp war?«

»Keine Ahnung. Vielleicht war er's, vielleicht auch nich'. Wenn die Polizei uns Kurth bringt, werden wir mehr erfahr'n.«

In der Stadt hielt er am Anlegeplatz an und rief einem der Müßiggänger am Dock zu: »He, weißt du, wann Nickersons Kutter gestern reingekommen ist?«

Der Angesprochene überlegte. »So um fünf.«

»Danke.« Asey fuhr weiter. »Also gab es ein Schiff, Miss Prue, das um die Zeit reingekommen is'. Dot könnt' es vom Hügel aus um zwanzig vor oder Viertel vor fünf gesehen haben. So weit stimmt das, was sie sagt. Sie hätte es nich' viel früher sehen können, aber auch nich' später als zehn vor fünf, weil es da schon um die Landzunge rum war. Und jetzt fahr'n wir zu den Stocktons und überprüfen, was Ihre Köchin gesagt hat.«

»Was für ein Motiv hätte Kurth, Sanborn umzubringen?« fragte ich. »Ich überlege schon die ganze Zeit.«

»Kann ich nich' sagen. Haben Sie mal drüber nachgedacht, Miss Prue, was wäre, wenn alle Leute auf der Welt, die Feinde haben, sie umbringen würden? Haben Sie mal überlegt, wie gefragt da einige Leute wär'n, oder wie wenige übrigbleiben würden? Nich' viele, stell' ich mir vor. Erinnern Sie sich nich' an die Geschichte von dem Kerl, der mal an alle wichtigen Männer in der Stadt 'n Telegramm geschickt hat: ›Alles entdeckt, sofort fliehen‹, und am nächsten Tag war jeder einzelne von denen abgehauen? Tja, 's gibt jede Menge verschiedener Menschen auf dieser Welt, jeder hat seine eigenen Vorstellungen über Prohibition und Krieg und so, und nich' jeder von denen is'n Abe Lincoln oder 'n George Washington. Alle haben sie Gründe, jemand umzubringen, und wenn einer tot gefunden wird, gibt's meistens 'n Grund dafür. Es gibt nich' so viele Warums ohne Weils. Man bringt keine Leute um, weil man ihre Haarfarbe nich' mag oder den Schnitt ihrer Weste, sondern normalerweise, weil sie einen dreckig behandelt haben. Und den Dreck kann man ausgraben, wenn man weiß, wo man graben muß. Da fällt mir ein: Ich hab' Sie noch gar nicht gefragt, ob Sie es waren.«

»Selbstverständlich habe ich Dale Sanborn nicht umgebracht«, sagte ich würdevoll.

Er grinste. »Hoffe, ich kann mich drauf verlassen. Tja, ich geh' mal rein und frag' diese Landsmännin von Olga wegen gestern, und ich hoffe sehr, sie is' nich' so zugeknöpft wie ihre Freundin.«

Er verschwand in der Küche der Stocktons und war in fünf Minuten zurück. »Sie sagt, sie treffen Olga um zehn vor vier, gehen die Straße rauf ihr entgegen, und sie bleiben zusammen bis nach zehn gestern abend. Ja, bleiben sie. Das wär' geklärt. Außerdem glaub' ich nich', daß Olga jemand umbringen würde. Sie hätte zu viel Angst, daß ihr hinterher jemand Fragen stellt.«

Er ließ den Wagen anrollen, dann hielt er.

»Nich' nötig, bei Sullivan vorbeizufahren. Da kommt er schon. Hallo, Slough. Was gibt's denn Neues?«

Sullivan grinste breit. »Genau der Mann, den ich gesucht habe, Asey. Genau der. Wollte euch eine Menge Zeit und Mühe ersparen, dir und Miss Whitsby. Ich war gerade auf dem Weg rauf zum Haus, um euch zu besuchen.«

»Was gibt's?« fragte Asey liebenswürdig. »Hat man dich zum Boß von Pinkerton's gemacht, oder was?«

»Noch nicht«, erwiderte Sullivan. »Aber das kann noch kommen. Du und Miss Whitsby, ihr braucht nicht mehr Detektiv zu spielen, wirklich nicht. Ihr könnt wieder nach Hause fahren und eure Puste sparen, um euren Kaffee damit abzukühlen.«

»Wie kommt's, Slough?«

»Erinnert ihr euch an den Hammer, den Sanborn ausgeliehen hat, den wir nicht finden konnten, von dem der Doktor sagt, das könnte die Mordwaffe sein?«

»Hab' davon gehört«, sagte Asey vorsichtig.

»Na, den habe ich gefunden.«

»Wo?« wollte ich wissen.

»An einer Stelle, wo man noch 'ne Menge mehr erklären muß als sowieso schon, damit es harmlos aussieht.«

Er nahm eine Zigarre aus seiner Tasche und steckte sie mit größerer Sorgfalt an, als unbedingt nötig gewesen wäre.

»Reporterzigarre?« erkundigte sich Asey. »Riecht so. Also, wo hast du diesen Hammer gefunden? In irgend so 'nem Fischnetz unten am Hafen?«

»Nein«, sagte Sullivan, der sich weidlich amüsierte, »ich habe ihn zufällig in Bill Porters Wagen gefunden. Um ganz genau zu sein, hinter dem Sitz von dem alten Wagen, mit dem er immer rumfährt.«

Asey und ich starrten uns an, wie Augustus gestarrt haben mag, als ihm jemand die traurige Nachricht von seinen im Teutoburger Wald verschwundenen Legionen brachte.

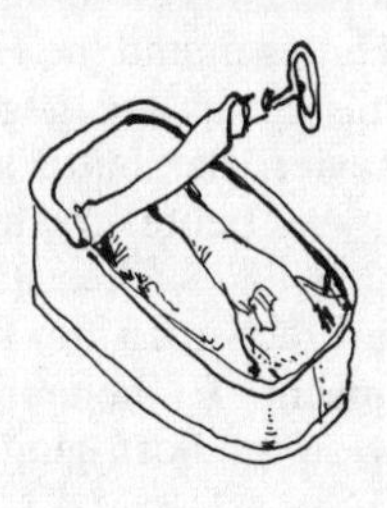

Neuntes Kapitel
Der Arzt und seine Briefe

Sullivan genoß unser Unbehagen.

»Genau da habe ich ihn gefunden. Ich habe mich vor kurzem an seinem Haus umgesehen und bin um die Garage herum. Sah seinen alten Wagen da, und nur so zum Spaß habe ich mich mal ein bißchen umgeschaut. Und direkt unten hinter dem Vordersitz, da lag der gute alte Hammer.«

»Könnte einer sein, der zum Wagen gehört«, schlug Asey vor.

»Ja, könnte. Aber es ist ein prima ordentlicher, brandneuer Hammer, und auf dem Stiel steht mit Bleistift geschrieben: ›Der Hammer von Whitsbys‹.« Er reichte mir den fraglichen Gegenstand. »Erkennen Sie den, Miss Whitsby?«

Es war unbestreitbar der, den wir Sanborn gegeben hatten. Ich erinnerte mich, daß, nachdem wir damit unsere Vorhänge im Haus aufgehängt hatten, Betsey sich hingesetzt und diese Aufschrift daraufgekritzelt hatte. Betsey kann der Versuchung eines frisch gespitzten Bleistifts nicht widerstehen. Sie ruiniert Telefonblöcke, die sie mit bedeutungslosen Hieroglyphen bedeckt, und sie kritzelt ständig Kommentare auf die Ränder ihrer Bücher. Ich gab zu, daß der Hammer uns gehörte.

»Also, das wäre das.«

»Hast du den Bill gezeigt?« fragte Asey.

»Ja. Und ihr solltet hören, was er gesagt hat.«

»Was hat er gesagt? Hat er irgend 'ne Erklärung gegeben?«

»Klar hat er mir eine Erklärung gegeben. Captain Kinney damals vom zweiten Revier, der hatte immer großen Spaß an den Gründen, die ihm die Leute erzählten, wenn sie Sachen hatten, die bei ihnen nichts zu suchen hatten. Das heißt, wenn sie nichts mit einem Verbrechen zu tun hatten. Mir haben Bills Gründe auch Spaß gemacht. Er behauptet, er wäre fuchsteufelswild gewesen, als er zu Sanborn ging. Er sagt, dieser Hammer lag auf dem Tisch, als er in die Hütte kam, und er hätte ihn einfach in die Hand genommen und damit gespielt, so wie man mit einem Brieföffner spielt oder mit einer Schere oder so. Dann, sagt er, wäre er noch zorniger geworden, als Sanborn ihm sagte, er hätte den Hund nicht überfahren, und da wäre er dann richtig in Wut geraten und rausgerannt.«

Sullivan brüllte vor Lachen. »Er behauptet, er wäre so stinksauer gewesen, daß er ihn höchstwahrscheinlich einfach mitgenommen und dann vergessen hätte. Na, ist das nicht eine sehr glaubwürdige Erklärung? Ich kann schon hören, was der Bezirksstaatsanwalt dazu sagen wird. Hat ihn aufgehoben und mitgenommen, wird er sagen, so sauer, daß er nicht weiß, was er tut, und dann geht er weg und vergißt es einfach. Scheint mir, wenn er das konnte, hätte er Sanborn damit wohl auch eins auf den Kopf geben können und das dann auch noch vergessen. Glaubwürdig, nicht, Asey? Richtig glaubwürdig.«

»Könnte aber so gewesen sein, Slough. Wahrheit is' merkwürdiger als Dichtung. Glaubst du, er hat Sanborn damit umgebracht?«

»Ja. Und selbst wenn nicht, wird es mehr Erklärungen brauchen, als Bill Porter sowieso schon abgegeben hat, um es so normal aussehen zu lassen, wie wenn man einen Bleistift mitnimmt oder so was. Na, bis dann. Ich bin mit ein paar Reportern verabredet. Sie wollen ein Interview.«

»Laß dich in Uniform photographieren«, schlug Asey vor.

»Schon passiert. Dreimal. Trotzdem vielen Dank. Und meint ihr nicht, ihr beide solltet besser Benzin sparen und das Detektivspielen denen überlassen, die das Geschäft kennen?«

»Weiß nich'«, sagte Asey gedehnt, »ob's uns paßt.«

Sullivan zuckte die Schultern. »Wie ihr wollt, wie ihr wollt.«

»Wie geht es Bill?« fragte ich.

»Ach, der? Dem geht's gut. Dem geht es sogar besser. Als ich den Hammer fand, wußte ich, daß ich alles habe, was ich will. Da habe ich ihn von dem Pranger geholt.« Seine Stimme war klebrig vor Wohlwollen.

»Bist wohl drauf gekommen, daß die öffentliche Meinung so was nich' besonders schätzt, was?« fragte Asey.

»Die öffentliche Meinung hatte überhaupt nichts damit zu tun«, erwiderte Sullivan, aber sein Gesicht war eher rot als rosa. »Ich habe ihn da sowieso nur so lange gelassen, bis er bereit war zu gestehen. Und wenn er mich nicht so veräppelt hätte, wäre er gar nicht erst dahin gekommen.«

»Hmmm«, machte Asey und nickte. »Verstehe. Ja, und was hast du jetzt mit ihm gemacht, hm?«

Sullivan biß die Spitze seiner Zigarre ab. »Na ja, es gibt keinen wirklich sicheren Ort für einen Killer wie ihn, und erst habe ich gar nicht gewußt, was ich mit ihm machen soll. Aber jemand ist auf die Idee mit dem Güterwagen gekommen, aus dem wir gerade die Sachen für den Laden ausgeladen haben; der hat ein gutes Schloß, und es gibt jede Menge Luft, wenn auch nicht besonders viel Licht. Außerdem bekommt er sozusagen einen Vorgeschmack auf die Einzelhaft, die auf ihn wartet.«

Asey und ich sahen uns konsterniert an.

»Na, bis dann.« Sullivan winkte lässig, nahm den Hammer zurück und brauste los.

»Oje«, sagte ich.

»Verdammter Bockmist, meinen Sie wohl.« Asey biß ein frisches Stück Kautabak ab. »Kreuzdonnerwetternochmal. Und nochmal. Wozu hat dieser verrückte Junge so was gemacht, frag' ich Sie? Warum hat er nich' seine dämliche alte Sardinendose mitgenommen, wenn er schon was mitnehmen mußte, und nich' diesen Hammer? Und warum hat er nich' so viel Grips gehabt zu sagen, er weiß von nichts, als Sullivan ihn gefragt hat? Das würd' ich gern mal wissen. Wozu muß er hingehen und die Wahrheit sagen? N'türlich«, fügte er hinzu, »hab' ich ihn dazu erzogen, die Wahrheit zu sagen, aber ich dachte, ich hätt' ihm auch beigebracht, wann man das tut. Bei manchen Sachen bringt es gar nichts, wenn man zu wahrheitsliebend is', und wenn man grad' wegen Mordverdacht verhaftet worden is', sollte man das wissen. Ich glaube nich', daß 'n kleiner Schwindel seiner Seele mehr weh getan hätte, als ihm jetzt dieser Hammer weh tun wird. Die Porters haben wirklich 'n Tropfen Wahnsinn im Blut, soviel steht fest.«

»Was machen wir jetzt?«

»Machen? Was können wir denn machen? Wir können weitermachen wie bisher und versuchen rauszukriegen, wer es war. Wir können weitermachen und hoffen, der Himmel öffnet sich und es regnet Lerchen und Regenbögen und den Kerl, der Sanborn umgebracht hat. Wir vergessen einfach mal diesen verrückten Jungen. Wir holen unsre Telegramme ab und sehen, ob einer von den Jungs was für uns hat.«

»Aber was ist mit Bill und dem Güterwagen?« fragte ich.

Asey zuckte die Schultern. »Schätze, der is' wenigstens nich' so öffentlich wie der Pranger, aber das is' auch alles, was daran besser ist. Wette, der Junge überlegt's sich zweimal, bevor er wieder Sardinen ißt, das wette ich.«

Ich nickte nachdenklich. So konnte man die Sache allerdings auch sehen.

Am Bahnhof erwarteten uns zwei Nachrichten. »Geht doch nichts über 'n bezahlten Antwortschein, wenn man wirklich schnell bedient werden will«, bemerkte Asey. »Ein Telegramm is' von dem Mann in Boston und das andre von dem aus New York. Im ersten steht:

Mann namens David Schonbrun angeblich bei Streikkrawall 1923 in Lowell, Mass. umgekommen. Verstümmelte Leiche von Behörde gefunden und identifiziert, von Freunden oder Familie aber keine Bestätigung. Gleichzeitig halbes Dutzend andere Tote. Angeblich ausländische Agitatoren, wurden aber nie identifiziert. Durchaus möglich, Schonbruns Leiche einer der anderen Arbeiter und nicht er selbst, wenn das Frage beantwortet. Keine späteren Unterlagen über ihn zu finden. Zwei Monate Gefängnis in Lowell wegen Mißachtung des Gerichts. Beschreibung paßt, aber Schonbrun hatte Schnurrbart. Schicke alles Greifbare falls und sobald ich was finde.

Hm. Paßt ganz gut zu dem, was Harlow meint«, grübelte Asey. »Dann gibt's also doch 'ne Chance, daß er gar nich' umgekommen ist. Wann is' eigentlich sein erstes Buch rausgekommen, wissen Sie das zufällig, Miss Prue?«

»So um 1924/25, glaube ich. Ich habe Betsey so etwas sagen hören.«

»Na, das paßt ja alles zusammen. Ich denke, wir können davon ausgehen, Miss Prue, daß dieser Sanborn Schonbrun war. Vielleicht is' er's schließlich doch nich', aber ich finde, das is'n schöner Anfang. Und gut begonnen is' halb gewonnen, wie der Kollege immer sagte. So, das andre is' von unserm Mann im Rathaus.

Vier David Schonbruns registriert«, las er. *»Einer geboren Bayern 1874, Leimhersteller, keine Familie. Einer geboren hier 1899,* *gestorben 1901 mit Eltern bei Scharlachepidemie. Einer geboren Stuttgart 1876, verheiratet mit Marie Stravinoff, Kinder David, geboren hier 19. Mai 1897, Abraham, geboren Brooklyn 2. Oktober 1899, Vater gestorben Explosion Fabrik Jersey City 1903, Mutter gestorben Februar 1929, Unterernährung – «*

»Asey«, unterbrach ich ihn atemlos, »erinnern Sie sich an Dots Geschichte? Glauben Sie, die Frau, von der sie uns erzählt hat, die im Asyl, war Sanborns Mutter?«

»Sieht beinahe so aus.«

Er las weiter:

»Keine Unterlagen über Tod David Schonbrun oder Bruder, wenn letzterer gesucht wird, bitte Nachricht. Erinnere mich an Zusammenhang mit Streik letztes Jahr und schicke Einzelheiten.«

»Das kann nicht Dale sein, oder? Glauben Sie, der Bruder ist auch ein Agitator?«

»Glaube schon. Also: Der Bruder tritt in Davids Fußstapfen und is' immerhin so aktiv, daß sein Name bekannt wird. Ob er wohl 'ne Ahnung hatte, daß sein Bruder nich' tot is', und ihn auf diesem Weg aufspüren wollte?«

»Vielleicht. Aber Asey, wenn es noch einen Bruder gab, warum ist dann die Mutter verhungert? Sie hatte doch jemanden, der sich um sie kümmern konnte.«

»Vielleicht, vielleicht auch nich'. So, ich telegrafiere den Jungs hier und sag', sie sollen mir alles schicken, was sie wissen. Und dann müssen wir nur noch was von diesem Mann im Westen hören und von Jimmys Freund.«

»Asey, ob vielleicht dieser Landstreicher der Bruder war und nicht Kurth? Das würde erklären, warum Olga meint, er sähe jemandem ähnlich, den sie kennt, aber es wäre niemand, den sie tatsächlich schon mal gesehen hat.«

Asey knallte die Hand aufs Lenkrad. »Die Portugiesen haben so 'n Sprichwort: Der Rat von 'ner Frau bringt vielleicht nich' viel, aber wer nich' drauf hört, wird davon auch nich' klüger. Teufel auch, Miss Prue, darauf wär' ich nie gekommen. Wir fahren gleich hin und fragen sie.«

Aber Mrs. Howe, die vor ihrem Haus stand, rief uns zu sich, als wir vorbeifuhren.

Sie stürzte zum Wagen. »Also, ich bin ja so froh, daß Sie dieses Mal anhalten. Ich habe gewunken und gerufen, als Sie vorhin vorbeigekommen sind, bis die Leute dachten, ich wäre nicht bei Trost, aber Sie waren beide so miteinander beschäftigt, daß Sie mich überhaupt nicht gesehen haben. Es ist wegen dieser Sardinen.«

»Was ist damit?« fragte Asey.

»Ja, Sie haben doch gesagt, ich soll mit niemandem darüber sprechen, und das habe ich auch nicht. Aber es hat keinen Zweck, also kann ich ruhig.«

»Wie meinen Sie das?«

»Also, heute zur Dinnerzeit hielt hier eine richtig nette Dame mit ihrem Wagen an und fragte, ob sie was zum Essen haben könnte. Sie hatte wohl das Schild hier draußen gesehen. Und sie war so nett, da habe ich gesagt, natürlich kann sie hier essen, obwohl es schon ganz schön spät wäre und fast alle meine Gäste fertig wären. Sie war richtig dankbar und hat gesagt, wenn sie mir Umstände macht, würde sie gerne extra bezahlen. Ja, und beim Essen hat sie über diese Sanborngeschichte geredet und gesagt, was für eine schreckliche Sache das doch ist, ist es ja auch, und ich finde, es ist eine Schande für die Stadt, genau wie ich zu Addie Phillips gesagt habe – «

»Zur Sache, bitte«, sagte Asey.

»Sache? Ach, Sie meinen die Sardinen. Ich sage also zu ihr: ›Sieht mir so aus, als ob Bill Porter das getan hat‹, sage ich, ›aber warum er hingeht und eine Sardinendose liegenläßt, verstehe ich einfach nicht.‹

Da hat sie mich ganz komisch angeguckt und gesagt, sie kannte Dale Sanborn sehr gut, und sie weiß ganz bestimmt, daß er nie Sardinen gegessen hat, auch keine in der Nähe haben und nicht mal was davon hören wollte.«

»Hatte sie das denn nicht in der Zeitung gelesen?« fragte ich.

»Das habe ich ihr auch gesagt, daß es alles in der Zeitung steht, aber sie sagte, sie hätte heute keine Zeitung gesehen, sie hätte nur davon gehört, als sie irgendwo getankt hat. Jedenfalls dachte ich, ich sage Ihnen Bescheid, daß es keinen Zweck hat, das mit den Sardinen geheimzuhalten, weil andere Leute es offenbar auch wissen.«

»Sprach sie so, als ob sie ihn gut gekannt hätte, und hat sie Ihnen vielleicht ihren Namen gesagt?« wollte Asey wissen.

»Also, ich glaube schon, daß sie ihn gut kannte, sonst wüßte sie doch nicht, was er gern ißt. Ihren Namen hat sie nicht gesagt, aber sie hatte eine kleine Brosche an ihrem Kleid mit so glitzernden Steinen, die wie Diamanten aussahen, und die Buchstaben, soweit ich das erkennen konnte, waren M. W. oder vielleicht W. M.«

»Maida Waring«, flüsterte ich Asey zu. »Mrs. Howe, haben Sie sie nicht nach ihrem Namen gefragt?«

»Na, ich habe getan, was ich konnte, ohne unhöflich zu erscheinen. Ich habe sie Miss Äh und Mrs. Öh genannt, aber sie hat ihren Namen einfach nicht rausgerückt. Dann habe ich sie gebeten, sich in mein Gästebuch einzutragen – ich führe immer eins, weil es doch nett ist zu sehen, wer die Leute sind und wo sie herkommen –, aber sie sagte, sie wäre zu sehr in Eile. Sie meinte, sie müßte jemanden in Provincetown besuchen und hätte keine Zeit.«

»Mrs. Howe, Sie haben uns sehr geholfen«, sagte Asey. »Aber wenn diese Frau nochmal auftaucht, sagen Sie uns dann bitte Bescheid, bevor sie Zeit hat, wieder wegzufahren?«

Mrs. Howe versprach es, und wir fuhren nach Hause.

»Die Lage«, sagte ich, »wird immer komplizierter. Wenn das Maida Waring war, und sie fährt jemanden in Provincetown besuchen, und wenn der geheimnisvolle William K. Brown alias Kurth, falls es Kurth ist, auch nach Provincetown fährt – «

»Sieht fast so aus«, beendete Asey meinen Satz, »als wär' da was im Gange, weil, wo Bienen sind, da is' auch Honig. Komische Sache, daß alle beide Sie besuchen kommen wollten, und noch komischer, daß sie dann beide so einfach auftauchen, ohne sich zu melden. Na, die Sache kommt jedenfalls in Gang.«

Als wir den Weg hochfuhren, trafen wir Betsey und Dot in dem kleinen Wagen.

»Wohin fahrt ihr jetzt?« fragte Asey.

»Wir haben endlich die Leute gefunden, die gestern auf dem Tennisplatz gespielt haben. Das heißt, wir haben herausgefunden, wer es war, und sie scheinen im Hotel zu wohnen, also schauen wir jetzt, ob wir sie da antreffen. Sollen wir weitersuchen, wenn sie nicht da sind? Ich meine, sollen wir Bluthund spielen?«

»Jawoll«, sagte Asey, »wenn ihr ihnen nicht zu weit hinterherfahren müßt.«

»Und was habt ihr beiden Schweigsamen in eurer schicken Kutsche jetzt vor?«

»Die beiden Bluthunde«, sagte Asey mit einem Grinsen, »gönnen sich jetzt 'ne Ruhepause. Bloß Arbeit und keine Pause is' gegen die Verfassung. Fahrt mal los in eurem Fingerhut, ihr beiden, aber paßt auf, daß euch keine Möwe mit 'nem Goldfisch verwechselt und mitnimmt.«

Zu Hause fanden wir Emma, wie sie in aller Ruhe Maschen zählte.

»Horatius hat absolut nichts zu berichten, eure einzigen Besucher waren der Zeitungsjunge und ein fahrender Obstverkäufer, der sich mit Olga wegen der Bananen gestritten hat. Der junge Mr. Sullivan hat sich von Ihnen was abgeguckt und Stacheldraht um die Hütte gespannt. Die Leute haben sich richtig davor gedrängelt. Ach ja, und ich kann zwei Maschen nicht wiederfinden, die ich gestern fallengelassen habe. Ich werde diese gräßliche Eisenbahn verklagen. Du liebe Zeit, das Allerwichtigste habe ich ja ganz vergessen.«

»Was denn?«

»Olga hat eine Entdeckung gemacht. Gerade vor zwei Sekunden.«

»Was hat sie denn entdeckt?«

»Sie hat den Hammer gefunden, den wir Sanborn geliehen hatten«, verkündete Emma triumphierend. »War das nicht geschickt von ihr?«

»Was?« Asey und ich sahen uns verblüfft an.

»Ja, hier ist er.« Sie hielt uns einen Hammer hin, das genaue Ebenbild von dem, den Sullivan uns gezeigt hatte.

»Wo zum Teufel hat sie den gefunden?«

»Draußen bei der Abfallgrube hinter dem Strandgras.«

Es gibt keine Müllabfuhr auf Cape Cod, und entweder verbrennt man seinen Abfall und hofft, daß der Wind nicht dreht, oder man vergräbt ihn in einem Loch. Wir benutzten die letztere Methode, und unsere Grube war ungefähr dreißig Meter hinter der Küche.

Ich nahm Asey den Hammer aus der Hand und sah ihn mir genau an. Der Stiel war verschmiert, was daher rührte, daß jemand mit der Hand eine Bleistiftmarkierung verwischt hatte. Die Schrift, wenn es eine Schrift gewesen war, war völlig unleserlich.

»Was guckt ihr beiden denn so verdattert? Das ist doch der Hammer, oder?«

»Ich weiß nicht. Verstehst du, Sullivan hat schon einen Hammer gefunden, unter dem Vordersitz von Bills Wagen, und ich habe ihn identifiziert und gesagt, daß es der ist, den wir Sanborn gegeben haben.«

Emma riß die Augen weit auf. »Das ist interessant, wirklich interessant. Aber könnte es nicht doch dieser hier sein?«

»Könnte es«, sagte ich. »Er ist neuer, und die verschmierte Bleistiftschrift ist ungefähr so groß wie bei dem anderen. Und Betsey benutzt immer weiche Bleistifte. Ich glaube, ich habe mich heute nachmittag schon gewundert, warum die Schrift auf dem Hammer, den Sullivan uns gezeigt hat, nicht stärker verschmiert war. Aber ich habe ihn als unseren identifiziert, und ich glaube beinahe, daß es keinen Sinn hätte, diesen hier Sullivan zu zeigen, oder, Asey?«

»Ich glaub' nich'. Er würde sich nur schieflachen und behaupten, das wär 'n Trick von uns, um Bill freizukriegen. Wir können nich' beweisen, daß Sie ihm diesen hier geliehen haben, und Sie haben sowieso schon gesagt, daß es der andre war.«

»Was machen wir denn damit?«

»Im Moment gar nichts, würd' ich sagen. Ich denke, wir fragen Olga mal nach diesem Landstreicher.«

Er rief sie aus der Küche herein.

»Haben Sie inzwischen drüber nachgedacht, wer der Fremde war, den Sie gestern getroffen haben?«

Sie nickte.

»Schon drauf gekommen, wem er ähnlich sah?«

Sie nickte wieder.

»Ja, um Himmels willen«, rief Asey aus, »wem sah er denn nun ähnlich?«

»Sieht aus wie Mr. Sanborn«, sagte Olga selbstzufrieden.

Asey stand auf und küßte sie, zu Olgas Überraschung und unserem Erstaunen, feierlich auf beide Wangen.

»Außerdem«, fügte er hinzu, »wenn ich 'n Orden hätte, würd' ich Ihnen den geben. Aber da ich keinen habe, geb' ich Ihnen das hier.« Er nahm fünf Scheine aus seiner Brieftasche. »'ne Auskunft wie die kommt fünf Dollar pro Wort. Sie is' mehr wert, aber die Zeiten sind schlecht.«

Olga sah mich fragend an. Ich sagte, sie solle es nehmen.

Sie bedankte sich mit einem Nicken. »Ich glaube, Sie erkenne ich wieder«, sagte sie kokett zu Asey und ging wieder an ihre Arbeit.

»Ich glaub'«, Asey stand auf, »jetzt untersuchen wir diese Landstreichergeschichte im großen Stil. Mrs. Manton, wir lassen Sie hier, und Sie spiel'n wieder das Wartespiel für uns.«

»Mit Vergnügen«, erklärte sie. »Es ist das einzige Spiel, das ich kenne, bei dem man sich überhaupt nicht anstrengen muß. Man braucht ja nicht mal einen Bleistift zu spitzen. Aber wartet mal einen Moment. Da läßt jemand einen Wagen durch die Absperrung.«

Ich spähte hinüber in der Hoffnung, daß es der Reisewagen mit Kurth war, aber es war nur der Arzt. In seinen weißen Leinen-Knickerbockers und der Tweedjacke glich er eher einem Bankier am neunzehnten Loch als einem Landarzt.

»Guten Tag«, begrüßte er uns. »Ich habe meine Pflicht als Amtsarzt getan und wollte Sie noch ein paar Dinge fragen.«

»Sie bleiben immer noch bei Ihrer Ansicht, daß es 'n Schlag auf den Schädel war?« fragte Asey.

»Ein Schlag auf die Schädelbasis«, verbesserte der Arzt. »Ja. Letzte Nacht war ich mir schon sicher, doch jetzt weiß ich es positiv. Es gibt keine Anzeichen von Gift und keine Anzeichen von Herzversagen oder irgendwelchen anderen natürlichen Todesursachen.« Er ließ eine längere Beschreibung vom Stapel. »Außerdem hörte ich, daß Sullivan den Hammer gefunden hat und daß es schlecht aussieht für Bill.«

»Er hat einen Hammer gefunden«, sagte ich, »aber wir haben den Zwillingsbruder gefunden.« Ich zeigte ihm, was Olga ans Licht gebracht hatte.

»Erstaunlich«, sagte der Arzt. »Jetzt müssen Sie nur noch eine zweite Sardinendose finden und beweisen, daß Bill nur Gänseblümchen gepflückt hat und überhaupt nicht in der Nähe der Hütte war. Haben Sie den Volksauflauf im Ort gesehen?«

»Zuletzt heute morgen. Wie kommt Bill zurecht? – Ich höre, er steckt jetzt in einem Güterwagen.«

»Das stimmt. Und die Leute drängeln sich darum, als ob es ein Kalb mit sechs Köpfen wäre. Sie mußten ein Dutzend zusätzliche Leute holen, die den Verkehr regeln, aber da von den zwölf jeder seine ganz persönlichen Vorstellungen über das Regeln des Verkehrs hat, gibt es ein ganz schönes Durcheinander. Aber alle sind ruhig und friedlich. Ich glaube, sie sind eher entsetzt als sonstwas. Und der Ort quillt geradezu über von Reportern. Sie waren hinter Ihnen her, Miss Whitsby, aber ich habe ihnen gesagt, Sie seien krank und unter meiner Obhut und dürften nicht gestört werden. Ich glaube, ich habe gedroht, ich würde sie verhaften lassen, wenn sie Sie belästigen. Das wird sie möglicherweise davon abhalten, Ihnen auf die Nerven zu gehen.«

»Das ist sehr nett von Ihnen«, sagte ich.

»Ich hoffe, es funktioniert. Slough und Bill haben sie aus jedem Blickwinkel aufgenommen, und ein paar mußte ich aus meiner Praxis jagen, bevor ich hierher kam. Sie waren äußerst hartnäckig.«

»Sie wollten uns doch etwas fragen«, erinnerte ich ihn.

»Ach ja. Also, ich bin natürlich Sanborns Habseligkeiten durchgegangen, und da waren zwei oder drei Dinge, über die ich gerne Klarheit hätte. Ich habe sie Sullivan gezeigt, aber er glaubt nicht, daß sie irgendwie wichtig sind. Ich bin da allerdings nicht so sicher. Zum Beispiel ist da dieser Brief. Er wurde in Boston abgestempelt und letzten Mittwoch geschrieben. Ich lese ihn Ihnen vor. Er hat ihn per Eilzustellung am Mittwoch abend ins Hotel bekommen.

Lieber Sanborn,
Ich höre, Sie halten sich eine Weile auf dem Cape auf, und ich würde Sie gerne so bald wie möglich sehen.
Wenn ich kann, besuche ich an diesem Wochenende Freunde in Wellfleet, werde aber auf jeden Fall dort sein, und ich möchte Ihnen raten, mich zu empfangen. Ich bin so ziemlich hinter die Wahrheit gekommen, und was den Rest betrifft, so werden Sie ihn mir erklären, selbst wenn ich Gewalt anwenden muß.«

Der Arzt räusperte sich. »Das ist von einem Herrn unterschrieben, der sich John Kurth nennt. Also, Miss Whitsby, ich habe ein schlechtes Gedächtnis für Gesichter, aber ich vergesse nie einen Namen. Hatten Sie nicht einen Freund namens Kurth, der Sie und Betsey hier ein- oder zweimal besucht hat, als Sie noch das Haus unten in der Mulde hatten? War er nicht ein Schulfreund von Jimmy Porter?«

Ich sah Asey an, der hinter dem Rücken des Arztes unauffällig nickte.

»Ja«, sagte ich, »ich kenne ihn, er hat uns auch besucht.«

»Das dachte ich mir«, sagte der Arzt mit einiger Genugtuung. »Ich irre mich sehr selten, was Namen betrifft.«

»Sie und Addison Sims aus Seattle«, murmelte Asey.

»Und dann«, fuhr der Arzt fort, »ist da noch ein Brief, ebenfalls in Boston abgestempelt und mit dem Datum von Mittwoch, ebenfalls mit Eilboten geschickt und Sanborn am Mittwoch abend zugestellt. Sein Inhalt gleicht so sehr dem des anderen, daß man ihn nicht vorzulesen braucht. Aber dieser stammt von einer Frau, die will, daß er ›auspackt‹, und ist unterzeichnet mit ›Maida Waring‹. Und wenn ich mich recht erinnere, war das doch der Name der Frau, die Kurth geheiratet hat?«

Ich sagte, das sei richtig.

Der Arzt strahlte. »Das dachte ich mir. Ja, ich dachte mir, daß ich recht hätte. Also, glauben Sie, daß diese Briefe irgend etwas zu sagen haben? Im Zusammenhang mit dem Mord, meine ich natürlich.«

»Keine Ahnung«, sagte Asey gedehnt. »Sie sind nich' zu Ihnen gekommen, oder, Miss Prue?«

Ich nahm sein Stichwort auf. »Nein, hier waren sie nicht. Und ich glaube nicht, daß sie überhaupt hergekommen sind, sonst hätte ich sie gesehen. Sie wären ganz bestimmt vorbeigekommen. Ich glaube nicht, daß einer von ihnen hier in der Stadt ist.« Soweit, dachte ich, ist alles noch wahr.

»Das ist schade«, sagte Reynolds. »Ich meine, ich dachte, es bringt uns irgendwie weiter. Wahrscheinlich ist es nur ein Geschäftsbrief, aber ein eigenartiger Zufall ist es schon. Und warum unterschreibt Kurths Frau nicht mit ihrem vollen Namen?«

»Lucy-Stone-Liga«, improvisierte ich.

»Ist doch alles Unsinn«, sagte der Arzt. »Warum eine Frau nicht den Namen ihres Mannes annehmen soll, das verstehe ich einfach nicht. Diese neuen Ideen sind das Letzte, wenn Sie mich fragen. Nehmen Sie nur den Geburtenrückgang.«

»Ich weiß«, sagte ich hastig. »Es ist eine Schande.«

»Das wird der Ruin dieses Landes sein«, erklärte der Arzt. »Das und nichts anderes. Ich schreibe gerade einen Artikel darüber für das *Medical Journal.*«

Wir hörten uns einen Vortrag über den Geburtenrückgang an. Endlich ermannte sich Asey, den Redestrom zu unterbrechen.

»Wollten Sie noch was fragen, Doc?«

»Ach ja, hatte ich ganz vergessen.« Er wühlte in seiner Tasche und holte einen Verlobungsring heraus. »Das hier. Ich habe mir zufällig die Innenseite angesehen. Da steht ›D.S. für D.C.‹ Sind das nicht die Initialen von Betseys Freundin?«

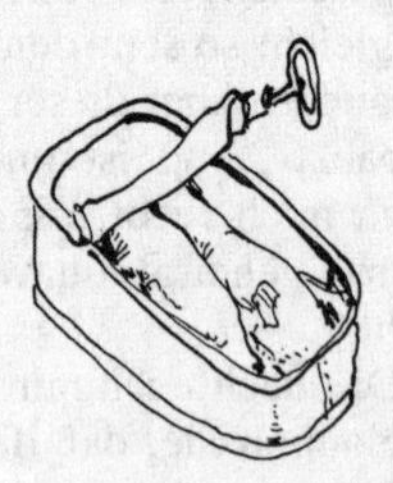

Zehntes Kapitel
Das Rätsel des zweiten Hammers

Eine Minute lang waren wir still. »Ja«, sagte ich hohl. »Das ist richtig.«

»Aber ich glaub', das heißt nich' viel«, überlegte Asey. »Sie sagt, sie kennt ihn aus New York, aber wissen Sie, Doc, da gibt's wahrscheinlich Tausende von Leuten mit denselben Anfangsbuchstaben.«

Emma öffnete den Mund, als wollte sie etwas sagen, aber Asey gab ihr heimlich ein Zeichen, und sie strickte weiter.

»Dann messen Sie also diesen Briefen und dem Ring keinerlei Bedeutung bei?« fragte der Arzt. Er war ein bißchen ungehalten.

»Um die Wahrheit zu sagen«, erklärte ich ihm, »ich glaube nicht, daß sie viel zu sagen haben. Denn wenn John und Maida in den Ort gekommen wären, hätte ich sie ganz sicher gesehen. Soweit wir wissen, könnte Sanborn ihnen ja auch geschrieben und ihnen mitgeteilt haben, was sie wissen wollten, ohne daß sie herkommen mußten. Und was diese Initialen betrifft, weiß ich zufällig, daß Dots zweiter Name Stevens ist und sie fast immer mit D.S.C. unterschreibt, weil sie sie in der Schule immer damit aufgezogen und Deck-Schrubb-Companie gesagt haben. Wir hätten mit Sicherheit erfahren, wenn sie sich mit Sanborn verlobt hätte, und wenn das ihr Ring wäre, hätte er die anderen Initialen.«

»Ja, wenn Sie das so sehen, wird es wohl so sein.« Dr. Reynolds erhob sich. »Aber ich habe gehört, daß Sie und Asey rumfahren und versuchen, etwas herauszubekommen, und da ich wie Sie glaube, daß Bill unschuldig ist, dachte ich, daß diese Sachen Ihnen vielleicht weiterhelfen. Wenn Sie keine Hilfe wollen, dann wollen Sie eben keine.«

Ich versicherte ihm, daß sei keineswegs der Fall, servierte Eistee, und als er später ging, war er schon nicht mehr so beleidigt.

»Warum habt ihr ihm nichts erzählt?« fragte Emma.

»Hätt' ich ja gern«, antwortete Asey, »aber dann wüßte es in zehn Minuten die ganze Stadt, einschließlich Slough Sullivan. Dann wären sie gekommen und hätten Dot mit reingezogen, und wahrscheinlich hätten sie uns alle Chancen vermasselt, selbst an Kurth ranzukommen.«

»Dot hat uns nicht erzählt, daß die Verlobung in die Brüche gegangen ist«, bemerkte ich. »Ihr zufolge war es nur ein momentaner Streit, und sie waren noch verlobt. Ich frage mich, wann sie ihm den Ring zurückgegeben hat. Vielleicht hatte er ihn ihr aber auch nie gegeben.«

»Er war getragen«, sagte Asey. »Das is' mir aufgefallen. Also hat er ihn ihr wohl doch gegeben. Was ich mich frage, is', wann sie ihm den Ring zurückgegeben und ob sie das vielleicht gestern gemacht hat?«

Er zog den Zeitplan heraus. »Nach dem Plan hier hätte sie gestern leicht zur Hütte gehen können in der Zeit, wo sie sich angeblich dieses Schiff angesehen hat. Könnte sie ihm den Ring nich' vorher gegeben haben?«

»Nicht, als er gestern nachmittag herüberkam. Vielleicht unten am Strand?« fragte ich Emma.

»Da wäre es nicht gegangen. Ich war die ganze Zeit bei ihnen und Betsey auch, die ganze Zeit, als sie zusammen waren. Ich bin mir ganz sicher, daß sie da keine Gelegenheit hatte. Und die ganze übrige Zeit war sie immer mit der einen oder anderen von uns zusammen, außer zwischen dem Zeitpunkt, wo Betsey sie auf der Veranda allein gelassen hat, um zum Laden zu fahren, und dem Moment, wo du sie in der Küche gesehen hast.«

»Hm. Stimmt das mit ihrem zweiten Namen?«

»Es hat einmal gestimmt. Sie hat immer ziemlich viel Wind darum gemacht. Aber mir ist zufällig aufgefallen, daß ihr Gepäck mit ›D.C.‹ gezeichnet ist, und als ich sie danach fragte, sagte sie, sie wäre das S. leid geworden und würde es jetzt endgültig weglassen.«

»Dann nehm' ich also an, es war ihr Ring; und Sie?«

»Ich glaube, daran besteht überhaupt kein Zweifel«, meinte ich.

»Das wird ja immer merkwürdiger. Tja, dann sind wir mal wieder weg. Lassen Sie nich' mehr Maschen fallen, als Sie unbedingt müssen, Mrs. Manton.«

Wir stiegen in den Wagen. Asey nahm Kurs aus der Stadt hinaus; er folgte dem King's Highway, der das Cape hinaufführt.

»Wohin fahren Sie?« erkundigte ich mich.

»Ich will den alten Rider drüben bei Eastham besuchen«, antwortete er.

»Den Einsiedler?«

»Ja. Scheint mir, wir sollten was über diesen Bruder rauskriegen. Er könnte schon der gewesen sein, den Olga gesehen hat, und wenn er 'n Landstreicher is' oder auf der Walz, dann weiß der alte Rider über ihn Bescheid. Gibt nich' viele Wandervögel, die er nich' kennt. Sie besuchen ihn alle, weil's da was zu Essen gibt.«

»Aber wird er Sie denn hereinlassen oder mit Ihnen reden? Ich dachte, er will niemanden sehen und sich schon gar nicht auf irgendwelches Geplauder einlassen.«

»Alles nur Gerede. Er würde nich' rauskommen, selbst wenn Sie von jetzt bis Ende nächster Woche an seine Tür hämmerten. Und Damen mag er überhaupt nich'. Und natürlich will er nichts von den ganzen Ausflüglern wissen, die kommen und sein Haus angaffen. Was is'n schon dabei, wenn 'n Mann in 'nem Haus aus Treibholz leben will, das mit Wein bewachsen is' und mit Zeitungen tapeziert? Is' doch seine Sache, oder? Der alte Rider is'n netter alter Kerl, trotz seiner ganzen Verschrobenheit. Hab' mal sein Dory reingebracht, als ihm im Sturm das Ankertau gerissen war, und ich hab' oft mit ihm Muscheln gefischt und Fische gefangen. Er is' richtig liebenswürdig, wenn man ihn nich' ärgert.«

»Ich dachte, er hetzt diese Bestie von Hund auf jeden, der in seine Nähe kommt.«

»Stimmt nich'. Ich hab' schon gesehen, wie er drei oder vier Kerls von der Straße gleichzeitig verpflegt hat, als ich da war. Ich weiß nich', warum er das macht, aber machen tut er's. Wenn er nichts von diesem Schonbrun gehört hat, dann is' der auch nich' auf Cape Cod, und wir sind auf 'm Holzweg. Dieser alte Kerl weiß 'ne Menge mehr, als die Leute ihm zutrauen. Manche behaupten ja, er wüßte nich', daß der Bürgerkrieg vorbei ist, aber ich wette, er weiß jetzt mehr über diese Sache als wir.«

»Warum er wohl keine Frauen mag«, sagte ich.

Asey legte den Kopf schief und sah mich an. »Enttäuschte Liebe, stell' ich mir vor. Oder seine Frau is' mit 'nem andern Mann abgehauen, oder er konnte die Frau nich' kriegen, die er geliebt hat. So was steckt immer dahinter, wenn 'n Mann einem komisch vorkommt.«

»Aber Asey! Ich glaube wirklich, Sie sind ein Romantiker! Ich hatte den Eindruck, Sie hielten nichts von der Liebe und solchen Dingen.«

»Hab' ich mir nich' Bill Porter anhören müssen«, maulte Asey, »wie er, solang ich mich erinnern kann, von Ihrer Nichte rumschwärmt? Hören Sie, Miss Prue, es gab da mal 'n Käpt'n auf 'nem Küstenschoner, für den ich mal gekocht hab'. War ein Meter sechsundneunzig groß ohne Schuhe, und er konnte bei 'ner Rauferei jeden diesseits vom Hades in die Pfanne hauen. Dann is' er hingegangen und hat sich in 'n Mädchen verliebt, das in 'ner dreckigen Kneipe in Galveston, Texas, als Kellnerin gearbeitet hat, nur so 'ne halbe Portion war das. Aber die konnte diesen Mann so unglücklich machen, Sie würden's nich' glauben. Ich hab' selber gesehen, wie er sich hingesetzt und geheult hat, als er 'n Brief von ihr gekriegt hatte. Schließlich hat er angefangen zu saufen, und das letzte, was ich von ihm gehört hab', war, daß er in New York City auf 'ner Parkbank gesessen und versucht hat, von den Leuten, die vorbeikamen, was zu trinken zu schnorren. Ausgerechnet er, einer der besten Seeleute an dieser Küste. Alles wegen so 'ner Solchen aus Galveston, die er mit 'm kleinen Finger umgehauen hätte und der er völlig piepe war. Nein, Miss Prue, romantisch bin ich überhaupt nich'. Ich weiß nur ganz sicher, daß da immer so was dahintersteckt, wenn 'n Mann irgendwie komisch is'.«

Er lenkte das Auto in einen schmalen, von Kieferngestrüpp gesäumten Pfad. »Ich trau' mich nich', diese Arche von Wagen weiter als bis hier reinzubringen, ich laß' Sie also hier. Bill könnte sauer werden, wenn ich seinen schönen Lack verkratze. Sie können Radio hören, wenn Sie wollen. Man dreht es an diesem kleinen runden Knopf an, der wie 'ne Eichel aussieht.«

Ich hörte das Gebüsch rascheln, als er aus meinem Gesichtsfeld verschwand. Ich suchte nach dem Knopf fürs Radio und stellte es an. Mit viel Mühe bekam ich schließlich einen Bostoner Sender herein. Ein Nachrichtensprecher berichtete von einem Mord auf Cape Cod.

»Millionenerbe eines Automobilpioniers ermordet berühmten Autor in Hütte. Sheriff benutzt Pranger als Gefängnis auf dem malerischen Cape Cod.«

Ich drehte das Ding aus. Wenn mich der Himmel je wieder beim Lesen eines Kriminalromans erwischt, dachte ich, soll mich der Blitz erschlagen. Ich betrachtete den kleinen Ausschnitt der Bucht, den ich durch die Bäume sehen konnte. Trotz allem, was geschehen war, war das Wasser so glitzernd blau wie immer, der Himmel genauso makellos. Ich dachte darüber nach, daß die Pilgerväter letztendlich doch etwas Positives an diesen rauhen, stürmischen Gestaden gefunden haben müssen.

Asey kam zurück.

»Wußte er irgend etwas? Ist der Bruder zu seiner Hütte gekommen? Was haben Sie rausgekriegt?«

»Ob er irgendwas wußte, Miss Prue? Wie ich gesagt hab', er weiß mehr drüber als Sie und ich. Er sagt, gestern mittag hat hier 'n Mann gegessen, der könnte derjenige gewesen sein, den wir suchen. Er wollte mir nich' viel erzählen, aber ich hab' ihn schließlich überredet. Es war Bills Vater, wissen Sie, der ihm das Grundstück geschenkt hat, wo er jetzt seine Hütte hat, und als ich ihm klar machte, wie schlimm es für Bill aussieht, hat er's mir erzählt. Er meinte, dieser Mann, der vielleicht der Bruder is', wollte nach Provincetown trampen. Anscheinend wollen alle, hinter denen wir her sind, nach Provincetown. Schätze, in dem Ort gibt's 'n ganz schönes Getümmel. Wie auch immer, Rider sagt, er wettet Dollars gegen Krapfen, daß er heute abend wieder hier is'.«

»Wann? Wie können wir ihn erwischen?«

»Rider spielt 'n bißchen Paul Revere.«

»Wovon reden Sie?«

»Er hängt 'ne Laterne oben in diese hohe Ulme hinter seiner Hütte. Wir können sie von Ihrem Hügel aus sehen, und dann fahr'n wir schnell hin und holen ihn uns.«

»Das klingt gut, aber wie wollen Sie ihn dazu bringen mitzukommen? Und wie wollen Sie ihn zum Bleiben bewegen?«

»Es ist genug, daß ein jeglicher Tag seine eigene Plage habe, wie der Kollege immer sagte. Ich weiß es nich', aber ich werd' zusehen, daß wir ihn kriegen und daß er bleibt. Und jetzt können wir wohl zurückfahren.«

Im Ort hielt er vor dem Kurzwarenladen und kam mit einem Paket unter dem Arm wieder heraus. »Das gehört zum Spiel«, gab er auf meine Frage zur Antwort. »Und jetzt wollen wir mal sehen, ob wir von unserm Mann im Westen noch mehr erfahren.«

Mit einem angewiderten Gesichtsausdruck kam er aus dem Telegrafenamt zurück. »Der Kerl, wo Jimmy gesagt hat, ich soll ihm telegrafieren, is' einfach nach Europa gefahren, und der Kerl im Westen, dem ich telegrafiert hab', is' nich' aufzutreiben. Und Jimmy sagt, er wollte morgen hier runterfliegen, aber er schafft's nich'. Wissen Sie, Jimmy mag ja 'n Supergeschäftsmann sein und alles, aber er is' bestimmt kein echter Porter wie Bill und sein Vater und sein Großvater. Die hätten mich nie so sitzengelassen mit Bill, daß ich ihn ganz allein aus so 'ner Klemme holen muß, zusammen mit Ihnen. Ich mein', Jimmy hätte doch wenigstens einmal seine dämlichen alten Automobile vergessen können.«

Ich stimmte ihm zu.

»Alles, woran er denkt«, fuhr Asey fort, »is' Geld machen und Geld und nochmal Geld. Weiß gar nich', was er mit dem ganzen Geld machen will, wenn er's dann hat. Was nützt es denn, wenn er noch mehr verdient, als er sowieso schon hat? Wenn man so viel besitzt, gibt's nichts mehr auf der Welt, was man nich' haben könnte, wenn man will, und dann, paff – dann will man's gar nich' mehr. Tja, da kann man wohl nichts dran machen.«

Die Menschenmenge vor dem Seil war noch größer geworden. Asey grinste, als sie sich in unsere Richtung die Hälse verrenkten. »Ich denke, wir müssen bald Stacheldraht aufziehen.«

Emma und Betsey saßen auf der Veranda. Ihre Mienen verrieten, daß etwas nicht stimmte.

»Was ist los?«

»Die Hölle ist los«, sagte Betsey knapp. »Hört euch das an. Wir sind zum Hotel gefahren und haben diese Leute gefunden, die gestern nachmittag auf dem Tennisplatz waren. Sie sind früh aus South Yarmouth zurückgekommen – sie waren da Golf spielen. Ich habe sie gefragt, ob sie gestern gegen Viertel vor fünf jemanden den Weg herunterkommen sahen. Sie haben eine Weile überlegt, dann sagten sie, nein, sie könnten sich nicht erinnern, eine Menschenseele gesehen zu haben. Und dann erzählt die Frau doch tatsächlich, ein Mädchen wäre vorne aus dem Haus gekommen und hinter die Garage gehuscht. Sie sagte, sie erinnert sich, weil sie das abgelenkt und ihr den Aufschlag verpatzt hätte, ausgerechnet beim Satzball. Das Mädchen wäre ein bißchen später zurückgesaust und ein paar Sekunden auf der Veranda geblieben, bevor sie nach drinnen gegangen wäre. Es sei ihr aufgefallen, weil sie da gerade aufgebrochen wären. Was haltet ihr davon?«

»Nich' so gut«, erwiderte Asey. »Überhaupt verdammt nich' gut. Was hat Dot dazu gesagt?«

»Sie hat einen Anfall gekriegt und ist nach oben gerannt. Vermutlich, um sich zu erholen. Aber das durchlöchert wohl ihre Geschichte wie eine Schießscheibe, was?«

»Zweifelsohne«, sagte ich. »Aber sind die Leute sicher, daß es Dot war?«

»Sie sagen, sie hatte ein weißes Kleid an. Dot war gestern in Weiß.«

»Ich auch«, sagte Emma.

»Aber«, Betsey grinste, »entschuldige, daß ich es erwähne, aber ich glaube nicht, daß man dich als Mädchen bezeichnet hätte oder gesagt hätte, du wärst gehuscht. Und sausen würdest du auch nicht. Du weißt doch ganz genau, daß du nie im Leben saust.«

»Da ist was dran.«

»Es muß schon Dot gewesen sein«, meinte Asey. »Sie is' also sauer geworden, ja?«

»Sauer wie eine Zitrone. Was sollen wir machen?«

Asey zuckte die Schultern. »Weiß nich', was wir groß machen können. Wenn sie 'n Mann wär', würde ich die Wahrheit aus ihr rausprügeln, aber da sie nun mal keiner is', geht das nich'. Wir warten, bis sie sich wieder beruhigt hat, und dann sehen wir, was wir mit 'n paar höflichen Fragen erreichen können.«

»He, schaut mal!« rief Betsey. »Wir bekommen Besuch!«

Wir schauten hinunter zum Rand der Menschenmenge, wo hinter einem langen schwarzen Reisewagen und einem Polizisten auf einem Motorrad die Barriere wieder aufgerichtet wurde.

»Zweifellos der Besuch, den ihr erwartet habt«, sagte Emma.

»Das kann gut sein.« Asey betrachtete sie genauer. »Der Typ hinterm Lenkrad is' auch 'n Polizist. Bitte, guckt bloß nich' überrascht.« Er meinte Emma und Betsey.

Die Beamten kamen auf die Veranda. »Wohnt hier Miss Whitsby? Wir haben den Wagen, der als gestohlen gemeldet war von«, er zog sein Notizbuch zu Rate, »von Miss Dorothy Cram aus New York City.«

Emma riß die Augen auf, und ein Lächeln spielte um ihre Lippen. Betsey warf uns einen mißtrauischen Blick zu.

»Kommen Sie doch, und setzen Sie sich«, lud Asey sie gastfreundlich ein.

Sie setzten sich.

»Wo haben Sie denn nun den Wagen gefunden?« fragte er interessiert.

»Auf der Landstraße nach Provincetown. Ungefähr sechs Meilen vor der Stadt. Er war leer.«

»Leer?« Asey und ich sprachen unisono.

»Ja. Wir haben ihn am Straßenrand gefunden. Wir haben lange gehupt und gerufen, aber es ist niemand gekommen, und es gibt da keine Häuser, wo jemand zu Besuch gewesen sein könnte. Also haben wir ein Motorrad dagelassen und haben ihn hergefahren. Ist Miss Cram hier und kann ihren Wagen identifizieren?«

»Tut mir leid«, sagte Asey entschuldigend, »aber sie is' das Cape raufgefahren, um zu hören, ob man ihn schon gefunden hat. Aber ich bin sicher, daß das der Wagen is', Sie nich' auch?« wandte er sich an uns.

»Ich glaube schon.« Ich hoffte, daß ich nicht so rot im Gesicht war, wie ich mich fühlte.

»Zweifellos ist das der Wagen«, sagte Emma mit Bestimmtheit. Sie sah die Polizisten bewundernd an. »Und ich finde, Sie haben ihn in Rekordzeit gefunden.«

Sie strahlten beglückt.

»Und jetzt zur Belohnung.« Asey zückte seine Brieftasche, mindestens zum fünfzigsten Mal an diesem Tag. »Sie lassen den Wagen am besten hier und machen mit Ihrer Streife weiter. Wenn noch was drüber rauskommt, sagen Sie uns Bescheid. Das is' der richtige Wagen, und ich wette, Miss Cram is' sehr froh, daß sie ihn wiederkriegt. Ich seh' zu, daß sie Ihrem Captain schreibt, wie schnell Sie ihn wiedergefunden haben.«

Sie nahmen die Scheine entgegen und berieten sich halblaut.

»Eigentlich dürfen wir das nicht«, sagte der, der die ganze Zeit das Reden besorgt hatte, »aber wir nehmen Ihr Wort, daß dies Miss Crams Wagen ist, und ich glaube, es ist schon in Ordnung so.«

»Wir danken Ihnen sehr«, sagte ich lächelnd.

Sie tippten an ihre Mützen. »Schön, daß wir Ihnen helfen konnten. Was für ein Glück, daß wir ihn entdeckt haben.«

Als sie an der Treppe waren, fügte Asey hinzu: »Falls der Kerl auftaucht, der den Wagen genommen hat, und Ärger macht, weil er nich' weiß, daß wir ihm dahintergekommen sind und die Sache so bald rausgekriegt haben, würden Sie ihn dann zu uns bringen, bevor Sie was andres unternehmen?«

»Klar. Er wird eine ganze Menge zu erklären haben, wenn wir ihn kriegen.«

Sie tuckerten auf dem Motorrad den Hügel hinunter und sausten dann über die Straße am Strand davon.

»Na, ihr Pferdediebe«, sagte Emma, »was hat das denn alles zu bedeuten?«

Asey setzte sie über Kurth ins Bild. Emma schien überrascht. »Also hat letzten Endes der Brief, den der Arzt hatte, vielleicht doch eine Bedeutung, der von Kurth an Sanborn? Das ist eigenartig. Aber was bringt es euch, daß ihr seinen Wagen habt? Wie wollt ihr denn ihn selber kriegen?«

»Och«, sagte Asey leichthin, »er wird ihn als gestohlen melden, und dann bringt die Polizei ihn her. So bleibt uns 'ne Menge Galoppiererei quer über die Landkarte erspart.«

»Also mich habt ihr so ziemlich abgehängt mit alldem«, meinte Betsey. »Warum laßt ihr euch nicht erweichen und erzählt Emma und mir alles?«

»Können wir schon, denk' ich, wenn ihr's nich' weitersagt. Ich meine Dot.« In ein paar Worten berichtete er ihnen das Wesentliche, was wir an diesem Tag entdeckt hatten.

»Wie wahnsinnig aufregend«, sagte Betsey. »Dann knabbern also Kurth, Maida und dieser Tramp, der der Bruder sein könnte, alle sozusagen schon an eurem Köder, was?«

»Ja, nur kann ich nich' behaupten, daß wir die Frau von diesem Kurth auch nur schon in der Nähe vom Köder hätten. Aber ich habe so 'n Gefühl, als ob sie vielleicht von selber auftaucht.«

»Hört mal«, sagte Betsey plötzlich. »Wegen dieses zweiten Hammers. Ich glaube, das kann ich erklären.«

»Wie?«

»Na, du weißt doch, wie ich letzte Woche die Ecke von der Garagentür mitgenommen habe, als ich rückwärts heraussetzte?«

»Mit dem Sahnetöpfchen?« fragte Asey voller Abscheu. »Betsey, man sollte dich wegen Tierquälerei einsperren.«

»Ja. Aber hört doch zu, wenn ich rede. Der Makler meint, wir müßten solche Sachen selber bezahlen, also bin ich hingegangen und habe Simpkins geholt, den Bruder vom Leichenbestatter, der ist Zimmermann, und habe ihn den Rahmen reparieren lassen. Na, und das ist ein Hammer, den er vergessen hat.«

»Woher weißt du das?«

»Weil ich ihn am nächsten Tag vorm Postamt getroffen habe und er nur sagte, er hätte einen Hammer verloren und ob eine von uns ihn gesehen hätte. Natürlich habe ich nein gesagt. Im allgemeinen laufe ich ja nicht einem fremden Hammer hinterher. Weißt du nicht mehr, er hat uns am nächsten Tag eine Rechnung geschickt, und wir fanden sie fürchterlich hoch? Na, wenn ich auch damals nicht auf die Idee gekommen bin, glaubst du nicht, er hat uns einfach den Hammer mit in Rechnung gestellt? Er hat wahrscheinlich geglaubt, wir hätten ihn geklaut.«

Asey nickte nachdrücklich. »Dann ist er das höchstwahrscheinlich. Was für 'n Hammer war das?«

»Er sagte mir, es wäre ein brandneuer Hammer gewesen, und er hätte ihn gekennzeichnet. Das erklärt den Fleck.«

»Klingt vernünftig«, sagte Asey. »Tja, das scheint das einzige zu sein, was wir heute wirklich rausgekriegt haben, und ich sehe nich' so ganz, wie das groß dabei helfen kann, Bill freizukriegen, aber immerhin is' es 'ne Sache, über die wir nich' mehr nachdenken müssen.«

In diesem Moment rief Olga uns zum Dinner. Es war die dritte Mahlzeit an diesem Tag, bei der Asey unser Gast war. Dot ließ ausrichten, sie wolle nichts essen, aber sie leistete ganze Arbeit an dem vollen Tablett, das Olga ihr hinaufbrachte.

Nach dem Dinner saßen wir auf der Veranda. Asey hielt das Fernglas starr über die Bucht hinüber auf die Hütte des Einsiedlers gerichtet.

»Hast du irgendein konkretes Gefühl«, fragte Emma, »wer der Mörder ist?«

Ich sagte, soweit ich es beurteilen könne, sei Dot im Moment wesentlich mehr in die Geschichte verwickelt als irgend jemand sonst, mit Ausnahme von Bill.

»Ich bin sicher, daß sie es nicht war«, erklärte Betsey. »Sie mag ja drüben gewesen sein und Angst haben, es zuzugeben, weil sie denkt, wir könnten in unserem Eifer, Bill freizukriegen, sie selber festnageln. Aber sie ist eher jemand, der gut lügen und alles eisern abstreiten würde, wenn sie es gewesen wäre. Sie würde nicht mit Ohnmachten anfangen und halber Hysterie und Lügen, für die ein zweijähriges Kind sich schämen müßte.«

»Wartet mal«, rief Asey aufgeregt. »Ich sehe 'n Licht. Ja. Das is' ganz klar Riders Laterne. Kommen Sie, Miss Prue, holen Sie sich 'n Mantel, und machen Sie schnell. Wir greifen uns jetzt den abtrünnigen Bruder.«

Er ging hinein und knipste als Signal für den Einsiedler das Licht im Wohnzimmer aus und an. Betsey lief nach meiner Jacke und nach einer Autodecke, denn es wurde kühl draußen.

Asey fuhr den Roadster vor.

»Falls Kurth auftaucht, erzählt ihm irgend 'ne Lügengeschichte, wir hätten ihm 'n Streich gespielt, weil wir gewollt hätten, daß er uns ganz bestimmt besucht. Gebt den Polizisten noch was, wenn ihr müßt, aber haltet den Kerl hier fest, bis wir zurückkommen.«

Der lange Roadster schoß den Hügel hinunter. Asey ließ die Hupe ertönen. »Tja«, verkündete er, »ich denke, wir kommen doch noch dahin, wo wir hinwollten, jedenfalls vielleicht.«

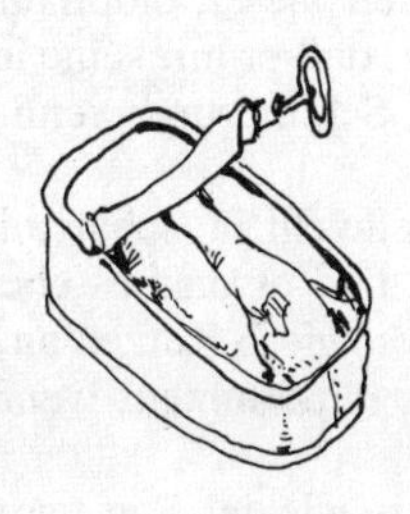

Elftes Kapitel
Die Hütte des Einsiedlers

Wie zuvor hielten wir auf dem kieferngesäumten Weg. Asey packte das Bündel aus, das er im Kurzwarenladen gekauft hatte. Zu meiner Freude entpuppte es sich als eine komplette Polizistenausrüstung in Kindergröße, die, wie ich wußte, mindestens fünfzehn Jahre lang Bestandteil der Schaufensterdekoration gewesen war.

»Was um Himmels willen«, fragte ich ihn, »haben Sie mit dieser Verkleidung vor? Sie wollen sie doch wohl nicht anziehen? Sie würde Ihnen nicht mal am kleinen Finger passen.«

»Nein«, erwiderte er gelassen, »ich hab' nich' vor, sie anzuziehen, aber ich brauche die Dienstmarke, die dabei is'. Ich dachte, es gibt zu viel Gerede, wenn ich hingeh' und nur die Marke will, also mußte ich das ganze dämliche Ding kaufen. Die haben gedacht, ich wäre glatt bekloppt. Aber Dienstmarken wachsen nun mal nich' an Büschen wie Strandpflaumen, und ich konnte ja schlecht Sullivan bitten, daß er mir seine leiht.«

»Glauben Sie, daß Schonbrun, wenn er es ist, auf dieses Spielzeug hereinfällt?«

»Keine Ahnung. Vielleicht ja, schätze ich. Es glänzt so schön wie irgendwas andres, und er darf es eben nich' näher untersuchen. Rider hat nachts sowieso Kerzen an, das wird helfen.«

»Aber wird er denn mitkommen, wenn Sie ihm nur das hier zeigen?«

»Man kann nie wissen, wieviel Angst vorm Gesetz ein Kerl hat, bis man ihm 'ne Dienstmarke zeigt. Ich erinnere mich, daß ich mal von 'nem Mann gelesen habe, der hat im Westen 'n Eisenbahnräuber gefangen, und dabei hat er nur seine Jacke 'n bißchen aufgemacht und die Schnalle von seinem Hosenträger für 'n Moment in der Sonne blitzen lassen. Und außerdem, 'ne Dienstmarke verleiht einem so was wie Würde. Ich hab' keine Uniform wie Slough«, er lachte leise, »aber ich hab' 'ne Dienstmarke, und ich denke, ich seh' mindestens genau so nach 'nem Sheriff aus wie er, auch wenn ich keine Wampe habe. Würde mich nich' wundern, wenn bei diesen Klamotten auch noch 'ne Pistole wäre.«

Er steckte die Dienstmarke in die Tasche und machte sich auf den Weg.

»Wenn ich nach 'ner gewissen Zeit nich' zurück bin, nehmen Sie den Wagen und holen Hilfe.«

»Glauben Sie, es wird gefährlich?«

»Nein. Aber ich will nich', daß Sie hinter mir herkommen.«

Ich wickelte mich in die Decke und begann zu warten. Ich sagte mir Mr. Miltons Gedicht auf, in dem es heißt, daß auch die der Sache dienen, die nur still stehen und warten. Ich sagte die Dreizehnerreihe auf bis vierhundertvierundneunzig. Da ich mit Zahlen sehr schlecht umgehen kann, vertrieb mir das wunderbar die Zeit.

Ein Kaninchen hoppelte durchs Unterholz. Ich erkannte ein flüchtiges Blitzen seines Schwanzes im vagen Schein des Standlichts, das Asey angelassen hatte. Ich machte das Radio an, aber derselbe Nachrichtensprecher, den ich schon vorher gehört hatte, ließ sich aus über die Entdeckung eines Hammers im Besitz von William Hendricks Porter, verhaftet wegen Mordes an dem bekannten Schriftsteller Dale Sanborn. Ich fragte mich, ob jetzt alle Nachrichtensprecher darauf spezialisiert waren, der ganzen Welt unangenehme Neuigkeiten über Bill zu verkünden. Ich kramte in meiner Jackentasche und fand einen alten Knusperriegel. Ich aß die billige Mixtur aus Nüssen und obskurer Schokolade. Ich kalkulierte die Zutaten und ihren Preis und den durchschnittlichen Gewinn pro Dutzend Riegel. Ich erfand gerade eine neue Süßigkeit, die ›Infant Joy‹ heißen sollte, nach dem Kind in dem Gedicht, das keinen Namen hatte, aber drei Tage alt war, als ich Asey zurückkommen hörte. Noch fünf Minuten, und ich hätte völlig den Verstand verloren.

Ich schaltete die Scheinwerfer und den großen Suchscheinwerfer ein. Hinter Asey war noch eine Gestalt.

»Dieser Gentleman«, sagte Asey mit einem Anflug von Stolz in der Stimme, »is' Mister Abraham Schonbrun. Mister Schonbrun, diese Dame ist Miss Whitsby.«

Der Gentleman grunzte. »So, na und? Was wollen Sie von mir hier draußen, hä?«

»Wollen Ihnen nur ’n paar Fragen stellen«, sagte Asey.

»Jetzt hören Sie mal, Bruder, Sie haben mich hier rausgeholt mit so einer Story von wegen etwas zu meinem Vorteil hören, und Sie sagen, Sie sind der Sheriff von diesem Kuhdorf. Nun mal flott. Was gibt’s zu meinem Vorteil, was wollen Sie wissen?«

»Sie haben einen Bruder namens David Schonbrun?«

»Was geht Sie das an?« Er fing Aseys Blick auf. »Na, und wenn schon, was dann?«

»Nichts, nur daß er tot is’.«

»O Mann, das weiß ich. Is’ schon lange tot.« Schonbrun wollte zurück, aber Asey packte ihn am Arm.

»Nich’ so schnell, Freundchen, nich’ so schnell. Ich meine Ihren Bruder, nich’ den Kerl, den sie in Lowell in Stücke geschossen haben.«

»Worauf wollen Sie hinaus?« fragte Schonbrun mürrisch. »Ich sage Ihnen, mein Bruder ist schon lange tot.«

»Na, na«, sagte Asey freundlich. »Sie streiten doch nich’ ab, daß Dale Sanborn Ihr Bruder war, was?«

Schonbrun warf ihm einen raschen Blick zu. »Der Name von meinem Bruder war genau derselbe wie meiner. Ich weiß überhaupt nichts von einem Kerl namens Sanborn. Was stellen Sie sich bloß vor, in meiner Familie hätten wir alle verschiedene Namen, oder was? Hatten wir nicht, klar?«

»Schauen Sie, seien Sie doch vernünftig. Sie wissen, daß Dale Sanborn Ihr Bruder David Schonbrun war. Und er is’ gestern umgebracht worden. Und ’n bißchen Geld hat er auch hinterlassen. Wenn Sie sich nich’ weiter so mies benehmen, wer weiß, vielleicht kriegen Sie dann was davon ab. Oder brauchen Sie grade kein Kleingeld?«

»Sanborn war mein Bruder, und man hat ihn gestern um die Ecke gebracht?« Die Überraschung in Schonbruns Stimme klang etwas gekünstelt.

»Jawoll, und wollen Sie jetzt ’n paar Fragen beantworten und was davon haben, oder nich’?«

»Na ja, wenn er mein Bruder war, finde ich, ich sollte kriegen, was da ist. Wann ist er denn umgebracht worden, hä?«

»Gestern nachmittag. Kommt mir irgendwie unwahrscheinlich vor, daß Sie nichts davon wissen wollen, wo das ganze Cape wie ’n Bienenstock summt von der Sache. Wo sind Sie gewesen, seit Sie gestern nachmittag hier waren?«

Schonbrun zögerte.

»Wo?«

»Bin nach Provincetown runter und dann wieder zurück.«

»Dann sind Sie durch Wellfleet gekommen, nich'? Haben Sie nich' diesen Kerl am Pranger gesehen? Haben Sie denn gar nichts von dem Mord gehört?«

»Hab' den Kerl in dem Holzdings schon gesehen, aber ich war hinten auf einem Lastwagen, und da war niemand, den ich was fragen konnte. Ich wußte nichts von irgendeinem Mord.«

»War das, als Sie runterfuhren oder als Sie zurückkamen?«

»Das war beim Runterfahren. Als ich zurückkam, war da keiner mehr.«

»Und in Provincetown haben Sie nichts von der Sache gehört?«

»Nö.«

»Nich' mal Zeitung gelesen?«

»Nö, hab' überhaupt nichts davon gehört.«

»Mr. Schonbrun«, bemerkte ich zu Asey, »scheint nicht besonders erschüttert zu sein über das Schicksal seines Bruders, falls es sein Bruder war.«

»O Mann«, sagte Schonbrun, »der Kerl war mein Bruder, wenn Sie's unbedingt wissen wollen. Nur wußte ich das nicht bis vor kurzem. Ich dachte, er wäre tot.«

»Wann haben Sie das erfahren?« wollte Asey wissen.

»Ah, weiß ich nicht.«

»Schätze, das war vielleicht gestern, als Sie ihn in der Stadt in seinem Wagen gesehen haben, stimmt's?«

Als Schonbrun stumm blieb, wiederholte er seine Frage in schärferem Ton. »Stimmt's?«

»Mann, seid ihr Hinterwäldler stur. Ja, wenn Sie's wissen müssen.«

»Mit ihm gesprochen?«

»Nö, habe ich nicht. Ich hätte gar nicht gemerkt, daß er es war, wenn er nicht so wütend über irgendwas gewesen wäre. Früher hatte er einen Schnurrbart. Hatte schicke Sachen an, als ich ihn gestern gesehen habe. Sagen Sie, meinen Sie, ich kriege sein Geld?«

»Passen Sie auf«, sagte Asey, als wäre ihm der Gedanke gerade erst gekommen, »Sie können mit zu uns kommen, wir reden drüber, Sie erzählen uns 'n paar Sachen über Ihren Bruder, und ich seh' zu, daß Sie alles kriegen. Wie wär' das?«

Schonbrun lachte. »Ja. Und weil ich gesagt habe, ich bin sein Bruder, hätten Sie mich in zwei Sekunden in einem hölzernen Halsband festgenagelt. Ja. Da sollte ich wohl mitkommen! Nee, Mister. Sie fragen mich, was Sie fragen wollen, gleich hier, klar? Und dann, wenn alles klar ist, dann geben Sie mir das Geld, klar?«

»Glaube nich'«, sagte Asey kopfschüttelnd. »Das geht nich'.«

Schonbrun überlegte. »Also, wenn ich mitkomme, ziehen Sie mich dann auch nicht in die Sache rein?«

»Weiß gar nich', wie wir das könnten, außer wenn Sie sowieso schon drinhängen. Nein, wir stecken Sie nich' in 'n Pranger, falls Sie das meinen. Sie scheinen von der Sache nich' sehr mitgenommen zu sein. Haben Sie sich nich' gut mit ihm verstanden?«

»Gut verstanden? Also, das ist wirklich scharf, ehrlich. Hören Sie mal, Bruder, ich weiß nicht, ob der Kerl, den sie da geschnappt haben, es war oder nicht, aber ich sag Ihnen, ich würde ihm gern die Hand drücken, wenn er es war. Wer das besorgt hat, hat mir richtig einen Gefallen getan.«

»Wir wollen's Ihnen glauben«, sagte Asey. »Also, kommen Sie jetzt mit und sehen, ob Sie kriegen, was Ihnen zusteht? Er hatte 'n Wagen und 'n bißchen Geld, aber wahrscheinlich liegt noch 'ne Menge mehr auf der Bank. Dann noch so Sachen wie 'ne Uhr und 'n goldenes Zigarettenetui – «

»Platin«, sagte Schonbrun unwillkürlich.

»Was wollen Sie damit sagen, Platin?« fragte ich.

»Ach«, stotterte er, »ich weiß nicht, warum ich das gesagt habe. Ich habe nur so geraten, das ist alles.«

»Jetzt passen Sie mal auf«, befahl Asey, »Sie war'n gestern in der Hütte, wo er gewohnt hat, stimmt's?«

»Nö, war ich nicht«, knurrte Schonbrun. »Und ich bleibe auch nicht hier stehen und lasse mir noch irgendwelche Fragen stellen. Klar? Alles, was ihr zwei wollt, ist, mich irgendwo hinter Gitter kriegen. Das ist es. All dieses Gerede von Geld ist nur ein Haufen Quatsch, ich haue jetzt ab.«

Er wandte sich rasch um, aber Asey packte ihn.

»Kommt mir so vor, als wär' dieser kleine Krug einmal zu oft zum Brunnen gegangen. Sie haben sich verraten, was?«

»Ich habe mich nicht verraten, klar? Ich habe gar nichts, was ich verraten könnte.«

Als Asey sich umdrehte, um etwas zu mir zu sagen, entwand sich Schonbrun seinem Griff und befreite sich. Er brachte Asey sauber zu Fall, und bevor der wußte, was los war, war Schonbrun über ihm. Nun war Asey zwar relativ stark, aber er war kein Gegner für Schonbrun, der etwa dreißig Jahre jünger war.

Ich mußte daran denken, wie ich in Filmen immer die Frauen verabscheut hatte, die daneben sitzen und keinen Finger rühren, wenn der Held mit dem Schurken kämpft, und ich sah mich vergeblich nach einer Waffe um. Der Reißverschluß der Innentasche des Wagens mußte sich natürlich ausgerechnet diesen Moment aussuchen, um zu klemmen. Ich bekam ihn einfach nicht auf. Trotz meiner heftigen Bemühungen ließ sich auch der Vordersitz des Wagens nicht nach vorne schieben. Ich hatte irgendwie die Vorstellung, mir einen Schraubenschlüssel zu nehmen und Schonbrun damit eins auf den Kopf zu geben.

Schonbrun hatte sich mittlerweile einen Kiefernzweig gegriffen und schlug mit aller Kraft auf Aseys Kopf und Schultern ein. In einem plötzlichen Geistesblitz fiel mir die Spielzeugpistole ein. Ich wühlte danach und nahm sie mit festem Griff in die Hand. Ich schlich mich hinter Schonbrun und stieß sie ihm ins Kreuz. Mit einer Stimme, die ich selbst nicht wiedererkannte, befahl ich: »Lassen Sie den Mann los! Hände hoch!«

Zu meiner maßlosen Erleichterung drehte er sich nicht um.

»Okay, Lady. Okay. Okay. Erstechen Sie mich nicht damit.«

»Stehen Sie auf«, befahl ich. »Wenn Sie sich umdrehen, schieße ich. Und ich weiß, wie man mit dem Ding umgeht.«

Ich preßte das Schießeisen in seinen Rücken und drehte mich nach Asey um, der mühsam aufstand. Gesicht und Hals waren zerkratzt und bluteten, aber er brachte es fertig zu grinsen. »Bin in so was nich' mehr so fit, wie ich mal war. Sie halten ihn noch 'ne Sekunde fest, Miss Prue, und ich hole was, womit man ihn fesseln kann.«

Er brachte noch ein Stück von dem Seil zum Vorschein, das er für unsere Barriere benutzt hatte, band Schonbrun damit die Hände fest hinter dem Rücken zusammen und fesselte seine Füße so, daß er nur ganz kleine Schritte machen konnte.

Asey übernahm die Pistole von mir. »Marsch«, sagte er kurz. »In den Wagen mit Ihnen. Nein. Auf 'n Vordersitz. Miss Prue, leider müssen Sie fahren. Ich zeig' Ihnen die Tricks mit der Gangschaltung.«

Er stieß Schonbrun ohne viel Federlesen auf den Vordersitz.

»Aber Sie sind ganz blutig, Asey, und wir müssen Ihnen etwas um den Kopf binden.«

Ich kam mir ein bißchen vor wie eine dieser Heldinnen aus dem Unabhängigkeitskrieg, die ständig Leute mit ihrer Leibwäsche verbanden, als ich meinen Rock hochraffte, eine Nagelfeile aus meiner Handtasche nahm und damit den Saum von meinem weißen Seidenunterrock abriß. Als ich seinen Kopf verband, dachte ich daran, daß Betsey jetzt keinen Grund mehr haben dürfte, über meine Unterröcke zu spotten. Ich setzte mich auf den Fahrersitz und ließ vorsichtig den Wagen an. Während er mich und unseren widerwilligen Gast im Auge behielt, gab Asey Anweisungen. Ich hatte es endlich unter beträchtlicher Mühe bis in den vierten Gang geschafft, als Schonbrun schließlich aufging, daß mein Schießeisen eine harmlose Knallblättchen-Pistole war und wahrscheinlich einer der am wenigsten tödlichen Gegenstände, den man sich vorstellen konnte.

»Teufel«, sagte er angeekelt, »war das das Ding, das Sie mir in den Rücken gerammt haben?«

Asey grinste schief. »Ja, das war es.«

»O Mann«, sagte Schonbrun, »ihr Dorftrampel kriegt schon, was ihr wollt. Ihr kriegt euren Mann.«

»Normalerweise schon.« Asey lächelte mir zu. »Aber, wie ich immer sage, wir brauchen Hilfe dabei.«

Ich fragte ihn im Flüsterton, was wir mit dem Mann tun sollten, jetzt, da wir ihn hatten.

»Och, wir nehmen ihn mit. Spatz in der Hand, Sie wissen schon. Wie die Frau in der Bibel, wo wir hingehen, da wird auch er hingehen, wo er hingeht, da werden auch wir sein.«

»Ich nehme an«, bemerkte Schonbrun bitter, »ein Bulle sind Sie auch nicht.«

»So langsam kommen Sie dahinter, was? Ja, haben Sie richtig angenommen. Aber danken Sie Ihrem guten Stern, daß wir keine Bullen sind. Dann wär'n Sie jetzt übler dran. Miss Prue, fahren Sie die hintere Straße hoch und halten Sie beim Seiteneingang vom Doktor. Er muß mir 'n bißchen Salbe oder so was auf diese Wunden hier schmieren. Das heißt, wenn er nich' in der Gegend rumtobt und versucht, was über diese Briefe rauszukriegen.«

Als er vom Arzt zurückkam, sah er aus wie eine Figur aus *The Spirit of '76.* »Diese Pillendreher sind 'n neugieriges Pack«, bemerkte er. »Wollte wissen, wie das passiert is' und wer mir eins über 'n Kopf gegeben hat und wessen seidenen Unterrock ich anhab' und ich weiß nich', was noch alles.«

»Was haben Sie ihm erzählt?«

»Hab' ihm gesagt, es wär 'ne ehrenhafte Wunde, die ich mir im Gefecht zugezogen hätte. Mehr hab' ich ihm nich' erzählt, und er war furchtbar sauer. Hat mir das Doppelte abgeknöpft. Er denkt wohl, Slough und ich hätten 'n kleinen Zusammenstoß gehabt. Und er is' irgendwie sauer, daß wir ihn nich' in alles einweihen wollen, was wir machen. Ich hab' noch nie 'n Mann gesehen, der seine Nase so in alles reinstecken will wie er.«

»Was steht jetzt auf dem Plan?« fragte Schonbrun. »Was wollen Sie mit mir machen?«

»Ich würd' Sie richtig gern in Eisen stecken, aber das kann ich nich'. Außerdem haben Sie uns 'ne Menge zu erzählen über Ihren Bruder und so. Schätze, Sie müssen einfach mitkommen. Und wenn ich Sie wäre, würd' ich kein Geschrei machen, weil's dann für Sie nur noch viel schlimmer wird.«

Schweigend fuhren wir nach Hause zurück. Die Menschenmenge hatte sich bis zu einem gewissen Grad aufgelöst, und in der Dämmerung schienen sie weder Aseys Bandagen noch unseren Gefangenen zu bemerken.

Emma und Betsey spielten im Wohnzimmer Karten. Dot war immer noch auf ihrem Zimmer.

»Wieder da?« fragte Emma. »Wer ist denn euer unwilliges Opfer? Und wo ist Mr. Mayo gegengelaufen?«

Ich erklärte es ihr.

»Und jetzt«, schlug Asey vor, während er Schonbrun auf einen Stuhl stieß und selbst Platz nahm, »wie wär's, wenn Sie jetzt mit den Lügen aufhören und uns die ganze Geschichte erzählen würden, zum Beispiel, wann Sie Ihren Bruder gestern gesehen haben und wann Sie zur Hütte gekommen sind und so weiter. Wenn nich', bring' ich Sie zu Sullivan und laß Sie als Verdächtigen verhaften.«

»Und wenn ich es Ihnen erzähle?«

»Wenn Sie uns 'ne ordentliche Geschichte erzählen und beweisen, daß Sie mit der Sache nichts zu tun hatten, können Sie gehen, mit Geld in der Tasche, und keiner erfährt was.«

»Okay«, erklärte Schonbrun. »Ich riskiere es. Sie würden mir wohl nicht ein paar von Ihren Seildekorationen abnehmen?«

»Ich fürchte nein«, sagte Asey bedauernd. »Sehen Sie, ich hab' nur einen Kopf, und ich würd' ihn irgendwie ungern noch mehr zerschlagen lassen. Sie bleiben besser, wie Sie sind.«

»Ehrlich, Bruder, die Sache tut mir leid. Ich wollte Sie nicht so verletzen. Ich wollte Sie nur aus dem Weg haben.«

»Ja. Ich weiß, Irren is' menschlich, Vergeben göttlich. Das war nur das Tier in Ihnen. Nun mal los mit Ihrer Geschichte. Und keine Faxen, is' das klar?«

»Ich ging gestern durch die Stadt«, begann Schonbrun, »und da sehe ich einen Mann in einem Wagen, der sieht aus wie mein Bruder. Ich dachte, der wäre tot, verstehen Sie? Aber wenn Dave wütend wurde, hatte er so was Wahnsinniges in den Augen, und dieser Kerl war wirklich wütend. Irgendwie hatte ich das Gefühl, er ist es. Also frage ich einen Kerl, und der sagt, er hieße Sanborn, ja, Dale Sanborn. Also frage ich, wo er wohnt, und denke so bei mir, ich schnüffele mal rum und sehe ihn mir an.«

»Haben Sie denn nie ganz sicher rausgekriegt, ob dieser Kerl, der in Lowell umgekommen is', tatsächlich Ihr Bruder war?«

»Nein. Und wie Sie darüber Bescheid wissen können, das haut mich um. Wir hatten kein Geld, rumzurennen und zu gucken, ob es Dave war. Ich war sowieso ganz schön froh, daß er tot war.«

»Und von wo kamen Sie her, als Sie hier landeten?«

»Taunton. In New York wurde mir der Boden zu heiß, also bin ich hier in die Gegend gekommen. Ich war in Taunton eingelocht und bin erst letzte Woche rausgekommen, klar? Ich wollte nach Provincetown und einen Kerl besuchen, der mal mit mir gearbeitet hat. Ich hatte kein Geld, und ich dachte, wenn das Dave ist, kann ich vielleicht was aus ihm rausholen. Also kam ich hier raus, um die Sache zu untersuchen.«

»Unterwegs jemand getroffen?«

»Klar habe ich unterwegs Leute getroffen.«

»Ich meine, haben Sie mit jemand geredet?«

»Nein.« Schonbrun sah verwirrt aus. »Der Kerl, der mir gesagt hatte, wo er wohnt, hatte mir den Weg gut beschrieben. Ich habe so 'ne Schwedin gefragt, aber die war ein bißchen dumm und konnte kein Englisch, wenn Sie das meinen. Aber da hatte ich sowieso schon die Hütte gesehen.«

»Und sind hingegangen?«

»Ja. Es war niemand da, also habe ich mich hingesetzt und gewartet. Er kommt rein und sieht mich nur und nimmt einen

Hammer vom Tisch und sagt, er haut ihn mir ins Gesicht, wenn ich nicht abhaue. Ich wollte keinen Ärger, also bin ich abgehauen.«

»Haben Sie nichts gefunden auf dem Weg zur Hütte, hm?«

»Was gefunden? Nö.«

»Sind Sie sicher?«

»Hören Sie, ich war auf der Suche nach so 'nem Kerl, der möglicherweise mein Bruder war. Sonst habe ich nichts gesucht.«

»Haben Sie 'n Beweis, daß er am Leben war, als Sie weggingen?«

»Nein. Ich habe ihn nicht umgebracht, aber Beweise habe ich keine.«

»Na, und haben Sie in der Nähe jemand gesehen, als sie gingen?«

»Es kam ein Wagen rauf. Saß ein Kerl drin.«

»Das muß Bill gewesen sein«, überlegte Asey. »Tja, das hilft Bill alles gar nichts, oder?«

»Nicht nötig, sich über diesen Porter Gedanken zu machen«, sagte Schonbrun. »Der hat genug Geld, um da rauszukommen.«

»Woher wissen Sie das von Bill Porter?«

»Kenne den Namen.« Schonbrun war alles in allem viel zu lässig.

»Aber ich hab' nur von Bill gesprochen. Nicht von Bill Porter«, beharrte Asey.

»Hör'n Sie mal, Bruder, warum vergessen Sie das Ganze nicht? Ich bin alles, was mein Bruder an Familie hatte, Mann, ich würde keine Schwierigkeiten machen, selbst wenn ihn jemand mit so 'ner Axt in kleine Stücke gehackt hätte. Wäre mir völlig recht. Und selbst wenn dieser Porter verhaftet ist, der kann sich da selbst rausmanövrieren.«

»Also wußten Sie doch was von dem Mord«, bemerkte Asey. »Tja, und wieso glauben Sie, daß Ihr Bruder für tot gehalten werden wollte?«

»Ich will Ihnen sagen, wie ich mir das denke. Sehen Sie, er war bei dieser Streikgeschichte dabei, und er hat ganz schön tief dringesteckt. Sie hatten ihn auf der schwarzen Liste, und wo er hinging, hat er Ärger gekriegt. Sie wußten zu viel über ihn. Ich denke mir das so: Als sie glaubten, er wäre tot, hat er wahrscheinlich gedacht, es wäre eine prima Chance für ihn, aus der

Sache rauszukommen, ohne daß jemand was erfährt, klar?«

»Ja. Aber hatten Sie denn keinen Verdacht, er wäre vielleicht gar nicht tot?«

»Ja. Das heißt, Ma schon, aber ich nicht. Ma hat mal so 'n Bild in der Zeitung gesehen, und sie glaubte, das war Dave. Aber ich nicht, wo doch Dale Sanborn drunterstand. Ma war immer irgendwie verrückt, was das anging, hat immer gesagt, sie hätte so 'n Gefühl, er wäre am Leben. Ich hab' sie immer spinnen lassen, weil sie so fest dran geglaubt hat. Aber da, wo er jetzt ist, ist er besser aufgehoben.«

»Warum sagen Sie das immer wieder? Was war los? Hat er Sie nich' anständig behandelt?«

»Anständig behandelt?« Schonbrun ließ ein kurzes, bitteres Lachen hören. »Hören Sie, Bruder, finden Sie mir jemanden, den diese Ratte anständig behandelt hat, und ich klettere gleich freiwillig in Ihr Eigenbaugefängnis und freue mich noch dabei.«

»War er kein netter Mensch?«

»Nett? Was glauben Sie denn, was er war? Eine hübsche, bunte Anziehpuppe? Sie haben vielleicht Dale Sanborn gekannt, aber David Schonbrun haben Sie nie gekannt, Bruder. Und Sie haben ihn nicht mal unter seinem schönen, glatten Namen sehr gut gekannt. Hören Sie, kann ich mal eine Zigarette haben? Sie sind in meiner Tasche, wenn Sie sie vielleicht rausholen würden.«

»Klar können Sie 'ne Zigarette haben. Ich binde Ihnen auch 'ne Hand los und laß Sie rauchen. Aber damit ich weiß, was Ihre andre Hand tut, laß ich die, wo sie is'.«

Er machte sich an dem Seil zu schaffen.

»In welcher Tasche?«

»Manteltasche. Links.«

Asey wühlte und fand sie. Er schüttelte eine Zigarette aus der zerdrückten Packung. Aber dabei fiel eine kleine mit Brillanten besetzte Nadel heraus.

Er hielt sie hoch, damit wir sie sehen konnten. Die Initialen waren M. W. oder W. M.

Zwölftes Kapitel
Mr. Abe Schonbrun

Asey hob die Nadel auf. »Wo haben Sie die denn her?«
»Was? Das? Ach ja. Diese Nadel, meinen Sie?«
»Ja«, sagte Asey, »diese Nadel, die ich in der Hand habe. Nich' zwei andre Nadeln in Chicago. Diese Nadel hier und jetzt. Wo haben Sie die her?«
»Na, die habe ich gefunden«, sagte Schonbrun leichthin.
»Ach, wirklich? Wann?«
»Schon lange her. Vor ein paar Monaten. Habe ich auf der Straße gefunden, aber es gab keine Möglichkeit, sie hier in der Gegend zu versetzen, also habe ich sie behalten.«
»Sind Sie sicher, daß Sie die nich' gestern nachmittag gefunden haben? Hier auf 'm Cape?«
»Jetzt hören Sie mal, Bruder. Ist doch keine Art, sich so aufzuführen, immer allem zu mißtrauen, was Sie hören.«
»Hören Sie mal zu«, gab Asey zurück. »Erzählen Sie mir jetzt, wo und wann Sie die gefunden haben und wem sie gehört, oder soll ich am Montagmorgen mit Ihnen vor Gericht marschieren und Sie unter Mordanklage stellen lassen? Denken Sie mal 'n bißchen drüber nach.«
»Na ja«, begann Schonbrun widerwillig, »als ich heute nachmittag von Provincetown kam, hat mich so 'ne Dame im Wagen mitgenommen. Als ich ausstieg, muß ich die Nadel aufgegabelt haben, oder sie ist in meine Tasche gerutscht. Es war ihre.«
»Und ich nehm' an, sie is' einfach in die hinterste Ecke von 'ner Packung Zigaretten gerutscht. Ich dachte, Sie wären hinten auf 'nem Lastwagen hergekommen.«
»Hab' ich das gesagt? Das war auf dem Hinweg. Zurück bin ich mit der Dame gefahren.«
»Hatten Sie sie schon mal gesehen?«
»Nein, aber sie war ein Schatz. Hat mich von der Straße mitgenommen. Tun nur wenige Damen.«

»Und das Lamm wird bei dem Löwen wohnen«, murmelte Asey. »Wie hätten Sie die Nadel denn ›aufgabeln‹ können, ohne was zu merken? Wie is' sie in Ihre Tasche gerutscht? Hat sie sie Ihnen gegeben, oder haben Sie sie gestohlen?«

»Ich habe noch nie im Leben was gestohlen«, verkündete Schonbrun. »Niemals. Sie muß einfach in meine Tasche gefallen sein.«

»Sie kannten die Frau nich'?«

»Ich glaube, sie hat so was gesagt wie, sie wäre eine Mrs. Carey aus Indianapolis.«

Asey sah ihn bewundernd an. »'n wahrheitsliebender Mann is' sowieso schon so selten wie 'ne weiße Krähe, aber vor Ihnen zieh' ich den Hut, Schonbrun. Von allen unverschämten Lügnern, die ich in meinem Leben gesehen hab', kriegen Sie den ersten Preis. Wenn Sie das mit der Nadel nich' erzählen wollen, lassen wir das erst mal durchgehen. Sie sagten grade, daß Ihr Bruder kein besonders guter Mensch war.«

»Okay«, sagte Schonbrun vergnügt. »Soll mir recht sein. Also Dave. Als Pa gestorben war, hat er gearbeitet, Zeitungen verkauft und so, dann ist er auf die High School gegangen und hat nachmittags gearbeitet. In der Fabrik. Dann ist er eines Tages nach Hause gekommen und hat seine Sachen gepackt und ist weg. Er hat alles Geld mitgenommen, was Ma hatte, und meins auch. Später haben wir erfahren, daß er aufs College gegangen ist oder so was. Diese Kerls, bei denen er in der Fabrik gearbeitet hat, hatten ihn ein paar anderen Kerlen vorgestellt, und die haben ihn aufs College geschickt und dafür bezahlt. Danach ist er nur noch drei- oder viermal bei uns aufgetaucht. Und er hat das Geld nie zurückgezahlt, was er gestohlen hatte. Dieser Kerl war ein dreckiges – na, er war ein dreckiger Halunke, wenn es je einen gegeben hat. Und wissen Sie was? Vor ungefähr vier Jahren war das, da hat Ma dieses Bild, von dem ich Ihnen erzählt habe, in der Zeitung gesehen. Sie dachte, das ist er, und hat ihm so 'nen Brief geschrieben, aber nie eine Antwort drauf bekommen.

Na, wir sind zurechtgekommen, sie hat gearbeitet und ich auch. Dann, vor ungefähr anderthalb Jahren, bin ich krank geworden. Es war was nicht in Ordnung mit meiner Lunge, verstehen Sie, und ich mußte ins Krankenhaus. Ma hatte nicht viel Geld, und ich konnte natürlich nichts machen, und dann haben wir jeder noch einen Brief geschrieben und gefragt, ob dieser Sanborn Dave ist und ob er uns Geld gibt. Ma ist zu ihm gegangen, aber er hat sie aus seiner schicken Wohnung rausgeschmissen, genau wie er mich gestern rausgeschmissen hat. Er hat gesagt, er ruft die Polizei, wenn sie ihn noch mal belästigt. Und da habe ich gedacht, es wäre doch nicht Dave. Ich habe es bis gestern nie wirklich gewußt, verstehen Sie?«

Er steckte sich mit der freien Hand eine Zigarette an.

»Ma hat dann ihre Arbeit verloren, und ich wurde schlimmer krank und wäre fast gestorben. Aber was glauben Sie, was ich erfahren habe, als ich wieder gesund war und aus dem Krankenhaus kam? Sie hatte kein Geld mehr und war verhungert. Sie war so sicher gewesen, daß dieser Sanborn Dave war, daß sie noch mal hingegangen ist, aber er wollte nichts mit ihr zu tun haben. Eine Bekannte von ihr hat es mir erzählt. Und sie ist auf der Straße gestorben. Verstehen Sie? So ein Kerl war mein Bruder. Hören Sie mal, ich kenne fünfundzwanzig Leute, die ihn umbringen würden, wenn sie nur wüßten, daß er noch am Leben ist. Und sie würden noch denken, daß sie ein gutes Werk getan haben. Ma und ich waren nicht die einzigen, die er betrogen hat. Oh nein. Dieser Kerl hat jeden betrogen, mit dem er irgendwie zu tun hatte.«

Zum ersten Mal, seit wir ihn gefunden hatten, schien Schonbrun tatsächlich die Wahrheit zu sagen. Da war nichts Unechtes an der Bitterkeit, die er seinem Bruder gegenüber empfand. Wenn er auch bei der Nadel und einem halben Dutzend anderer Dinge gelogen hatte wie gedruckt, so hatte ich doch das Gefühl, daß dies zumindest echt war.

»Mag er Sardinen? Ich meine, mochte er?« fragte Asey.

»Kann ich nicht sagen. Ich weiß es nicht.« Aber ich wußte, daß er es wußte. Da war nur ein winziges Zögern vor seiner Antwort gewesen, aber es war mir aufgefallen, und Asey offensichtlich auch.

»Wir lassen das dann mal durchgehen, zusammen mit der Nadel«, meinte Asey. »Sie sind also nur hingegangen, rausgeschmissen worden und dann wieder weggegangen. Das is' Ihre Story?«

Schonbrun nickte. »Das ist meine Story, und dabei bleibe ich.«

»Wissen Sie«, sagte Asey zu mir, »da is' eine Sache, die mir immer noch komisch vorkommt: diese Decke, mit der er zugedeckt war, als Sie ihn gefunden haben.«

»Deck – «, begann Schonbrun und unterbrach sich dann. Asey lachte vergnügt. »Hatte irgendwie gehofft, daß ich Sie erwische, obwohl ich glaub', Sie haben heut' abend schon 'n schönen Schnitzer gemacht. Also, Sie sind nochmal zur Hütte zurück, nachdem Sie weggegangen waren, nich'?«

Schonbrun sah Asey voller Bewunderung an. »O Mann, Sie sind ja gar nicht so 'n Trottel, was?«

»Nur äußerlich. Weihen Sie uns doch mal in Besuch Nummer zwei ein. Sie waren 'n Stück weit gegangen, und dann haben Sie an das Platinetui gedacht, nich'? Oder die Uhr? Und Sie haben sich gesagt, daß Sie doch 'n ziemlicher Hornochse gewesen wären, so schnell abzuhauen? War's das?«

»Ja.«

Emma sah Asey erstaunt an. »Brillant, lieber Sherlock. Wie sind Sie zu diesem Schluß gekommen?«

»Na ja, so wie der Kerl hier geredet hat, hat er mich an 'n Typ erinnert, den ich mal in Alexandria, Ägypten, gekannt hab'. Der hat gelogen, daß sich die Balken bogen, aber er war hartnäckiger. Hatte nichts von 'nem Helden an sich, war eher 'n kleiner Feigling, genau wie dieser Kerl. Und da dacht' ich so bei mir, wenn der in Schonbruns Schuhen gesteckt hätt', würd' er genau so denken und sich genau so benehmen. Ich glaub' nich', daß dieser Kerl den – den«, er suchte nach dem passenden Wort, »den Schneid hatte, seinen Bruder umzubringen. Wenn er den hätte, dann hätt' er's schon lange vorher getan. Aber ich wußte, daß er einer von denen is', die noch mal zurückgehen und betteln.«

Schonbrun schien nicht beleidigt über Aseys Persönlichkeitsanalyse. »So hatte ich mir das gedacht«, sagte er. »Ich dachte, ich gehe zurück und versuche es noch mal. Ich wollte ihm sagen, ich erzähle den Leuten, wer er war, wenn er nicht was rausrückt.«

»Erpressung«, sagte ich.

»Ja, Lady, Sie können es Erpressung nennen, wenn Sie wollen. Jedenfalls, ich bin zurück, aber bevor ich zur Vordertür ging, habe ich durch so 'n Fenster reingeguckt. Er hat neben dem Tisch gelegen, aber da war keine Decke über ihm, als ich ihn da liegen sah. Ich denke bei mir, jemand hat dich erwischt, mein lieber Junge, und hat dir gegeben, was du schon seit Jahren verdient hast. Ich wollte reingehen und diesen Koffer nehmen und gucken, ob er Geld hatte, aber ich habe es nicht getan. Ich hatte Angst, jemand sieht mich dabei, und wenn ich dann versuchen würde, ihn loszuwerden, könnte es Schwierigkeiten geben. Also bin ich wieder abgehauen.«

»Wie spät war es, als Sie zurückkamen?«

»Ich weiß nicht genau. Ich habe gehört, wie eine Uhr fünf schlug. Es war diese Uhr im Ort, die an der Kirche mit dem grünen Dach.«

»Kongregationskirche«, sagte Asey. »Jawoll. Das is' die einzige, die man von hier aus hören kann, und die geht immer richtig, weil sie nämlich elektrisch is'. Haben Sie die gehört, bevor oder nachdem Sie durchs Fenster geguckt haben?«

»Eine ganze Weile vorher. Ich weiß das, weil mir gerade der Schnürsenkel gerissen war. Ich hatte ganz schön Mühe, ihn noch mal zu flicken.« Er streckte seine Füße in den schmutzigen, abgetragenen Schnürschuhen vor. Die Schnürsenkel waren nichts als Knoten an Knoten. Ich mußte an die Maßschuhe seines Bruders denken.

»Und dann haben Sie also gedacht, jemand hat Ihren Bruder umgebracht, aber Sie wollten niemand deswegen Bescheid sagen?«

»Auf keinen Fall. Ich habe mich nicht getraut. Sehen Sie, als erstes hätten sie mir die Armbänder angelegt. Und in Taunton habe ich die Gitterstäbe lange genug von der anderen Seite gesehen. Ich war nicht scharf auf noch 'ne Runde, vielleicht mit dem elektrischen Stuhl zum Schluß. Aber jedenfalls war er nicht zugedeckt, als ich ihn gesehen habe.«

»Jemanden gesehen, als Sie zum zweiten Mal von hier weg sind?«

»Nein. Ich bin hinten um die Hütte rumgegangen. Wollte nicht gesehen werden. Ich bin dann hinter den Wiesen zurückgegangen und gar nicht in die Nähe der Straße gekommen, bis ich praktisch auf der Hauptstraße wieder rauskam.«

»Gab's da 'n Weg?«

»So was Ähnliches.«

»Dann sagen Sie in dem Punkt mal die Wahrheit, das is' der Trampelpfad von den Preiselbeersümpfen. Aber ich nehm' an, Sie würden auch nich' zugeben, wenn Sie jemand gesehen hätten, nich'?«

Schonbruns Schweinsäuglein zwinkerten.

»Nicht, solange Sie mich nicht verhaften und ich wirklich in der Falle sitze. Ich habe doch gesagt, der Kerl, der das getan hat, ist mein Freund. Er hat was getan, wozu ich nie das Rückgrat hatte.«

»Hm. Wieviel müßte man bieten, damit Sie's erzählen? Die Wahrheit, mein' ich. Nich' noch 'n Ammenmärchen.«

»Einen Hunderter«, sagte Schonbrun prompt.

Asey nahm seine Brieftasche heraus. »Geht in Ordnung. Ich steck' ihn in Ihre Westentasche.«

»Danke. Also, ich habe da so 'nen Kerl gesehen, der am Wald entlangschlich, als ich zurückkam.«

»Was für 'n Mann? Wie sah er aus?«

»Er war ungefähr so groß wie ich. Dunkel und sehr braungebrannt. Das ist mir aufgefallen. Ich habe mich hinter so 'n paar Büsche geduckt, und ich glaube nicht, daß er mich gesehen hat. Sein Gesicht habe ich mir nicht so genau angeguckt, aber er hatte gute Sachen an. Das konnte man sehen. Und er hatte so 'ne blaue Kappe an, die eng am Kopf sitzt. Wie heißen die noch mal?«

»Barett«, erklärte Asey.

»So eine hatte er auf. Und er hatte so 'ne Art grünes Hemd an, das ist mir aufgefallen, und sein Anzug war aus grauem Flanell oder so.«

»Ich frage mich«, sagte ich, »ob das Kurth gewesen sein könnte?«

»Ich hoffe beim Himmel, daß er das war. Alles hat immer auf ihn gedeutet, seit wir heut' morgen angefangen haben. Himmel, ich muß wirklich sagen, ich glaub', jeder große dunkelhaarige Mann in Neuengland hat Sanborn gestern nachmittag besucht. Tja, würden Sie ihn erkennen, wenn Sie ihn noch mal sehen?«

»Vielleicht. Aber wahrscheinlich nicht; wenn er nicht dieselben Klamotten anhat, dann nicht.«

»Und jetzt«, sagte Asey überredend, »erzählen Sie uns, wie Sie an diese Nadel gekommen sind.«

»Es ist so, wie ich es vorhin gesagt habe. Eine Frau hat mich mitgenommen, als ich heute nachmittag aus Provincetown kam. Die Nadel muß einfach in meine Tasche gerutscht sein. Sie hieß nicht so, wie ich gesagt habe. Ich weiß ihren Namen nicht. Aber die Buchstaben auf ihrem Wagen waren ein M und ein W. Das habe ich gesehen, als ich eingestiegen bin. Sie hat mir erzählt, sie wäre unten gewesen, um sich den Ort anzusehen.«

»Von diesem Mord hier hat sie nichts gesagt?«

»Kein Wort. Ehrlich. Sie war eine lausige Fahrerin – wir haben überhaupt nicht viel geredet; sie hat ja sogar zwei Pfähle mitgenommen, als sie hier durch die Hauptstraße fuhr, so erbärmlich fuhr die.«

Ich wußte, daß Maida Waring nur selten mit ihrem Wagen unterwegs gewesen war, ohne Schaden anzurichten. Bei ihren Freunden galt es als Wunder, daß sie selbst noch nicht zu Schaden gekommen war.

»Und Sie wissen nich', ob Ihr Bruder Sardinen mochte?«

Schonbrun schüttelte den Kopf.

»Und Sie haben auch keine Sardinendose gesehen, als Sie bei der Hütte waren, beide Male nich'?«

Als er gerade antworten wollte, kam Dot Cram in Pyjamas und Morgenrock die Treppe herunter.

Sie warf einen Blick auf Schonbrun, er starrte sie an, und dann fiel sie zum zweiten Mal innerhalb von vierundzwanzig Stunden in Ohnmacht.

Emma und Betsey nahmen sich ihrer an und brachten sie in ihr Zimmer zurück.

»Also«, sagte ich zu Asey, »was das nun wieder zu bedeuten hat?«

Das fragte Asey sich auch.

»Mr. Schonbrun«, fragte ich, »haben Sie dieses Mädchen schon mal gesehen?«

Er schüttelte den Kopf. »Nein, nie. Ich habe eingesehen, daß es keinen Zweck hat, euch zwei Detektiven was anderes als die Wahrheit zu erzählen. Aber ich will Ihnen noch was sagen, was mir eingefallen ist. Ich meine, ich hätte jemand in so 'nem weißen Kleid im Wald gesehen, als ich das zweite Mal zur Hütte kam. Das war, nachdem ich den Mann gesehen hatte. Aber ich kann mich auch irren. Es hätte auch Wäsche auf 'ner Leine sein können oder so was. Ich bin mir nicht ganz sicher.«

»Sie sahen den Mann, nachdem Sie Ihren Bruder tot aufgefunden hatten«, überlegte ich, »und Sie glauben, Sie hätten noch jemanden gesehen, bevor Sie ihn entdeckten?«

»Das erste ist richtig, aber bei dem anderen bin ich nicht so sicher.«

»Wie sind Sie gerade jetzt darauf gekommen?« Ich fragte mich, ob Dots Anblick ihn wieder daran erinnert hatte.

»Ich weiß nicht. Bin ich einfach!«

»Ich wünschte«, seufzte Asey, »daß wir bei irgendwas sicher sein könnten, was Sie sagen.«

»Hören Sie mal, Bruder. Alles, was ich Ihnen jetzt zum Schluß erzählt habe, ist wahr. Sie beide sind ein bißchen zu gut für mich. Aber, sagen Sie mal, hat dieses Mädchen meinen Bruder gekannt?«

»Sie war mit ihm verlobt.«

»Ich habe gefragt, weil, vielleicht hat sie gedacht, ich wär' er, oder so. Aber sie braucht nicht aus den Latschen kippen. Sie sollte Gott danken, daß sie so gut aus einer üblen Sache rausgekommen ist. Er hätte sie wahrscheinlich mit falschen Papieren geheiratet und dann abserviert.«

»Warum glauben Sie das?«

»Na, Lady, ich habe doch versucht, Ihnen zu verklickern, daß dieser Kerl in seinem Leben nie eine saubere Sache gemacht hat. Hat 'n Mädchen, das ich kannte, in Schwierigkeiten gebracht, bevor er von zu Hause weg ist. Wollte nicht bei einer Frau bleiben; und wenn man ihn an ihr festgekettet hätte, er wollte nicht. Sie war auch noch seine Kusine. Die Tochter von einer von Mas Schwestern. Sie ist in den Fluß gesprungen, als er weg war. Klingt wie aus der Zeitung, nicht, oder wie im Film? Ja. Aber der Unterschied ist: Es ist wahr.«

Asey und ich schwiegen. Mir kam der Gedanke, daß womöglich Instinkt und nicht die geleckte Frisur Bill Porter gegenüber Sanborn mißtrauisch gemacht hatte. Ich hätte Bill beinahe vergessen und sagte das auch.

»Bill muß lernen, auf sich selbst aufzupassen«, antwortete Asey. »Ich fahr' nachher auf 'm Heimweg am Bahnhof vorbei und seh' zu, daß Joe Bump dableibt, damit's heute nacht keinen Ärger gibt. Er schläft den ganzen Sommer auf 'm Feld, da macht's ihm bestimmt nichts aus, bis Montagmorgen auf 'nem Klappstuhl zu übernachten. Ich kann mir nich' vorstellen, daß Bill viel schlafen wird, aber das sollte ihm 'ne Lehre sein, der ganze Kram.«

»Wo penne ich?« fragte Schonbrun.

»Sie kommen mit zu mir nach Haus und schlafen in Ihren Fesseln, Kerl. Ich hoffe, 'ne gute Nachtruhe frischt Ihr Gedächtnis auf, was Sardinendosen angeht und noch 'ne Menge andre Sachen. Das is' was, wo wir uns morgen drum kümmern müssen, Miss Prue, alles über diese Dose rausfinden und über Kurth und seine Frau. Ich denke, Schonbrun und ich brechen mal auf.«

»Aber wie wollen Sie fahren?« protestierte ich. »Und sollte sich nicht jemand Ihren Kopf ansehen?«

»Das is' schon in Ordnung. Dabei fällt mir ein: Der Doktor hat wohl sozusagen diesen Unterrock erkannt.«

»Was?«

»Jawohl. Ich fürchte irgendwie, Ihr Wappen kriegt ein oder zwei Flecken ab von den Ereignissen heute.«

»Na ja«, sagte ich resigniert, »es spricht sowieso keiner von Wappen, bevor ein Fleck darauf ist. Ich werde Bill für jeden Schaden an meinem Ruf verantwortlich machen.«

»Sie können ihn ja verklagen«, grinste Asey.

»Was halten Sie jetzt von der ganzen Sache, Asey?«

»Wer meiner Meinung nach diesen Mord begangen hat? Also, so wie's aussieht, is' Dot rübergegangen und hat Sanborn seinen Ring zurückgegeben. Dann is' dieser Kerl hier zweimal dagewesen. Dann war Bill da. Soweit ich sehe, war zuerst der Bruder da, dann Bill, dann Dot und dann noch mal der Bruder. Dann war da dieser Fremde, der Kurth gewesen sein kann, und der weiße Rock, was so gut wie jeder gewesen sein könnte. Schonbrun sagt, sein Bruder war am Leben, als er ging – «

»War er«, unterbrach Schonbrun.

»Auch Bill sagt, er war am Leben, und er hätte ihn am Leben gelassen. Über Dot wissen wir nichts, und ich bin mir nich' so im klaren über Ihren zweiten Besuch, Mr. Schonbrun, obwohl ich nich' glaub', Sie hätten den Mumm gehabt, es zu tun. Der fremde Mann könnte es getan haben, oder auch nich'. Keine Ahnung. Das wenig gesprächige Mädchen könnte es getan haben, wenn sie Flügel hätte wie 'n Engel, aber auch Betsey oder Sie, wenn ich nich' wüßte, daß ihr zwei für so was zu viel Cape Cod im Blut habt. Vielleicht auch Mrs. Manton, wenn sie 'n bißchen weniger wiegen würde als 'ne Million Pfund. Und dann is' da die Dame mit der Glitzernadel. Ich nehm' an, Sie wissen«, sprach er Schonbrun an, »daß die Frau, die Sie mitgenommen hat, höchstwahrscheinlich die Frau von dem Gentleman war, den Sie um die Hütte wandern sahen?«

»Wirklich? O Mann, hören Sie, Bruder. Dann kann ich Ihnen noch was erzählen. Ich bin wohl ein bißchen dreist zu ihr gewesen oder so was, weil, sie hat mich angesehen und gelacht, als ich ein Späßchen gemacht habe, und sagte, nichts zu machen, sie hätte einen sehr netten Ehemann und sie spielte nicht mit fremden

Männern. Ich sage, warum kümmert er sich dann nicht um sie, und sie lächelt so und sagt, sie ist gerade dabei und sieht zu, daß er das tut. Ich frage sie, ob es Golf ist oder eine andere Frau, und sie sagt, es wäre ein anderer Mann und eine andere Frau.« Er unterbrach sich plötzlich und zündete sich genüßlich eine Zigarette an.

»Zur Hölle mit Ihnen«, sagte Asey mit dem ersten Anzeichen von Gereiztheit an diesem Tag, »reden Sie weiter.«

»Also, ich frage sie, ob er abgehauen ist oder ob sie abgehauen ist, und sie sagt nein, sie wären geschieden. Und sie sagt, sie ist auf dem Cape und sucht ihn, weil er die Wahrheit über den anderen Kerl rausgekriegt hat, und sie hat Angst, er tut was Verrücktes. Sagen Sie mal«, sagte Schonbrun aufgeregt, »war Dave dieser Kerl? Glauben Sie das?«

»Ich habe keinen Zweifel mehr daran, wenn das, was Sie sagen, wahr ist. Und Sie, Asey?«

»Is' das die Wahrheit, Kerl?«

»Wie's Evangelium«, versicherte Schonbrun.

»Na«, grinste Asey, »ich denke, das wär' das, und ich glaub', der Rest kann bis morgen früh warten. Mister, ich hoffe, Ihre Knochen sind morgen genau so steif, wie mir jetzt der Schädel brummt. Geben Sie uns Ihre andre Hand. Ich werd' Sie schön fest und sicher zusammenschnüren.«

Schonbrun ergab sich gutgelaunt. »Geschieht mir wohl ganz recht.«

Ich half ihnen in den Wagen. »Gute Nacht«, sagte ich, »und um Himmels willen, seien Sie vorsichtig mit Ihrem Kopf, Asey. Und bitte, Mr. Schonbrun, sehen Sie zu, daß er heute nacht nicht noch mehr herumtobt.«

Sie fuhren den Weg hinunter. Ich setzte mich erschöpft ins Wohnzimmer und dachte nach. Mir fiel Bills ständige und etwas vulgäre Redensart ein: »Ganz gleich, wie dünn man sie schneidet, es bleibt doch Mortadella.« Dieser Satz drückte bewundernswert genau aus, was ich dachte. Ganz gleich, wie sorgfältig ich unsere Liste von Verdächtigen durchging, sie waren sozusagen immer noch Mortadella.

Betsey kam herunter. »Dot schläft, und Emma sagt, sie zieht sich zurück, bevor wieder etwas passiert. Snoodles, ich werde mir jede Minute sicherer, daß Dot es war. Obwohl der Bruder bis jetzt noch im Rampenlicht steht, nicht?«

»So weit ich daraus schlau werde, mit diesem schwachen, müden und völlig nutzlosen Gehirn, hat Asey recht«, setzte ich ihr auseinander, »es kann praktisch einfach jeder gewesen sein. Ich bin so konfus, Betsey, daß ich nicht mal sicher bin, ob nicht vielleicht wir beide es waren. Wenn ich auch nur noch einen einzigen Gedanken an Dale Sanborn verschwende, der anscheinend da ist, wo er wirklich hingehört, dann kriege ich einen Tobsuchtsanfall.

Da fällt mir was ein. Ist Ginger gefüttert und versorgt worden heute oder nicht? Es ist das erste Mal in all den Jahren, daß ich ihn vernachlässigt habe.«

»Komm, geh ins Bett«, sagte Betsey beruhigend. »Ginger ist in seinem Korb in deinem Zimmer. Ich mache dir einen Grog und lasse dir ein Bad ein, und wenn du mit beidem fertig bist, fühlst du dich wie neugeboren.«

Normalerweise mag ich mich nicht verhätscheln lassen, aber in dieser Nacht war es durchaus erholsam, so umsorgt zu werden. Ich fiel ins Bett und fragte mich, wie viele graue Haare ich wohl heute dazubekommen hätte.

Mitten in der Nacht weckte mich Ginger, weil er auf meinem Bauch herumhüpfte. Ich versuchte ihn zu beruhigen, aber er wollte sich nicht beruhigen lassen. Nun bestehen ja viele Leute darauf, daß eine Katze dumm sei im Vergleich zu einem Hund, aber Ginger ist, wie ich immer zum größten Verdruß all meiner hundeliebenden Freunde behaupte, ein außergewöhnlicher Kater. Ich behaupte ja nicht, daß er übersinnliche Kräfte besitzt, aber er war es, der letzten Winter in unserem Haus in Boston den Einbrecher entdeckt und mich geweckt hat, indem er mir das Gesicht leckte. So konnte ich rechtzeitig die Polizei anrufen, und die Whitsbyperlen blieben in der Familie.

Ich knipste meine Taschenlampe an und betrachtete ihn: Sein Schwanz war fünfmal so dick wie sonst, und alle Rückenhaare standen ihm zu Berge. Mir kam in den Sinn, sein Herumhüpfen könne auch dieses Mal vielleicht einen Grund haben. Ich knipste die Lampe aus, schloß die Augen und horchte. Deutlich hörte ich jemanden im Wohnzimmer herumtappen. Ich zog meinen Kimono an, nahm die Taschenlampe und schlich mich nach unten.

Am Fuß der Treppe stieß ich mit jemandem zusammen. Ich machte das Licht an. Es war Dot.

»Was ist los?« wollte ich wissen.

»Tut mir leid, daß ich Sie gestört habe, Miss Prudence. Ich wollte unbedingt eine Zigarette, und Betsey schläft so friedlich, daß ich nicht das Herz hatte, sie zu stören.«

»Du gehörst ins Bett«, sagte ich streng.

»Das weiß ich. Miss Prudence, es tut mir leid, daß ich mich so benommen habe, dieses ganze alberne In-Ohnmacht-Fallen, meine ich. Aber als ich heute abend herunterkam und diesen Mann sah, dachte ich, es wäre Dale.«

»Du hast seinen Bruder vorher nie gesehen?«

»Ich wußte gar nicht, daß er existiert.« Sie seufzte ein bißchen. »Aber er hat die gleiche Figur wie Dale, und – ach, ich weiß nicht. Ich bin wohl den ganzen Tag ziemlich daneben gewesen. Ich werde versuchen, morgen vernünftiger zu sein.«

Wir gingen zusammen nach oben. Vor meiner Tür beugte sie sich unerwartet herüber und küßte mich.

»Bitte glauben Sie an mich, Miss Prudence. Ich habe ihn nicht umgebracht. Bitte glauben Sie an mich.«

Ich tätschelte ihre Schulter und sagte, sie solle sich ins Bett trollen und morgen würde alles aufgeklärt.

In meinem Zimmer blinzelte Ginger mich an. Sein Fell war immer noch aufgeplustert. Ich zog meinen Kimono aus und sagte, er solle in seinen Korb gehen. »Es war kein Einbrecher«, sagte ich »und es ist alles in Ordnung. Du bist ein netter Kater, aber heute nacht ist dein Enthusiasmus mit dir durchgegangen.«

Er sah mich an, blinzelte wieder und ging mit betonter Gleichgültigkeit zu seinem Korb. Das freche Schnipsen seines Schwanzes und der stolze Schwung seines Schnurrbarts sagten so klar wie Worte: »Na gut, wenn du meinst; ich gehorche. Aber du hast unrecht.«

Und seine absolute Sicherheit dabei versetzte mich in einen dieser nervösen Zustände, in dem ich in unserem Haus, das niemals knarrte, Geräusche und Schritte hören konnte bis zum Morgengrauen.

Dreizehntes Kapitel
Den Sardinen auf der Spur

Am Sonntagmorgen, als Olga gerade das Frühstück servierte, trafen Asey und Schonbrun ein, letzterer ohne behindernde Fesseln.

»Nierenhaschee«, rief Asey entzückt. »Wir hatten 'n kleines Frühstück, Abe und ich, aber wenn genug da is', muß ich sagen, könnt' ich was davon vertragen.«

»Abe?« fragte ich, während Olga zwei zusätzliche Gedecke auflegte.

»Ja. Schonbrun hier. Wir sind seit letzter Nacht per Vornamen.« Asey machte sich an das Nierenhaschee. Er sah zu Dot hinüber. »Haben Sie sich erholt?«

Sie nickte. »Ja.«

»Is' Ihnen jetzt mehr danach, uns zu erzählen, was wirklich passiert is'?«

»Ja.«

»Wie wär's, wenn Sie das jetzt tun?« schlug Asey vor.

»Sie wissen jetzt wohl, daß ich Ihnen nicht die Wahrheit gesagt habe. Ich meine, daß ich den Hügel hinuntergegangen wäre zu den Tennisplätzen. Nachdem Miss Prue mich auf der Veranda alleingelassen hatte, bin ich ins Wohnzimmer gegangen und habe mir eine Zigarette geholt. Ich habe auch das Fernglas genommen, damit ich, falls mich jemand fragen sollte, was ich mache, sagen konnte, daß ich mir diesen Fischkutter ansehen wollte.«

»Wie lange waren Sie drinnen?« fragte Asey.

»Ungefähr fünf Minuten. Der Teil der Geschichte stimmt.«

»Dann?« half Asey weiter.

»Dann bin ich um den Hügel herumgegangen zur Hütte und durch die Hintertür hinein. Verstehen Sie, als Dale sich am Freitag auf der Veranda so benommen hatte, beschloß ich, daß die Sache besser ein Ende hat. Ich trug meinen Verlobungsring an einer Kette um den Hals, und ich hatte mir überlegt, ihn ihm zurückzugeben.«

»Haben Sie das gemacht?« Asey griff nach einem Pfannkuchen.

»Ja.«

»Und was war? Was hat er gesagt?«

»Er, na ja, er war absolut grauenhaft. Er hat ihn genommen und gelacht und gesagt, er wäre froh, daß ich zu Verstand komme. Er meinte, er hätte sowieso nie die Absicht gehabt, mich zu heiraten, und, na ja, er hat eine Menge widerliche, unwahre Sachen über mich gesagt.«

»Habe ich nicht erzählt, daß er so ist«, unterbrach Schonbrun. »Sie hatten Glück, daß Sie so davongekommen sind, Miss.«

Dot schüttelte sich. »Nachdem ich ihn vorgestern so reden gehört habe, denke ich allmählich, das stimmt, obwohl ich es früher nie geglaubt hätte. Er hat mich völlig rasend gemacht. Ich bin wohl in meinem ganzen Leben noch nie so wütend gewesen. Ich war so sauer, daß ich keinen Ton herausbringen konnte. Ich bin einfach aus der Hütte gerannt und zurückgerast, so schnell ich konnte.«

»Wie lange waren Sie drüben?«

»Nicht lange. Nur ein paar Minuten. Hin und zurück bin ich gerannt. Als ich zurück war, bin ich auf der Veranda stehengeblieben, um wieder zu Atem zu kommen, und dann ging ich in die Küche zu Miss Prue. Das war um – «

Asey sah auf dem Zeitplan nach. »Das war um fünf nach fünf. Laut Plan sind Sie um sechzehn Uhr achtundvierzig aus'm Haus gekommen. Dann hätten Sie siebzehn Minuten gehabt, bevor Sie zu Miss Prue zurück sind. Ein paar Minuten fürs Kommen und Gehen hin und zurück, sechs oder sieben Minuten drüben, und vier, fünf Minuten auf der Veranda. Das kommt ziemlich gut hin. Hatten Sie das Fernglas die ganze Zeit in der Hand?«

»Ja. Ich habe es am Riemen getragen.«

Ich wußte, warum er sie das fragte. Ein Fernglas, ›am Riemen getragen‹, wäre genau das Richtige gewesen für einen Schlag, wie ihn der Arzt beschrieben hatte.

»War er überhaupt nicht beleidigt, daß Sie die Verlobung auflösten?«

»Im Gegenteil. Er sagte sogar, wenn ich nur einen Funken Verstand hätte, hätte ich sie schon viel früher gelöst. Er fand es – ja, amüsant ist das einzige passende Wort, das mir einfällt. Er drohte sogar, wenn er das nächste Buch schriebe, könnte er mich sehr schön darin unterbringen. Und noch mehr solche Sachen.«

»Ach was, wirklich?«

»Habe ich es dir nicht gesagt?« warf Schonbrun ein. »Habe ich nicht versucht, dir zu erzählen, was für ein Typ er war?«

»Hör mal, Abe, war sie die Frau, die du gesehen hast, als du das zweite Mal zur Hütte kamst?«

»Ich glaube nicht. Ich kann es nicht sicher sagen.«

Ich rechnete ein bißchen. »Sie kann es nicht gewesen sein.«

»Warum nich'?«

»Dot ist um fünf nach fünf in die Küche gekommen, und wenn das stimmt, was Sie sagen, muß sie die Hütte sechs oder sieben Minuten vorher verlassen haben, um bis dahin hier zu sein. Schonbrun sagt aber, er hätte die Uhr fünf schlagen hören, bevor er wieder zur Hütte zurückkehrte.«

Dot warf mir einen dankbaren Blick zu.

»Das stimmt.« Asey überlegte. »Sie muß also 'ne Minute vor fünf gegangen sein, vielleicht sogar zwei Minuten eher, wenn sie uns die Wahrheit erzählt. Und du sagst, es war – wie viel später als fünf Uhr hast du dieses weiße Etwas gesehen, Abe?«

»Muß sechs oder sieben Minuten danach gewesen sein. Vielleicht acht.«

»Hm.« Asey grübelte.

»Aber«, fragte ich, »haben Sie und Mr. Schonbrun so einen Friedensvertrag geschlossen, daß Sie sicher sein können, daß er jetzt die Wahrheit sagt?«

»Wir sind alles noch mal durchgegangen«, erwiderte Asey, »er und ich, und ich glaub' ihm, daß die letzte Fassung seiner Geschichten stimmt. Ich hab' ihm mit Sicherheit so viel bezahlt, daß sie so genau stimmen müßte wie 'n Lexikon. Dot, is' denn Ihre letzte Story auch wahr?«

»Ja, Asey. Ich habe euch die Wahrheit gesagt. Der einzige Grund, warum ich das gestern nicht getan habe, ist, daß es irgendwie so fürchterlich dünn klang. Ihr beiden wart so entschlossen, herauszufinden, wer der Täter war, daß ich das sichere Gefühl hatte, ihr würdet mich verdächtigen. Es ist mir nie in den Sinn gekommen, daß ihr nicht glauben würdet, daß ich zum Tennisplatz gegangen bin, und ich hatte nicht damit gerechnet, daß Asey meine Geschichte mit diesem elenden Fischkutter so zerpflücken würde. Hat jemand den Ring gefunden?«

»Der Doktor. Wir haben ihn aber etwas in die Irre geführt deswegen. Er hat die Initialen erkannt.«

»Diese Initialen!« Dot knirschte mit den Zähnen. »Dale sagte, er wäre ein Idiot gewesen, sie eingravieren zu lassen, weil er sie jetzt entweder löschen lassen oder sich das nächste Mal mit jemand verloben müßte, der dieselben Initialen hat.«

»Gütiger Himmel«, rief Emma aus. »Wißt ihr, ich fange an, Mr. Schonbrun hier zuzustimmen. Ich glaube, man hätte seinen Bruder schon gut vor Jahren umbringen können.«

»Sie haben es kapiert«, meinte Schonbrun beifällig. »Das habe ich doch gesagt. Es macht auch nichts, wenn dieser Porter verhaftet ist. Er kann sich einen guten Anwalt nehmen und ohne weiteres da rauskommen. Warum sind Sie eigentlich alle so verrückt danach, rauszukriegen, wer es war?«

»Könnte Bill freikommen, was glauben Sie?« fragte ich Asey.

»Es sind schon merkwürdigere Sachen passiert«, erwiderte er. »Ich weiß es nich'. Aber all die kleinen Revolverblätter würden aufheulen, daß Massachusetts die reichen Leute laufen läßt, weil sie Geld haben; und dann gäb's 'ne Menge Gerede über 'n Kapitalismus und wie Bill, wenn er keinen Pfennig hätte, auf 'n elektrischen Stuhl müßte am Tag, nachdem er es getan hätte. Wir könnten Berufung einlegen und noch mal Berufung, denn soweit ich das sehe, gibt's nur Indizien gegen ihn, aber wahrscheinlich würde irgendwo irgendwas schiefgehen, und bis wir endlich so oder so das Urteil hätten, wäre Bill 'n armer alter Knastbruder mit grauen Haaren und ginge am Stock. Nein, ich kann den, der es war, schon irgendwie verstehen – Abe hat mir letzte Nacht noch 'ne Menge von seinem Bruder erzählt –, aber ich denke doch, wir müssen weiter versuchen rauszukriegen, wer es war.«

»Ich dachte, man könnte jemanden nicht aufgrund eines Indizienbeweises verurteilen«, bemerkte Emma.

»Na ja, so funktioniert das Gesetz. Das Gesetz sagt, ein Kind mit 'nem Gesicht voll Marmelade neben 'nem leeren Marmeladentopf und mit Magenverstimmung am nächsten Tag is' nich' schuldig, die Marmelade geklaut zu haben, wenn's niemand dabei gesehen hat. Kann ja sein, daß der Hund die Marmelade gefressen hat und dann das Kind mit dem Hund gespielt und so die Marmelade ins Gesicht gekriegt hat. Und die Magenschmerzen kamen vielleicht von ganz was anderem. Aber wenn's 'n Mordfall vor Gericht is', und die Zeitungen sind alle ganz aufgeregt, und das, was sich die öffentliche Meinung nennt, wird schon ganz rot im Gesicht, dann is' das 'n ganz andres Paar Schuhe. Fangen Sie in 'ner Zeitung an, den Bezirksstaatsanwalt zu reizen, und er wird behaupten, George Washington hätte Kirschen gestohlen und 'ne Konservenfabrik aufgemacht. Nein, ich glaub' nich', daß wir hier viel dem Zufall überlassen können.«

»Aber er war am Leben, als ich gegangen bin«, sagte Dot, »und als ich kam sowieso. Schließt das Bill nicht aus?«

»Vielleicht, vielleicht auch nich'. Es würde ihn ausschließen, aber Sie an seine Stelle setzen. Seh'n Sie, so weit ich das verstehe: Wenn es 'n Verbrechen gegeben hat, muß jemand dafür bestraft werden. Das is' so eine von den Vorstellungen, die die Leute sich gemacht haben, seit sie zivilisiert sind. Auge um Auge und so. Aber für mein Gefühl is' es dem Gesetz ziemlich egal, wer bestraft wird. Wenn sie den Richtigen erwischen, schön und gut. Wenn sie den Falschen erwischen, is' der, der das Verbrechen begangen hat, der einzige, der es weiß, und er oder sie wird seinen Kopf schon nich' in die Schlinge stecken. Aber ob es nun der Richtige oder der Falsche is', das Ergebnis is' ganz dasselbe. Die Zeitungen sind zufrieden, die Leute sind zufrieden, die Polizisten werden befördert, und alle denken, es is' doch 'n prächtiges und herrliches Land. Also, da haben Sie es. Für Sie wär' es schlimmer als für Bill, denn wie Abe schon sagte, wenn es zum Schlimmsten kommt, hat Bill immerhin genug Geld, um davonzukommen. Würde mich nich' wundern, wenn er nich' auch so davonkommen könnte, aber, wie gesagt, er is' zu reich, um ohne Ärger davonzukommen.«

»Sie haben ja keine sehr hohe Meinung von der Gerechtigkeit«, bemerkte ich. »Oder aber Sie legen zu viel Gewicht aufs Geld.«

»Überhaupt nich', Miss Prue. Wenn 'n armer Mann 'n Verbrechen begeht, wird er bestraft, weil er nich' genug Geld hat, um clevere Anwälte zu nehmen, die ihn rausholen. Wenn 'n reicher Mann in 'n Verbrechen verwickelt wird, hat er das Geld, um da rauszukommen, aber die Leute sind gegen ihn, weil er Geld hat. So wie ich das sehe, sollten alle Verbrechen begangen werden von den Leuten, die die Zeitungen die begüterte Mittelklasse nennen.«

»Alles schön und gut«, sagte ich, »aber ich sehe nicht, wie uns das irgendwie weiterbringt. Und wenn ich es auch nicht gerne sage, wir haben nicht mehr Beweise, daß Dot die Wahrheit sagt, als daß Schonbrun die Wahrheit sagt. Wir wissen auch nicht, wer der fremde Mann war, der sich bei der Hütte herumgetrieben hat, noch wissen wir etwas über die Frau in Weiß, wenn da eine Frau in Weiß war. Ich habe das Gefühl, daß wir überhaupt nicht vorwärtskommen.«

»Auf jeden Fall haben wir noch zwei Leute mehr, über die wir uns Gedanken machen können«, überlegte Asey. »Was ich wissen will, is' das mit der Sardinendose. Wir müssen da gleich was unternehmen.«

»Was wollen Sie denn deswegen unternehmen?« fragte Emma.

Bevor er antworten konnte, unterbrach uns Olga. »Junge will Mr. Bills Asey sehen.«

»Wer ist es?«

Sie zuckte die Schultern. »Junge aus der Stadt.«

»Bringen Sie ihn herein«, sagte ich.

Sie brachte einen sommersprossigen Burschen herein, den Asey freundlich begrüßte: »Hallo, Little Lon.«

Er erklärte uns übrigen: »Das hier is' Lonzo Bangs' Junge. Der ganze Ort nennt ihn so, aber das is' nich' sein richtiger Name, stimmt's?«

Der Junge schüttelte den Kopf und grinste. »Nein, Sir. Ich heiße Ebenezer Philemon Bangs, aber sie nennen mich Little Lon.«

Das fand ich nicht überraschend.

»Was können wir für dich tun?« fragte Asey.

»Eigentlich nichts. Pa sagt, ich soll sagen, er hat das Dory gestern nachmittag geholt, und er wollte wissen, können Sie ihm einen anderen Anker geben? Der jetzt dran ist, gefällt ihm nicht, zu leicht, sagt er.«

»Grundgütiger Gottfried«, seufzte Asey. »Wenn er 'n andern Anker will, soll er 'n andern Anker kriegen. Er kann den aus dem Tender von Bills Motorboot haben. Is' genau der gleiche, aber er kann ihn haben. Sag ihm aber, er soll sich nich' noch was Neues ausdenken.«

»Ist gut.« Little Lon machte keine Miene zu gehen.

»Hast du noch was auf dem Herzen?«

»M-hm. Ich wollte – ich war am Freitagabend hier oben auf dieser Seite vom Ort.«

»Ach was, tatsächlich?«

»M-hm. War ungefähr um acht Uhr. Der Hauptfilm fängt eigentlich nie vor Viertel vor neun an, und ich bin mit Hi White hier raufgefahren.«

»Was hat das mit der ganzen Sache zu tun?«

»Eigentlich nichts.« Little Lon war ein typischer Bewohner von Cape Cod. Nur ja die Fakten nicht übertreiben, dachte ich. »Außer daß ich ein Licht gesehen habe in dieser Hütte, wo Mr. Sanborn gewohnt hat.«

»Was?« Alle sechs sprachen wir wie ein sorgfältig einstudierter griechischer Chor. »Was?«

»M-hm. Da war ein Licht. Ich habe gesehen, wie es anging, als ich vorbeifuhr, und als ich zurückkam, so fünf Minuten später, war es nicht an.«

»Warum hat dein Pa uns das nich' erzählt?«

»Er wußte es nicht. Ich hatte es ganz vergessen, bis jemand in der Stadt gesagt hat, daß er vor sechs umgebracht worden ist. Ich habe es Pa gestern abend erzählt, und er hat gesagt, ich soll es Ihnen heute sagen.« Er wandte sich zum Gehen.

»Warte noch. Sind zu der Zeit irgendwelche Wagen am Strand langgefahren, oder haben hier welche am Weg geparkt?«

»M-hm. Jede Menge Knutschpärchen.«

»Auch 'n Packard-Reisewagen?«

»Meinen Sie den«, sagte Little Lon erfreut, »nach dem Sie Pa gefragt haben? Den von diesem Brown, den Sie hinter dem Haus geparkt haben? Nein. Ist mir nicht aufgefallen. Sagen Sie, hat der was damit zu tun? – «

»Keine Ahnung. Is' das alles, was du uns erzählen kannst?«

»Glaube schon.« Er grinste und setzte seine Schirmmütze wieder auf, deren Aufdruck verkündete, Nutter's Lacke seien die einzigen, die überhaupt in Betracht kämen, und ging.

»O mein Gott!« sagte Asey. »O mein Gott! Wer war das, und was hat er da gemacht? Der Himmel is' mein Zeuge, ich hab' noch nie 'n Kerl gesehen, der so viel Besuch bekommen hat, tot oder lebendig, wie dieser Sanborn.«

»Ich weiß«, tröstete ich ihn. »Aber was ist mit der Sardinendose? Sie wollten gerade etwas darüber sagen, als Bangs' Sohn Sie unterbrochen hat.«

»Jawoll, Betsey, was war in dem Notsitz von Lucinda, als ihr alle vom Kaufmann zurückgekommen seid? Was für Lebensmittel, meine ich.«

Betsey runzelte die Stirn. »Da waren ein, zwei Maiskolben, ein Eimer Venusmuscheln und ein Sack Kartoffeln und ein Dutzend Flaschen Ginger Ale und all die anderen Sachen, die wir beim Kaufmann geholt hatten. Ich hole Ihnen die Rechnung, wenn es Sie wirklich interessiert.«

»Nich' nötig. Wie viele Tüten außerdem?«

»Zwei oder drei auf jeden Fall.«

»Und Bill hat sich seine Sachen selbst geholt, ja? Mir is' aufgefallen, daß sie alle lose rumlagen.«

»Er hat sich selbst bedient.«

»Und hat er die Sachen auf den Notsitz getan oder ihr?«

»Er.«

»Also, dann kann ich, glaub' ich, erklären, wie diese Dose dahin gekommen is', wo sie war«, verkündete Asey. »Sehen Sie, Lucinda hat hinten so 'ne Art Hohlraum; überhaupt nich' wie 'n richtiger Notsitz in den neuen Roadsters. Und der war voll mit Lebensmitteln, klar?«

»Nein«, antwortete ich.

»Na, dieser Hohlraum is' schräg. Nach vorne und in der Mitte vom Wagen is' er richtig tief, aber nach hinten zu, wo das Reserverad liegt, is' er nicht höher als ein Fuß breit. Und Bill is'n faules Stück. Wahrscheinlich hat er einfach alles hinten reingestopft, wo das Verdeck nach unten geht. Es is'n richtig schweres Verdeck und ganz schön mühsam anzuheben. Es reicht ganz bis nach hinten, wo das Reserverad und der Kofferraum sind. Hört nich' zwei Fuß vorher auf wie heute in den Wagen, klar?«

Ich nickte.

»Wenn all' diese Sachen da gestapelt waren, ging der Notsitz nich' mehr zu. Und wenn Bill dann durch 'n Schlagloch gefahren is', sind die Sardinen, wenn sie, wie ich annehm', obenauf lagen, einfach rausgefallen. Mit Lucindas Federung is' kein Staat zu machen. Diese Sardinen waren nich' in der Tüte, weil, als ich unsere Sachen ausgepackt hab', lagen sie überall rum. Also is' die Frage, wo sie rausgeflogen sind? Gibt's 'ne Stelle, wo das vielleicht passiert sein könnte?«

»Ja«, sagte Betsey eifrig. »Gibt es. Ihr würdet es gar nicht merken in diesem Schlafwagen, in dem ihr durch die Gegend rollt, aber ich weiß es vom Fahren mit dem Kleinen. Auf der anderen Seite vom Tennisplatz hat das Wasser, das den Hügel herunterkommt, an der Seite der Straße ein Loch ausgespült.«

»An der Seite?« wiederholte Asey.

»Ja. Als wir am Freitagmorgen gerade an die Stelle kamen, ist uns ein Touristenbus entgegengekommen, der uns auf die Seite gedrückt hat. Das war da, wo ich mir auf die Zunge gebissen habe, weißt du noch, Dot?«

»Und wo du mir deinen Ellbogen in die Seite gerammt hast. Ja, ich erinnere mich.«

»Da is' sie wahrscheinlich rausgefallen. Ich weiß nich', warum ich nich' genug Grips hatte, früher drauf zu kommen. Is' mir einfach nie in den Sinn gekommen, nehm' ich an.«

»Hört mal«, fragte ich aufgeregt, »war diese Dose mit dem Schlüssel geöffnet worden oder mit einem Büchsenöffner, weiß das noch jemand?«

»Mit einem Büchsenöffner. Ich erinnere mich, weil mein Blick darauf fiel und ich in dem Moment dachte, daß niemand je eine Sardinendose aufbekommt mit dem Schlüssel, der dabei ist. Ich weiß genau, daß sie mit einem Büchsenöffner aufgesäbelt war«, erwiderte Emma.

»Dann«, sagte ich triumphierend, »laßt uns gehen und sehen, ob der Schlüssel noch da liegt.«

»Sie und ich gehen«, ordnete Asey an, »der Rest kann hierbleiben und meditieren.«

Bevor einer protestieren konnte, waren wir unterwegs.

»Ich mußte ganz dringend mit Ihnen allein reden«, sagte Asey, »und ich hatte keine Gelegenheit mehr dazu seit gestern abend. Aber ich will Ihnen was sagen. Wenn Bill schon dachte, daß Sanborn ölig war, wüßt' ich mal gern, was er von dem Bruder halten würde.«

»Haben Sie ihn im Verdacht?«

»Ich kann nich' sagen, daß ich irgend jemand besonders verdächtig finde – aber dieser Schonbrun! Hören Sie, er und Ananias sind so.« Asey hielt zwei Finger hoch. »Wissen Sie, wie diese Dose von da, wo auch immer sie gelandet is', zur Hütte gekommen is'?«

»Wie?«

»Der gute alte Abe Schonbrun hat sie mitgenommen, genau so.«

»Woher wissen Sie das?«

»Weil ich letzte Nacht, bevor ich in Riders Hütte ging, durch's Fenster reingeguckt hab', um mal zu schauen, ob mich da nich' irgendwas Komisches erwartete. Rider war gerade dabei, 'ne Dose Sardinen aufzumachen, oder vielleicht war es auch Hering. Er hat dabei den Schlüssel abgebrochen.« Asey hielt den Wagen an. »Kommen Sie, steigen wir aus und tun so, als ob wir suchen. Rider hat geflucht, aber Schonbrun hat gelacht und 'nen Schlüssel aus der Tasche gezogen. Rider hat ihn aber nich' benutzt. Er hat's gemacht, wie's alle machen, genau wie Mrs. Manton gesagt hat. Er ist hingegangen und hat 'n Büchsenöffner geholt. Ich hab's gesehen.«

Energisch kroch er auf allen Vieren herum.

»Ich mach' mir ja irgendwie ungern meine Sonntagshosen so dreckig, aber wir müssen 'ne gute Show abzieh'n. Die andern beobachten uns wahrscheinlich. Jedenfalls hat Schonbrun den Schlüssel wieder in seine Westentasche gesteckt. Aber letzte Nacht, als er und ich unsern kleinen Kampf hatten, hab' ich in seine Tasche gegriffen und mir den Schlüssel genommen. Ich hab' ihn mir später angesehen. Es is' genau so einer wie an Bills Dosen. Er is' fast zwei Zoll länger als die normalen Schlüssel und hat zwei Schlitze statt einen.«

Ich nahm mir einen Stock und stocherte eifrig zwischen den Lorbeerbüschen herum. »Wenn das so ist, wonach um alles in der Welt suchen wir dann? Es gibt doch gar nichts zu finden.«

»Ich weiß. Aber wir werden 'nen Schlüssel finden.«

»Das verstehe ich nicht.«

»Es is' genau so einer wie der, den ich bei Little Abie gefunden hab', der, von dem er nich' weiß, daß ich ihn hab'. Ich hab' ihn von einer von den anderen elf Büchsen genommen. Den finden wir und bringen ihn mit.«

»Warum?«

»Das will ich Ihnen erzählen. Wenn Sie 'n Köder in 'n Hummerkorb tun, wollen Sie noch genug Platz lassen, daß das Biest reinkommen kann. Dieser Kerl Schonbrun hat in allem die Wahrheit gesagt außer über diese Sardinen, und ob er seinen Bruder umgebracht hat oder nich'. Das heißt, er is' so nah an der Wahrheit geblieben, wie er konnte. Wahrheit und Unwahrheit sind wie die Seiten von 'nem Penny. Sie wissen nich', wo die eine anfängt und die andere aufhört, nur is' Schonbrun noch kompakter als die meisten Pennies.

Er denkt, wir glauben ihm jetzt alle. Is' mir die ganze letzte Nacht um den Bart gegangen, wie gut und wie schlau ich doch bin, bis ich dachte, bald is' er so weit, daß er mir meine Mückenstiche kratzt. Was diese Sardinen angeht, gibt es was, was er auf keinen Fall rauskommen lassen will. Also lassen wir ihm seinen Willen, aber wir wollen ihn ’n bißchen aus dem Konzept bringen. Er denkt, er hat uns reingelegt. Aber wir bringen diesen Schlüssel mit und zeigen ihn ihm, und vielleicht verrät er sich. Das hat er schon mal getan.«

»Was ist mit Dot?« fragte ich und wühlte unter einem Stein.

»Ich weiß nich’, was mit Dot is’. Ich weiß das bei keinem. Die Verdächtigen und die Schuldigen sehen sich äußerlich ganz ähnlich. Da gibt’s keine krassen Unterschiede. Aber jetzt stoßen Sie mal ’n Freudenschrei aus und klatschen in die Hände für unser Publikum. Ich find’ jetzt den Schlüssel und steck’ ihn in die Tasche, dann gehen wir zurück und sind pfiffig. Little Abe is’ ein ganz kleines bißchen zu scharf drauf, diese Sache untern Tisch fallen zu lassen. Ich will wissen, warum.«

Wir stiegen in den Wagen und fuhren zurück. »Sie richten sich nach meinem Stichwort, ja, Miss Prue? Sie und ich haben bis jetzt allem zugestimmt, was die andern gemeint haben, und wir machen einfach so weiter. Die Leute reden einfach viel mehr, wenn man ihnen nicht widerspricht. Sie lassen sich irgendwie mehr geh’n, als sie eigentlich wollten.«

Wir schlenderten auf die Veranda.

»Ihr habt nichts gefunden, was?« fragte Schonbrun.

»Abe, du hast den falschen Eindruck von unsern Fähigkeiten als Detektive. Natürlich haben wir ihn gefunden. Schätze, das Papier war zerrissen, und der Schlüssel is’ rausgerutscht, als die Dose aus ’m Wagen fiel. Wenigstens sieht’s mir danach aus.«

Ich beobachtete Schonbrun, als Asey den Schlüssel aus der Tasche zog. Wie die anderen starrte er darauf, aber ganz leicht, ganz unwillkürlich bewegte sich seine Hand zu seiner Westentasche.

»Seid ihr nicht tolle Detektive? Ich finde, ihr seid richtig gut«, erklärte er bewundernd.

»Ja, sind wir das nich’?« entgegnete Asey.

»Muß man euch lassen. Und wenn ihr jetzt noch den Kerl findet, der diese Dose von der Straße mitgenommen hat, oder wer auch immer sie gegessen und da liegengelassen hat, dann würde ich sagen, habt ihr den Kerl, der es war.«

Sein Gesicht wurde totenbleich, als Asey ihn ansah und sanft sagte: »Warum hast du das nich’ gleich gesagt, Abe?«

Vierzehntes Kapitel
Kurth findet seinen Wagen

Was gleich gesagt?« fragte Schonbrun kampflustig. »Wovon redest du?«

»Warum hast du uns nich' gleich gesagt, daß diese Sardinenbüchse so unheimlich wichtig is'?«

»Warum ich es nicht gesagt habe? Seid ihr nicht danach rumgekrochen, seit ich euch getroffen habe?«

»Vielleicht haben wir uns drüber Gedanken gemacht, aber keiner von uns hat gesagt, daß derjenige, der sie gefunden hat, den Mord begangen hat. Das war ganz allein deine Idee. Und was ich wissen will, is', warum hast du nich' schon früher was dazu gesagt?«

»Ich wußte doch, daß du versuchen würdest, mich da reinzuziehen«, sagte Schonbrun erbost. »Hier bin ich und tue, was ich kann, um dir zu helfen, o Mann, und du fesselst mich noch und – «

»Und«, unterbrach ihn Asey, »mit der Hilfe von 'n paar von Uncle Sams Banknoten mit 'm großen C in der Ecke stellen wir dir 'n paar Fragen.«

»Habe ich die etwa nicht verdient? Hä? Seid ihr nicht gekommen und habt mich mit Gewalt mitgenommen, wo ich mich doch bloß um meinen eigenen Kram gekümmert habe wie ein anständiger Bürger?«

»Laß uns nich' wieder damit anfangen. Wir sind das schon so oft durchgegangen, daß ich es jetz' auswendig kann. Jetz' sag' mal, warum du meinst, daß der Kerl, der die Sardinen genommen hat, auch den Mord begangen hat?«

»Ich weiß nicht«, erwiderte Schonbrun etwas verdrossen. »Ich dachte nur.«

»Dir ist wohl nich' aufgefallen, daß du derjenige mit den besten Chancen warst, diese Dose zu finden, ich meine, der mehr Gelegenheit dazu hatte als jeder andre? Du bist da vorbeigekommen auf 'm Weg zur Hütte, und mir scheint, daß du sie gefunden hast. Stimmt's?«

»Nein. Ich habe dir schon eine Million mal gesagt, das habe ich nicht. Hat sie nicht den halben Tag lang da gelegen, hä? Warum gerade mich rauspicken?«

»Schaut mal«, sagte Betsey aufgeregt, »da kommt einer von den Polizisten, die gestern hier waren.«

»Du gehst ins Eßzimmer und bleibst da«, befahl Asey Schonbrun. »Is' das Kurth?«

»O ja, das ist er«, sagte Betsey.

Der Polizist und Kurth kamen mit großen Schritten ins Wohnzimmer. Sie sahen etwas grimmig aus.

»Hören Sie mal«, sagte der Beamte, »dieser Mann meldet, daß ihm sein Wagen gestohlen wurde, und Sie sagen, er wurde Ihnen gestohlen, aber wir haben New York angerufen, und es ist tatsächlich seiner. Was wird hier eigentlich gespielt?«

Kurths Begrüßung war kühl. »Ich bin sicher, da liegt ein Irrtum vor. Es ist sehr nett, Sie alle wiederzusehen, Miss Whitsby, aber ich wünschte, Sie würden mir sagen, warum Sie sich meinen Wagen angeeignet haben.«

Flehend blickte ich auf Asey, der nicht aufhörte zu strahlen.

»Das hätten wir nich' tun dürfen, Officer. Aber wir seh'n zu, daß Sie keinen Ärger kriegen, und, hm, wir werden Sie dafür entschädigen.«

Mir gefiel Aseys Gebrauch des Plural-Pronomens nicht. Diese ganze Komplikation war ganz allein seine Schuld, und ich hatte von Anfang an gewußt, daß nichts Gutes dabei herauskommen würde. Aber er stand da und bezog uns alle ungeniert in seinen kleinen Spaß mit ein.

»Ein Spaß, hm?« Der Beamte musterte ihn kampflustig. »Es wird nicht so komisch werden, das dem Captain zu erklären. Er mag solche Späße nicht. Und Sie denken wohl, es war ein Spaß, daß wir diesem Mann seinen Wagen weggenommen haben und ihn meilenweit von allem seinem Schicksal überlassen haben? Ja. Ihr Leute habt einen schönen Sinn für Humor. Reden Sie weiter.«

»Das is' wahr«, fuhr Asey reumütig fort. »Klingt ja jetz' irgendwie gemein, aber so is' es gewesen. Wir haben Mr. Kurth im Ort in seinem Wagen rumfahren seh'n, und er hat uns überhaupt nich' zur Kenntnis genommen. Und dann –«, er zwinkerte Betsey zu.

»Also«, Betsey holte tief Luft. Ich dankte dem Himmel, daß das Mädchen Phantasie hatte. Ich selbst hätte nicht gewußt, wie ich fortfahren sollte. »Also, Mr. Kurth hatte dieses Wochenende kommen und uns besuchen wollen, aber unglücklicherweise hatten wir schon andere Gäste eingeladen. Und als wir ihn dann sahen und er uns nicht beachtete, dachten wir natürlich, er sei uns böse oder sowas.« Sie lächelte den Beamten an. »Also glaubten wir, es wäre doch irgendwie amüsant, zu sagen, sein Wagen wäre gestohlen, und ihn festnehmen zu lassen.«

Der Polizist sah sie wenig freundlich an. »Ach ja?«

Emma legte ihr Strickzeug beiseite. »Bestimmt, Lieutenant«, – er war eindeutig kein Lieutenant, aber er sah sie mit größerem Respekt an, als er bis jetzt für einen von uns gezeigt hatte. »Bestimmt verdächtigen Sie uns doch nicht, daß wir richtige Kriminelle sind, nicht wahr? Sehen Sie, wir hatten das Gefühl, Mr. Kurth könnte uns böse sein, wie Miss Whitsby schon gesagt hat, und wir wollten ihn gern sehen, weil er so lange fortgewesen ist. Wir dachten, es wäre doch ziemlich spaßig, ihn festnehmen und herbringen zu lassen, weil wir das Gefühl hatten, er würde nicht von sich aus kommen. Und Sie müssen doch zugeben, es ist eine einzigartige Methode, Leute dazu zu bringen, einen zu besuchen.«

»Da sagen Sie was«, meinte der Beamte. Unsere langen und ausführlichen Erklärungen bewirkten wenig bei ihm. Es war ganz offensichtlich, daß wir seiner Meinung nach unseren Spaß auf Kosten der Polizei hatten und daß er für seine Person nicht tatenlos zusehen würde, wie wir damit durchkamen.

»Also«, wandte sich Asey an ihn, »ich wette, Mr. Kurth hier hat Ihnen ’ne Belohnung ausgesetzt, oder?«

»Nein«, sagte der Beamte stur.

»Na, wahrscheinlich war er bloß zu aufgeregt. Also, nehmen Sie erst mal das für all Ihre Mühe. Sie wissen doch selber, Captain, wir konnten ja nich’ ahnen, daß ihr Jungs so clever seid, Mr. Kurths Wagen sozusagen direkt unter seiner Nase zu entführen, was Sie ja wohl getan haben. Na, is’ so nich’ alles in Ordnung?«

Der Polizist entspannte sich unter dem Einfluß von Aseys Rhetorik oder dem seiner Brieftasche. »Tja, wenn Sie sagen, alles ist in Ordnung, dann ist es das wohl, und ich lasse es mal durchgehen. Wie denken Sie darüber, Mister?« Er wandte sich an Kurth.

»Mr. Kurth«, warf ich hastig dazwischen, »hat Sinn für Humor, und ich bin sicher, daß er so freundlich ist und uns unseren gräßlichen Streich verzeiht, nicht wahr, John?«

Er sah uns alle verständnislos an. »Tut mir leid, daß ich so viel Aufhebens gemacht habe, wenn das wahr ist«, sagte er lahm. »Nur wird man normalerweise, wenn man entdeckt, daß sein Wagen weg ist und sich anscheinend in Luft aufgelöst hat, nicht daraus schließen, daß jemand einen so dringend sehen will, daß er einen von der Polizei herbringen läßt.« Er lächelte und legte noch einen Schein zu Aseys Spende dazu. »Es ist alles in Ordnung, Officer. Vollkommen in Ordnung. Sie brauchen keine Anzeige zu erstatten und es nicht mal zu melden, wenn Sie nicht wollen.«

»Werden Sie uns jemals verzeihen, Johnny?« fragte Betsey, als der Polizist gegangen war. »Es war abscheulich von uns, aber es kam uns furchtbar komisch vor in dem Moment. Wirklich.«

»Denken Sie nicht mehr daran«, beruhigte er uns. »Schlimm war nur, daß ich gerade Terry Carpenter besuchte, und der lebt meilenweit draußen auf so einer Sanddüne. Sie wissen, wo das ist, oder? Peaked Hill nennt man die Gegend. Und zurückzukommen, nachdem ich hektarweise Sand durchgepflügt hatte, und meinen Wagen nicht mehr vorzufinden, und das meilenweit von irgendwo, das war, gelinde gesagt, deprimierend. Aber dann hat mich jemand nach Provincetown mitgenommen, und ich habe Alarm geschlagen.« Er lachte. »Das ist was Neues. Denken Sie mal an die Möglichkeiten, wenn man die Wagen anderer Leute als gestohlen meldet!«

»Warum sind Sie uns nicht besuchen gekommen, wenn Sie schon hier auf dem Cape waren?« fragte ich.

»Ich wußte, Sie würden das Haus voll Besuch haben, und ich dachte, es wäre nicht so das Richtige, nachdem ich mich selbst um eine Einladung bemüht hatte. Wie lange habe ich Sie nicht gesehen? Zwei Jahre?«

»Bestimmt«, antwortete ich. »Aber wo logieren Sie?«

»Unten in Provincetown«, sagte er. Asey und ich sahen uns an. »Ich habe es hier im Hotel versucht, aber es war alles besetzt. Ist nicht hier in der Gegend der Mord passiert? Haben Sie deshalb draußen die Seile? Wie ich höre, hat man Bill Porter verhaftet. Das ist hart.«

»Es ist mehr als hart«, erwiderte ich. »Aber hören Sie, haben Sie nicht Sanborn gekannt? Wir haben furchtbar viel Mühe, etwas über ihn herauszufinden.«

»Ich kannte ihn geschäftlich, das ist alles.«

»Mr. Kurth.« Dot, die ihn angestarrt hatte, seit er ihr vorgestellt worden war, ergriff das Wort. »Waren Sie nicht derjenige, der damals gegen Dale geklagt hat? Mir ist, als ob ich mich an Ihren Namen erinnere. Dale hat mir davon erzählt.«

Kurth sah sie an. Sein Gesicht war blaß unter der tiefen Sonnenbräune.

»Geklagt?« wiederholte er mit unsicherer Stimme.

»Ja, wegen Personen in seinem Buch oder so was.«

»Ach, ja! Ja, natürlich.« Seine Stimme klang erleichtert. »Diese Klage. Es gab einigen Ärger wegen des Buches. Natürlich. Ja. Es gab eine Klage, aber es ist uns gelungen, uns außergerichtlich zu einigen.« Seine Erklärung klang ungezwungen. »Ich hatte das alles schon fast vergessen.«

Ich hätte Dot mit dem größten Vergnügen umbringen können, weil sie ihm ein Stichwort für seine Antwort geliefert hatte. Auch Asey wirkte aufgebracht.

»Sie sind einige Zeit nicht mehr in der Gegend gewesen«, bemerkte ich.

»Nein, ich war bis vor ganz kurzem in China. Habe da für eine Zeitung gearbeitet. Aber erzählen Sie mir doch alles über den Fall Sanborn. Bill Porter war es nicht, oder doch?«

»Wir glauben es nicht«, sagte ich, »aber es ist eine durch und durch merkwürdige Sache.«

»Wie wurde er denn umgebracht? Was die Waffe betrifft, waren die Zeitungen nicht sehr mitteilsam.«

»Wir wissen nicht, womit er umgebracht worden ist, nur daß es ein stumpfer Gegenstand war. Der Sheriff hier hat sich darauf versteift, daß die Waffe ein von Bill geschwungener Hammer war, einer, den Dale Sanborn von uns geborgt hatte. Das heißt, er glaubt, es war der Hammerstiel. Aber genau weiß es natürlich niemand.«

»Hat denn keiner versucht, es herauszufinden?«

»Der Sheriff ist sich so sicher mit Bill und dem Hammer, daß er gar nicht versucht hat, noch andere Spuren zu verfolgen.«

»Aber gibt es denn keine Fußspuren oder Fingerabdrücke oder dergleichen?«

»In dem weichen Sand um die Hütte würden Füße keine Spuren hinterlassen.« Ich fragte mich, ob ich es mir nur einbildete oder ob Kurth tatsächlich erleichtert aufatmete. »Und Fingerabdrücke«, fuhr ich fort, »sind zu modern für diesen Winkel der Erde hier.«

»Und keinerlei Indizien?«

»Es gibt genug Indizien, aber sie sind keine so riesige Hilfe. Das größte Rätsel im Moment ist eine Sardinendose von Bill, die unter dem Tisch gefunden wurde und die jemand aus Bills Wagen oben in die Hütte gezaubert hat und deren Inhalt von einer unbekannten Person verzehrt wurde.«

Kurth nickte nachdenklich. »Das ist zu viel für mich. Es sieht alles so einfach aus. Ich meine, nicht eigentlich einfach, aber doch auch nicht besonders kompliziert.«

Ich rümpfte die Nase. Wenn John Kurth sich einbilden wollte, daß unsere Entdeckungen seit gestern morgen einfach und unkompliziert gewesen waren, konnte er das gerne tun. Aber ich wußte es besser.

»Ich hab' Abe ganz vergessen«, erinnerte sich Asey zerknirscht. »Betsey, läufst du bitte und sagst ihm, daß er rauskommen kann?«

Schonbrun kam herein, warf einen Blick auf Kurth und grinste vergnügt. »Aha, ihr habt ihn? Das ist gut.«

»Haben wen?« fragte Asey.

»Den Kerl, von dem ich erzählt habe, der Freitag nachmittag im Wald hinter der Hütte rumgewandert ist.«

»Meinen Sie mich?« Kurth lachte gelassen. »Mein lieber Mann, Sie irren sich leider. Ich war Freitag nachmittag in Boston.«

»Ich irre mich nicht. Sie hatten einen grauen Anzug an, ein grünes Hemd, eine grüne Krawatte und ein blaues Barett. Ich hätte gedacht, ohne das erkenne ich Sie nicht, aber ich erinnere mich an Ihr braungebranntes Gesicht. Ich weiß, daß Sie es waren.«

Kurth wandte sich an mich. »Können Sie mir nicht erklären, worum es hier eigentlich geht?«

»Mr. Schonbrun glaubt«, sagte ich langsam, »daß er Sie am Freitag hier gesehen hat. Er hat uns geholfen, das heißt, Asey und mir.« Ich wußte nicht weiter.

Asey kam mir zu Hilfe. »Wir haben versucht, Bill Porter rauszuholen, und Abe hat dabei geholfen. Er hat Freitag 'n Mann hinter der Hütte gesehen und glaubt, Sie waren das.«

»Tut mir leid. Ich meine, es tut mir leid, Ihre Entdeckungen in diesem Detektivspiel zunichte machen zu müssen, aber ich bin wirklich nicht der Mann. Sehe ich so aus, als würde ich grüne Hemden und Baretts tragen?«

In seiner weißen Flanellhose, der braunen Jacke, dem weißen Hemd und der braunen Krawatte sah er allerdings eher aus wie einem Modeheft entsprungen.

»Ich weiß nicht, was Sie für einer sind«, sagte Schonbrun mit Bestimmtheit, »aber ob Sie nun grüne Hemden tragen oder nicht, Freitag nachmittag hatten Sie eins an.«

Asey sah ihn an. »Vielleicht irrst du dich, Abe. Vielleicht war's nur jemand, der Mr. Kurth ähnlich sah. Vergiß es einfach.«

Mit etwas Verspätung erinnerte ich mich an Aseys Anweisung, sein Stichwort aufzunehmen. »Ja«, stimmte ich zu, »vielleicht reden wir am besten nicht mehr darüber.«

Schonbrun sah von mir zu Asey und wieder zu mir. »Na gut. Mir soll's egal sein. Euch beiden kann man es wohl überhaupt nicht recht machen. Ich gebe euch Informationen, und ihr werdet ganz aufgeregt, und zehn Minuten später wollt ihr, daß ich es einfach vergesse. Mir soll's egal sein. Mache ich.«

»Haben Sie etwas gehört von – « Ich versuchte, taktvoll zu sein und Kurth doch nach Maida zu fragen, aber das war nicht ganz einfach.

»Von Maida?« Er war sehr gleichgültig. »Nein, gar nichts. Ich glaube, sie ist in Paris.«

»Wir bekommen noch mehr Besuch«, sagte Emma mit Betonung.

Ich schaute zur Tür, wo Dr. Reynolds stand und wartete.

»Guten Morgen. Wahrscheinlich haben Sie mich nicht gehört. Wie geht es dem Kopf, Asey? Miss Prue, wo hat dieses Seepferd denn letzte Nacht seine Prügel bezogen?«

»Dem Kopf geht's besser«, erwiderte Asey. »Ich hab' doch gesagt, ich hab' mich verletzt. Bin vom Dach gefallen.«

»Sie haben mir nichts dergleichen erzählt«, protestierte er.

Mir fiel ein, daß ich sehr bald Schonbrun und Kurth würde vorstellen müssen, und ich fragte mich, wie ich das machen könnte, ohne daß der Arzt alles über die beiden wissen wollte.

Asey löste das Problem. »Das hier is' Abe, Doc, und das is' Mr. Kurth.«

»Natürlich, Mr. Kurth.« Der Arzt gab ihm die Hand. »Ich erinnere mich noch ganz genau an Ihren Grand Slam, als Sie das letzte Mal hier waren. Sie hatten ihn geboten, wenn Sie sich erinnern, und dann kontriert und rekontriert. Ich hatte Ihr Gesicht vergessen, Mr. Kurth, aber weder Ihre Leistung noch Ihren Namen. Dabei fällt mir ein, Miss Whitsby, haben Sie Mr. Kurth nach diesem Brief gefragt?«

»Um die Wahrheit zu sagen, er ist erst seit ein paar Minuten hier, und ich habe kaum Zeit gehabt, ›Guten Tag‹ zu sagen.«

Der Arzt musterte Schonbrun. »Ihren Namen habe ich nicht verstanden«, sagte er.

Schonbrun sah ihn ärgerlich an, gab aber keine Antwort.

»Abe«, sagte Asey hastig. »Abe. Er hatte 'n andern Namen, aber er hat ihn geändert. Einfach Abe. Is'n großer Bewunderer von Lincoln, wirklich.«

»Wirklich.« Der Arzt betrachtete Schonbrun. »Ja, ja. Natürlich. Irgendwie erinnert er mich an jemanden, den ich kenne, obwohl ich natürlich ein elendes Gedächtnis für Gesichter habe.«

»Es ist schwer, sich an alles zu erinnern, nicht wahr?« fragte Emma freundlich, wobei sie das ›alles‹ ganz leicht betonte.

»Ganz richtig«, erwiderte der Arzt. »Aber Sie hätten wohl nichts dagegen, wenn ich Mr. Kurth ein paar Fragen stelle? Immerhin bin ich für diesen Fall zuständig.«

»Machen Sie ruhig«, meinte Asey. »Wenn Mr. Kurth nichts dagegen hat.«

»Also, Mr. Kurth«, begann der Arzt, »bei meiner Untersuchung von Mr. Sanborn habe ich einen von Ihnen unterschriebenen Brief gefunden, aber als ich ihn Miss Whitsby zeigte, um ihre Meinung dazu zu hören, meinte sie, sie sei sicher, daß er nichts mit diesem Fall zu tun hätte. Sie erklärte sogar, Sie seien gar nicht im Land.«

Kurth warf Asey und mir einen raschen Blick zu. »Allmählich verstehe ich eine ganze Menge«, sagte er bedeutsam. »Miss Whitsby hat Ihnen die Wahrheit gesagt. Sie wußte nichts von meinem Aufenthaltsort, Doktor. Haben Sie den Brief dabei?«

Der Arzt reichte ihn Kurth, und der las ihn aufmerksam durch.

»Ja, ich erinnere mich. Ich habe den Herrschaften hier gerade erzählt, daß ich Dale Sanborn in New York oberflächlich gekannt habe, und einmal habe ich auch gegen ihn prozessiert, aber wir haben uns dann bis auf ein oder zwei Punkte zu meiner Zufriedenheit außergerichtlich geeinigt. Sanborn hatte, um Informationen in dieser Sache zu erhalten, Mittel benutzt, die ich nicht gerade sehr ehrenhaft fand. Ich habe das erst vor einer Woche erfahren, und darauf bezieht sich der Brief. Ich gebe zu, es sieht ein bißchen bedrohlich aus nach allem, was geschehen ist, aber mehr ist an der Sache nicht dran.«

»Hat er Ihnen geantwortet?« fragte der Arzt.

»Nein. Ich dachte natürlich, mein Brief hätte ihn nicht erreicht, und Sie werden einen mehr oder weniger gleichen in seiner Wohnung in New York finden. Ich nahm an, die Information, daß er hier unten sei, wäre falsch gewesen. Ich hatte es in der Zeitung gelesen.«

Asey und ich sahen uns an.

»Ich bin hergekommen«, fuhr Kurth fort, »um Terry Carpenter zu besuchen. Sie kennen ihn, nicht wahr?«

»Der Künstler, der draußen auf den Dünen lebt? Ich habe von ihm gehört, aber ich kenne ihn nicht persönlich.« Der Tonfall des Arztes ließ erkennen, daß herumzigeunernde Künstler, die auf Sanddünen leben, unter seinen Bekannten nicht sehr zahlreich waren.

»Ja, ich bin hergekommen, um Terry zu besuchen, und ich dachte, es wäre eine gute Idee, gleichzeitig ein paar offene Fragen mit Sanborn zu klären.«

»Ich verstehe.«

John Kurths Geschichte war so, wie er sie erzählte, vollkommen aufrichtig und einleuchtend; das heißt, sie wäre es gewesen, wenn Asey und ich nicht gewußt hätten, daß er die Nacht zum Samstag unter anderem Namen in einem von Lonzo Bangs' Ferienhäuschen verbracht hatte, und wenn Schonbrun ihn nicht als den Fremden mit dem grünen Hemd identifiziert hätte.

»Ich verstehe«, wiederholte der Arzt. Es war offensichtlich, daß er nicht im Traum daran dachte, das Wort eines Mannes anzuzweifeln, der einen Grand Slam verdoppelt, rekontriert und schließlich gewonnen hatte.

»Das freut mich.« Kurth lächelte. »Der Brief klingt reichlich geheimnisvoll. Es wäre unangenehm für mich gewesen, wenn er jemandem in die Hand gefallen wäre, der mich nicht kennt. Ich weiß gar nicht, was ich mir dabei gedacht habe.«

»Ich verstehe«, sagte der Arzt zum dritten Mal, »aber was ist mit diesem Brief von Ihrer Frau?«

»Von meiner Frau?« Kurth war ehrlich verwirrt. »Aber ich habe keine Frau. Das heißt, Maida und ich sind geschieden.«

Der Arzt blickte mich vorwurfsvoll an. »Sie und Ihr Gerede von der Lucy-Stone-Liga. Wissen Sie, Miss Whitsby, ich will ja nicht unhöflich sein, aber je mehr ich darüber nachdenke, desto mehr will es mir scheinen, daß Sie mich belogen haben müssen. Tatsächlich, das kommt mir ganz entschieden verdächtig vor.«

»Seien Sie doch kein Vollidiot«, entgegnete ich würdevoll.

»Es tut mir leid, wenn ich Sie gekränkt habe, aber wirklich, es ist doch verdächtig, wenn mich jemand so in die Irre führt wie Sie. Und Asey auch.« Der Arzt schlug nachdrücklich mit der Faust auf den Tisch. Ich war überzeugt, daß er sich weh getan hatte. »Also, Mr. Kurth, Sie sagen, Sie und Ihre Frau sind geschieden?«

»Ja«, sagte Kurth knapp.

»Haben Sie eine Erklärung für diese Zeilen?« Er reichte ihm Maidas Brief.

Kurth las ihn eifrig. »Leider nicht«, antwortete er voller Bedauern. »Sehen Sie, er klingt genau so schlimm wie meiner, wenn man die Begleitumstände nicht kennt. Ich weiß nicht, was Maida macht, aber wahrscheinlich arbeitet sie, und dieser Brief wird mit ihrer Arbeit zu tun haben. Mehr Erklärungen kann ich Ihnen nicht anbieten. Aber es ist schon ein seltsamer Zufall.«

»Wissen Sie, ob sie hier unten ist oder wen sie besuchen könnte?«

»Mein lieber Doktor«, erwiderte Kurth liebenswürdig, »ich glaube, wir beide kennen in jeder Stadt auf dem Cape Leute, die hier den Sommer verbringen. Da bin ich mir ganz sicher. Sie könnte überall sein zwischen hier und Plymouth oder Provincetown. Ich kann es nicht sagen.«

»Hm.« Der Arzt steckte die Briefe wieder in seine Brusttasche. »Was diese Briefe betrifft, scheinen Sie auch keine größere Hilfe zu sein als Asey oder Miss Whitsby. Aber ich halte sie für wichtig. Zumindest den von Ihrer Frau, wenn schon nicht Ihren, Mr. Kurth. Ich werde schon mehr darüber herauskriegen, selbst wenn Sie behaupten, daß es Bridgeergebnisse wären oder Einladungen zu einem Golfturnier. Ich glaube, da steckt mehr dahinter. Ich werde es herauskriegen.«

Er polterte die Stufen hinunter und fuhr weg.

»Ein Hitzkopf, was?« bemerkte Kurth. »Ich hoffe wirklich, daß Sie herausfinden, wer der Schuldige ist, aber trotz dieser ziemlich belastenden Briefe kann ich Ihnen versichern, daß ich nicht der Mörder bin und Maida bestimmt auch nicht.«

»Der Doc is' nur sauer, daß er nich' mehr weiß«, versicherte ihm Asey. »Er is' nich' glücklich, bevor er nich' über alles Bescheid weiß. So is' er nun mal.«

Kurth erhob sich. »Ich fürchte, ich muß Ihnen allen ›Auf Wiedersehen‹ sagen. Terry hat sich furchtbar aufgeregt wegen meines Wagens, und ich möchte hinfahren und ihm Bescheid sagen, daß sich alles zum Guten gewendet hat. Ich komme Sie wieder besuchen, aber ich hoffe, Sie brauchen nicht wieder meinen Wagen deswegen zu stehlen.«

Asey gab unauffällig Zeichen mit seinem Zeigefinger.

»Aber Sie gehen doch noch nicht gleich, nicht wahr?« protestierte ich, während ich den Finger beobachtete und versuchte, daraus Anweisungen zu entnehmen. »Möchten Sie nicht ein Glas Ginger Ale oder irgend etwas, bevor Sie gehen? Betsey macht das schon, nicht wahr?«

Kurth zögerte. »Das ist sehr nett von Ihnen.«

Aber es war Asey, der von seinem Platz aufsprang und in die Küche ging, bevor Betsey einen Schritt machen konnte. »Ich hole es«, sagte er, als er hinausging.

Es dauerte einige Zeit, bis er mit einem Tablett und Gläsern zurückkam. Ich bemerkte, daß seine Hände schmutzig und ölverschmiert waren und daß sein rechter Daumennagel abgebrochen war.

Kurth trank sein Glas aus. »Sehr schön. Jetzt muß ich aber gehen.«

Wir begleiteten ihn alle nach draußen, wo sein Wagen neben der Garage stand.

Während seiner Abwesenheit hatte Asey mehr getan, als nur ein paar Flaschen Ginger Ale geöffnet. Er hatte sich offenbar gründlich als Einbrecher betätigt. Der Kofferraum des Reisewagens war durchwühlt worden, und ein offener Koffer lag auf dem Trittbrett.

Auf der Kühlerhaube hatte der unverbesserliche Asey einen grauen Anzug, ein grünes Hemd und eine grüne Krawatte ausgebreitet, und obendrauf thronte das Barett.

Fünfzehntes Kapitel
Asey tut geheimnisvoll

»Was habe ich Ihnen gesagt?« gluckste Schonbrun. »Wer hatte recht, Sie oder ich?«

»Sie haben das selbst da hingelegt.« Kurth versuchte zu bluffen.

»Schauen Sie sich den Namen in der Jacke an«, schlug Asey vor. »Vielleicht hab' ich auch ›John Kurth‹ da reingeschrieben? Mr. Kurth, ich hab' nich' vor, gemein zu werden, aber wenn die Leute mir nichts erzählen wollen, muß ich eben alles selber rausfinden, nich'?« Er betrachtete betrübt seinen abgebrochenen Nagel. »Sehen Sie sich das an. Das hier und 'n verschrammten Schädel, das haben mir die Ermittlungen bis jetzt eingebracht, und alles bloß, weil mir die Leute diese netten unschuldigen kleinen Sachen nich' erzählen wollen, die sie ohne schlimme Folgen erklären könnten, wenn sie bloß wollten und wenn sie nich' solche Angst hätten, daß jemand sie verhaftet. Sind Sie jetz' sauer, Mr. Kurth?«

»Ich bin überhaupt nicht sauer, Asey. Ich habe mich wie ein Narr benommen. Ich kann alles erklären, und ich brauche mich nicht so kindisch zu benehmen. Ich verstehe nur nicht, wie Sie dieses Schloß geknackt haben. Es ist einbruchsicher.«

»Ich war mal befreundet mit 'nem erstklassigen Bruchspezialisten aus St. Louis«, teilte Asey ihm mit. »Ein prima Koch außerdem. Ich hab' von ihm so 'n paar Tricks gelernt. Sollte sich die Versammlung jetzt nich' mal nach drinnen vertagen und diese Sache klären?«

Wir zogen wieder ins Wohnzimmer.

»Also, Mr. Kurth, ich möcht' ein paar Sachen rauskriegen, wenn's Ihnen nichts ausmacht. Mir scheint, als hätt' ich in den letzten anderthalb Tagen mehr Fragen gestellt als vorher in meinem ganzen Leben. Ich werd' mich um 'n Job in der Mannschaft vom Bezirksstaatsanwalt bewerben, wenn das hier vorbei is'. Also, Sie wollten Sanborn besuchen, nich'?«

»Ja.«
»Wann?«
»Ungefähr um Viertel nach oder zwanzig nach fünf am Freitagnachmittag.«
»Sie sind nich' die Straße hier raufgefahren. Wie sind Sie gekommen?«
»Ich habe meinen Wagen in der kleinen Sackgasse gelassen, ungefähr eine halbe Meile weiter oben an der Straße. Das letzte Stück bin ich zu Fuß gegangen und auf der anderen Seite des Hügels hochgekommen.«
»Sind Sie vorher schon mal dagewesen?«
»Nein.«
»Woher wußten Sie denn dann so genau, wie Sie hinkommen?«
»Die Wahrheit ist«, sagte Kurth zögernd, »ich bin hier früher am Tag schon einmal langgefahren. Am Vormittag. Da habe ich das Gelände erkundet. Ich wollte von den Leuten hier nicht gesehen werden, weil, na ja, weil ich nicht gesehen werden wollte.«
»Also sind Sie hintenrum gegangen. Jemand gesehen?«
»Nein, ich dachte, ich hätte jemanden gehört. Wahrscheinlich war das Ihr Freund hier, der so sicher war, mich gesehen zu haben. Aber in diesen Wäldern knackt es andauernd im Unterholz, und ich habe den Geräuschen nicht viel Bedeutung beigemessen.«
»Weiter. Was haben Sie in der Hütte gefunden?«
»Ich habe durchs Fenster hineingeschaut. Sanborn lag auf dem Boden.«
»Sind Sie nich' reingegangen?«
»Nein, bin ich nicht. Ich habe schon mal Tote gesehen, Asey, und ich wußte, daß der da tot war. Er war nicht ohnmächtig oder so etwas. Ich saß in der Patsche. Wenn ich nämlich zurückgegangen wäre und es jemandem gemeldet hätte, hätte man angefangen, mir Fragen zu stellen. Dann hätte man bei Miss Whitsby nach mir gefragt und erfahren, daß ich mich erkundigt hatte, ob ich kommen könnte. Dann wäre da der verdächtige Umstand, daß ich meinen Wagen abgestellt hatte und zu Fuß hier heraufspaziert war. Ich dachte, ein Kleinstadt-Sheriff würde einen Plan dahinter wittern und mich prompt ins Gefängnis stecken.«
»Haben aber 'ne Menge nachgedacht«, kommentierte Asey.

»Das tut man in so einer Situation. Dann fiel mir der Brief ein, den ich Sanborn geschrieben hatte. Es stand zwei zu eins, daß der irgendwo herumlag, und er würde gegen mich sprechen. Wissen Sie«, er wurde rot, »ich lese Kriminalromane, und anscheinend wird immer derjenige, der die Leiche findet, als erster verdächtigt. Ich habe Ihnen ja erzählt, daß ich geschäftlich mit Sanborn zu tun hatte und daß ich Grund hatte anzunehmen, daß er nicht zu den allerehrenhaftesten Leuten gehörte. *De mortuis* und alles, aber er hatte wirklich nicht den allerbesten Ruf.«

»Zu dem Schluß sind wir auch schon gekommen«, sagte Asey.

»Also war es nicht so sehr meine Sorge, daß das Schicksal ihn endlich erwischt hatte, sondern daß meine eigene Lage schwer zu erklären sein würde, jedenfalls mit einem Anspruch auf Wahrscheinlichkeit. Wenn ich gesagt hätte, daß ich ihn geschäftlich besuchen wollte, hätte man sich das Geschäft näher angesehen, und jemand hätte denken können, daß ich persönlich genug gegen ihn hatte, um ihn umzubringen. Also bin ich wie der Schurke im Film den Weg zurückgeschlichen, den ich gekommen war. Das ist wirklich alles. Ich sollte vielleicht noch dazu sagen, warum ich nicht gesehen werden wollte. Ich dachte, Miss Whitsby wäre vielleicht ungehalten, wenn ich hier auftauche, nachdem sie auf meine Bitte nicht reagiert hat.«

»War er mit ’ner Decke zugedeckt?«

»Wer? Sanborn?« Kurth sah Asey verständnislos an. »Nein, war er nicht. War er zugedeckt, als er gefunden wurde?«

»Ja. War er. So hat Miss Whitsby ihn gefunden.«

»Aber er lag einfach nur da, als ich ihn sah. Er war überhaupt nicht zugedeckt.«

»Wo waren Sie Freitagabend?«

»In Provincetown«, sagte John mit Nachdruck, aber so, als wollte er eher sich selbst überzeugen als uns.

»Warum sagten Sie, Sie wären Freitag in Boston gewesen?«

»Das war gelogen. Ich wollte sehen, ob ich mich nicht ganz aus der Sache heraushalten könnte.«

»Sie waren bestimmt nich’ hier im Ort?«

»Ich war in Provincetown. Fragen Sie die Leute im Red Inn.«

Asey grinste. »Und Sie haben wohl noch nie von ’nem Mann namens Brown aus New York City gehört.«

»Es gibt jede Menge Browns in der City. Der Name ist fast so verbreitet wie Smith.«

»Der Mann, den ich meine, heißt William K. Brown. Er fährt 'n brandneuen schwarzen Packard mit roten Speichenrädern. Die Nummer is' 11-C-11. Sicher, daß Sie dem noch nie begegnet sind?«

Kurth grinste. »Nicht schießen. Ich ergebe mich. Ich gebe es zu. Jedes bißchen. Woher wußten Sie das?«

»Glauben Sie wirklich, Sie könnten 'ne Nacht in 'nem Ort mit ungefähr neunhundert Einwohnern verbringen, die meisten davon klatschsüchtige Sommergäste und der Rest klatschsüchtige Einheimische, ohne daß Sie jemand entdeckt? Es geht einfach nich'«, sagte der Mann, als er versuchte, in seinen Ellenbogen zu beißen. Nein, Sir. Schon gestern morgen waren wir komplett über Sie im Bilde. Das war es, nich' das grüne Hemd oder der Brief, weshalb die Polizei Sie hierher gebracht hat.«

»Ich verstehe.« Kurth wirkte nicht beunruhigt.

»Schauen Sie, Mr. Kurth, wissen Sie wirklich nich' mehr über diesen Brief von Ihrer Frau?«

»Gar nichts, Asey. Ich wußte ehrlich nicht, daß sie auf dieser Seite des Atlantiks ist. Ich habe nicht die blasseste Ahnung, wo sie jetzt ist.«

»Hm.« Asey überlegte. »Also, Mr. Kurth, sind Sie damit einverstanden, für ein oder zwei Tage hier in der Gegend zu bleiben, wo wir Sie im Auge haben? Ich hab' keine Befugnis, Sie hier festzuhalten, aber ich denk' irgendwie, es wär' vernünftiger, wenn Sie bleiben würden.«

»Wie meinen Sie das?«

»Na, es wär' doch nich' gut für Sie, wenn wir dem Doc oder dem Sheriff von Ihnen erzählen würden, oder?«

»Mit Sicherheit nicht.«

»Tja, ich droh' ja nich' gern jemand, aber ich denk', wir müssen ihnen alles erzählen, außer Sie bleiben irgendwie in der Gegend, bis wir mit dieser Sache durch sind. Klar?«

»Ja, klar, ich bleibe.«

»Kann ich mich drauf verlassen?«

»Ich gebe Ihnen mein Wort. Ich bleibe hier, und wenn ich irgend etwas tun kann, um Bill herauszuholen, mache ich es.«

»So is' es richtig. Und jetzt, Miss Prue, möchte ich, daß Sie mit mir in die Stadt kommen. Ich will sehen, ob wir noch mehr Telegramme gekriegt haben. Nu is' ja Sonntag, und Zenas vom Telegrafenamt läutet in der Methodistenkirche die Glocke, ich weiß also nich', wie wir drankommen, aber das schaffen wir schon. Abe, bleibst du auch, wo du bist?«

»Na gut.«

»Also, Mr. Kurth, ich mach' Sie auf jeden Fall für Abe verantwortlich. Sehen Sie zu, daß er nich' irgendwohin verschwindet. Und Abe, ich glaube, es wär nich' schlecht, wenn du nich' so viel redest. Sitz einfach still und schau zu. Tu so, als ob du einer von diesen Affen wärst, die nichts Böses sehen und hören und reden. Verstanden?«

Schonbrun nickte.

»In Ordnung. Kommen Sie, Miss Prue. Wenn der Doktor hier reingeschneit kommt, haltet ihn bei Laune, aber erzählt ihm nichts.«

Wir bahnten uns einen Weg durch die Schar der Neugierigen, die immer noch am Seil herumlungerten, und fuhren die Straße am Strand entlang.

»Na«, sagte Asey, »was denken Sie?«

»Denken? Ich habe aufgehört zu denken. Ich habe keinen konstruktiven Gedanken mehr gehabt seit Freitagabend.«

»Sie kennen diesen Kurth besser als ich. Glauben Sie, daß er lügt?«

»Ich weiß nicht. Ich bin alles andere als glücklich über diese Idee mit dem ›Buch‹, auf die Dot ihn gebracht hat. Ich glaube nicht, daß das stimmt. Ich glaube auch nicht, daß er deswegen Schonbrun oder Sanborn, oder wie auch immer wir ihn nennen sollen, sehen wollte. Aber ich glaube, das andere, was er uns erzählt hat, ist wahr. Ich bin sicher, daß das stimmt, was er über seine Befürchtung gesagt hat, man könne ihn verdächtigen. Außerdem, wenn John Kurth es gewesen wäre, wäre er mittlerweile wieder auf dem Weg nach China. Er hätte nicht irgendwelche grünen Hemden herumliegen lassen. Dumm ist er auf gar keinen Fall.«

»Hätte aber auch einfach 'ne clevere Idee sein können, sich so 'n bißchen zu belasten, wenn er nämlich wußte, daß er sich nich' völlig aus der Sache raushalten konnte.«

»Das ist allerdings wahr. Aber ich bin sicher, daß er nichts von Maida weiß. Ich gebe zu, daß ich gedacht hatte, es gäbe irgendein Komplott zwischen den beiden, aber er hat ehrlich besorgt ausgesehen, als der Arzt ihm ihren Brief gezeigt hat. Ich wünschte, der würde sich da etwas heraushalten.«

»Er ist ’ne elende Nervensäge«, stimmte Asey zu. »Erinnert mich an ’n Glatzkopf, der so tut, als ob er Haare hätte. Plustert sich genau so auf. Was is’ mit Dot?«

»Ich glaube, sie hat uns endlich die Wahrheit gesagt, genau wie Sie es vorhergesehen hatten. Aber andererseits war Sanborn am Leben, als Bill wegging, wenn wir Bill glauben wollen, und am Leben, als sie ihn besuchte. Aber wenn wir Kurth und Schonbrun glauben wollen, war er etwas später schon tot. Wissen Sie, Asey, unser Problem ist, daß wir es mit ganz gewöhnlichen Leuten zu tun haben.«

»Wie meinen Sie das?«

»Jeder hat sich mehr oder weniger so verhalten, wie man es erwarten würde. Dot und Kurth haben beide zuerst gelogen. Aber als sie sahen, daß sie sich nicht völlig aus der Sache heraushalten konnten, haben sie uns die ganze Geschichte erzählt. Gegen beide spricht etwas, aber beide haben sich ein Hintertürchen offengelassen. Schonbrun hat uns noch nicht alles erzählt, jedenfalls glaube ich das nicht, und auch Kurth hält noch mit etwas hinterm Berg. Hier sind keine Superhirne am Werk, die uns in die Irre führen. Niemand hat falsche Spuren gelegt oder so etwas. Der tatsächliche Mörder hat nicht versucht, etwas zu vertuschen. Ich neige sogar dazu, Kurth zuzustimmen: Alles erscheint simpel, oder zumindest nicht kompliziert.«

»Vielleicht haben Sie recht.« Asey seufzte, als er vor dem Telegrafenamt vorfuhr. »Jetzt wollen wir mal sehen, wie wir an unsre Telegramme rankommen.«

Er beriet sich mit dem Gepäckmann.

»Er sagt, am besten rufen wir in Hyannis an und hören, ob was da is’. Is’ eigentlich bei Ihnen letzte Nacht noch irgendwas passiert, als wir weg waren? Ich hab’ glatt vergessen, Sie zu fragen, ob irgendwelche Reporter Sie belästigt haben.«

»Ich dachte, ich hätte mitten in der Nacht unten jemanden gehört, aber es war nur Dot, die sich eine Zigarette geholt hat.«

»Wär’ das nich’ schwer für die Leute«, sagte Asey mit einem Grinsen, »wenn sie keine Zigaretten oder Bücher oder Süßigkeiten hätten, hinter denen sie herlaufen können? Dot is’ also rumgewandert, ja? Wieso haben Sie sie gehört?«

Ich erzählte ihm von Ginger. »Er schien zu spüren, daß da mehr war als nur Dot. Ich hatte es furchtbar schwer, ihn wieder zu beruhigen. Ich glaube, er hat einfach nur irgend etwas gehört.

Vielleicht waren es Reporter oder dergleichen, die da herumschlichen.«

»Sie meinen, er hat sich auch noch komisch benommen, nachdem Sie und Dot wieder oben waren?«

»Ja. Aber Sie glauben doch nicht, daß es noch etwas anderes war, oder?«

»Keine Ahnung. Ich geh' rein und ruf' in Hyannis an und hör' mal, ob was für uns da ist.«

Er kam zurück. »Jimmy hat mir tausend Dollar für die Unkosten geschickt, und von dem Mann in Boston hör' ich, daß Kurth und Maida Sanborn wegen Verleumdung verklagt haben, und zwar vor zwei Monaten. Also, was halten Sie davon? Ob die beiden zusammen hinter dieser Sache stecken? Ich will Sie ja gar nich' von Ihrer Meinung abbringen, aber vielleicht hängen Mr. Kurth und seine Frau doch beide mit drin. Allerdings is' die Klage zurückgezogen worden. Und der Mann in New York sagt, was wir ja schon wissen, daß Schonbrun so was wie 'n Agitator war. Er wurde aus der Stadt verwiesen. Wann, hat Kurth gesagt, is' er aus China zurückgekommen?«

»Das hat er nicht genau gesagt. Nur, daß er erst vor ganz kurzem zurückgekommen ist, oder so. Aber diese beiden und eine Verleumdungsklage – das ist seltsam.«

»Und ob. Ich denke, vielleicht hat der alte Doc doch recht. Vielleicht steckt mehr hinter diesen Briefen, als wir gedacht haben. Macht's Ihnen was aus, 'n bißchen spazierenzufahren?«

»Natürlich nicht, aber wozu?«

»Ich will nachdenken«, sagte Asey erschöpft, »und ich kann besser denken, wenn ich in Bewegung bin.«

Vielleicht zwei Stunden lang brausten wir über Landstraßen und schmale baumgesäumte Wege. Aseys Stirn war gerunzelt. Wenn er einen anderen Anzug und einen Kneifer getragen hätte, hätte ich ihn für einen Bankpräsidenten halten können, der über eine Milliarden-Dollar-Anleihe nachdenkt.

»Wissen Sie«, begann er endlich, »ich glaube, da steckt noch mehr hinter dem, was uns Dot erzählt hat. Ich bin ziemlich sicher, daß auch bei dieser Sache mit Kurth und seiner Frau mehr dahintersteckt, als wir wissen, und ich bin sicher, daß Schonbrun uns was verheimlicht, was diese Sardinen angeht – aber ich glaub' nich', daß es einer von denen war, und ich glaub' auch nich', daß Bill es war.«

»Sie bringen mich zur Verzweiflung«, sagte ich. »Warum?«

»Die meisten Leute, Miss Prue, sind wie andre Leute. Ich meine nich', daß sich alle in allem gleich sind, das sind sie nämlich nich'. Aber bei all den Leuten, denen ich irgendwo begegnet bin, hat anscheinend jeder die eine oder andre Macke, mit der er genau so is' wie jemand anders. Erinnern Sie nich' auch manche von Ihren Freunden an andre Leute?«

»Ich glaube schon«, gab ich zu. »Aber worauf wollen Sie hinaus?«

»Ich hab' über die Leute nachgedacht, die mit dieser Sache hier zu tun haben. Ich hab' versucht, mich zu erinnern, wem sie ähnlich sind und was für Macken die andern Leute hatten, denen sie ähnlich sind. Nehmen Sie Dot. Sie war wahrscheinlich wütend genug, um Sanborn zu schlagen. Ich würd' nich' viel von ihr halten, wenn sie es nich' gewesen wär'. Aber sie hätt' ihm ins Gesicht geschlagen. Sie is' nich' der Typ, ihn so mit Bedacht umzubringen, wie er umgebracht worden is'. Ich hab' von Slough gehört, daß der Doktor sagt, die meisten Morde im Affekt werden mit 'nem stumpfen Gegenstand begangen. Das stimmt schon. Aber er hat auch gesagt, daß es 'ne Art Nackenschlag war. Die meisten Frauen wissen überhaupt nichts von Nackenschlägen. Wenn Dot ihm mit diesem Fernglas eins übergebraten hätte, hätt' sie ihn im Gesicht getroffen. Sie hätt' ihn nich' geschlagen, als er nich' hinsah. Bill hätt' ihm vielleicht eins aufs Maul gegeben, aber er hätt' nich' so 'n popligen alten Hammerstiel genommen. Und Jiu-Jitsu auch nich'. Die beiden sind einfach nich' so. Und Kurth hätt' auf ihn geschossen. In seinem Koffer war 'ne Knarre, die war geladen, und es lag auch 'ne volle Schachtel mit Patronen daneben, aber die Knarre is' seit Ewigkeiten nich' benutzt worden.«

»Aber hätte er sie nicht als stumpfe Schlagwaffe benutzen können?«

»Hätte er. Und das is' was, worauf ich nich' gekommen bin. Aber trotzdem hätt' er die Knarre so benutzt, wie Gott gewollt hat, daß man Knarren benutzt. Und der Bruder hätt'n Messer genommen. Er trägt eins, hab' ich entdeckt. Das war's, was mich letzte Nacht so zerkratzt hat, und nich' sein Stock. Ich hab' ihm das Messer abgenommen, aber ich hatte nich' die Kraft, mehr zu tun, als es so weit wegzuwerfen, wie ich konnte. Er is' genau wie dieser Kerl, von dem ich erzählt hab', daß er ihm ähnlich is'. Aber

Sanborn is' nich' mit 'm Messer umgebracht worden, und ich glaub' ganz ehrlich nich', Miss Prue, daß er den Mumm hat, jemand umzubringen, dieser Abe. Er hat mich eher aus Angst angegriffen – nich', um mich zu verletzen. Er hat viel zu viel Angst vor der Polizei, um was zu machen, was ihn für immer ins Gefängnis bringen würde. Nein, ich glaub' nich', daß es einer von denen war.«

»Wer dann?«

»Also, gehen wir mal diese Meute durch, die ihn besucht hat. Erst der Bruder, dann Bill, dann Dot, dann wieder der Bruder, dann jemand, der die Hütte nachts besucht hat. Also, meiner Meinung nach gab's jemand, der direkt nach Dot reingeschlichen is' und nach getaner Tat genau so schnell wieder verschwunden is', bevor Schonbrun eintraf. Haben Sie mal gesehen, wie 'n Schwarm Möwen hinter 'nem Fisch her is'?« fragte er plötzlich und stoppte den Wagen.

»Natürlich«, sagte ich ungeduldig.

»Schauen Sie, da drüben.« Er zeigte auf die Bucht. »Sehen Sie sich die Vögel an. Da is'n halbes Dutzend, die da kreisen und Sturzflüge machen. Sehen Sie, jede von denen hat sich an diesem Fisch versucht, und keine hat ihn erwischt. Aber sehen Sie die, die da kommt?«

Weit hinter den lärmenden Möwen schoß ein weißer Strich über den Himmel.

»Beobachten Sie die. Sehen Sie!«

Der Vogel flog hoch über dem kleinen Schwarm. Plötzlich stieß er wie ein landendes Flugzeug durch sie hinunter, packte den Fisch mit seinem zinnoberroten Schnabel und schoß davon, bevor die anderen es überhaupt gemerkt hatten.

»Das is' es, was ich meine«, sagte Asey nachdenklich. »Verstehen Sie? Es is' schnell gegangen, genau wie grade, aber auch mit Bedacht. Ich glaub' nich', daß es jemand war, der das vorher geplant hatte, aber er war schnell und dabei gründlich. Wenn es 'n Plan gegeben hätte, hätten wir mehr Spuren davon gefunden; wenn 'ne Spinne 'n Netz macht, findet man das. Es gibt überhaupt kein Tier, das sich an irgendwas ranmacht, ohne dabei Spuren zu hinterlassen. Das is' hier das Problem, Miss Prue, nich' so sehr, daß wir es mit gewöhnlichen Leuten zu tun haben. Sie können überhaupt keine Spuren von irgend 'nem Plan finden. Wenn's jemand vorher geplant hätte, hätt' er's höchstwahrscheinlich sowieso nachts erledigt, damit er oder sie, wenn's entdeckt wird, schon weit weg wäre. Wissen Sie, Cape Cod is' nich' grade der beste Ort auf der Welt, um 'n Mord zu begehen. Wenn Sie versuchen, auf 'm Seeweg zu verschwinden, müssen Sie sich furchtbar gut an der Küste auskennen; wenn Sie den Landweg nehmen, gibt's nur zwei Richtungen. Wenn Sie nach Provincetown gehen, sitzen Sie in der Falle. Von da kommt man nirgendwo mehr hin. Und wenn jemand nich' sehr schnell abhaut, kriegt man ihn, wenn er das Cape hochkommt. Das is', wie wenn man versucht, aus 'nem Flaschenhals zu kriechen.«

»Daran habe ich Freitagnacht gedacht«, stimmte ich ihm zu.

»Also glaub' ich nich', daß das vorher groß geplant worden is'. Und in diesem Fall is' der, der's war, immer noch da, weil's höchstwahrscheinlich jemand is', der jetzt nich' weg kann, ohne dadurch Ärger zu kriegen.«

»Aber wer?«

»Die einzigen andren Leute, die damit zu tun haben, soweit wir wissen, sind Sie, Betsey, Mrs. Manton und Olga. Olga und Betsey haben 'n Alibi.«

»Womöglich«, meinte ich ziemlich kühl, »glauben Sie, daß sie und ich zusammen es waren.«

»Hab' nichts dergleichen gesagt. Allerdings haben Sie beide nur Alibis wegen Ihrer eigenen Aussagen, aber ich muß zugeben, daß ich Ihnen beiden glaube. Tja, fahren wir mal nach Haus. Vielleicht kriegen wir die restlichen Stories aus diesen Leuten raus. Im Moment fühl' ich mich wie 'n Kind, das Verstecken spielt. Ich hab' sozusagen überall nachgeguckt, wo ich mir vorstellen kann, daß sich Leute verstecken, aber einer hat 'ne neue Stelle gefunden. Wir müssen noch mehr rauskriegen, bevor wir den finden, der sich noch nich' gezeigt hat.«

»Ich will doch nicht hoffen, daß Sie mich oder Emma Manton zu denen machen wollen, die ›es‹ sind«, sagte ich hochmütig. »Wirklich, ich habe Sanborn nicht umgebracht, und ich könnte mir eher vorstellen, daß ein Kamel durch ein Nadelöhr geht, als daß Emma schuldig ist.«

»Na, na«, sagte Asey beruhigend. »Nich' aufregen, sonst glaub' ich noch, Sie haben 'n schlechtes Gewissen. Hat keinen Sinn, auf mich sauer zu sein.«

Zu Hause fanden wir alle freundschaftlich auf der Veranda versammelt.

»Mr. Schonbrun hat uns ein Würfelspiel beigebracht«, teilte uns Emma gelassen mit. »Ich habe nicht mehr solchen Spaß gehabt, seit ich als Mädchen Flohhüpfen gespielt habe.«

»Emma Manton! Willst du mir etwa erzählen, daß du, ausgerechnet du, Würfel gespielt hast, und das am Sonntagmorgen?« Ich seufzte in gespieltem Abscheu, aber Schonbrun dachte, ich meinte es ernst.

»Sie brauchen sich um diese Dame hier gar keine Sorgen zu machen, ehrlich nicht. Sie hat mir meine Scheine abgenommen, und die anderen hat sie ausgenommen wie Weihnachtsgänse.«

»Anfängerglück«, sagte Emma bescheiden.

»Nicht nur das«, ergänzte Kurth, »sie hat jeden einzelnen von uns besiegt, jeden für sich und alle zusammen. Nur so zum Zeitvertreib.«

»Mein Glück kommt in Strähnen«, bemerkte Emma. »Und die Strähnen sind außerdem sehr dünn. Wo wir gerade vom Zeitvertreib sprechen, Prudence: Nicht, daß ich unhöflich sein will oder so, aber rieche ich Essen aus der Küche oder nicht? Mein Glück geht immer einher mit einem ebenso phänomenalen Appetit.«

»Tut mir leid. Ich habe völlig meine Pflichten als Gastgeberin vergessen. Ich gehe und sage Olga, sie soll sich beeilen.«

Asey stand auf. »Bemühen Sie sich nich', Miss Prue. Sie konnten ja nich' wissen, daß Sie heute dieses ganze Regiment verpflegen müssen. Ich geh' raus und helf' Ihrer Köchin – das is' irgendwie 'ne Arbeit, die besser zu mir paßt.«

Er verschwand in die Küche. Ich fragte mich, was er für einen neuen Einfall hatte, denn irgend etwas hatte er bestimmt vor. Es war durchaus möglich, daß er Olga helfen wollte, aber nachdem er Kurths Kleider entdeckt hatte, als er angeblich in der Küche war, konnte ich nicht anders als neugierig sein. Ich versuchte, etwas Konversation zu machen, dann entschuldigte ich mich unter dem Vorwand, nach dem Braten sehen zu müssen.

Ich kam gerade rechtzeitig in die Küche, um zu sehen, wie Olga einen kleinen Packen Geldscheine in die Tasche stopfte. Asey war mit einer blaukarierten Schürze bekleidet und offensichtlich ganz von einer kräftig aussehenden Soße in Anspruch genommen.

Er sah mich an und grinste. »Also, wir brauchen Sie kein bißchen, Miss Prue. Olga und ich kommen prima zusammen aus.

Sie laufen mal gleich wieder zu Ihrem Besuch zurück, und wir haben das Dinner fertig, ehe Sie ›Jack Robinson‹ sagen können.«

»Ich will aber nicht ›Jack Robinson‹ sagen. Und ich lasse mich nicht aus meiner eigenen Küche verjagen.«

»Natürlich nich'. Aber es wär' wirklich unvernünftig von Ihnen, hierzubleiben und zu schwitzen, wenn Sie nich' müssen.«

Mir fiel auf, daß Asey Mayo einen dazu bringen konnte, sich sehr lächerlich vorzukommen. Ich ging auf die Veranda zurück, aber nach ein paar Minuten hörte ich Olga nach oben gehen. Ich horchte, so gut ich konnte, während die Unterhaltung zwischen den anderen in vollem Gange war.

Olga ging in mein Zimmer.

»Habt ihr noch etwas rausgekriegt?« fragte Betsey.

»Überhaupt nichts«, erwiderte ich geistesabwesend. Jetzt ging Olga in Emmas Zimmer. Mir war, als hätte ich eine Schublade quietschen hören. Was hatte Asey vor?

»Habt ihr Bill in seinem Güterwagen gesehen?«

»Da sind wir nicht vorbeigekommen.«

»Habt ihr den Sheriff oder Doktor Reynolds getroffen?«

»Nein«, sagte ich gereizt, »wir haben überhaupt niemanden gesehen.« Olga war weiter ins Zimmer der Mädchen gegangen. Ich hörte eine Schranktür zuschlagen.

»Snoodles, Liebste, sei nicht sauer. Denk daran, wir sind nicht wie du in der ganzen Weltgeschichte herumgerast. Wir sind seit Ewigkeiten nicht mehr von hier weggewesen, und wir sind natürlich neugierig.«

»Ich weiß.« Ich nahm mich zusammen. »Wie hat es Ihnen in China gefallen?« fragte ich Kurth verzweifelt.

Kurth erzählte uns von China, und ich dankte dem Himmel, daß seine Stimme leise war und daß die anderen aufgehört hatten zu reden und ihm zuhörten. Ich hoffte, daß niemand seinen Monolog dazu benutzen würde, eine Uhr aufzuziehen, etwas, was eigentlich immer dann geschieht, wenn man angespannt auf etwas Bestimmtes horcht. Während ich ein interessiertes Gesicht aufsetzte, als hinge ich an jeder seiner Silben, horchte ich auf Olgas Schritte, wie ich niemals zuvor gehorcht hatte.

Sie war wieder in meinem Zimmer.

Wonach um alles in der Welt ließ Asey sie suchen und was tat sie jetzt in meinem Zimmer? Wen in diesem Haus hatte er im Verdacht? Und warum hatte er es mir nicht erzählt?

Sechzehntes Kapitel
Maida kommt zu Besuch

Als Olga herunterkam, entschuldigte ich mich noch einmal und folgte ihr in die Küche. Asey ließ gerade einen kleinen Gegenstand in seiner Tasche verschwinden.

Er grinste, als er mich sah. »Sie sind ja richtig beunruhigt wegen diesem Dinner. Aber es ist alles fix und fertig, und Sie können Ihre Leute von der Veranda zum Essen rufen.«

Ich sagte Olga, sie solle sie rufen. Als sie gegangen war, wandte ich mich an Asey. »Was ist hier los? Wonach haben Sie sie geschickt? Wen verdächtigen Sie jetzt?«

Asey grinste. »Wollen Sie wirklich wissen, was sie mir gegeben hat?«

»Und ob ich das will. Was war es?«

Er senkte die Stimme. »Ich hab'n Knopf verloren und brauchte 'ne Sicherheitsnadel. Sie is' grade oben gewesen und hat mir eine gesucht, die groß genug is'.«

»Erzählen Sie mir doch nicht solche faustdicken Lügen und erwarten noch, daß ich sie glaube. Was war es wirklich?«

»Wirklich und wahrhaftig, es war nur 'ne Sicherheitsnadel.« Er schälte sich aus seiner Schürze. »Und jetzt laufen Sie mal ins Eßzimmer und lassen mich meinen Schaden beheben.«

Nach dem Dinner schlug Betsey vor, schwimmen zu gehen. »Ich sehe eigentlich nicht ein, warum wir nicht zum Strand hinuntergehen sollten. Es sind nicht viele Leute da, und ich glaube nicht, daß uns jemand belästigen wird. Können wir?«

»Das könnt ihr ruhig machen. Oder glauben Sie, Asey, daß sich irgendeiner von diesen rasenden Reportern auf sie stürzt?«

»Ihr könnt ruhig gehen. Wenn's 'n Menschenauflauf gibt, könnt ihr immer noch nach Haus rennen. Klar, geht ruhig.«

Betsey ging zu dem Haken, an dem immer der Schlüssel zum Badehäuschen hing. »Wir müssen uns nacheinander umziehen. Hör mal, Snoodles, wo ist der Schlüssel?«

»Wo du ihn gelassen hast.«

»Aber da ist er nicht. Heute morgen war er noch da, ich habe ihn nämlich vor weniger als einer Stunde noch gesehen.«

»Vielleicht ist er vom Haken gefallen«, meinte Emma.

Betsey kniete nieder und suchte den Boden ab. »Nein. Was kann denn damit passiert sein? Das ist doch albern. Hat jemand ihn einfach mitgenommen, so wie Bill den Hammer mitgenommen hat?«

»Ich habe keine Ahnung. Hat ihn jemand gesehen?«

Keiner hatte ihn gesehen.

»Das ist absurd«, sagte Betsey mißmutig. »Wie können wir dann überhaupt schwimmen gehen? Das ganze Schwimmzeug ist im Badehäuschen.«

»Einbrechen«, schlug Dot vor.

»Das könnt ihr nicht machen«, erklärte ich streng. »Das letzte Mal, als wir einbrechen mußten, habe ich dem Schreiner gesagt, er solle es so richten, daß wir nicht wieder einbrechen könnten. Dies ist der vierte Schlüssel, der diesen Sommer verlorengegangen ist, und ich bin es endgültig leid, Rechnungen für Reparaturen an diesem Schloß zu bezahlen. Ihr könnt bis morgen warten und euch dann das Schloß herausfeilen oder einen neuen Schlüssel machen lassen.«

»Habt ihr keinen Ersatzschlüssel?« erkundigte sich Emma.

»Den hat Betsey letzte Woche verloren.«

»Und jetzt den Schreiner holen?«

»Geht nich'«, warf Asey ein. »Er is' Schiedsrichter in der Baseball-Liga, und heute is' er oben in Dennis.«

»Gibt es keine anderen Badeanzüge im Haus?« fragte Dot.

»Olga hat einen«, überlegte ich, »wenn euch orangefarbene Streifen nicht stören, und dann ist da noch meiner. Betsey, du hast doch irgendwo einen alten, oder nicht?«

»Dann sind die Mädchen versorgt«, bemerkte Emma, »und Mr. Kurth hat sein Badezeug wohl bei sich. Mr. Schonbrun und ich können dabeisitzen und zusehen. Ich möchte nicht in orangefarbenen Streifen erscheinen. Sie können sich ja hier umziehen.«

Nach vielem Hin und Her stiegen sie schließlich in Kurths Wagen und fuhren zum Strand hinunter.

»Na, Asey«, sagte ich, »wollen Sie mir jetzt erzählen, warum Sie Olga gesagt haben, sie solle den Schlüssel zum Badehäuschen wegnehmen?«

»Seit wann is' der Schlüssel zum Badehäuschen 'ne Sicherheitsnadel?« fragte er gedehnt.

»Sie müssen diesen Schlüssel haben. Ich weiß ganz sicher, daß es das war, was Olga Ihnen gegeben hat. Weshalb wollen Sie ihn haben?«

»Pfff«, erwiderte er. »Vielleicht hat Dot ihn letzte Nacht aus Versehen genommen, als sie nach ihren Zigaretten suchte. Oder er is' mit aufgefegt worden, als Olga gekehrt hat.«

»Aber Betsey hat gesagt, sie hat ihn heute morgen noch gesehen.«

»Nur weil sie so dran gewöhnt is', ihn da zu sehen; da hat sie's für selbstverständlich gehalten. Wahrscheinlich war er gar nich' da.«

»Hören Sie mal, Asey«, ich war indigniert, »Sie haben irgendeine Idee, und Sie halten sie vor mir geheim. Warum? Und was ist es?«

Asey sah aus, als könnte er einfach kein Wässerchen trüben. »Miss Prue, Sie haben sich so dran gewöhnt, Leute zu verdächtigen, daß Sie diese Gewohnheit einfach nich' mehr ablegen können.«

»Ihre unschuldige Miene überzeugt mich kein bißchen. Ich würde sagen, daß Sie es sind, der sich ans Verdächtigen gewöhnt hat, und ich fürchte, Sie verdächtigen mich.«

»Großes Ehrenwort«, sagte er bekümmert, »das is' es ganz und gar nich'. Was ich jetzt gern wissen möchte, is', was aus dieser Verleumdungsklage geworden is'. Kommt Ihnen das nich' irgendwie komisch vor?«

»Wenn Sie etwas nicht sagen wollen, kann man es wohl auch mit zehn Pferden nicht aus Ihnen herausbekommen. Ich weiß auch nicht mehr über Kurth und seine alte Verleumdungsklage als Sie. In aller Regel«, fügte ich ziemlich scharf hinzu, »haben die Leute einen guten und hinreichenden Grund für ihr Tun.«

»Mhm. Haben sie. He, da kommt der alte Doc wieder.«

Mit triumphierend strahlender Miene kam Reynolds die Stufen herauf. »Ich hoffe«, begann er selbstgefällig, »daß ich euch zwei Spürhunde nicht störe, aber ich habe da eine kleine Sache, die ich Ihnen gerne erzählen möchte.«

Er setzte sich, zündete sich eine Zigarre an und schlug seine langen Beine übereinander.

»Schießen Sie los«, sagte Asey müde.

»Das habe ich vor. Ich habe gerade einen Freund von mir in New York angerufen. Ein Mitglied des Bridgeclubs, dem ich angehöre. Er sammelt Sheratonmöbel, aber das tut nichts zur Sache. Kurth gehört auch diesem Club an, wenn Sie sich erinnern.«

»Nein«, sagte ich höflich.

»Ich habe ihn gefragt, ob er etwas über Kurth und Sanborn wisse. Das tat er. Kurth hat gelogen, als er sagte, daß er Sanborn ›wegen eines Buches‹ verklagt hat. Es war eine Verleumdungsklage.«

»Das haben wir auch schon rausgekriegt«, murmelte Asey.

»Warum haben Sie das dann nicht gesagt? Wirklich, Mayo, ich glaube nicht, daß es sehr fair oder sehr klug von Ihnen und Miss Whitsby war, alle Informationen so unter Verschluß zu halten wie in einem Safe der Bundesbank. Warum unternehmen Sie nichts deswegen?«

»Wenn Sie bei diesem Bridge oder Whist oder was auch immer Sie da so gerne spielen, einen Buben lange genug behalten, machen Sie dann nich' meistens 'n Stich damit?« fragte Asey.

»Was hat denn das damit zu tun?«

»Nichts, außer daß wir alle Buben im Spiel behalten. So spielen wir eben gern.«

Der Arzt schnaubte. »Außerdem ist Kurths Frau auch in die Sache verwickelt. Und Kurth und Sanborn sind ganz offen verfeindet, schon seit vier oder fünf Jahren. Einmal, vor ein paar Monaten, hat Kurth Sanborn in der Öffentlichkeit beschimpft und ihn zu Boden geschlagen.«

»Hat Sanborn sich gewehrt?« fragte Asey interessiert.

»Woher soll ich das wissen? Mein Freund hat jedenfalls gesagt, er hätte nicht. Aber begreifen Sie beide denn nicht, daß an der Sache etwas dran ist?«

»Nein«, sagte Asey.

Der Arzt biß in seine Zigarre.

»Na schön. Wenn Sie meine Vorschläge nicht akzeptieren und nicht danach handeln wollen, müssen Sie eben die Konsequenzen tragen. Ich gehe mit der ganzen Sache zu Sullivan. Viel dümmer als Sie kann er sich auch nicht anstellen. Ich bin der Überzeugung, daß Sie Kurth decken, oder aber«, – er ließ diese Spitze zum Abschied los, als er die Stufen hinunterging – »Sie waren es selbst.«

»Hm.« Asey sah ihm gedankenverloren nach. »Is' Ihnen je aufgefallen, Miss Prue, was für 'n neugieriges Volk die Ärzte sind? Alles wollen sie wissen, auch wenn sie immer so tun, als wollten sie's nur aus beruflichen Gründen, und wenn man ihnen nichts sagt, werden sie sauer. Aber ich seh' nich' ein, wozu er so viel rumwandert und versucht, noch jemand in die Sache zu verwickeln. Es geht ihn doch wirklich überhaupt nichts an. Wenn er noch öfter kommt, fang' ich noch an, ihn zu verdächtigen.«

»Warum tun Sie es nicht?« schlug ich vor. »Er und der Sheriff sind die beiden einzigen, die Sie übersehen haben.«

»Sie verstehen mich ganz falsch, Miss Prue. Ich versuche, meinen Teil Erfahrung einzusetzen und was ich so an gesundem Menschenverstand hab'. Mehr kann ich nich' machen. Wenn ich einer von diesen Kerlen wär', die sich 'ne Liste von Wörtern ausdenken, die die Leute sich dann anhören müssen und das erste sagen, was ihnen dazu einfällt, würd' ich das machen. Wie nennt man die Masche noch?«

»Wortassoziationen?«

»Genau. Also, wenn ich davon was verstehen würde, dann würd' ich das mal probieren. Wenn ich 'ne Ahnung von Fingerabdrücken und Mikroskopen und so was hätte, würd' ich das auch noch machen. Is' aber nich'. Wie 'n Kind, das 'ne Geschichte über zwei Äpfel und ein Stück Kuchen schreibt – ich versuch' keine geistigen Höhenflüge, sondern bloß, was ich kann. 'ne Handvoll gesunder Menschenverstand und 'n bißchen Phantasie sind eben genau so viel wert wie diese ganzen Theorien. Ich hab' Ihnen ja gesagt, ich hab' so 'ne Idee, daß da jemand kurz nach Dot reingeschlichen is' und es getan hat. Das könnt' sie selber gewesen sein oder Kurth oder seine Frau. Oder jemand anders. Ich hab' mir das alles auf meine Art zusammengereimt, und ich denk' irgendwie, meine Art is' die richtige.«

»Ich wollte nichts Abfälliges über Ihre Bemühungen äußern, Asey. Ich wollte nur, daß Sie mir erzählen, wonach Sie Olga suchen ließen.«

Er grinste. »Die Leute haben immer gesagt, daß Ihr Vater im Gericht jede Spur so hartnäckig wie ein Jagdhund verfolgt hätte, Miss Prue. Daß zwei Gewitter und Gott der Allmächtige ihn nich' aufhalten konnten, wenn er sich in den Kopf gesetzt hatte, was aus 'm Zeugen rauszukriegen. Sie sind wie er. Also, wie wär's, wenn Sie mir einfach vertrauen und es damit gut sein lassen? Ich weiß, das sieht komisch aus, daß ich hingeh' und 'n Schlüssel für 'n Badehäuschen klaue – «

»Dann war es das also?«

»Ja. Aber ich hab'n Grund. Also – «

»Aber warum haben Sie mich nicht danach gefragt? Ich hätte ihn Ihnen gegeben.«

»Ich weiß. Ich wollte nur sozusagen, daß es so aussah, als ob er verlorengegangen wär'. Das will ich immer noch. Und ich möchte, daß Sie niemand was davon erzählen.«

»Na schön.«

»Sagen Sie nich' mal der Katze 'n Wort. Versprochen?«

»Ich werde kein Sterbenswörtchen sagen. Aber ich finde es trotzdem ein bißchen idiotisch.«

»Sogar der alte Sherlock Holmes, Miss Prue, mußte ab und zu mal was Idiotisches tun, damit sich die Leute wieder über ihn wunderten. Mußte ihnen zeigen, daß er immer fünfzehn Meilen weiter gedacht hatte, damit sie dann sagen konnten, is' er nich' großartig, wenn er endlich damit rausrückte und ihnen alles erklärte. Vielleicht bin ich nich' so trans-trans-dings – «

»Transzendent?«

»Genau. Vielleicht bin ich das nich' so sehr, wie ich sollte, aber ich bin der Meinung, man sollte dem Publikum was bieten für sein Geld. Is' gut möglich, daß ich die Möwe schon im Auge hab', die den Fisch erwischt hat. Da kommt jemand, Miss Prue. Reporter, oder auch nich' – «

Ich drehte mich um und schaute.

»Das ist ja – Asey, es ist Maida.«

Sie war dünner und sah härter aus als bei unserer letzten Begegnung, aber sie war genau so reizend und so gut angezogen wie immer.

»Miss Prudence!« Sie küßte mich überschwenglich. »Ich sollte Sie wirklich nicht einfach so überfallen, aber ich habe in der Zeitung von dieser schrecklichen Sanborngeschichte gelesen, und daß Sie ihn gefunden haben und alles, und ich konnte einfach nicht anders, als Sie besuchen kommen. Diese Absperrung ist wirklich eine kluge Idee. Was für ein hinreißendes Haus und welch wunderbare Aussicht!«

Ich antwortete, wie Millionen vor mir auf solche Bemerkungen geantwortet haben: »Es gefällt uns.«

»Das möchte ich meinen. Aber haben die Reporter und die Leute Sie nicht zu Tode belästigt?«

»Der Arzt hat die Zeitungsleute abgehalten und das Seil die übrigen. Kennen Sie Asey Mayo?«

Sie lächelte ihn an. »Nein, aber Jimmy hat mir von ihm erzählt. Sagen Sie mir, was haben Sie getan, um Bill da herauszuholen?«

»'ne ganze Menge«, erwiderte Asey. »Haben Sie gestern auf der Straße von Provincetown vielleicht 'n Mann nach Wellfleet mitgenommen?«

Sie schien überrascht. »Sie meinen, am Nachmittag? Ja. Woher wußten Sie das?«

»Hatten Sie ihn schon mal gesehen?«

»Nicht daß ich wüßte. Warum fragen Sie?«

»Das ist bei mir in letzter Zeit so 'ne Gewohnheit geworden. Kann's einfach nich' mehr lassen. Bitte halten Sie mich nich' für unverschämt, aber sind Sie sicher, daß Sie ihn noch nie gesehen haben?«

»Ich bin sicher, obwohl mir einfällt, daß ich noch dachte, daß er mich an jemand erinnert. Ich weiß aber nicht an wen.«

»An Dale Sanborn vielleicht?«

Maida erhob sich von ihrem Stuhl. »Was wollen Sie damit sagen?«

»Jetzt regen Sie sich nich' auf. Wenn nich', is' ja alles in Ordnung. Haben Sie die kleine Nadel schon gefunden, die Sie verloren hatten, die mit Ihren Initialen?«

Maida schaute von Asey zu mir und wieder zurück. »Ich verstehe Sie nicht. Haben Sie das zweite Gesicht oder so etwas?«

Asey zog das Schmuckstück aus der Tasche und reichte es ihr feierlich.

»Wo haben Sie die gefunden? Woher wußten Sie, daß sie mir gehört?«

Ich erklärte ihr, daß Asey und ich auf eigene Faust einige Nachforschungen angestellt hatten.

Sie steckte sich die Nadel ans Kleid. »Ich verstehe es immer noch nicht.«

»Was dagegen, wenn ich Sie noch was frage?« wollte Asey wissen.

»Nicht, wenn Sie noch mehr gefunden haben, was mir gehört. Vor einer Woche habe ich eine entzückende Perlentasche verloren, und nichts wäre mir lieber, als wenn Sie sie jetzt aus der Tasche ziehen würden mit einem Kaninchen darin oder in eine amerikanische Flagge gewickelt.«

»Is' leider nich' so erfreulich, fürchte ich. Erzählen Sie mir, was Sie Freitag nacht in oder bei Sanborns Hütte gemacht haben.«

Sie stampfte mit dem Fuß auf. »Aber ich war nicht dort.«

»Aber wir wissen, daß Sie dort waren, Mrs. Kurth.«

»Bitte nennen Sie mich nicht so.«

»Na gut. Miss Waring also. Sie waren da, nich'?«

»Das war ich mit Sicherheit nicht.«

»Na, wo waren Sie dann?«

»Ich war bei Freunden in Hyannis.« Sie wandte sich an mich. »Sie kennen doch die Cutlers, nicht wahr?«

»Ja«, sagte ich. »Aber die sind letzte Woche nach Kalifornien gefahren. Tut mir leid, Maida, aber das stimmt.«

Sie war still.

»Erzählen Sie uns nich' besser gleich alles, Miss Waring?« schlug Asey vor. »Wird ja doch nur irgendwie unangenehm, wenn Sie's nich' tun. Also, Sie waren Freitag nacht bei der Hütte?«

»Ja, ich bin hingefahren.«

»Und Sie haben Sanborn gefunden?«

»Ja. Er war tot.«

»Und was haben Sie gemacht?«

»Ich hatte eine Taschenlampe. Ich habe ihn mir angesehen, merkte, daß er tot war, und bin wieder gegangen.«

»Hm. Weswegen wollten Sie ihn sehen?«

»Geschäftlich.«

»Miss Waring«, sagte Asey matt, »würden Sie jetzt mal mit dem Lügen aufhören! Miss Prue und ich beschäftigen uns seit gestern morgen mit dieser Sache. Wir wissen 'ne Menge. Wir wissen von Ihrem Brief, Versuchen Sie doch nich' zu kneifen wie die andern. Hab' immer gedacht, die menschliche Rasse sagt wenigstens ab und zu mal die Wahrheit, aber ich bin dabei, meine Meinung zu ändern. Das is' ja kein gewöhnliches Lügen mehr, das grenzt schon an 'ne Seuche. Also, jetzt erzählen Sie uns, warum Sie hingegangen sind und weswegen Sie ihn sehen wollten.«

»Es war eine rein geschäftliche Angelegenheit«, wiederholte Maida fest.

Asey richtete sich kerzengerade in seinem Stuhl auf. »Ich hab' es langsam satt, daß die Leute denken, ich wär' dumm, nur weil ich keine großen Wörter benutze. Ich hab' es noch satter, daß diese Leute mir ihr Anglerlatein erzählen. Und am sattesten hab' ich's, daß ich den Leuten alles aus der Nase ziehen muß. Tatsache is', ich werd' jetz' wirklich kannibalisch sauer. Das kommt schon seit einiger Zeit so langsam hoch. Geht ja nichts über Geduld. Man hat mir immer beigebracht, an Hiob zu denken. Aber zwanzig Hiobs und sechzig Griseldas würden das hier nich' aushalten. Miss Waring, ich geb' Ihnen noch eine Chance. Erzählen Sie mir, warum Sie und Ihr Mann diese Verleumdungsklage gegen Sanborn angefangen haben. Erzählen Sie mir, warum Sie ihn sehen wollten. Erzählen Sie mir, warum Sie niemand Bescheid gesagt haben, daß er tot war. Erzählen Sie mir, warum Sie diese Decke über ihn gelegt haben. Und zwar schnell.«

Ich sah Asey an. Seine Lippen waren fest zusammengepreßt. Seine Augen blitzten. Zum ersten Mal, seit ich ihn kannte, schien er durch und durch wütend zu sein. Seine nonchalante Gleichgültigkeit war weggeschmolzen wie Schneeflocken im April. Maida sah ihn an und beschloß zu antworten.

»Ich habe nichts gesagt, weil ich den Kopf verloren habe, als ich ihn da liegen sah. Ich war absolut zu Tode erschrocken. Ich berührte ihn, und da verließ mich der letzte Rest von gesundem Menschenverstand. Ich legte die Decke über ihn, weil ich das Gefühl hatte, irgend etwas tun zu müssen, und es kam mir nicht richtig vor, ihn einfach da liegen zu lassen. Das ist die Wahrheit.«

»Hoffentlich. Ich find's komisch, daß alle Leute, die ihn sahen und wußten, daß er tot war, sich einfach wieder verdrückt haben. Woher wußten die, daß er umgebracht worden war? Hätt' ja auch Herzversagen sein können oder ein Dutzend andre Sachen, aber trotzdem hatten alle Angst, was zu sagen. Is' ja nich' so, als wär' er erschossen oder erstochen worden.«

»Jeder, der Dale Sanborn kannte«, brach es aus Maida heraus, »hätte sofort gewußt, daß der nicht einfach so gestorben war. Man sagt, manche Menschen werden geboren, um aufgehängt zu werden. Dale Sanborn wurde geboren, um ermordet zu werden. Niemand, der ihn kannte, wäre dageblieben, wenn er ihn tot gefunden hätte, und niemand hätte es gemeldet. Denn jeder, der ihn kannte, hatte einen guten Grund, ihn umzubringen.«

»Das wissen wir«, sagte Asey abrupt. »Warum haben Sie so erstaunt ausgesehen, als Mrs. Howe Ihnen erzählte, daß 'ne Sardinendose neben ihm gelegen hat? Hatten Sie die nich' gesehen?«

»Nein. Ich habe völlig die Nerven verloren, als ich ihn fand. Ich habe die Dose überhaupt nicht bemerkt. Ich wußte nichts davon, bis sie es mir erzählte.«

»Sie haben uns noch nich' verraten, warum Sie ihn sehen wollten.«

Sie wiederholte, daß sie aus geschäftlichen Gründen gekommen wäre.

»Bitte erzählen Sie uns Ihre wahre Absicht«, drängte ich. »Wir haben Grund anzunehmen, daß das Bill entlasten und ihn aus diesem schrecklichen Güterwagen herausholen kann. Bitte tun Sie es doch.«

»Es war geschäftlich.«

»Na gut«, sagte Asey entschieden, »wenn Sie's uns nich' sagen wollen, bleibt mir nur eine Möglichkeit. Da kommen die andern. Das is' fein. Jetzt machen wir aber Nägel mit Köpfen. Beeilt euch, Leute. Ich will mit euch reden.«

Kurth sah Maida an. »Was machst du denn hier?« Er stürzte zu ihr und nahm sie in die Arme.

»Wie im Film«, kommentierte Asey. »'n schlechter, drittklassiger Film. Mr. Kurth, können Sie 'ne Minute warten? Ich hab' Ihnen was zu sagen.«

Kurth beachtete ihn nicht. »Du hast es auch herausgefunden? Wie hast du es herausgefunden? Bist du hergekommen, um ihn zu sehen?« murmelte er.

»Hören Sie mir jetzt zu?« dröhnte Asey mit seiner Achterdeckstimme.

Er wartete, bis John und Maida sich ihm zuwandten. »Also, wenn ihr jetzt alle zuhört, hab' ich was zu sagen. Ich hab' es satt, rumzuwursteln und leichtgläubig und lieb und freundlich zu sein. Wenn's nach mir ging, würd' ich die Wahrheit mit 'nem Stück Schlauch aus euch rausprügeln. Jetzt hören Sie mal zu, Kurth, und Sie auch, Miss Waring, und Schonbrun und alle andern. Ich bring' euch jetzt rauf zum Sheriff. Ich erzähl' ihm alles, was ich weiß, und 'ne Menge von dem, was ich vermute. Klappe!« Das zu Schonbrun, der anfing zu protestieren. »Seid still! Alle drei verheimlicht ihr was, selbst wenn das, was ihr erzählt habt, stimmt, und da bin ich mir gar nich' so sicher. Ich geb' euch zehn Sekunden, um es euch zu überlegen. Kurth, erzählen Sie und Ihre Frau mir jetzt von dieser Klage und diesen Briefen und wie gut Sie Sanborn gekannt haben und was Sie gegen ihn hatten und weswegen Sie ihn sehen wollten? Oder wollen Sie das morgen früh dem Richter erzählen? Na?«

Kurth sah Maida an. Sie nickte. »Ja.«

»Schön, daß Sie 'n bißchen Vernunft annehmen. Na, Schonbrun, und was is' mit Ihnen? Packen Sie jetzt über die Sardinen aus oder nich'? Ja oder nein?«

»Sie haben gesagt – «

»Ich weiß, was ich gesagt hab'. Aber es is'n alter Brauch, es sich anders zu überlegen und sein Versprechen zu brechen, wenn Leute sich nich' an ihren Teil der Abmachung halten. Hab' gesagt, ich mach' Ihnen keine Schwierigkeiten, solange Sie mir alles erzählen. Das haben Sie nich'. Wie sieht's also aus?«

»Okay«, sagte Schonbrun mißmutig.

»Fein. Setzt euch hin, alle. Setzt euch.« Asey nahm ein Klappmesser aus seiner Tasche und zog die lange blinkende Klinge heraus. Er balancierte es bedächtig auf seinem Knie. »Sieht vielleicht nich' besonders nach 'ner Waffe aus, aber ich kann damit 'n Stecknadelkopf spalten, und zwar noch aus 'ner ganz schönen Entfernung. Noch viel leichter könnt' ich einen erwischen, der's eilig hat abzuhauen. Also los, Kurth. Geben Sie's auf. Packen Sie aus. Raus mit der Sprache. Was is' hier los?«

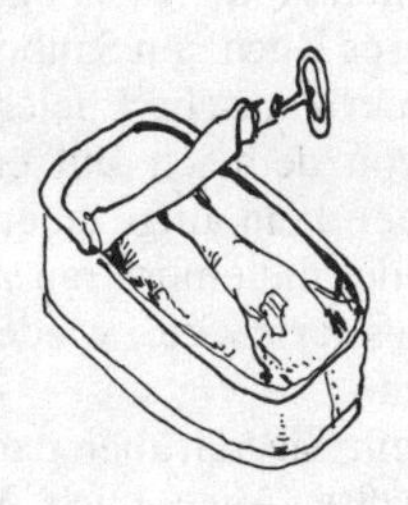

Siebzehntes Kapitel
Man kommt zur Sache

Wo soll ich anfangen?« fragte Kurth ruhig.

»Wo fangen Sie normalerweise an? Fangen Sie doch zur Abwechslung mal am Anfang an. Wird langsam Zeit, daß mal jemand da anfängt statt am Ende. Wenn ich wollte, daß Sie am Schluß anfangen, hätt' ich das gesagt. Wo haben Sie Sanborn kennengelernt?«

»Ich habe ihn vor vier oder fünf Jahren in New York kennengelernt. Ich arbeitete damals beim Rayman-Verlag. Er hatte ein paar Ideen für einen neuen Roman, den er bei uns verlegen wollte. Ich habe ihn zu uns zum Essen eingeladen. Da hat Maida ihn kennengelernt. Wir mochten ihn beide. Er war amüsant, geistreich, interessant und konnte gut reden. Es entwickelte sich eine Freundschaft mit ihm. Maida hatte eine Freundin, Alice Harding, und wir vier waren viel zusammen.«

»Alice Harding?« unterbrach Dot. »Die habe ich gekannt. Hat sie sich nicht umgebracht oder so etwas?«

»Ja.« Kurths Stimme klang bitter. »Dazu komme ich noch. Wir waren alle sehr vertraut miteinander. Sie wissen, wie das ist, wenn vier Leute viel zusammen sind. Na, langer Rede kurzer Sinn – erinnern Sie sich an dieses Buch von Sanborn, das man die größte Enthüllung über das amerikanische Eheleben nannte?«

Es war das Buch, von dem ich Bill erzählt hatte. Ich hatte versucht es zu lesen, aber dann aufgegeben. »Über das Mädchen, das einen Mann liebte, der mit einer Frau verheiratet war, die sich für einen Mann interessierte, der wiederum in das Mädchen verliebt war?« fragte ich.

»Ja. Das ist es. Wenn Sie darüber nachdenken, können Sie sehen, wie es auf uns paßte, Alice, mich, Maida und Sanborn.«

Ich schnappte nach Luft. »Sie meinen – «

»Genau. Auf diese Weise hat Sanborn uns unsere Freundschaft gedankt. Wir lasen das Buch, als es herauskam, und erwarteten, es wäre das, wovon er uns erzählt hatte, die Lebensgeschichte einer Opernsängerin. Aber wir fanden die Geschichte über uns vier. Das war der Grund für unsere Scheidung.«

»So etwas hätte ich mir nie träumen lassen«, sagte Betsey.

»Sie wußten nicht, daß wir die Romanfiguren waren? Das kann ich mir denken. Sanborn hat sich eng an die Wahrheit gehalten, aber die Sache war so ausgeschmückt und aufgebauscht und verzerrt, daß die ganze Geschichte häßlich und widerlich wurde. Alice hat es gelesen und ist zu uns gekommen, um uns danach zu fragen. Wir haben Sanborn zu uns bestellt und eine Erklärung von ihm verlangt.«

»Gab er eine?« fragte Asey.

»Ausgelacht hat er uns, als ob wir alle Marionetten in seinem Puppenspiel wären. Er hat zugegeben, daß er uns für seine Figuren verwendet hatte. Er dachte, er wäre maßlos clever gewesen.«

»Wußten alle, daß Sie das waren?«

»Keiner wußte es mit Sicherheit, aber es wurde viel gemunkelt. Sie wissen ja, wie das in New York ist. Man hat verschiedene Freundeskreise, aber die meisten wissen gar nicht, daß die anderen existieren. Und das Buch war nicht gerade von der Art, mit der Freunde einen gerne in Verbindung bringen, wenigstens nicht offen. Aber wir wußten es. Das Teuflische daran war, daß ich nicht wußte, wieviel davon wahr war, über Maida und Sanborn meine ich natürlich. Und sie wußte es nicht bei Alice und mir. Als eine Demontage des Ehelebens hat es sicherlich mehr Dreck aufgewühlt als vierzig andere Bücher zusammen, die Sie nennen könnten. Begreifen Sie nicht, wie das für uns war? Wir wußten nicht, wieviel davon wahr und wieviel Sanborns Phantasie war. Wir konnten nicht wissen, wieviel die Leute von uns wiedererkannten. Zwischen zwei Leuten gibt es ja immer eine gewisse Unaufrichtigkeit, aber aus dem, was er geschrieben hatte, konnten wir nicht erraten, wie sehr jeder von uns den anderen betrogen hatte. Es wurde immer schlimmer. Ich habe die Schuld bei der Scheidung auf mich genommen, und wir haben die Angelegenheit so ruhig hinter uns gebracht, wie wir konnten, und weder Sanborn noch Alice kamen zur Sprache. Wir konnten ihn nicht mit hineinziehen, ohne sie durch den Dreck zu ziehen, und das wollten wir nicht. Wir waren in einer unangenehmen Lage. Wenn wir ihn verklagt oder Theater wegen des Buches gemacht hätten, wäre alles mit einem Knall bekannt geworden, und damals hätte das ganz einfach bedeutet, daß ich meinen Job verloren hätte und auch jede Chance, einen anderen zu bekommen.«

»Sie sind also hingegangen und haben sich scheiden lassen, ohne der Sache auf den Grund zu geh'n?« fragte Asey angewidert.

»Sie können sich nicht vorstellen, wie furchtbar es war, Asey«, erklärte ihm Maida. »Sehen Sie, es stimmte, daß ich bei Sanborn leichtsinnig gewesen war, wenn auch nicht annähernd in solchem Maße, wie er es in seinem Buch dargestellt hat. Es war eigentlich nur ein kleiner Flirt. Das konnte ich John aber nicht klarmachen, und natürlich war ich ein bißchen eifersüchtig auf Alice. Keiner von uns dreien hat dem anderen wirklich auch nur im Geringsten vertraut. Es wurde einfach immer komplizierter.«

»Was ist mit dem andern Mädchen?«

»Wir dachten, und sie auch, daß Sanborn sie wirklich gern hatte«, antwortete Kurth. »Ich glaube, mit mir hat sie mehr gespielt, um ihn zu provozieren als irgend etwas anderes. Aber nach der Sache mit dem Buch ließ er sie völlig im Stich. Hat sie weder besucht noch ihr geschrieben noch sonst etwas. Eines Nachts, als sie draußen vor einem Theater mit einem anderen Mann auf ein Taxi wartete, hat der sie so nebenbei gefragt, ob sie Sanborn in letzter Zeit gesehen hätte. Sie war außerordentlich empfindlich in dieser Angelegenheit. Wir alle waren außer uns darüber, aber sie hatte es sich noch mehr zu Herzen genommen als wir, glaube ich. Sie hat dann irgend etwas geantwortet und sich von ihm abgewandt, dabei ist sie ausgerutscht und vor ein Taxi gestürzt, das gerade vorfuhr. Die Polizei hat es als einen Unfall bezeichnet, aber wir wußten es besser. Auch der Mann, mit dem sie zusammen war, war sicher, daß sie es mit Absicht getan hatte. Das Mädchen, mit dem sie zusammenwohnte, hat Maida erzählt, daß sie am Abend vorher unerwartet früh nach Hause gekommen wäre und Alice fast bewußtlos aufgefunden hätte. Sie hatte sich in der Küche eingeschlossen und das Gas aufgedreht.«

Schonbrun nickte heftig mit dem Kopf. »Das sind zwei Mädchen und unsere Mutter, die sich mehr oder weniger bei Dave für ihren Tod bedanken können. Und ich weiß noch von zwei anderen. Und eine Scheidung. Wahrscheinlich gab es auch noch mehr. Ich habe es euch gesagt.«

»Was hat das jetz' mit dieser Verleumdungsklage zu tun?«

»Als ich aus China zurückkam«, antwortete Kurth, »habe ich auf dem Schiff einen Mann kennengelernt, der mir was von Sanborn erzählte und von seiner Angewohnheit, Leute in den Dreck zu ziehen. Demaskierung der Menschlichkeit, so hat er das genannt. Er war Arzt und hatte Sanborn gekannt. Wenn Sie sich erinnern, gab es da vor gar nicht so langer Zeit ein Buch über Ärzte und den Ärztestand. Nur hatte Sanborn seine Figur zu sehr nach dem Original gestaltet, und dieser Mann war gezwungen, seine Praxis aufzugeben. Er hat mir seine Geschichte erzählt und beschrieben, was Sanborn daraus gemacht hat. Plötzlich wurde mir klar, was für ein Idiot ich gewesen war. Als ich zurück war, bin ich gleich zu einem Anwalt gegangen und habe diese Verleumdungsklage in unser beider Namen angestrengt. Ich weiß nicht, warum ich das getan habe, außer daß ich über die ganze Sache wütender war als je zuvor. Ich wußte nicht, wo Maida war, oder überhaupt etwas von ihr, sondern ich bin einfach drauflosgegangen.«

»Und was dann?« fragte Asey.

»Dann hat mein Anwalt mich zur Vernunft gebracht. So eine Klage würde viel Gerede nach sich ziehen, würde die Sache wieder aufrollen und alle möglichen unschönen Einzelheiten ans Licht bringen. Aller Wahrscheinlichkeit nach würde sie nichts bringen und eine Menge Schaden anrichten. Also hat er die Klage zurückgezogen. Ich habe Sanborn einmal gesehen. Er versuchte, sich rauszureden, aber das machte mich so wütend, daß ich ihn niedergeschlagen habe. Danach ist er mir aus dem Weg gegangen. Dann war ich letzte Woche in Boston und habe gelesen, daß er hier unten war. Ich dachte, vielleicht kann ich ihn mir schnappen und die Wahrheit aus ihm herausbekommen, das heißt, herausfinden, wieviel von dieser Story seine Erfindung war. Ich schickte Ihnen dieses Telegramm. Als ich keine Antwort bekam, bin ich dann auf eigene Faust hergekommen.«

»Weswegen haben Sie ’n andern Namen benutzt?«

»Weil ich nicht glaubte, daß mich jemand erkennen würde, und mir war kaum daran gelegen, daß jemand erfährt, wie wichtig es mir war, an Sanborn heranzukommen. Schließlich hatte ich die Chance von zehn zu eins, die Whitsbys überhaupt nicht zu treffen. Ich wußte ja nicht, daß er bei Ihnen nebenan eingezogen war. Ich war fest entschlossen, eine schriftliche Stellungnahme von ihm zu bekommen und ihn dann halb totzuprügeln. Dann wollte ich

Maida finden und alles wieder in Ordnung bringen. Sie können sich vorstellen, was in mir vorging, als ich ihn da liegen sah.«

»Was is' mit Ihnen?« wandte sich Asey an Maida. »Welche Rolle spielen Sie jetz' dabei?«

»Ich hatte immer das Gefühl, daß John und ich uns wie zwei Idioten benommen hatten, als wir uns trennten, ohne der Sache auf den Grund zu gehen. Aber damals war ich genau so verbiestert wie er. Letzte Woche bin ich in Boston gelandet und habe in der Zeitung Sanborns Namen gesehen und gelesen, daß er hier unten war. Da dachte ich, ich komme und treffe ihn und versuche etwas herauszufinden. Ich weiß nicht, warum ich die Cape-Nachrichten so gewissenhaft gelesen habe, vielleicht, weil wir eine Menge Freunde hier unten haben und ich so lange keinen Kontakt zu ihnen hatte. Ich habe Miss Prudence telegrafiert, weil ich dachte, das heiße Wetter wäre ein guter Vorwand für die Frage, ob ich kommen dürfte. Dann traf ich in Boston einen Bekannten, der mir sagte, er hätte Johnny gesehen und er käme hierher und wollte jemanden besuchen. Es war Carl Thorndike, John, und er sagte, du müßtest einen sehr wichtigen Grund gehabt haben hierherzukommen, weil du dich geweigert hättest, mit ihm nach Maine zu fahren. Ich habe zwei und zwei zusammengezählt und bin zu dem Schluß gekommen, daß auch du hinter Sanborn her warst, und ich hatte so eine Vorstellung, dich zu bremsen, bevor du irgend etwas Unüberlegtes tust.«

»Das is' alles?«

»Absolut alles, Asey. Freitagabend bin ich angekommen. Ich ging zur Hütte – ich hatte von einem Mann an einer Tankstelle erfahren, wo sie ist und hatte vor, zu warten, bis er nach Hause kommt. Als ich kein Licht sah, dachte ich natürlich, er wäre ausgegangen. Den Rest kennen Sie. Außer, daß ich nur zu froh wäre, wenn derjenige davonkäme, der ihn umgebracht hat, auch wenn ich Bill gerne helfen möchte.«

»Wo wir gerade von Ärzten sprachen«, bemerkte Kurth, »ich mache mir Gedanken über den Arzt, der sich hier herumtreibt. Dieser Arzt, den ich auf dem Schiff kennenlernte, hat erwähnt, daß noch ein Arzt in die Sache verwickelt war. Er hat seinen Namen nicht genannt, und die Chance ist natürlich sehr gering, aber glauben Sie, daß dieser Reynolds etwas damit zu tun hat? Er scheint mir fast zu eifrig bemüht, den Mörder zu erwischen. Hat er einen Grund, sich dermaßen in die Sache hineinzuknien?«

»Er ist der Amtsarzt«, erwiderte ich, »und wahrscheinlich denkt er, es gehört mit zu seinen Pflichten, da Sullivan ja so stur darauf aus ist, Bill zu überführen. Was meinen Sie, Asey?«

Er schüttelte den Kopf. »Keine Ahnung. Er wußte auf jeden Fall 'ne Menge über die Waffe, mit der Sanborn umgebracht worden is'. Und ich hab' selber gesehen, wie am Freitag nachmittag sein Wagen die Straße am Strand entlanggefahren is'. Ich weiß nich', Miss Prue, ich bin immer noch davon überzeugt, daß das richtig is', was ich Ihnen erzählt hab', und die Idee von Mr. Kurth hier könnte 'ne Erklärung dafür sein. Abe, bist du todsicher, daß du dieses weiße Etwas blitzen gesehen hast, bevor du zur Hütte kamst?«

»Ich bin ziemlich sicher, Boß.«

»Wenn das stimmt, muß es 'ne Frau gewesen sein. Ich glaub' nich', daß es Dot war, obwohl die Sache mit den Zeiten unser einziger Anhaltspunkt is', und der is' auch eher dünn. Dot, es kommt mir so vor, als ob das Schwert, das über Ihrem Kopf hängt, an 'nem furchtbar dünnen Faden baumelt.«

»Das weiß ich doch«, sagte Dot resigniert. »Aber Ehrenwort, ich habe Sanborn nicht umgebracht. Er war am Leben, als ich die Hütte verließ. Das ist die Wahrheit, wenn ich auch kein Wort davon beweisen kann.«

»Der Arzt trägt meistens weiße Knickerbockers«, brachte Betsey vor. »Das hätte doch das weiße Etwas sein können, oder nicht?«

»Könnte sein. Abe, du bist dran. Du hast diese Sardinendose gefunden, nich'?«

»Ja. Und wie du das wissen kannst, haut mich um.«

»Du hättest diesen Öffner nich' in deiner Tasche verschwinden lassen dürfen, selbst wenn Schwindeln so 'ne Gewohnheit von dir is'. Ich hab' ihn dir weggenommen, als du mir den Kopf zerkloppt hast. Warum wolltest du uns nichts von diesen Sardinen erzählen?«

»Also«, fing Schonbrun an, aber Asey unterbrach ihn.

»Erzähl's uns grade raus. Fang' jetzt nich' wieder an mit ›also‹ und drück dich dann rum und denk dir neue Sachen aus.«

Schonbrun wies auf Kurth und Maida. »Diese Leute können dir erzählen, warum.«

Asey sah Kurth fragend an.

»Sanborn war in den meisten Dingen ein vollkommen normaler Mensch«, erklärte Kurth, »aber er hatte einen Abscheu vor Sardinen, der ganz entschieden unnormal war. Es gibt ja viele Leute, die bestimmte Dinge nicht essen mögen. Fast jeder hat etwas, das er lieber nicht anrührt. Aber Sanborn hat völlig den Kopf verloren, wenn er eine Sardine sah oder auch nur davon reden hörte. Es war fast wie ein epileptischer Anfall. Er war einfach nicht richtig im Kopf oder so etwas. Eines Abends habe ich in der Wohnung eine Büchse Sardinen aufgemacht. Alice wollte mich noch warnen, aber bevor ich es merkte, hatte Sanborn sie schon gesehen. Er hatte beinahe Schaum vor dem Mund vor Raserei und ist aus dem Haus gestürmt. Danach haben wir Sardinen nie wieder erwähnt.«

»Ich möchte wissen, warum er so war«, warf ich ein.

»Ich weiß es nicht. Aber ich habe von Leuten gehört, die eine Kriegsneurose haben; die fallen in Ohnmacht, wenn ein Wagen eine Fehlzündung hat, und solche Sachen. Ich nehme an, es war ein Komplex oder irgendeine Phobie.«

»Ich verstehe immer noch nicht, warum Sie uns nichts von der Dose erzählen wollten«, sagte ich zu Schonbrun. »Und wissen Sie vielleicht, warum er sich so verhielt?«

»Ich habe es Ihnen nicht erzählt und hatte es auch nicht vor. Ich muß noch mal von vorne anfangen. Sie erinnern sich, wie ich Ihnen erzählt habe, daß er nachmittags in so 'ner Fabrik gearbeitet hat, als er noch auf die High School gegangen ist?«

»Ja.« Ich bemerkte, daß Asey sein Klappmesser eingesteckt hatte.

»Es war so 'ne Sardinenfabrik. Wir hatten nicht viel Geld, und Dave hat immer Sardinen mit nach Hause gebracht, wenn wir nichts anderes zu essen hatten. Er hat Sardinen verabscheut, schon immer, weil ihm mal schlecht geworden ist, wie er als Kind zu viele gegessen hat. Ich denke, den ganzen Tag damit zu arbeiten, hat ihm nicht gerade geholfen, sie lieber zu mögen. Einmal, als Ma keine Arbeit hatte und sie in der Fabrik Feierschicht machten, haben wir eine ganze Woche nur von Sardinen gelebt. Ich war sie selber leid. Aber Dave, wenn der welche sah, hat er sich genau so benommen, wie diese Leute gesagt haben. Und damals hatte er wirklich nichts anderes zu essen. Kurz nachdem er wieder in die Fabrik ging, ist er aber gefeuert worden und hat sich einen anderen Job besorgt. Nicht viel später ist er dann für immer abgehauen.«

»Aber warum – « Asey ließ nicht locker.

»Darauf komme ich jetzt. Freitag habe ich die Dose unten am Hügel gefunden. Ich war ziemlich hungrig, also habe ich sie in die Tasche gesteckt, und als ich in die Hütte kam und Dave war nicht da, habe ich mich hingesetzt und wollte sie essen. Dabei ist die Lasche abgebrochen, und ich konnte den Schlüssel nicht mehr benutzen. Also habe ich mir einen Büchsenöffner gesucht. Wenn dieser Bulle was taugen würde, hätte er es gemerkt und sich den Öffner angesehen. Nur habe ich ihn ausgetrickst, klar? Ich habe ihn abgewischt, Griff und alles, als ich damit fertig war. Ich hatte gerade an Dave und die Sardinen gedacht, darum habe ich das gemacht. Und gerade als ich fertig war, hörte ich ihn kommen, also habe ich die Büchse unter den Tisch geschoben, damit er sie nicht sieht, klar? Das war schon alles. Aber du weißt doch, daß ich gesagt habe, daß da noch andere waren, die diesen Kerl sofort umbringen würden? Also, einmal hat Dave in der Fabrik was falsch gemacht, kurz nachdem er wieder angefangen hatte nach der Kurzarbeit, von der ich erzählt habe. Er hat irgendwas ins Öl gekippt oder so, was er nicht hätte tun dürfen, und ein paar Leute wurden vergiftet. Der Boß hat rausgekriegt, wer es war, und deshalb ist er gefeuert worden, klar? Und einer von den Männern, die mit ihm in der Fabrik gearbeitet haben, hatte ein paar von den schlechten Büchsen geklaut, und zwei von seinen Kindern sind krank geworden, als sie sie gegessen haben. Eins ist gestorben. Er hat geschworen, das würde er Dave heimzahlen, und das hat er auch beinahe getan. Eine Woche, bevor Dave von zu Hause weg ist, hat er ihn sich geschnappt und ihn ganz schön zusammengeschlagen. Deswegen dachte ich, als ich das zweite Mal da war und ihn tot gefunden habe, ich sage nichts über die Büchse, wenn ich mit reingezogen werde, aber ich dachte ja sowieso, das würde ich nicht. Ich wußte nicht, daß dieser Porter mit der Sache zu tun hatte, und ich dachte, die Büchse würde die Leute verwirren. Und sie hätte die Leute von der Spur gebracht, falls Detektive die Sache übernommen hätten. Klar?«

»Du bist gar nich' so dumm, wie ich dachte«, eröffnete ihm Asey, »ich versteh', worauf du hinauswillst. Du hast gedacht, man würd' die Spur von den Sardinen verfolgen und das mit dem

Mann entdecken, der ihm gedroht hat, oder einen von den Leuten aus dieser Sardinenzeit?«

»Sicher, warum nicht? Ich wußte, es war nicht so. Und wie sollte ich wissen, daß sogar dieser Penner von einem Sheriff rauskriegen konnte, wo sie herkam? Als du mich geschnappt hast, dachte ich, du hast mich im Verdacht, also habe ich dir nichts erzählt. Außerdem wollte ich dich ablenken. Hauptsächlich deshalb habe ich es dir nicht erzählt, klar? Das andere war, man hatte die Schuld ja auf Porter geschoben, und warum sollte ich mir nasse Füße holen?«

»Is' das alles, Abe? Es klingt nich' grade sehr überzeugend.«

»Jedes Wort ist wahr. Ich wollte da nicht reingeraten, und ich habe ja gesagt, wer immer das getan hat, der ist mein Freund. Ist mir ganz recht, wenn ihr nie rausfindet, wer es war. Das ist es, und mehr ist da nicht. Und das ist die Wahrheit.«

»Hm.« Asey seufzte. »Sieht mir so aus, als wären wir in 'ner Sackgasse gelandet. Es gibt doch nichts Schönres, als vierzig Faden Angelschnur einzuholen und zu entdecken, daß man 'n Haufen Seetang geangelt hat. Da hatte ich mir schon 'n bißchen mehr erwartet.«

»Aber der Arzt«, brachte Betsey vor. »Was ist mit dem?«

»Erst mal gibt's ungefähr zwanzig Millionen Ärzte in den Vereinigten Staaten, wenn man nach den Zigarettenreklamen geht, für die sie herhalten. Und das weiße Etwas kann 'n Paar Knickerbockers sein oder jedes andre Ding in der Christenheit. Wir könnten uns mal drum kümmern, aber ich muß zugeben, ich hab' da eher so meine Zweifel.«

»Wenn man vom Teufel spricht«, murmelte Emma. »Da kommt der Herr in höchsteigener Person. Der ehrenwerte Sullivan begleitet ihn, und sie sehen beide sehr entschlossen aus. Was glauben Sie, auf wen von uns sie es abgesehen haben?«

»Auf mich natürlich«, erklärte Kurth. »Der Arzt hat meinen Grand Slam nie vergessen. Er tut so, als würde er ihn bewundern, aber in Wirklichkeit hat er ihn Geld gekostet.«

»Ich glaube eher«, widersprach ich, »daß sie es auf mich abgesehen haben. Der Doktor ist wohl inzwischen ziemlich wütend, weil ich ihm einiges nicht erzählt habe, was er zu erfahren hoffte.«

Ich sprach im Scherz. Die Möglichkeit, daß sie es tatsächlich auf mich abgesehen hatten, kam mir gar nicht in den Sinn. Aber ich irrte mich. Zu meinem Schrecken bauten sie sich drohend vor mir auf.

»Miss Whitsby«, sagte der Sheriff, »ich verhafte Sie als Komplizin beim Mord an Dale Sanborn.«

Ich hatte in den vergangenen zwei Tagen oft nach Luft geschnappt, aber das setzte allem die Krone auf. Ich glaube, wenn Sullivan mir mit dem Schlagstock auf den Kopf gehauen hätte, wäre ich weniger benommen gewesen. Aber ich brachte es fertig, ihm einigermaßen ruhig zu antworten.

»Ich hoffe doch, Sie haben nicht die Absicht, mich in einen Güterwagen oder in die Fußfesseln zu stecken? Für eine Frau meines Alters und meiner Position erachte ich das als kaum angemessen.«

»Bist du komplett verrückt geworden?« wollte Asey wissen.

»Nein, Asey Mayo, bin ich nicht. Ich habe mir eure Geschichten lange genug angesehen. Ihr könnt ja manche Leute veräppeln, aber mich könnt ihr nicht veräppeln. Und wenn du noch mehr Theater machst, verhafte ich dich gleich mit.«

Asey zuckte die Schultern. »Warum nich' gleich den ganzen Haufen hier verhaften und es damit gut sein lassen? Slough, komm doch und verhafte mich. Ich wette, du traust dich nich'. Na los. Ich wette, was du willst, daß du dich nich' traust.«

Sullivans rotes Gesicht wurde noch röter. »Sei lieber still, sonst tue ich es.«

»Hören Sie mal«, sagte Kurth scharf, »ist das Ihr Einfall, Dr. Reynolds? Falls das so ist, werde ich nämlich persönlich dafür sorgen, daß Sie den Tag bereuen, an dem Sie diese brillante kleine Idee hatten. Welcher Denkprozeß hat Sie denn auf diesen genialen Schluß gebracht?«

»Es ist nicht so absurd, wie Sie vielleicht denken«, erwiderte der Arzt schroff. »Erzählen Sie es ihnen, Sullivan.«

»So is' es recht«, höhnte Asey. »Den Schwarzen Peter weitergeben. Soll George es machen.«

»Na gut«, sagte Sullivan schwerfällig. »Also, der Doc hier war sicher, daß mehr an der Sache dran ist, als ich zuerst dachte. Also haben wir uns umgetan und eine Menge rausgefunden. Ich habe Ramon Barradio in die Finger gekriegt, und er hat mir was erzählt, was sich wichtig anhört.«

»So muß man sich seine Informationen besorgen«, meinte Asey bewundernd. »Wie oft war er im Gefängnis? Sechsmal oder achtmal, Slough? Hast du nie in der Bibel gelesen über ’nem geschenkten Gaul ins Maul gucken? Oder über Portugiesen, die einem Informationen anbieten? Hm?«

Sullivan starrte ihn an. »Richtig komisch bist du, was? Also, Ramon hat mir erzählt, was Mittwoch abend oben in Petes Tanzdiele passiert ist. Anscheinend waren Miss Betsey und Sanborn da oben und hatten ein paar Meinungsverschiedenheiten.«

»Du hast mir gar nicht erzählt – «, begann ich.

Aber Betsey, weiß wie die Wand, unterbrach mich.

»Ich weiß, ich habe dir nicht erzählt, daß wir da waren. Laß ihn weiterreden, Snoodles. Wenn er unbedingt muß.«

»Also, Miss Whitsby, Ihre Nichte und Sanborn hatten eine kleine Auseinandersetzung. Ramon hat gesagt, er weiß nicht, wie es angefangen hat, aber er hat zufällig gehört, wie es weiterging.«

»Komisch, wie das Leben so spielt«, murmelte Asey leise. »Echt komisch. Bei den Bandenkriegen in Chikago erledigen sie die unbeteiligten Zuschauer gleich mit.«

»Willst du wohl die Klappe halten, Asey Mayo? Jedenfalls, Miss Whitsby, hat Ramon gehört, wie Ihre Nichte gerufen hat: ›Wenn Bill Porter oder meine Tante Sie so etwas sagen hörten, würden sie Sie auf der Stelle umbringen.‹ Und dann hat Sanborn gelacht und gesagt, warum sie es ihnen nicht erzählt, wenn sie so blöd ist. Und dann hat Miss Betsey gesagt, sie würde ihn gerne selbst umbringen.«

»Worum ging es denn nun, Betsey?« drängte ich sie.

»Er ging mir auf die Nerven, das war alles.« Ihre Stimme war tonlos. »Ich hatte gehofft, wir könnten das hier hinter uns bringen, ohne den gesamten Tratsch der Familie und unserer Freunde auszugraben.«

»Jedenfalls«, fuhr Sullivan fort, »Sanborn fragt, warum sie es ihnen nicht erzählt und abwartet, was passiert? Und dann wettet er, daß nichts passiert, weil schon andere Leute gedroht hätten, ihn umzubringen, und nie was daraus geworden wäre. Was halten Sie davon?« schloß er triumphierend.

»Nich’ viel«, meinte Asey. »Wozu soll das alles gut sein, wenn Betsey weder Miss Prue noch Bill was davon erzählt hat? Das kapier ich nich’.«

»Woher weißt du, daß sie das nicht getan hat? Beantworte mir das. Woher weißt du das?«

»Er weiß es nicht«, gab ich zurück. »Aber er hat vollkommen recht damit. Ich wußte es nicht, und Bill Porter bestimmt auch nicht. Und würden Sie mir bitte erzählen, im Namen der Vernunft, wie Sie mich als Komplizin von Bill verhaften können?«

»Ich habe mir das genau ausgedacht. Sie sagen, Sie waren die ganze Zeit draußen in der Küche. Was hätte Sie daran gehindert, rumzustehen und aufzupassen, daß niemand dazwischen kam, als Bill den Mord beging? Oder vielleicht haben Sie Sanborn sogar abgelenkt, während Bill ihn umgebracht hat. Keiner kann beweisen, daß Sie die ganze Zeit da waren, wo Sie sagen, daß Sie waren.«

»Nicht nur das«, ergänzte der Arzt, »hatten Sie nicht auch Betsey in den Ort geschickt, um sie aus dem Weg zu haben?«

»Klar«, sagte Asey. Mit großer Sorgfalt entledigte er sich eines durchgekauten Priems und schnitt sich einen frischen ab. »Klar. Und sie hat Mrs. Manton und Dot dagelassen, damit die zugukken konnten, und sie haben es bei hellem Tageslicht gemacht, damit's ja keiner merkt. Ihr zwei seid richtig tiefe Denker, das seid ihr. Daß in zwei so kleine Gehirne alles reingeht, was ihr wißt, is'n wachsendes Wunder, wie der Kollege immer sagte.«

»Ist mir egal, was du sagst!« Sullivan schüttelte seine Faust vor Aseys Gesicht. »Captain Kinney damals vom zweiten Revier – «

»Zum Teufel mit Captain Kinney von seinem zweiten Juxdings!« röhrte Asey. »Und behalt' deine dreckigen Hände da, wo sie hingehören. Wenn du das Hirn von 'nem Ochsen hättest, Slough Sullivan, dann wüßtest du, daß dein junger Freund, der Doktor, tiefer in der Sache drinsteckt, als Miss Prue hier jemals könnte.«

»Waaaas?« Sullivan sah verdutzt aus.

»Klar. Was glaubst du wohl, warum er so daran interessiert is', den Mörder ordentlich in schöne Stahlarmbänder zu legen? Weshalb denn, wenn er nich' selber 'n schlechtes Gewissen hat? Weißt wohl nich', daß den Leuten, die die größten Schecks für die Wohlfahrt geben, die Ausbeuterbetriebe gehören? Is' es nich' immer der, der helfen will, der die Suppe anbrennen läßt? Sieh ihn dir an. Wenn er nich' schuldig is', hab' ich noch nie 'n Schuldigen gesehen.«

Sullivan kratzte sich am Kopf. »O Mann, darauf wäre ich nie gekommen.« Er war völlig geknickt.

»Klar«, sagte Asey nonchalant. »Sieh ihn dir an. Dunkelrot bis an die Kiemen und bringt kein Wort raus. Und warum? Weil er's selber war. Siehst du, wie ihm die Hände zittern? Hörst du, wie er keucht? Was braucht 'n Mann wie du noch an Beweisen, Slough? Na los, nimm ihn fest. Er war's, der gekommen is', als Bill Porter weg war. Er hat Sanborn selbst eins auf 'n Kopf gegeben. Wie konnte er so viel drüber wissen, womit der Mord begangen worden is', wenn er's nicht selber getan hat?«

»Ich habe niemals etwas Derartiges getan«, stieß der Arzt hervor. »Das ist eine Lüge. Eine infame Lüge.«

»Haben Sie nich', nein?« Sullivan drehte sich zu ihm um. »Ich würde sagen, Asey hat recht. Sie sehen verdammt schuldig aus. Ich hätte es wissen müssen, als Sie anfingen mit Ihrem ganzen Gerede von stumpfen Waffen und Ihren ganzen Spuren. Mich hierher zu bringen, um eine nette Frau wie Miss Whitsby festzunehmen und mich zum Narren zu machen. Pah. Wahrscheinlich haben Sie diese Briefe selbst geschrieben.«

»So is' es richtig, Slough. So wird's gemacht«, lobte Asey. »Nimm ihn fest. Das würd' ich jedenfalls machen, wenn ich du wär'.«

»Genau das mache ich«, erklärte Sullivan begeistert. »Ich stecke ihn in den Güterwagen gleich neben Bill.«

»Willst du Bill nich' freilassen?«

»Kommt nicht in Frage.« Sullivan schüttelte den Kopf. »Ich nehme sie lieber beide. Ich will mir ganz sicher sein, bevor ich Bill laufenlasse.«

»Hören Sie mal«, protestierte der Arzt hitzig, »so etwas können Sie nicht machen. Was für ein Motiv hätte ich denn, einen Mann umzubringen, den ich nicht mal kannte? Das ist unglaublich. Ich werde Sie strafrechtlich belangen.«

»Ist mir egal. Und Motive sind mir auch egal«, entgegnete Sullivan gutgelaunt. »Wenn ich zwei Leute habe, die es gewesen sein können, um so besser für mich morgen früh. Bill hat jede Menge Motive, und Sie haben jede Menge Verdacht an sich dranhängen. Kommen Sie mit. Ich bringe Sie jetzt gleich hin.«

»Aber«, begann der Arzt.

»Aber gar nichts. Kommen Sie mit. Es wird Ihnen nichts schaden, mal eine Weile zu sitzen und nachzudenken. Sie reden sonst ja genug. Jetzt können Sie mal über sich reden lassen. Sagen Sie, hat einer von Ihnen ihn hier oben gesehen?«

»Ich hab' ihn am Freitag um halb fünf drüben die Straße am Strand langkommen sehen«, teilte Asey ihm mit. »Ich hab' schon oft dran gedacht. Er hat den Wagen in der Kurve geparkt, is' ausgestiegen und kam in diese Richtung. Ich hab' grad' durchs Fernglas geguckt. Aber du hast genug, woran du dich halten kannst, Slough. Mehr brauchst du nich'.«

»Denke auch, daß ich genug habe.«

»Wann fährst du morgen los zum Gericht?«

»Um acht. Dann habe ich Zeit genug.«

»Na schön.«

Sie gingen, und Sullivans große schinkenartige Pranke ruhte fest auf der Schulter des Arztes.

»Asey Mayo«, erkundigte ich mich, »war er es wirklich?«

»Nie im Leben«, erwiderte dieser Gentleman in aller Gemütsruhe. »Nur wollte er unbedingt jemand verhaften, und da tat's der Doc genau so gut wie Sie.« Er trällerte einen Takt aus einem Lied des Floradora-Sextetts. »Warum nich' er?« paraphrasierte er. »Warum nich' er?«

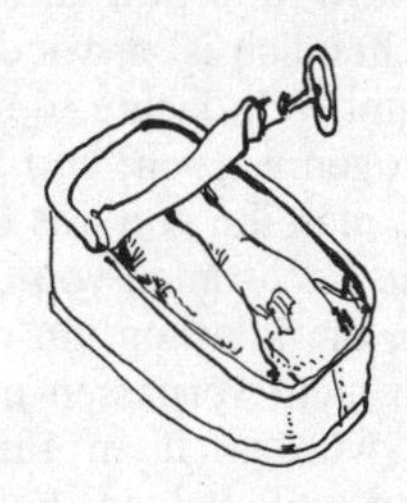

Achtzehntes Kapitel
Das nutzlose Resümee

Haben Sie etwa – «, wollte ich wissen.

»Den armen unschuldigen Doc einfach so für nichts und wieder nichts einlochen lassen? Jawohl. Hab' ich. Is' es Ihnen nich' lieber, er kümmert in 'nem Güterwagen dahin als Sie?«

»Natürlich«, gab ich völlig aufrichtig zu.

»Na ja, er war der einzige, der mir so auf Anhieb als Ersatz für Sie eingefallen is'. Ich hätte auch Abe hier vorschlagen können oder Mr. Kurth, aber ich dachte irgendwie, es würde dem Doc guttun. Das wird ihm 'ne Lehre sein. Es tut ihm nich' weh, und höchstwahrscheinlich is' er wieder frei, bevor er überhaupt vor Gericht kommt. Ich dachte, der Name Whitsby sollte nich' in 'n Schmutz gezogen werden; und Slough is' irgendwie 'n schlichtes Gemüt, wenn man ihn von was überzeugen will.«

Kurth wischte sich die Lachtränen von den Wangen. »Und ich dachte, er hätte gesagt, Sie könnten ihn nicht veräppeln. Asey, das hätte ich im Leben nicht verpassen mögen. Aber wenn Sie jemals krank werden, würde ich an Ihrer Stelle mit meinen Schmerzen und Leiden auf keinen Fall mehr zu Reynolds gehen.«

»Ich weiß«, sagte Asey gemütvoll, »das wird wirklich unpraktisch, wenn ich 'n Ischias krieg' und in der ganzen Schöpfung nach 'nem andren Quacksalber rumtraben muß, aber ich schätze, das muß ich dann wohl.«

»Was ist mit uns, Asey? Was sollen wir jetzt tun? Sollen wir hierbleiben?«

»Ich glaub', Miss Prue hat nich' genug Platz, um Sie unterzubringen. Sie und Ihre Frau fahren am besten rauf ins Hotel und übernachten da, und wenn Sie da kein Zimmer kriegen, nehmen Sie eins von Bangs' Ferienhäuschen. Ich will Sie nur morgen früh um sechs wieder hier haben.«

»Ist gut.« Kurth stand auf. »Läßt du deinen Wagen hier und fährst mit mir, Maida? Ich glaube, wir haben eine Menge zu bereden.«

Maida lächelte ihn an. »Das glaube ich auch.«

»Was Abe angeht«, überlegte Asey laut, »hab' ich es irgendwie satt, auf ihn aufzupassen. Können Sie ihn mitnehmen und dafür sorgen, daß er nich' abhaut? Versprichst du, nich' abzuhauen, wenn ich dir Spesen zahle, Abe?«

»Ich hau' nicht ab«, versicherte ihm Schonbrun. »Ich habe nichts, womit oder wohin ich abhauen könnte. Ich gehe mit.«

»Ganz bestimmt?«

»Aber sicher. Ich habe wohl keinen Grund abzuhauen.«

»In Ordnung. Dann lauf mal mit den beiden.«

»Halten Sie es nicht für riskant«, fragte ich, als die drei weg waren, »sie so einfach gehen zu lassen?«

»Warum? Wir haben alles aus ihnen rausgekriegt, was rauszukriegen war, nich'? Wir wissen zu viel von ihnen, die können gar nich' versuchen, sich zu verdrücken. Ich find's absolut nich' riskant.«

»Bei diesem Bruder bin ich mir nicht sicher«, bemerkte ich.

»Ich schon.« Asey stand auf.

»Wohin gehen Sie jetzt? Soll ich Sie begleiten?«

Asey grinste. »Tja, ich geh' nach Hause ins Bett.«

»Aber wollen Sie denn nichts mehr tun?«

»Miss Prue, ich hab' die Nacht zum Samstag draußen in der Bucht in einem Mahagoniboot verbracht, und ich bin gestern bis nach Mitternacht rumgerannt. Und ich hab' letzte Nacht nich' viel geschlafen, bei dem ganzen Aufpassen auf Schonbrun und meinem zerschlagenen Kopf. Ich brauche 'n bißchen Schlaf, bevor ich wieder irgendwas mache. ›Ich will mich ausruhn von des Tages Müh‹, wie der Kerl in dem Gedicht. Jawoll, ich geh' ins Bett.«

»Aber Asey!«

»Ich kann's nich' ändern. Ich bin kein Sechstagerennfahrer. Ab und zu muß ich mal schlafen.«

Ich folgte ihm nach draußen zum Roadster. »Was wollen Sie wegen des Badehäuschens unternehmen, Sie Geheimniskrämer?«

»Ach ja. Tja, da muß ich mal hingehen, und Sie halten Ihre Leute am besten drinnen, von wo sie mich nich' sehen können, bis ich gefunden hab', was ich suche. Hat keinen Sinn, jetzt alles zu verraten.«

»Ich finde Sie unverschämt und herzlos«, sagte ich, »einfach so zu gehen. Wir haben überhaupt noch nichts erreicht, und Sie waren so sicher, daß Sie bis morgen alles herausgefunden hätten. Nach was wollen Sie im Badehäuschen überhaupt suchen?«

»Vergessen Sie das Ganze, Miss Prue. Ich hab' gesagt, ich bring' die Sache bis morgen in Ordnung, und es is' noch nich' morgen. Es is' genug, daß ein jeglicher Tag seine eigene Plage habe. Denken Sie einfach nich' mehr an die Sache und sehen Sie zu, daß Sie auch was Schlaf abkriegen. Sie sehen genau so hohläugig aus wie ich. Sie und ich sind nich' mehr so jung, daß wir uns leisten können, die ganze Zeit zu rotieren wie 'n Kreisel. Gehen Sie sich ausruhen, wir schaffen's schon. Sogar Napoleon mußte schlafen.«

Ohne zu antworten stolzierte ich ins Haus zurück. Mein Vorschlag, Bridge zu spielen, genügte, um Emma, Betsey und Dot von der Veranda ins Wohnzimmer zu locken.

»Es ist schon komisch«, bemerkte Betsey, als sie den Tisch aufbaute, »wie dieser Schlüssel verschwunden ist, meine ich. Ich weiß wirklich nicht, wo er hingeraten sein kann.«

»Zweifelsohne wird Asey ihn finden«, meinte Emma.

Ich sah sie neugierig an. »Warum glaubst du das?« fragte ich.

»Ich weiß nicht, außer daß es logisch ist, daß er ihn findet, wenn er verlorengegangen ist. Ich weiß gar nicht, Prudence, wie du ohne ihn auskommen willst, wenn das alles hier endlich einmal vorbei ist.«

»Vielleicht wird er ja zur dauerhaften Einrichtung«, meinte Betsey und verdrehte die Augen in meine Richtung.

Ich rümpfte die Nase. »Wir haben schon eine halb dauerhafte Einrichtung«, gab ich zurück, »die es sich im Moment in einem Güterwagen häuslich gemacht hat; die erscheint mir völlig ausreichend für die Bedürfnisse aller Betroffenen.«

Meine Nichte besaß den Takt zu schweigen.

»Es ist ja schlimm, daß der arme Junge so leiden muß«, bemerkte Emma. »Aber ich denke, das mit dem Arzt ist herrlich. Stellt euch nur seine Laune vor, wenn er die ganze Nacht eingesperrt war. Bestimmt schreibt er etwas darüber in einer Fachzeitschrift, vielleicht mit dem Titel *Über den Zusammenhang zwischen Hitze und Kriminologie*. Ich wette, es ist ganz schön warm dort. Da hat er wieder für Monate Gesprächsstoff.«

»Sprich nicht davon«, sagte Betsey. »Es ist schon schwer genug, mit euch beiden dieses Blatt zu spielen, auch ohne daß ihr diese schreckliche Geschichte zur Sprache bringt.«

»Tut mir leid.« Emma nahm Betsey den Stich ab. »Aber sie verdrängt doch wirklich beinahe alle anderen Themen, weißt du.«

»Drei Fehl.« Betsey warf ihre Karten auf den Tisch. »Und jetzt spielt ihr schweigend.« Emmas Glückssträhne hielt an, wir nahmen die beiden Mädchen so ziemlich restlos aus. Um zehn Uhr verkündete Betsey, sie hätte genug.

»Diese eingefleischten Spieler sind unmöglich. Ihr spielt nach Regeln, die abgeschafft waren, bevor ich geboren wurde, und ihr macht nie zweimal dasselbe. Ich verstehe das nicht.«

»Bemüh' dich nicht«, tröstete sie Emma. »Deine Tante und ich haben zu lange zusammen gespielt, als daß eure neumodischen Regeln und Vorschriften uns den ruhigen Gang unserer Spielweise im geringsten durcheinanderbringen könnten. Wir erlassen euch eure Schulden, wenn ihr uns etwas zu essen holt.«

»Komm mit«, sagte Dot. »Wenn wir es nicht tun, muß ich tatsächlich zu Fuß nach New York zurücklaufen.«

Wir gingen auf die Veranda hinaus und warteten auf sie. »Sag mal«, erkundigte sich Emma, »es sieht ernster aus für Bill, als wir gedacht hatten, nicht wahr?«

»Anscheinend ist Asey dieser Ansicht«, erwiderte ich. »Ich nehme an, es stimmt. Hast du die Zeitung gesehen? Sie nennen Bill einen millionenschweren Playboy und verlangen, daß etwas geschieht. Es ist wirklich bemerkenswert, wie gern man in Amerika einen reichen Mann vor Gericht zerrt, und ich glaube, die Leute werden sich ganz besonders freuen, wenn er wegen Mordes angeklagt wird. Sie haben die ganzen Einzelheiten über Jimmys Yacht ausgegraben und über diese Party, die er und Bill vor zwei Jahren für die englischen Fabrikanten gegeben haben, und alles über die Scheidungen ihres Onkels Phineas und das ganze andere Zeug. Ich warte gespannt darauf, daß sie sich Betsey und mich vornehmen. Ich weiß gar nicht, wie wir dem bislang entronnen sind, es sei denn, Vetter John Whitsby hätte sein Veto eingelegt.«

»Wenn Bill morgen vor Gericht gebracht wird, kommt er ins Gefängnis, oder?«

»Ja. Ich hoffe, Jimmy hat ein paar Anwälte besorgt, wie Asey es ihm gesagt hat. Das ist ein ziemlicher Schlamassel, Emma.«

»Schlimm. Sehr schlimm. Warst du jemals im Gefängnis, Prudence?«

»Selbstverständlich nicht«, antwortete ich entsetzt.

»So habe ich es nicht gemeint. Warst du jemals in einem drin? Ich meine, hast du jemals eins besucht?«

»Einmal als Kind mit meinem Vater. Ich kann mich nicht mehr gut daran erinnern, außer daß ich geweint habe und daß es schlecht roch. Warum?«

»Ich habe mal mit Henry Edward eins besucht. Es war schlimm, Prudence, wirklich sehr schlimm. Gitterstäbe, nackter Beton und ein Geruch von Karbolsäure und Desinfektionsmitteln und zu vielen Menschen auf engem Raum. Es wundert mich nicht, daß es Gefängnismeutereien gibt.«

»Möglicherweise muß Bill ja nicht rein. Asey scheint immer noch zu glauben, daß er ihn freibekommt.«

»Das hoffe ich. Prudence, dieses Hafenstädtchen ist wunderschön. Du weißt gar nicht, wie gerne ich die letzten paar Tage hier war, trotz allem, was geschehen ist. Ich bin sehr einsam gewesen oben in Boston.«

»Er fehlt dir, nicht wahr?«

Sie nickte, ohne sich umzudrehen. »Ja. Weißt du, Prudence, die Leute haben Henry Edward exzentrisch genannt, und das war er wohl auch. Die meisten Geistlichen wissen mehr über das zukünftige Leben als über dieses, aber er war anders. Er hat tief und fest daran geglaubt, daß die Religion mehr mit der Gegenwart zu tun hat als mit jeder möglichen Zukunft. Er hat versucht, den Leuten zu helfen, und er hat dem Rumtreiber aus der Gosse genau so viel Aufmerksamkeit gewidmet wie den seelischen Nöten seines reichsten Gemeindemitglieds. Was die Leute so verschreckt hat, waren seine Methoden, den Menschen zu helfen. Aber er hat immer getan, was er sich vorgenommen hatte.«

Mir wurde plötzlich klar, daß ich Emma in all den Jahren unserer Bekanntschaft noch nie so hatte reden hören. Sie hielt sich eher etwas darauf zugute, niemals ernsthaft zu sein, wenn es sich vermeiden ließ.

»Ich habe nicht geglaubt«, fuhr sie fort, »daß man jemand so vermissen kann, wie ich ihn vermisse. Ich verstehe nicht, wie man behaupten kann, die Zeit ließe die Erinnerungen verblassen oder dergleichen. Die Zeit macht es nur schlimmer. In gewisser Weise, Prudence, hast du großes Glück. Du hast Betsey, auf die du aufpassen und um die du dir Sorgen machen kannst und der du sagen kannst, sie soll Gummistiefel anziehen, aber ich habe nicht mal eine Katze. Na ja, es hat wohl keinen Sinn, weiter darüber zu reden.«

Dot und Betsey kamen mit einem vollbeladenen Tablett zurück. Im Handumdrehen verwandelten wir es in ein unansehnliches Durcheinander von Papierservietten und leeren Tellern.

»Ich gehe ins Bett«, verkündete Emma. »Wenn morgen um sechs die Schlußanalyse sein soll, finde ich es höchste Zeit, daß wir alle etwas Schlaf bekommen.«

Betsey stimmte ihr zu, und die beiden gingen nach oben. Dot verkündete, sie sei nicht im geringsten schläfrig. »Außerdem«, fügte sie hinzu, »sehe ich nicht ein, daß ein paar Stunden mehr oder weniger einen großen Unterschied machen, wenn man zu dieser unchristlichen Zeit aufstehen muß. Ich werde dann sowieso erst halb wach sein und nicht weniger gähnen, ob ich nun jetzt ins Bett gehe oder um halb sechs.«

Sie zündete sich eine Zigarette an. »Miss Prudence, was glauben Sie, was dieser Mann noch in petto hat?«

»Asey? Ich habe nicht die leiseste Ahnung. Weißt du, Dot, diese Sache läuft nicht so, wie sie laufen sollte. Wir sind jeder Spur nachgegangen, der man nachgehen konnte, und es war alles nur Zeitvergeudung. Je mehr wir erklären können, desto weniger werden die Leute belastet. Jedenfalls kann ich mir nicht vorstellen, warum dieser Mensch im entscheidenden Moment nach Hause fährt und ins Bett geht. Entweder weiß er eine gehörige Portion mehr, als er mir gnädigerweise erzählt hat, oder aber er blufft ganz ungeheuerlich.«

»Sonderbar. Sie glauben doch nicht, daß er sich an mir festbeißt, oder?«

»Mein liebes Kind!«

»Ich weiß, aber Sie müssen zugeben, wenn irgend jemand wirklich tief drinsteckt, bin ich das. Schließlich war ich die letzte, die ihn lebend gesehen hat.«

»Das kannst du nicht gewesen sein«, belehrte ich sie. »Wenn das der Fall wäre, wärst du der Mörder. Du sagst, er war am Leben, als du fortgingst, und Schonbrun sagt, er war tot, als er zum zweiten Mal zur Hütte kam. Ich gebe zu, es sieht nicht besonders gut für dich aus, aber es muß jemanden gegeben haben, der nach dir gekommen ist und vor seinem Bruder.«

»Asey scheint sich recht sicher, daß der Bruder es nicht war.«

»Das weiß ich. Obwohl ich das Gefühl habe, daß das nicht gerade ein Mensch ist, dem ich irgend etwas aufs Wort glauben würde.«

»Diese Sache mit Betsey«, sagte Dot. »Ich meine Betsey und Sanborn und den Mann, der ihnen zufällig zugehört hat. Das wird Sie auch noch in die Sache hineinziehen. Dieser Arzt wird euch Schwierigkeiten machen. Es mag ja eine furchtbar schlaue Idee von Asey gewesen sein, Sullivan so zu übertölpeln, daß er ihn verhaftet, aber euch wird das überhaupt nichts nützen. Wenn dieser dumme Sheriff zu Verstand kommt und ihm aufgeht, was er für ein Trottel gewesen ist, wird er sich an Sie und Bets erinnern, fürchte ich.«

»Ich habe schon darüber nachgedacht. Ramon Barradio ist nicht gerade das, was man einen glaubwürdigen Zeugen nennt, und ich nehme nicht an, daß sein Wort vor Gericht viel wert wäre, aber die Tatsache selber bleibt bestehen. Dot, ich versichere dir: Ich bin so verwirrt, daß ich das Gefühl habe, du oder Betsey oder ich könnten es in einem Augenblick der Umnachtung selber getan haben. Allmählich verstehe ich, warum John und Maida sich wegen einer Sache wie diesem Buch haben scheiden lassen. In einer Angelegenheit wie dieser verliert man jedes Gefühl für Werte. Man will nicht diejenigen verdächtigen, die man kennt und mag, aber wenn alles andere nichts genutzt hat, kommt man doch darauf zurück und wundert sich.«

»Ich weiß. Ich habe mich selbst dabei erwischt, daß ich heute nachmittag das Gefühl hatte, Sie wären die Schuldige, als der Arzt und Sullivan ihr Palaver gehalten haben. Ich wußte, daß Sie es nicht waren, aber trotzdem.«

»Je mehr ich darüber nachdenke«, meinte ich, »desto mehr scheint es mir, daß Schonbrun recht hatte. Seinen Bruder hätte man schon vor langer Zeit umbringen sollen. Ich frage mich, ob es nicht das beste wäre, Bill die Konsequenzen tragen zu lassen und zu sehen, ob er nicht auch so freikommt.«

»Das wäre es, wenn der Arzt nicht diese fixe Idee mit Ihnen hätte. Stellen Sie sich bloß vor, ich hätte diesen Mann geheiratet und erst dann alles herausgefunden. Ich war wohl ein totaler Idiot, nicht zu merken, daß da irgendwas nicht stimmte, aber man ist wirklich nicht darauf gefaßt, mit solchen Männern zu tun zu haben.«

»Besonders, wenn sie so elegant gekleidet sind. Ich weiß, was du meinst.«

Emma polterte die Treppe herunter. »Macht ihr euch immer noch Sorgen über diese Sache? Dein Kumpel Mayo hat versprochen, den Schuldigen zu erwischen, Prudence, und ich würde doch meinen, das sollte dir genügen. Ich habe ein paar Briefe für die Post. Wo kann ich sie hinlegen?«

»Auf den Schreibtisch«, erwiderte ich. »Da liegt schon ein Stapel. Und ich wünschte wirklich, du würdest aufhören, mich wegen Asey Mayo aufzuziehen.«

»Ich bin untröstlich«, sagte sie in einem Ton, der gar nicht untröstlich klang. »Aber du mußt doch zugeben, daß du dich sehr dazu anbietest, aufgezogen zu werden, oder etwa nicht?«

»Überhaupt nicht«, antwortete ich würdevoll. »Nur weil ich anscheinend durch schiere Gewalt der Umstände in seine Gesellschaft geraten bin, ist das noch lange kein Grund, warum – «

» – ich dich aufziehen sollte. Ich verstehe, Prudence, ich verstehe. Sei versichert, daß ich über diese Situation nichts mehr sagen werde. Aber es wäre doch eine hübsche Romanze, nicht wahr?«

Sie lachte und polterte hinauf in ihr Zimmer. Dot kicherte.

»Und was dich und deine Geräusche angeht«, sagte ich mit Bestimmtheit, »ihr könnt ins Bett gehen.«

Dot drückte ihre Zigarette aus und küßte mich. »Wir sind alle gräßlich und gemein und plemplem wie die Igel. Na gut. Ich gehe nach oben und ärgere Bets. Sie gehen am besten selbst bald ins Bett. Sie brauchen Ihren Schlaf genau so nötig wie wir anderen.«

Und sie flitzte nach oben.

Ich nahm Ginger hoch und hielt ihn auf meinem Schoß. Das mache ich immer, wenn ich besonders ernsthaft nachdenken muß. Manche Frauen, zum Beispiel Emma, stricken lieber oder machen feine Handarbeiten oder legen Puzzles; noch andere, möglicherweise modernere wie Betsey und Dot, bevorzugen eine Zigarette. Hingegen hat es etwas sehr Tröstliches, eine warme schnurrende Katze zu halten.

Ich versuchte zum millionsten Male, die Dinge in meinem Kopf zu sortieren. Wir hatten herausgefunden, daß die Leute, die ein Motiv hatten, Sanborn umzubringen, Legion waren. Kurth, Maida, Dot, Betsey, Bill, Schonbrun, alle hatten einen Grund. Dann war da Maidas Freundin Alice, das Mädchen, das Selbstmord begangen hatte. Vielleicht hatte sie Freunde oder eine Familie oder sonst jemanden, der die Wahrheit über sie herausgefunden und versucht hatte, sie zu rächen. Da war der Mann aus der Sardinenfabrik. Da war der Arzt, von dem Kurth uns erzählt hatte, und der andere unbekannte Arzt, den er ebenfalls erwähnt hatte. Ihre Motive waren alle ganz unterschiedlich, und schwach war keins davon.

Nicht einmal ich selbst war von der Liste der Verdächtigen ausgeschlossen. Olga hatte ein Alibi, wenn sie ihre Freundin Inga nicht vorher präpariert hatte, was Asey und ich aber bezweifelten. Wie Dot angedeutet hatte, hätte es sogar Asey selbst gewesen sein können. Ich erinnerte mich an seine Idee, daß Sanborn vielleicht mit Sullivans Schlagstock umgebracht worden war.

Dann war da das Problem der Waffe. Wir waren uns nicht einmal sicher, was für ein stumpfer Gegenstand benutzt worden war. Ein stumpfer Gegenstand: Ich sah mich im Zimmer um. Eine Lampe, ein Rauchtischchen, ein Golfschläger, die Fußbank – es nahm überhaupt kein Ende mit den stumpfen Gegenständen in Sichtweite.

Wir wußten nicht, ob ein Mann oder eine Frau den Mord begangen hatte. Wie Asey sagte, wissen allerdings nicht viele aus der zweiten Gruppe Bescheid über Nackenschläge, Jiu-Jitsu oder die Verletzbarkeit jener Stelle des Kopfes, an der Sanborn getroffen worden war. Andererseits, hatte Schonbrun wirklich dieses weiße Etwas gesehen, und war es eine Frau gewesen? Oder war es, wie Betsey meinte, ein Mann in weißen Hosen?

Wir hatten keinerlei Fingerabdrücke, keine Fußspuren und auch keine Indizien, zum Beispiel eine rote Haarsträhne, wie mein Freund Wyncheon Woodruff in dem jetzt leider vernachlässigten *Lippenstiftmörder*. Es waren keine Zigarettenstummel in der Gegend verstreut, keine Zigarrenasche einer besonderen Sorte, obwohl ich stark bezweifelte, daß sie uns irgend etwas mitgeteilt hätten, selbst wenn wir welche gefunden hätten. Es gab keine Knöpfe, von den Fingern des Toten umklammert, keine fremden Initialen, keine anonymen Briefe, über die man sich Gedanken machen mußte. Was wir gefunden hatten, hatten wir bis zum Ende verfolgt. Also, dachte ich resignierend, hätten wir die ganze Sache ebensogut dem Zufall überlassen können.

Wir wußten, daß Sanborn zwischen halb fünf oder kurz danach und Viertel nach fünf ermordet worden war. Wir wußten von

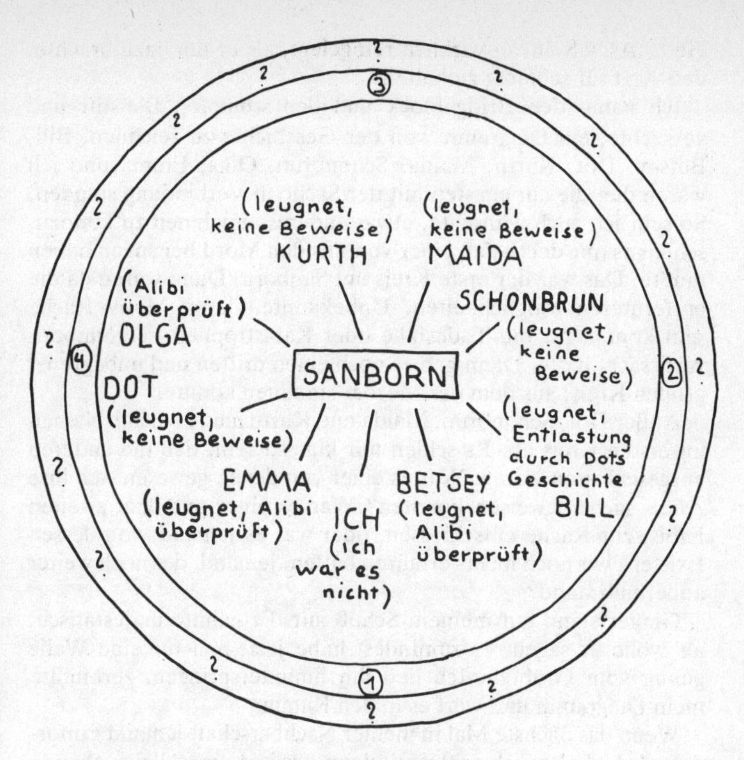

① Rache für frühere Todesfälle?
② Maidas Freundin Alice?
③ Reynolds?
④ Der zweite Arzt aus Kurths Geschichte?

sechs Besuchen, die ihm fünf verschiedene Personen abgestattet hatten; sie waren dorthin gekommen, nachdem er von unserem Haus weggegangen war und bevor ich ihn nachts fand. Aber hatte Asey recht? Gab es eine mystische sechste Person, die aus heiterem Himmel zugeschlagen hatte, Dot dicht auf den Fersen, und die so schnell wieder geflohen war, wie sie oder er gekommen war? Wer war es? Hätte es möglicherweise der Arzt sein können?

Hatte Asey Sullivan wirklich reingelegt, als er ihn dazu brachte, den Arzt für schuldig zu halten?

Ich nahm den Bridgeblock und den stumpfen Bleistift und versuchte, ein Diagramm von der Geschichte zu zeichnen. Bill, Betsey, Dot, Kurth, Maida, Schonbrun, Olga, Emma und ich waren die, die am engsten mit der Sache in Verbindung standen. So sehr ich auch wünschte, etwas anderes annehmen zu können, schien es mir doch, daß einer von uns den Mord begangen haben mußte. Das war der erste Kreis um Sanborn. Dann waren da die entfernteren Möglichkeiten, Unbekannte, deren Motiv Rache sein konnte für die Todesfälle oder Katastrophen, die Sanborn verursacht hatte. Dann gab es noch einen dritten und unbegrenzt großen Kreis, aus dem der Mörder stammen konnte.

Außer Dot, Schonbrun, Maida und Kurth hakte ich alle Namen im ersten Kreis ab. Es schien mir klar zu sein, daß die anderen ausgeschlossen waren. War es einer von denen gewesen, die ihre Alibis nicht beweisen konnten? War es einer aus dem zweiten Kreis, zur Rache entschlossen, oder war es jemand, von dessen Existenz wir noch nichts erfahren hatten, jemand, der noch weiter außerhalb stand?

Ginger stand auf meinem Schoß auf. Er gähnte majestätisch, als wolle er sagen, er zumindest habe jetzt mal für eine Weile genug vom Grübeln. Ich ließ ihn hinunterspringen, zerknüllte mein Diagramm und warf es in den Kamin.

Wenn das nächste Mal in meiner Nachbarschaft jemand ermordet wird, dachte ich schläfrig, dann wird es eine alleinstehende Dame geben, die sich nicht als Amateurdetektiv betätigt.

Neunzehntes Kapitel
Asey und die *Gesegnete Hoffnung*

Früh am Montagmorgen weckte mich der funkelnde Sonnenaufgang. In der Ferne hörte ich das Tuckern der Fischkutter, die zu den Fanggründen ausliefen. Draußen vor dem Haus war das Strandgras schwer vom Tau, und über den Wiesen dahinter lag noch dichter Nebel.

Ich sah zu, wie das Purpurrot und das Orange des Horizonts sich veränderten und dahinschmolzen, als die Sonne langsam heraufstieg. Der strahlende Morgenstern verblaßte vor den grellen Farben. Der Vorhang des Fensters neben meinem raschelte, und Emmas Kopf erschien.

»Großartig, nicht wahr?« bemerkte sie. »Aber ein bißchen gewitterig, wie Mr. Kipling sagt.«

Dem stimmte ich zu. »Es ist mir eine Quelle ständigen Erstaunens«, fügte ich hinzu, »daß die Leute von Cape Cod so rauh sein können, bei all den herrlichen Sonnenaufgängen und Sonnenuntergängen, die extra für sie aufgeführt werden.«

Sie lachte. »Darauf wäre ich nie gekommen. Vielleicht sollten wir eine Bewegung ›Hinaus zum Sonnenaufgang‹ ins Leben rufen. Brrr. Ich ziehe mich zurück. Es ist ein wunderschöner Anblick, aber die Luft ist kalt.« Sie schloß das Fenster.

Ich zog meinen Morgenmantel enger um die Schultern und lehnte mich halsbrecherisch weit hinaus. Draußen am Kai wühlte ein Schwarm von kleinen Fischen das Wasser auf, und über ihnen kreiste ein Möwenschwarm. Ich dachte an das Diagramm, das ich in der Nacht gemacht hatte, und beobachtete sie genau, um zu sehen, ob ich irgendein Omen aus ihnen ablesen könnte. Ich konnte nicht.

Der Milchwagen rumpelte die Straße am Strand entlang, und ich hörte die leeren Flaschen klappern. Ginger verlangte lautstark, hinausgelassen zu werden. Ich öffnete die Tür, und zwei Sekunden später galoppierte er zu den Wiesen davon. Olga klapperte in der Küche mit den Tellern. Ich zog mich an und ging hinunter. Die anderen folgten mir.

Das Frühstück war eine schweigsame Mahlzeit. Wir waren alle müde und nervös und gespannt. Kein Soldat hat jemals mit größerer Ungeduld und mehr Bedenken auf das Signal zum Angriff gewartet, als wir darauf, daß es sechs Uhr wurde.

Zehn Minuten vor sechs trafen Kurth und Maida ein, mit Schonbrun im Schlepptau. Pünktlich um sechs fuhr Bills Roadster mit Asey am Steuer an der Vordertür vor.

Er begrüßte uns gähnend und bat um eine Tasse Kaffee.

»Ich dachte, Sie hätten mir erzählt, Sie wollten nach Hause fahren, um etwas Schlaf aufzuholen«, bemerkte ich streng. »So, wie Sie aussehen, würde ich sagen, es war nicht mal ein Viertelstündchen. Und in Ihren Kleidern geschlafen haben Sie auch noch, was?«

Er nickte und schenkte sich noch eine Tasse Kaffee ein.

»Und die Ringe unter Ihren Augen«, fuhr ich fort. »Es ist eine Schande.«

»Ich weiß. Sieht wahrscheinlich aus, als hätt' ich zehn Nächte in 'ner Kneipe verbracht. Tut mir wirklich leid. Aber diese erzwungene Schlaflosigkeit hier hat sich bei mir offensichtlich zur Gewohnheit entwickelt.«

Er setzte seine Tasse ab und sah sich im Zimmer um. »Alle da und durchgezählt?«

»Alle da. Haben Sie Bill gesehen?« fragte Betsey.

»Jawoll. Bin heut' morgen da vorbeigefahren. Bill ging's prima, aber er sagt, er freut sich drauf, 'n schönes warmes Gefängnis von innen zu sehen, wo er zur Abwechslung mal auf was Weichem sitzen kann.«

»Und der Arzt?« fragte ich.

Asey lachte leise. »Der is' stinkwütend. Wollte 'n Anwalt haben, aber keiner hat ihm einen besorgt. Hat aber auch Neuritis in beiden Armen; und er hat nich' viel Schlaf gekriegt, schätze ich, die Moskitos haben ihn wohl auch geärgert. Bill scheinen sie nich' so belästigt zu haben. Irgendwie glaub' ich, der Doc wird uns für einige Zeit nich' besonders liebhaben.«

»Ich will Sie ja nicht hetzen«, sagte Kurth nervös, »aber haben Sie etwas herausgefunden? Wie lautet das Urteil?«

»Dazu komm' ich schon noch. Regen Sie sich nich' auf. Wir haben fast zwei Stunden, bis Sullivan und seine Wüstenkarawane aufbrechen. In zwei Stunden kann ’ne Menge passieren. Außerdem möcht’ ich euch ’ne Geschichte erzählen.«

»Glauben Sie wirklich, das ist der richtige Augenblick, um Scheherezade zu spielen?« fragte ich ungeduldig.

»Was zu spielen? Ich werde euch ’ne Geschichte erzählen. Ihr wollt sie vielleicht nich’ hören, und ihr müßt auch nich’, wenn ihr nich’ wollt. Aber erzählen tu ich sie auf jeden Fall, also könnt ihr ruhig zuhören. Es is’ eher ’ne einfache Geschichte, und vielleicht versteht ihr am Ende, worauf ich rauswill, oder sogar schon vorher. Aber ich erzähl’ sie euch von A bis Z, und ihr könnt rauslesen, was ihr wollt.«

»Eine Parabel?« erkundigte sich Emma.

»Nich’ sowas Hochtrabendes. Is’ einfach ’ne simple Geschichte von was, was vor langer Zeit passiert is’. Aber wenn ihr das ’ne Parabel nennen wollt, könnt ihr das gerne tun.«

Er streckte seine langen Beine vor dem Feuer aus.

»Denn mal los. Ich hab’ neulich zu Miss Prue gesagt, daß alle Leute in irgend’ner Kleinigkeit anderen Leuten gleichen; und normalerweise is’ das so; wenn sie einem in der einen Kleinigkeit ähnlich sind, dann sind sie ihm auch in andern Sachen ähnlich. Das is’ einer der Gründe, warum ich denen, die mit Sanborn drüben in der Hütte am Freitag zu tun hatten, ihre Geschichte abgekauft hab’. Aber ihr werdet gleich schon sehen, wie ich das meine.

Als ich ’n Junge von ungefähr fünfzehn Jahren war, bin ich als Koch auf ’m Schoner namens *Gesegnete Hoffnung* gefahren, von Boston nach Littleton, Neuseeland. So hatten sie ihn getauft, *Gesegnete Hoffnung,* aber ich glaub’ nich’, daß jemals ’n Schiff ’n unpassenderen Namen gehabt hat, außer vielleicht ’n Handelsschoner unten in Samoa, der *Eisige Maid* hieß.

War kein großes Schiff. Nur ungefähr neunzig Tonnen, wenn überhaupt, und zwölf Leute an Bord. Ich als Koch, und ’ne Besatzung mit ’nem Iren, den wir immer Paddy nannten, ’nem Engländer – kein richtiger, sondern ’n Zitronenfresser – und ’nem dummen Schweden. Gab drei Maate. Einer war ’n richtig prima Kerl aus Halifax, einer kam aus Boston, und der Erste Maat war ’n Mann von Cape Cod namens Lysander Trask. Dann war da der Käpt’n, der kam aus Maine, aber’s gab wohl kaum jemand, der mehr gegen die Prohibition in seiner Heimat war als er. Er wär’n abschreckendes Beispiel gewesen für die Tugenddamen, um Leute dazu zu bringen, 'n Gelübde gegen den Alkohol zu unterschreiben. Der Maat aus Boston hatte seine Frau und seine Schwester mit, und dann hat jemand in letzter Minute den Käpt'n überredet, zwei Passagiere mitzunehmen, 'n Lehrer aus Salem, Massachusetts, und seine Frau. Der hatte 'n Bruder auf 'ner Schaffarm drüben in Neuseeland, und sie fuhren also hin, um ihn zu besuchen.

Also, nach ungefähr fünfundzwanzig Tagen haben wir den Äquator überquert, was kein schlechtes Tempo war für 'n Schoner wie die *Gesegnete Hoffnung*. Alles lief ganz prima. Die Frau vom Maat blieb in ihrer Kabine und las Bücher, und die Schwester war die meiste Zeit seekrank, aber Mrs. Binney, das war die Frau von dem Lehrer, die war 'ne prima Köchin. Also kam sie, um sich die Zeit zu vertreiben, immer in die Kombüse und hat mir geholfen. Hat mich überhaupt nich' gestört, tatsächlich hat's mir sogar sehr geholfen, weil ich die meiste Zeit auch noch als Vollmatrose arbeiten mußte. Sie war 'ne richtig tüchtige, warmherzige Frau, mit messerscharfem Verstand und sehr vielseitig. Sie hat Vorhänge für die Kapitänskajüte gemacht und alle unsre Socken gestopft, und wir mochten sie. Ihr Mann war in Ordnung, aber 'n bißchen schwächlich, war mehr dran interessiert, den Fischen zuzusehen, als an irgendwas anderm.

Dann kamen wir in schlimmes Wetter. Da unten in der Südsee gibt's fast das ganze Jahr lang Stürme. Mehr Stürme aus Südwest bis Nordwest, als 'n christlicher Seemann vertragen kann. Man sieht da, oder man sah jedenfalls damals kein Schiff von einem Ende der Woche bis zum andern. Es wurd' ganz schön lästig, und wir fingen alle an, uns zu hassen. So zusammengesperrt zu sein wie wir, das war kein Vergnügen. Der Käpt'n hielt sich an seine Flasche und ließ die Maate sich um das Schiff kümmern, kam nur manchmal raus, um jemand wegen irgendwas fertigzumachen. Hat sich mit dem Maat aus Boston über 'ne Seekarte gestritten und war hinter der Frau und der Schwester her. Dann hat er dem Zitronenfresser Zunder gegeben, weil die Fracht nich' richtig verstaut war. Dann wurd' er handgreiflich gegen den Iren, und er hat sogar mit Lysander Krach angefangen. Mrs. Binney und das andre Weibervolk waren schlecht gelaunt und haben über das Schiff geschimpft und das Wetter und den Gestank und daß sie kein Bad nehmen konnten und so was. Langweilt ihr euch?« fragte er uns plötzlich.

»Wir hängen an jedem Wort«, teilte Betsey ihm schläfrig mit. »Nur zu.«

»Na ja, eines Tages kamen wir aus der Schlechtwetterfront raus, und alles war wieder in Ordnung. Der Käpt'n hörte auf zu saufen, und alle waren glücklich und zufrieden. Dann kriegten wir neue Stürme.«

»Sie und Noah«, murmelte Kurth.

»Eines Abends«, Asey ignorierte die Unterbrechung, »als ich grade den Eintopf auf die Teller tat, hörte ich Lärm in der Kajüte vom Käpt'n. Ich rannte hin und fand ihn mausetot, den Kopf mit 'ner Belegklampe eingeschlagen. Wenn ich sage ›eingeschlagen‹, dann mein' ich eingeschlagen. Es war nicht so 'n sanfter Klaps, wie Sanborn ihn gekriegt hat. Ich bin gerannt und habe Lysander geholt, der ja Erster Maat war, und wir beide haben uns die Sache angesehen, und dann haben wir angefangen, Untersuchungen anzustellen.

Der Zitronenfresser war eher so 'n feiger Typ, der hätte sein Messer genommen, wenn er's gewesen wäre.«

Ich erinnerte mich plötzlich, daß das seine Bemerkung über Schonbrun gewesen war.

»Und der Ire, na ja, der kriegte Wutanfälle und fing gern Streit an, aber er wär' nich' rumgelaufen und hätte einem den Schädel eingeschlagen, wenn er seine Fäuste benutzen konnte. Genauso der Maat aus Boston.«

»Bill«, dachte ich bei mir, »und Kurth. Sie scheiden aus.«

»Der Schwede war so 'n friedlicher Kerl und hielt sich 'n paar weiße Mäuse. Außerdem hatte er keinen Streit mit dem Käpt'n. Er war der einzige, der keinen hatte.«

Alle Augen wandten sich zur Küche. Wir schenkten Asey mehr Aufmerksamkeit, als wir ihm vorher hatten zukommen lassen.

»Der Maat aus Halifax hätte es sein können, aber er war unten im Laderaum gewesen. Ich hatte ihn runtergehen sehen, und ich hab' gesehen, wie er erst zurückkam, nachdem ich die Sache entdeckt hatte. Ich war's nich' gewesen, und ich wußte, Lysander Trask auch nich'.«

Im Geiste hakte ich ab. Er eliminierte sich selbst, Betsey und mich.

»Wir wußten, Selbstmord kam überhaupt nich' in Frage, also konnte er's selber nich' gewesen sein. Die Frau und die Schwester vom Maat lagen beide krank in ihren Kojen, schon seit zwei

Tagen, als die Sache passierte. Die Schwester war blond, und die Frau war dunkelhaarig und hübsch, wenn ihr wollt, daß ich mal richtig in die Einzelheiten geh'.« Er grinste.

Ich strich Dot und Maida.

»Der Lehrer hatte sich achtern mit Lysander am Ruder unterhalten. Dadurch schied er aus. Und seine Frau war die ganze Zeit in ihrer Kabine gewesen.«

»Wer war es dann?« Ich konnte mich keine Sekunde mehr zurückhalten.

»Alles zu seiner Zeit, Miss Prue. Alles zu seiner Zeit. Als wir in Littleton ankamen, nachdem wir uns durch einen Sturm nach dem andern gekämpft hatten, haben wir den ganzen Tüdelkram dem amerikanischen Konsul da aufgehalst.« Er unterbrach sich. »Ich hätte gern noch 'ne Tasse Kaffee, wenn's Ihnen nichts ausmacht.«

Langsam und bedächtig trank er sie aus.

»Weiter, Mann!« drängte Kurth. »Was geschah dann?«

»Tja, der Zitronenfresser sagte, er hätte den Käpt'n und den Iren streiten gehört, und der Konsul hat ihm geglaubt. Er hatte nie 'ne Mannschaft gehabt, dieser Käpt'n, die er nich' wie die Packpferde angetrieben hätte, wenn er nüchtern war, und schikaniert und drangsaliert, wenn er betrunken war. Aber da er nun mal 'n Vetter vom Reeder war, is' nie was passiert. Ich hab' von Besatzungen gehört, denen hat er madiges Fleisch und vergammelten harten Schiffszwieback zu essen gegeben, und ich weiß von andern, die hat er arbeiten lassen bis zum Umfallen. Jedenfalls konnte der Ire nich' beweisen, daß er den Käpt'n nich' umgebracht hatte, also haben sie ihn, um 'n Exempel zu statuieren – sie hatten damals 'ne Menge Ärger mit den Besatzungen –, in die Staaten zurückgebracht und ihn am Hals aufgehängt, bis er tot war. Ich weiß nich', wie oder wo oder warum, aber das is', was passiert is'.«

»Aber was beweist das alles?« wollte Kurth wissen.

»Nichts«, sagte Asey langsam, »außer daß ich Lysander Trask ungefähr fünf Jahre danach drüben in Hongkong getroffen hab'. Er führte mittlerweile selber 'n Schiff und war grad' von New York rübergekommen. Es war wohl so, daß Mrs. Binney in Neuseeland drüben gestorben war, aber er hatte in New York gehört, daß sie, bevor sie aus dieser Welt abgetreten is', gestanden hat, daß sie den Käpt'n umgebracht hat.«

»Aber wie denn? Und warum?«

»Tja, anscheinend haben wir sie nie richtig im Verdacht gehabt, wo sie doch Vorhänge gemacht hat und unsre Socken gestopft und alles. Und sie sprach auch immer so freundlich. Aber einmal, als der Käpt'n betrunken war, hat er ihren Mann geschlagen und beschimpft. Er war kein Feigling, dieser Lehrer, aber er war kleiner als der Käpt'n und konnte nich' zurückschlagen, und er wußte nich' so ganz, was er machen sollte. Er konnte sich nich' selbst wehren, da hat sie ihm gezeigt, wie das geht. Natürlich, viel hat es nich' geholfen, denn mittlerweile war Paddy schon dafür bestraft und aufgehängt worden, aber so is' das nun mal.«

Die Angst, die sich langsam in mein Herz geschlichen hatte, erfüllte es jetzt ganz. Plötzlich wußte ich, warum Asey mir so wenig von seinen Plänen und Entscheidungen des vorangegangenen Tages hatte erzählen wollen.

»Wo is' dieses neue Buch von Mr. Sanborn?« fragte Asey ruhig.

Das purpurrot gebundene Buch, das ich Emma am Freitag geliehen hatte, hatte ich völlig vergessen.

»Mrs. Manton hat es«, erwiderte ich.

»Haben Sie's da?« fragte Asey.

Sie lächelte ihn an und schüttelte den Kopf.

»Wo is' es?«

»Im Badehäuschen.« Ihr Ton war gelassen und ruhig.

»Im Badehäuschen?« wiederholte Betsey verwundert. »Aber da kann es nicht sein. Du hattest es Freitag nachmittag hier oben, und wir waren seit Freitag morgen nicht mehr dort.«

»Aber da ist es«, erklärte Emma.

»Wollen Sie's uns holen?« fragte Asey langsam.

Sie sah ihn einen langen Augenblick an und erhob sich dann aus dem Korbstuhl.

»Natürlich hole ich es, Asey.«

»Sei doch nicht dumm«, sagte Betsey. »Ich nehme den Kleinen und fahre es holen. Ich habe den Wagen draußen gelassen, er steht gleich bei der Tür.«

»Macht nichts.« Emma legte ihre Wolldecke zusammen und verstaute sie sorgfältig in ihrem Strickbeutel. »Ich fahre selbst hinunter.«

Ich legte meine Hand auf Betseys Arm, als sie gerade protestieren wollte, und flüsterte ihr heftig zu, sie solle still sein. Betsey sah mich fragend an und wurde ein bißchen blaß.

»John geht es für Sie holen«, bot Maida an. »Ich sehe überhaupt keinen Sinn darin, Sie den ganzen Weg da hinuntergehen zu lassen nur für ein albernes Buch.« Aber Asey schüttelte den Kopf. Ich beobachtete Emma, wie sie ganz unbeteiligt zur Tür stapfte. Auf der Schwelle drehte sie sich um und lächelte, dann polterte sie die Stufen der Veranda hinunter.

»Asey!« Betsey lief zu ihm und packte ihn an den Schultern. »Asey, was soll das heißen? Warum sind Sie so? Weshalb schikken Sie sie nach diesem Buch? Was ist überhaupt los mit euch allen? Ihr seid wie ein Haufen Wachsfiguren!«

Behutsam nahm Asey ihre Hände weg und legte einen Arm um ihre Schultern. »Ich kann's nich' ändern, Betsey, Mädchen. Gott weiß, daß ich's nich' will. Aber ich dachte, ich geb' ihr 'ne Chance, von hier wegzukommen, solang sie noch kann.«

»Sie meinen, Asey – Sie können doch nicht glauben, daß es Emma war?«

Er nickte. »Nur hätte ich gewollt, daß sie Bills Roadster nimmt, aber sie hat deinen Wagen genommen. Ich wollte, daß sie davonkommt.«

Wir drängten uns zum Fenster, als wir das Brummen von Betseys kleinem Wagen hörten. Wie ein Pfeil schoß er den Muschelweg hinunter. Dann ging er an der Straße am Strand in die Kurve, aber zu schnell. Der Wagen hob vom Boden ab, schaukelte eine Sekunde in der Luft und sackte dann ab. Es gab einen Knall. Der Wagen überschlug sich einige Male und landete auf dem Strand. Wir waren so still, daß wir das leise Plätschern der glitzernden Wellen hörten, die sich am Strand brachen. Irgendwo am Himmel schrie eine Möwe.

Eine Flamme schoß aus dem Wagen, und Asey und Kurth rannten zum Roadster.

Zwanzigstes Kapitel
Alles nur Gerede

Nach Aussage des Arztes, der überstürzt aus seinem Gefängnis geholt wurde, war Emma sofort tot gewesen.

»Ob sie es wohl mit Absicht getan hat?« fragte ich Asey, als er mit den Neuigkeiten zurückkam.

Er schüttelte den Kopf. »Ich weiß nich'. Ich glaub' nich', daß wir's je erfahren werden. Ich denke schon, sie wollte es, aber vielleicht wollte sie's auch nich'. Vielleicht is' es auch alles in allem besser so.«

»Woher wußten Sie es?« fragte Betsey.

»Dieses Buch. Ich wußte durch dieses Telegramm von dem Mann in New York, daß es eine Verleumdungsklage war, die Kurth angestrengt hatte. Das hatte ich euch ja schon erzählt. Der einzige Grund, den ich mir vorstellen konnte, war irgendwas wegen seinen Büchern. Sie hatten mir gesagt, Emma hätte sein letztes gelesen, und das is' mir wieder eingefallen. Ich dachte irgendwie, wenn Kurth über ein Buch sauer geworden is', war sie's vielleicht über 'n andres.«

»Aber diese Geschichte, daß es im Badehäuschen war? Woher wußten Sie das?«

»Sie haben gesagt, Sie hätten Samstagnacht ein Geräusch gehört. Sie hatten gedacht, es wär' Dot gewesen, aber als Sie mir dann erzählten, daß Ihre Katze hinterher immer noch aufgeregt war, hab' ich angefangen, die Stücke zusammenzusetzen. Mal angenommen, sie hat das Buch gelesen und darin was entdeckt, und mal angenommen, daß das der Grund war, warum sie Dale umgebracht hat. Sie hatte keine Gelegenheit, das Buch loszuwerden, und sie war nich' so dumm, es rumliegen zu lassen, wo eine von euch es sehen konnte. Das waren alles nur Vermutungen, verstehen Sie. Dann is' mir auch wieder die Geschichte eingefallen, die ich Ihnen erzählt habe. Das war die reine Wahrheit. Ich bin mal von einer Frau an der Nase rumgeführt worden, die ihr sehr ähnlich war, gewitzt und fröhlich und nett, und ich hab' angefangen, sie zu verdächtigen. Sie war's, die rumgelaufen is', dachte ich, um das Buch loszuwerden. Den ganzen Samstag hat sie hier gesessen und gestrickt, aber sie hatte leider keine Gelegenheit dazu. Alleine war sie nur, als Dot und Betsey die Leute vom Tennisplatz suchen gegangen sind. Aber das hat ihr nich' geholfen; Olga war noch hier, und die ganzen Leute standen da am Seil rum. Das Haus war nich' der richtige Ort, um es zu verstecken. Ich dachte, sie hätte es vielleicht trotzdem getan, und deshalb hab' ich Olga gestern nachmittag rumgeschickt, ob sie's finden kann.«

»Aber wie – «

»Moment. Dazu komm' ich noch. Freitagnacht hatte sie keine Gelegenheit, was zu unternehmen, weil Slough und die ganzen Leute da waren. Nur Samstagnacht, als Sie alle im Bett waren und schliefen. Da ist sie rausgegangen; höchstwahrscheinlich hatte sie vor, es ins Wasser zu werfen. Sie war zu vernünftig, um es einfach irgendwohin zu schmeißen. Der Trick mit dem entwendeten Brief is' in der Regel gar nich' so gut. Ich weiß nich', ob Ihnen solche Sachen auffallen, aber es war Flut in der Nacht, und deswegen konnte sie das nun nich' machen. Wahrscheinlich hatte sie, weil sie ja intelligent war, an diese Möglichkeit gedacht und den Schlüssel zum Badehäuschen schon mitgenommen. Wo gab es da 'n bessern Platz, es zu verstecken, als in ihrem Badezeug? Also hat sie das gemacht, und sie hatte wohl vor, es loszuwerden, sobald sie konnte, denk' ich mir. Es war in ihren Badeanzug eingewickelt.«

»Wie konnten Sie mit dem Buch so sicher sein?«

»Ich hatte mir das so gedacht, und es stimmte dann ja auch. Als Kurth uns dann alles erzählte, war ich noch viel sicherer. Sie war die einzige, die das neue Buch hatte, sie war Mrs. Binney reichlich ähnlich, und außerdem, is' Ihnen nich' aufgefallen, daß sie gar nicht abgestritten hat, daß sie da war? Sie hat nur gefragt, ob ihr sie dann nich' alle gehört hättet.«

»Aber wann ist sie zur Hütte gegangen? Was stand in dem Buch? Über wen war es? Und wie um alles in der Welt hat sie hinterher so schauspielern können?«

»Würde mich nich' wundern, wenn sie Ihnen 'ne bessere Erklärung dagelassen hätte, als ich sie geben kann. Hat sie keine Nachricht hinterlassen?«

»Diese Briefe, die sie gestern abend heruntergebracht hat«, rief Dot aufgeregt. »Glaubt ihr nicht, daß da etwas drinsteht?«

Betsey lief zum Schreibtisch. »Da ist einer an dich adressiert, Snoodles. Lies ihn!« Ich riß ihn auf. Seite um Seite in Emmas sauberer Handschrift fielen heraus.

»Nanu, er trägt das Datum von Freitag nacht«, sagte ich.

Asey nickte. »Das dachte ich mir.« Ich las den Brief vor.

»Meine liebe Prudence!

Wenn Du diesen Brief liest – ich glaube, das ist die klassische Art, solche Briefe anzufangen –, werde ich wahrscheinlich nicht da sein. Du solltest jedoch für den Fall, daß Bill oder jemand anders unter dringenden Verdacht kommt, die Wahrheit über die ganze Angelegenheit erfahren.

Ich habe Dale Sanborn umgebracht. Das klingt schrecklich, vielleicht, aber ich bin nicht so sicher, daß es das ist. Als Du mir dieses Buch gabst, wußtest Du nicht, was wirklich darin stand. Ich wußte es selber nicht, bis ich ziemlich weit damit war. Nächstenliebe. *Du fragst Dich, was ein Buch namens* Nächstenliebe *mit mir zu tun hat? Es ist alles ganz einfach.* Nächstenliebe *ist nach dem Leben meines Mannes Henry Edward Manton geschrieben.*

Du weißt ja, daß Henry Edward recht berühmt war für seine Exzentrizität. Er hat viele Dinge getan, die den meisten Kirchenleuten nicht einfallen würden, viele Dinge, die seine Mitbrüder in heiligen Schrecken versetzt hätten.

1918, kurz nach Kriegsende, kam Henry Edward eines Nachts von einer Versammlung in Boston zurück, fand ein junges Mädchen, das in den Straßen herumstreunte, und brachte sie mit nach Hause. Ich weiß nicht, wer sie war oder woher sie kam. Wir nannten sie Rose. Es war die übliche gemeine Geschichte aus dem Krieg: Irgendein Soldat hatte sie verführt und hatte sich dann aus dem Staub gemacht und sie sitzengelassen. Natürlich wollte Henry Edward ihr helfen. Ich weiß nicht, ob Du von ihr gewußt hast, denn das wußten nur wenige, aber sie hat bei uns im Haus gewohnt, bis sie und ihr Baby starben. Das für sich genommen ist doch eine sehr einfache Geschichte, nicht wahr? Aber in Nächstenliebe *wirst Du Dale Sanborns Interpretation finden, und die ist nicht so einfach. Das Mädchen Rose ist in seinem Buch Henry Edwards Geliebte, ich bin die Ehefrau, die ihr erlaubt, mit mir im selben Haus zu wohnen. Du kannst den Rest selber lesen.*

Woher Sanborn davon wußte? Einfach deshalb, weil Henry Edward ihn entdeckte, als er auf dem College war und sich sein Studium verdiente, und ihm weitergeholfen hat. Ich habe ihn heute am Strand sofort erkannt, obwohl er so tat, als würde er mich nicht wiedererkennen. Prudence, mein Mann und ich haben diesen Jungen gepflegt, als er Typhus hatte. Wir haben seine Rechnungen bezahlt, haben ihm Kleider gegeben und ihn am Leben erhalten. Er wußte von Rose, war dagewesen, während sie im Hause war. Henry Edward und ich haben es schon vor langer Zeit aufgegeben, Dankbarkeit von den Leuten zu erwarten, denen wir zu helfen versucht haben. Ich habe von David Schonbrun keine Dankbarkeit erwartet, aber eine solche Nächstenliebe *hatte ich auch nicht erwartet. Ich habe es durchgelesen, dann habe ich es noch einmal überflogen, um mich zu vergewissern, daß es nicht mein Mann oder ich waren, die auf diesen Seiten porträtiert wurden. Aber es ging nicht. Wir waren die Figuren, aber so mit Rotstift koloriert, daß wir geradezu Marlowesche Ausmaße annehmen.*

Es war etwa halb fünf, als ich zum zweiten Mal mit dem Buch durch war. Ich beschloß, zu Schonbrun zu gehen, um zu sehen, ob es wirklich wahr war, denn ich wollte es nicht glauben. Es gab zu viele Leute, die etwas merken würden, und ich wollte nicht, daß die Geschichte in dieser Version publik gemacht wurde.

Ich ging nach unten, wie ich immer gehe, ein bißchen polternd, und hatte vor, Dir irgendeine Erklärung zu geben. Aber Du warst nicht da; ich hörte Dich in der Küche hantieren und mit den Töpfen klappern. Dann, als ich auf die Veranda hinauskam, sah ich Dot zur Hütte hinübereilen. Ich folgte dicht hinter ihr, wartete vor der Hütte und hörte ihre Unterhaltung mit Schonbrun. Das bestärkte mich in der Überzeugung, daß er ein Schuft war, ein größerer sogar, als ich mir hatte vorstellen können. Als sie weg war, ging ich hinein, immer noch mit dem Buch in der Hand.

Er begrüßte mich vergnügt und fragte, ob denn alle indignierten Weibsbilder auf der Welt ihm an diesem Nachmittag ihren Besuch abstatten wollten.

Als Antwort hielt ich ihm das Buch hin. ›Haben Sie das nach der Geschichte von Rose und meinem Mann geschrieben?‹ fragte ich.

Er lachte. ›Warum nicht? Es gehört zu meiner Serie Demaskierung der Menschlichkeit. *Die Geistlichkeit hat lange nichts mehr abgekriegt.‹*

Ich beherrschte mich, so gut ich konnte. ›Wollen Sie damit sagen, daß Sie uns so belohnen für alles, was wir für Sie getan haben?‹

Er winkte lässig ab und sagte, das sei eine unbedeutende Sache. ›Manton ist tot, und wem macht es etwas aus? Wer wird es jemals erfahren?‹

Ich versuchte zu erklären, daß das genau der Punkt war. Genau deshalb, weil Henry Edward tot war, machte es mir etwas aus. Wenn er noch am Leben wäre und sich wehren könnte, wäre das etwas anderes. Er könnte die Wahrheit erzählen. Aber selbst wenn ich jetzt meine Version veröffentlichen könnte, würde mir niemand glauben, und ich würde mich nur lächerlich machen.

Er sah mich höhnisch an und sagte, da könne er gar nichts machen. Schließlich müsse er auch leben. ›Gibt es irgendeinen Grund auf der Welt, warum Ihr Mann sich nach seinem Tod nicht ebenso als Einkommensquelle für mich erweisen sollte wie zu seinen Lebzeiten?‹

Plötzlich brach er ab und schaute unter den Tisch. Er sah diese Sardinenbüchse, die der Sheriff mit Bill Porter in Verbindung bringt. Er schenkte mir und meinen Fragen keine Aufmerksamkeit mehr, bückte sich und sah sie sich näher an. Ich habe noch nie einen Menschen so rasend gesehen. ›Wer hat die hiergelassen?‹ schrie er. ›Wer hat sie hergebracht?‹

Meine Bitten so mißachtet zu finden, während er sich über eine leere Sardinenbüchse aufregte, das war mehr, als ich ertragen konnte. Als er sich bückte, schlug ich ihm sein eigenes Buch mit aller Kraft auf den Kopf. Er fiel um wie ein Klotz.

Ich kniete neben ihm nieder, und ich wußte, daß er tot war. Ich hatte Henry Edward von jenem Schlag auf die Schädelbasis erzählen hören, wenn ich auch keine Absicht hatte, ihn anzuwenden. Ich hatte nicht vorgehabt, Sanborn umzubringen, aber da ich es getan hatte, verspürte ich keine Angst, es tat mir nicht einmal leid. Er mußte getötet werden. Allein seine Unterhaltung mit Dot war schon Grund genug.

Ich habe mich nicht besonders mit Nachdenken aufgehalten. Ich ließ ihn da liegen und eilte zum Haus zurück. Ich erwartete, daß alles sofort entdeckt würde, und war bereit, der Sache ins Gesicht zu sehen. Als ihr jedoch vorzogt zu glauben, ich sei die Treppe heruntergekommen, während ich tatsächlich die Stufen zur Veranda heraufkam, schien es mir, als könnte ich es genausogut darauf ankommen lassen und die Entdeckung abwarten, bevor ich etwas sagte und mich stellte. Ich steckte das Buch in meinen Strickbeutel und ging in die Küche, als ihr mich rieft.

Möglicherweise hätte ich euch da alles erzählen sollen, oder heute abend, als der Sheriff hier war. Aber es ist schwer, seine Freiheit aufzugeben, wenn man jemanden umgebracht hat, der es verdient hat. Nach dem, was ich von eurem Sheriff gesehen habe, glaube ich nicht, daß es ihm gelingen wird, die Leute davon zu überzeugen, daß Bill Porter der Mörder ist. Ob noch andere in die Sache verwickelt werden können, kann ich nicht absehen. Ich werde abwarten, was geschieht, und wenn die Zeit reif ist, werde ich sehen, was ich tun kann, um dem Galgen zu entgehen. Ich habe einmal ein Gefängnis besichtigt, und es hat mir nicht gefallen; ich bin sicher, daß ich es nicht ertragen könnte. Und außerdem, liebe Prudence, das Leben ohne Henry ist ein Leben, an dem mir nicht mehr viel liegt. Ich habe nichts, wofür ich lebe, und was mich betrifft, hat das Leben allen Reiz verloren. Diese Welt hängt an einem sehr dünnen Faden. Eines Tages wird er durch irgend etwas reißen, und es macht keinen Unterschied, ob das ein bißchen früher oder später geschieht. Wenn also etwas passieren sollte und es einen Unfall geben sollte, versuche bitte, so freundlich von mir zu denken, wie Du kannst.

Dir wird auffallen, daß ich keine Lügen erzählt habe noch erzählen werde. Ich berichte alles aus meiner Sicht, das ist nur menschlich, aber die ganze Sache steht schwarz auf weiß da für denjenigen, der sie aufklären will.

Ich habe meinen Besuch genossen, so seltsam das auch erscheinen mag. Und wenn Du bitte meinen anderen Brief an Norton und West schickst, werden sie alle Einzelheiten regeln, die geregelt werden müssen.

Ich schreibe dies Freitag nacht, während noch alles in Verwirrung ist, aber dies sind die Tatsachen und die ganze Wahrheit.«

»Dann wollte sie sich also umbringen«, stellte ich fest, »sie wollte es von Anfang an. Seltsam, sich vorzustellen, wie sie sich benommen hat, so vergnügt und so ungerührt, als ob nichts geschehen wäre.«

»Ich weiß«, sagte Asey. »Ich glaub' nich', daß ich mich in meinem ganzen Leben jemals schlechter gefühlt hab' als heute morgen. Seh'n Sie, ich bin zum Badehäuschen gefahren, hab' das

Buch gefunden und fast die ganze Nacht gebraucht, um es zu lesen. Dann wußte ich es. Und sie wußte auch, daß ich's wußte.«

»Aber woher wußten Sie, daß es Emma und Henry Edward waren?«

»Ich hab' gestern nacht 'n Ferngespräch mit Boston geführt, als ich halb durch war, und hab' 'n Pfarrer erreicht, den ich kenne, und der hat's mir erzählt. Er war einer von denen, die von dem Mädchen wußten.«

»Da ist ein Postskriptum, das du noch nicht angesehen hast«, sagte Betsey und reichte mir noch eine Seite.

»Es trägt das Datum von letzter Nacht«, bemerkte ich.

»Ich mag keine Postskripten, aber es wird zunehmend offensichtlicher, daß dieser hagere Mensch Asey Mayo von dem Buch weiß und daß ich es im Badehäuschen versteckt habe. Nach Maidas und Johns Geschichte ist es sowieso klar wie Kloßbrühe, wer es war. Und Asey hat Hirn genug, die Wahrheit an den Tag zu bringen, bevor sie Bill einsperren. Also, wie diese Modernen sagen, das wäre das. Falls ich es vergessen haben sollte, es liegt Katzenminze für Ginger in der Schublade, die ich über all den Aufregungen ganz vergessen habe, Dir zu überreichen.«

Ich glaube, es war der letzte Satz, weshalb ich zusammenbrach und zu weinen anfing. Sogar Asey blinzelte befangen.

»Ich weiß, es is' furchtbar, Miss Prue, aber vielleicht is' sie glücklicher so, und bestimmt is' es besser als das, was passiert wär', wenn sie es nich' getan hätte. Teufel noch eins!« Er schlug sich auf die Schenkel. »Jetzt hab' ich doch glatt Bill vergessen!«

Er schoß zum Wagen, und in ein paar Minuten war Bill wieder bei uns im Haus. Offensichtlich hatte ihm sein Ausflug nicht geschadet.

»Asey hat mir alles erzählt«, verkündete er, »und ich kenne eine Sache, wofür das Geld der Porters wirklich zu gebrauchen ist. Ich habe gerade telegrafiert, und dieser Aspekt der Sache kommt in Ordnung, selbst wenn Jimmy dafür die blöde alte Firma verkaufen muß.«

»Und das wäre?«

»Ich habe dem Verleger telegrafiert, Snoodles, und wenn ein Exemplar von diesem widerlichen Buch jemals an die Öffentlichkeit kommt, dann nur deshalb, weil Familie Porter pleite gegangen ist. Nach allem, was passiert ist, sollten wir doch wohl den Anstand besitzen, dieses Buch nicht den Lästerzungen auszuliefern. Ich werde alles aufkaufen, was damit zu tun hat, und wenn es das letzte ist, was ich jemals tue. Ich werde eigenhändig jedes Blatt verbrennen und jeden Druckstock, oder wie das heißt, zerstören. Ihr könnt der Polizei die Wahrheit erzählen, aber aus den Zeitungen und aus allem werde ich sie heraushalten. Niemand wird etwas über das letzte Opfer von Mr. Dale Sanborn erfahren, solange ich es verhindern kann.«

Schonbrun ergriff das Wort. »Wenn ich das richtig sehe, Mr. Porter, glaube ich, daß ich das Recht habe, die Verleger mit Daves Sachen machen zu lassen, was ich will, o Mann, und ich gehe mit Ihnen und sehe zu, daß sie tun, was Sie sagen. Mein Bruder hat genug Schaden angerichtet, auch ohne dieser Dame noch was anzutun. Jedenfalls habe ich sie nicht verraten, auch wenn Asey mich beschimpft hat.«

Asey wandte sich ihm zu. »Willst du mir etwa erzählen, daß sie dieses weiße Etwas war, das du gesehen hast?«

»Na klar.«

»Kann der Leopard sein Fell wechseln?« sagte Asey bekümmert. »Und du hast nichts gesagt?«

»Nein. Sie hat auch gewußt, daß ich es weiß. Aber sie hat was getan, wozu ich nie den Mut hatte, und ich hätte sie nicht verpfiffen. Ich habe nicht geglaubt, daß du auf sie kommen würdest. Ich habe nicht gewußt, daß du sie im Verdacht hattest, bis du diese Story erzählt hast. Aber ich hätte sie nicht verpfiffen, außer wenn es um mein Leben gegangen wäre. Sie war«, fügte er gefühlvoll hinzu, »sie war eine Dame, das war sie. Ich habe noch nie so eine wie sie gesehen. Ja, Sir, Mr. Porter, verbrennen Sie die Bücher, und ich helfe Ihnen dabei, ehrlich.«

»Ich auch«, kündigte Dot an. Sie hatte plötzlich wieder zu ihrer alten Form gefunden. »Ich meine, ich werde das so richtiggehend aus ganzem Herzen genießen. Tatsächlich habe ich noch nie eine bessere Idee gehört.«

»Wir sind auch dabei«, kündigte Kurth an. »Ich wünschte nur, wir hätten dasselbe mit dem anderen Buch tun können.«

»Und ich bin Erste Assistentin«, kündigte Betsey an.

»Nur dieses eine Mal«, wollte Bill wissen, »oder bleibt das Angebot bestehen?«

Betsey errötete, zu meiner Überraschung und Freude. »Na ja«, verteidigte sie sich, »wenn du immer herumläufst und dich in alle möglichen Morde verwickeln läßt, muß ja irgend jemand auf dich aufpassen, oder? Und wie Asey singt: Warum nicht ich?«

Asey seufzte. »Das war's beinahe wert – die beiden endlich für immer zusammenzubringen. Schaut euch nur die beiden Kindsköpfe an, mit dieser Kinoumarmung. Es is'ne Schande, 'ne Schande is' das. Bin ich vielleicht froh, diesen Jungen vom Hals zu haben – is' ja nur 'ne Plage gewesen all die Jahre.« Er streckte die Arme in die Luft, als riefe er einen Geist an, dann ließ er sie fallen. Unvermittelt gähnte er und ging Richtung Tür.

»He!« Bill machte sich los. »He! Wo willst du hin?«

Asey zog eine große altmodische silberne Uhr hervor, hielt sie vorsichtig an sein Ohr und zog sie dann mit großer Sorgfalt auf. »Wohin ich geh'? Ich geh' nach Hause und seh' zu, daß ich 'n bißchen Schlaf krieg', und dann nehm' ich mein Ruderboot und fahr' raus und schnapp' mir 'n paar Flundern oder Klippenbarsche und setz' Köder in meine Hummerkörbe. Da will ich hin. Kapierst du, daß diese Körbe seit Freitag keinen Köder mehr gekriegt haben, junger Mann, wegen deinen ganzen Geschichten, wo ich mich drum kümmern mußte? Tja, haben sie nich'.«

»Aber warte einen Moment, Asey! He! Warte doch! Ich habe dir noch gar nicht gesagt, wie toll du warst, daß du das alles rausgekriegt hast – «

Asey sah ihn streng an, dann drehte er sich um und grinste uns an.

»Alles nur Gerede«, verkündete er. Er winkte nonchalant und trat hinaus auf die Veranda. Als er die Stufen hinunterging, hörten wir ihn murmeln: »Alles nur Gerede, nur Gerede.«

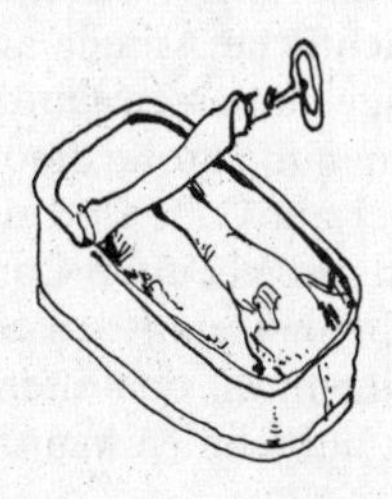

Nachwort

Asey Mayo erblickte 1931 im Alter von etwa 60 Jahren das Licht der literarischen Welt. Mit den zahlreichen Fällen, die er in über 20 Romanen und einigen Erzählungen gelöst hat, zählt er zu den meistbeschäftigten Detektiven der Krimigeschichte. Wie seine berühmten Zeitgenossen Miss Marple und Hercule Poirot begann er seine Karriere als Detektiv erst in relativ hohem Alter. Jedoch wird er nicht unbegrenzt immer älter und älter wie Poirot, der, wenn man einmal nachrechnet, bei seinem letzten Fall im 13. Lebensjahrzehnt gestanden haben muß – Asey Mayo präsentiert sich in den zwanzig Jahren, die seine Detektivlaufbahn dauert, als ein zäher Neuengländer; zwar nicht mehr so jung, wie er mal war, aber doch beneidenswert – wenn auch nicht unglaubwürdig – fit für sein Alter. Er ist ein ganz und gar amerikanischer Detektiv, sehr im Gegensatz zu dem nur wenige Jahre vorher »geborenen« Philo Vance, der, obwohl Amerikaner und Geschöpf des Amerikaners S. S. van Dine, letzten Endes eine Art in die Staaten importierter Lord Peter Wimsey ist. Welcher Schicht auch immer Asey angehört – ganz entschieden nicht der Oberschicht. Seine Vergangenheit als Seemann ermöglicht ihm, »nicht viel mehr als ein Arbeiter« und zugleich ein Mann von Welt zu sein. Kaviar kennen heißt für ihn Kaviar hassen – Statussymbole bedeuten ihm nichts. In späteren Romanen erfahren wir, daß er ein reicher Mann ist, daß ein Automobilkönig ihm nicht unbeträchtliche Anteile an seinem Konzern hinterlassen hat, ja daß Asey zu dessen Direktoren gehört. Manchmal fährt er zu Sitzungen in die große Stadt und kleidet sich dann auch standesgemäß. Aber auf Cape Cod sieht er stets so aus, wie ihn alle kennen, mit den ausgebeulten Cordhosen und der Schiffermütze. Später verleiht man ihm den Spitznamen »Kabeljau-Sherlock« – ein Kompliment an den alten Seemann, der es mit den besten seiner Zunft aufnehmen kann. Asey Mayo repräsentiert das Ideal der klassenlosen Gesellschaft Amerikas, er gehört keiner und gleichzeitig allen Klassen an, und so wird er auch von jedem akzeptiert: vom schrulligen Einsiedler, von Damen der Bostoner Gesellschaft und emanzipierten jungen Frauen, von Millionären und fahrendem Volk.

Seine Detektivmethode beschreibt er selbst als sehr einfach: Gesunder Menschenverstand und ein bißchen Phantasie, das ist alles. Bei diesem Fall, seinem ersten, wird er den Leser an Agatha Christies Miss Marple erinnern. Auch sie löst ihre Fälle durch psychologische Schlüsse a minore ad maius: Die Mitspieler des Mordrätsels erinnern sie an frühere Dienstmädchen, unehrliche Briefträger, kleine Dorfcasanovas usw. und ermöglichen es ihr so, jedem in den Mord Verwickelten seinen richtigen Platz anzuweisen. Asey Mayo aber hat zum Glück nicht für jeden Mordfall, in den er gerät, eine komplette Schiffsbesatzung aus der Vergangenheit parat, die zum Beispiel wird für den gerade zu lösenden Fall. Seine Detektivarbeit umfaßt oft mehr *action* als im klassischen Kriminalroman üblich: wilde Verfolgungsjagden durch Sumpf, Unterholz und Gewässer, deren Resultate meist Slapstick, Flurschaden und ruinierte Kleidung sind, jedoch nie die Identität des Mörders. Der wird, wie es sich für einen Detektivroman gehört, durch Deduktion und psychologische Tricks entlarvt – und man muß wieder feststellen, daß Phoebe Atwood Taylor es meisterlich versteht, die Nase selbst des trainierten Krimilesers mit energischer Hand bis zum Schluß von der richtigen Fährte abzulenken.

Asey Mayos Fälle haben sämtlich Cape Cod zum Schauplatz, wohin die Bostoner damals wie heute in die Sommerfrische fahren. Phoebe Atwood Taylor bevölkert es mit kauzigen Neuengländern, jenen direkten Nachfolgern der Pilgerväter, die die Aristokraten unter den Amerikanern sind: wortkarg, stur, konservativ, puritanisch, unabhängig, unbestechlich (es sei denn, man weiß, wie!) und immer irgendwie miteinander verwandt. Auf Asey Mayos Cape Cod ist die Welt noch in Ordnung: Wenn hier ein Mord geschieht, ist das kein Symptom für den schlechten Zustand der Welt, nur eine Unregelmäßigkeit, nach deren Aufklärung wieder alles beim Alten sein wird. Kleinere Übel wie korrupte Lokalpolitiker, mißgünstige Nachbarn und zänkische Ehefrauen nimmt man mit Gleichmut hin. Sie gehören zum Alltag, denn ein rosarotes Paradies ist Asey Mayos Welt nun auch wieder nicht. Sie hängt manchmal recht schräg in den Angeln, aber aus den Angeln gehoben wird sie deshalb noch lange nicht. Selbst der Zweite Weltkrieg zeigt an diesem Ort kaum schlimmere Auswirkungen als eine leichte Hysterie, so daß gesetzte Damen als Pfadfinder durchs Gebüsch robben. Asey (und mit ihm der Leser) kann beruhigt sein. Wann immer er nach Cape Cod zurückkehrt, es bleibt stets dasselbe – eine kleine, festgefügte Welt mit Wohltätigkeitsbasaren und Jubiläumsfeiern als Höhepunkten und dem Dorfklatsch als Konstante: über ein abscheuliches Wandgemälde im Postamt, über eine boshafte alte Frau, deren Marmelade allein schon ein Verbrechen ist, oder über das uralte Thema, wer mit wem wohin wie weit geht. Die Morde, die in dieser überschaubaren Welt geschehen, zerstören sie nicht, im Gegenteil: Wenn die Sache aufgeklärt, das Gleichgewicht wiederhergestellt ist, empfindet man nur um so stärker ein Gefühl der Geborgenheit.

Es ist Phoebe Atwood Taylors eigene vertraute Welt, die sie uns hier schildert: Am 18. Mai 1909 in Boston geboren, hat sie, abgesehen vom Studium in New York, ihr Leben in Massachusetts verbracht, wo sie auch 1976 starb. Der große Erfolg ihrer Asey-Mayo-Romane, die alle zwischen 1931 und 1951 entstanden, ermutigte sie zu einer weiteren Serie. Unter dem Pseudonym Alice Tilton hat sie acht weitere Romane geschrieben, ebenfalls mit einem älteren Herrn als Detektiv, der sich schon in vielen Berufen durchgeschlagen hat: einem ehemaligen Lehrer, der Leonidas Witherall heißt, sehr gewählt spricht und verblüffende Ähnlichkeit mit William Shakespeare hat – was die einen glauben macht, sie hätten ihn schon mal irgendwo gesehen, und die anderen veranlaßt, ihn einfach mit Will oder gar Bill anzureden. Leonidas Witherall wird, meist in irgendwelchen fiktiven Vororten von Boston, in die bizarrsten Abenteuer verwickelt. Die Komik, die in Asey Mayos Geschichten immer auch dazugehört, avanciert hier zum Hauptelement. Auf ihre groteske Weise ist diese Welt jedoch nicht weniger in Ordnung als die Asey Mayos, beziehungsweise in einer so konsequenten Unordnung, daß der Leser sich darin sehr behaglich einrichten kann. Ein vertrautes und mit Grazie gemeistertes Chaos, mit der Aussicht auf eine Art Happy-End, vermittelt schließlich auch so etwas wie Geborgenheit.

Petra Trinkaus

DUMONT's Kriminal-Bibliothek

»Knarrende Geheimtüren, verwirrende Mordserien, schaurige Familienlegenden und, nicht zu vergessen, beherzte Helden (und bemerkenswert viele Heldinnen) sind die Zutaten, die die Lektüre zu einem Lese- und Schmökervergnügen machen. Der besondere Reiz liegt in der Präsentation von hier meist noch unbekannten anglo-amerikanischen Autoren.«

Neue Presse/Hannover

Band 1001	Charlotte MacLeod	**»Schlaf in himmlischer Ruh'«**
Band 1016	Anne Perry	**Der Würger von der Cater Street**
Band 1022	Charlotte MacLeod	**Der Rauchsalon**
Band 1025	Anne Perry	**Callander Square**
Band 1033	Anne Perry	**Nachts am Paragon Walk**
Band 1035	Charlotte MacLeod	**Madam Wilkins' Pallazzo**
Band 1050	Anne Perry	**Tod in Devil's Acre**
Band 1063	Charlotte MacLeod	**Wenn der Wetterhahn kräht**
Band 1066	Charlotte MacLeod	**Eine Eule kommt selten allein**
Band 1068	Paul Kolhoff	**Menschenfischer**
Band 1070	John Dickson Carr	**Mord aus Tausendundeiner Nacht**
Band 1071	Lee Martin	**Tödlicher Ausflug**
Band 1072	Charlotte MacLeod	**Teeblätter und Taschendiebe**
Band 1073	Phoebe Atwood Taylor	**Schlag nach bei Shakespeare**
Band 1074	Timothy Holme	**Venezianisches Begräbnis**
Band 1075	John Ball	**Das Jadezimmer**
Band 1076	Ellery Queen	**Die Katze tötet lautlos**
Band 1077	Anne Perry	**Viktorianische Morde** (3 Romane)
Band 1078	Charlotte MacLeod	**Miss Rondels Lupinen**

Band 1079	Michael Innes	**Klagelied auf einen Dichter**
Band 1080	Edmund Crispin	**Mord vor der Premiere**
Band 1081	John Ball	**Die Augen des Buddha**
Band 1082	Lee Martin	**Keine Milch für Cameron**
Band 1083	William L. DeAndrea	**Schneeblind**
Band 1084	Charlotte MacLeod	**Rolls Royce und Bienenstich**
Band 1085	Ellery Queen	**... und raus bist du!**
Band 1086	Phoebe Atwood Taylor	**Kalt erwischt**
Band 1087	Conor Daly	**Mord am Loch acht**
Band 1088	Lee Martin	**Saubere Sachen**
Band 1089	S. S. van Dine	**Der Mordfall Benson**
Band 1090	Charlotte MacLeod	**Aus für den Milchmann**
Band 1091	William L. DeAndrea	**Im Netz der Quoten**
Band 1092	Charlotte MacLeod	**Jodeln und Juwelen** (September 2000)
Band 1093	John Dickson Carr	**Die Tür im Schott** (September 2000)
Band 2001	Lee Martin	**Neun mörderische Monate** (3 Romane)

Band 1073

Phoebe Atwood Taylor

Schlag nach bei Shakespeare

Durch Boston weht ein eisiger Wind, der durch Martin Jones' dünnen Anzug dringt. Abgesehen von einer Tasche mit Golfschlägern ist ihm nichts mehr geblieben. Außerdem ist ihm die Polizei auf den Fersen. Jones kann sich denken, was die von ihm wollen... Er ist erleichtert, erst einmal Unterschlupf in ›Peters Antiquariat‹ zu finden. Was für eine Überraschung, daß ausgerechnet sein alter Freund Leonidas Witherall in dem Buchladen arbeitet. Dann findet man im Laden die Leiche von Professor John North mit zerschmettertem Kopf, und Jones wird sofort verhaftet. Zum Glück ist Leonidas Witherall von seiner Unschuld überzeugt. Sie zu beweisen, ist eine andere Sache.

Band 1086

Phoebe Atwood Taylor

Kalt erwischt

Wieder einmal zieht Phoebe Atwood Taylor ihren gelehrten und belesenen Spürhind Leonidas Witherall in ein so falsches Spiel, dass es seinen Witz zum Schweigen bringt, soweit das möglich ist. Es sieht nicht gut aus: Kaum von einer Weltreise nach Boston zurückgekehrt, gerät Witherall in ziemlich eigentümliche Umstände. Er wird bewusstlos geschlagen und entführt, und kaum dass er endlich befreit daheim ist, liegt Miss Medora Winthrop leblos in seiner Garage. Selbst für den erstaunlichen Leonidas Witherall ein starkes Stück.

Band 1090

Charlotte MacLeod

Aus für den Milchmann

Professor Feldster würde für seine Kühe alles tun. Und für einen Abend ohne seine herrische Gattin Mirelle. Dafür ist ihm jede Verabredung recht, und so bricht er auf zu einem Besuch bei den Scarlett Runners. Doch Jim Feldster trifft nie dort ein.
Wieder einmal findet sich Peter Shandy unvermittelt in einen Fall verstrickt, denn Mirelle beschuldigt ihn, ihren Gatten zu verstecken. Allmählich dämmert es Shandy, dass sich bei Jim Feldster nicht alles um Viehfutter und Melkmaschinen drehte. Es gibt ja noch andere Leidenschaften – wie Liebe, Habsucht und Rache.

Band 1091

William L. DeAndrea

Im Netz der Quoten

Für Leute aus der Fernsehbranche ist das *Network* der Gipfel des Erfolgs. Und der Gipfel der Rücksichtslosigkeit im Netz der Quoten. Als der *Network*-Manager Matt Cobb für Spezialeinsätze eingeteilt wird, ahnt er nicht, dass ihn der Job mitten in die Abgründe einer Jagd führen wird, bei der die Gier nach Erfolg keine Grenzen kennt. Erst als ein Mordkommissar ihn mit einer Leiche erwischt, merkt auch Matt Cobb, dass es eng wird. Seine einzige Chance besteht darin, den wahren Mörder zu finden.

Für seinen ersten Matt-Cobb-Krimi »Im Netz der Quoten« wurde William L. DeAndrea mit dem begehrten Edgar-Allan-Poe-Award ausgezeichnet.

DuMonts Kriminal-Bibliothek
Lee Martin
Neun mörderische Monate.
Drei Fälle für Deb Ralston
Drei Romane in einem Band